李洱作品系列

问答录

上海文艺出版社

自　序

十年前，有编辑朋友说，愿意编辑出版一套我的作品集，或者所谓的文集。最近几年，也不断有人这样建议。对朋友的好意，我当然要表示感谢。但是，我却不敢贸然应允。

对自己的作品，我一直缺乏足够的信心。我自认为是个认真的写作者，但是认真只是一种工作态度，它并不能保证你能写出好作品。我也自认为写出过一些好作品，但是它们在我的作品中究竟占有多大比例，我却心中无底。多年来我一直有个愿望，就是能抽出时间，对已有的作品进行必要的修改和润色，好像它们还只是一些半成品，不该轻易拿出来示人。

熟知我的读者都知道，我这样说，并非矫情。

我收到过、拜读过很多朋友的作品集、文集。阅读朋友的作品，既是与朋友相处的方式，也是向朋友学习的机会，你可借此知道当代的写作状况。但是说句实话，对这些作品集、文集能有多少读者，我总是不免有些怀疑。以自己的阅读为例，中国作家中，除了鲁迅的文集，别人的文集我确实没有认真通读过。外国作家中，除了加缪的文集，我也没能全都读完。是啊，除了研究鲁迅和加缪的少数专家之外，谁又会去通读他们的文集呢？对鲁迅和加缪这样的顶尖大师尚且如此，遑论对于他人？

正是因为这样的理由,我对出版作品集,或者所谓的文集,确实没有太大的兴趣。也正是因为这样的原因,现在当这套作品集出现在读者面前的时候,我心中充满了不安。

如果你问我,既然如此,那你为什么还要同意将它们集中出版呢?我想了想,终于找到了一些理由。首先当然因为是出版社的盛情。上海文艺出版社是我非常信任和尊重的出版社,从这里出版的很多优秀作品,曾经极大地丰富了我的文学世界,我对此一直深怀感激。对他们的好意,我除了感谢还得接受。其次,我逐步认识到,写作者永远不可能写出让自己非常满意的作品的。在一些人看来已经足够完美的作品,在另外一些人看来却可能是毛病百出,而他们指出的一些毛病,可能有助于你写出更好的作品;对于你自认为的那些失败之作,或许还会有读者认为值得一读。坦率地说,这两种情况都曾经在我身上发生过,这是一种鞭策,也是一种安慰。而我,既需要鞭策,也需要安慰。

这套作品集,除了收录我的小说作品,也收录了我的一些文学对话录、演讲以及随笔。与我进行这些对话的批评家、记者,无疑都是文学的行家。借对话和演讲的机会,我讲述了我对人与事、对文学与时代的一些看法。正是那样的一些看法,决定了我为什么会写出这些作品,也决定了这些作品的成功与失败。

感谢阅读这套作品集的每一位读者朋友。

李　洱

2012 年 9 月 27 日

目录

第三辑　与批评家魏天真的对话

第四辑　自问自答

第五辑　读与写

第六辑　演讲录

第一辑 回应和对话

顾彬读了中国当代小说吗?

——关于《顾彬不读中国当代小说吗?》一文的回应和说明

有记者打来电话,询问我对赵勇教授最近公开发表的《顾彬不读中国当代小说吗?》一文的看法。我上网查阅了这篇文章,才知道记者为什么会找到我。赵勇教授开篇即写道:“今年年初的一次学术会议上,作家李洱在发言时突然把矛头对准了德国汉学家顾彬先生。他说:‘顾彬最近几年猛批中国当代文学,但顾彬基本上没读过当代小说。有一次开会我与顾彬在一起住了十天左右,顾彬说:他现在很忙,一天只睡四个小时,如果再读当代那些烂小说的话,一天就只能睡一个小时了。我问:你说当代小说很差,那你认为莫言的哪些小说是很差的,哪些小说比较差,哪些小说不太差?顾彬回答说:都很差。’以上引号中的文字是我当时的现场记录,不一定十分准确,但大意不差。也需要说明的是,当时顾彬并未参加这次会议,他其实是缺席受审。”既然赵勇教授自己都说了,他的引述“不一定十分准确”,所以我也不必计较到底什么地方不准确。因为赵勇教授的文章更近于杂文,所以我或许应该考虑到他所使用的这种文体的特性。接下来,赵勇教授又写道:“李洱的这番话当时让我心中一震。我在想,究竟是顾彬直接告诉他不读中国当代小说呢还是他通过那番‘机智’的问答推断出了顾彬不读中国当代小说。我琢磨的结果应该是后者。于是我又想到,李洱的这一招其实是比较‘狠毒’的:你顾彬不是成天嚷嚷着中国当代文学是‘二锅头’吗?那我现在要把你不读当代小说的‘劣迹’公之于众,此谓釜底抽薪。记得李洱发言的时候已是下午,虽然人已走了不少,但能放四百人的英东学术会堂演讲厅至少还有两百人吧。闻听此言,我不知道当时在座的专家学者与研究生同学作何感想,但据我估计,它的传播力与影响力肯定不小。”然后,赵勇教授就提到了那番话的“影响力”:就在赵勇教授“快要淡忘这件事情的时候,忽然发现一位评论家所写的文章”,那篇文章谈到了顾彬著名的“垃圾”说。赵勇教授“顺藤摸瓜”(赵勇教授原话),找到了那篇文章的“说明性尾注”,原来“说明性尾注”提到了我在那天会上的发言。赵勇教授以此判断出了我的那番话的“影响力”。赵勇教授是这么写的:“李洱那天的发言已成了他人论文写作的重要论据。而一旦诉诸文字,其传播力度必然会变得更加强悍。”赵勇教授的文章,我就先引述到这里。我理解赵勇教授的杂文笔法所带来的某种强烈修辞效果。在作出正式回应之前,我先强调一下我对自己的要求:不要写成杂文——不要让它成为“投枪”和“匕首”;不追求“文章”的好看和引人注目,不追求修辞效果——我甚至不愿意把它写成“文章”;不猜测、不探究人物的动机——就事论事,只说自己知道的,不说自己不知道的。然后在这个前提下,对赵勇教授涉及我的那部分文字以及相关的背景作出自己的回应和说明。

任何一句话,都必须放到具体的语境中考察,才能知道那句话的真正所指。好了,我现在就回到当时的语境,看看能不能把问题说清楚。说不清楚不要紧，因为正如赵勇教授所说，当时在场的至少“还有两百人”，而且都是“专家学者与研究生同学”，他们也可以回忆一下当时的语境，回忆一下我当时到底说了些什么。如果他们记不清楚也不要紧，因为当时还有录像和录音。那次会议是赵勇教授任教的北京师范大学中文系主办的一个会议，时间是2010年1月14日，地点是北京师范大学的英东学术会议中心，会议的主题是“中国文学的海外传播”。会议持续了一天时间。在上午和下午的讨论发言中，顾彬先生关于中国当代文学是“垃圾”的说法，不断被与会者提起。有人赞同，将之作为论点反驳别人的论据；有人反对，将之作为论据反驳别人的论点。此种情形在最近几年已经频繁出现：几乎在所有跟中国当代文学有关的会议上，顾彬先生的这个观点总是会成为热门话题，围绕着这个话题的讨论每次都会占用大量的时间。我不知道这跟顾彬先生的“德国汉学家”身份是否有关——如果顾彬先生不是一个“德国汉学家”，我相信绝大多数人不会对这个言论感兴趣。越南或者南非或者斐济的某个汉学家，即便他对中国当代文学作出更加负面的评价，大概也不会有人感兴趣。与此相关，我们也很难想象美国的批评家、德国的批评家会坐在一起讨论类似的问题。我们或许有必要知道顾彬先生对美国当代小说的评价也非常低，绝对不会比对中国当代小说的评价高到哪里去。他对曾经获得诺贝尔文学奖的德国作家伯尔和君特·格拉斯的评价也非常低，他的说法是，伯尔和格拉斯的小说“很差”，语言“很差”，让他为自己跟那两个人同属于德国人而脸红。请相信我，说这话的时候，顾彬先生是非常真诚的，他还要用手拍拍自己的脸的。可是，我们什么时候听说过，顾彬先生的这些言论对美国的批评家和作家以及德国的批评家和作家构成了影响，而且有些人还要为此奔走相告，欢呼雀跃？我说过了，我在这篇短文中不猜测人的心理，所以有些话题我就此打住。还是回到当时的会场。那天在我前面发言的人当中，也有几个人又提到了顾彬先生对中国当代文学的否定性评价，“垃圾”这个词成为出现频率很高的词之一。轮到我发言的时候，我提出，希望能够停止这种围绕着顾彬先生的观点而产生的争论，因为这种争论几乎是无效的，这种争论与本次会议的主题的关系不大，至少不属于最重要的议题。我提到，顾彬先生已经基本上不读中国当代小说，他对中国当代小说所发表的言论，基本上都是大而化之的。我提到了我跟他一起开会的时候，我们所进行的一些交流。赵勇教授现在说，顾彬先生“其实是缺席受审”，我不知道赵勇教授是在何种意义上使用“缺席受审”这个词的。至少在我自己，我不认为那是对顾彬先生的“缺席审判”。当然，如果赵勇教授认为，在某个作者没有到场的情况下，只要你提到那个作者本人，并且表示你不认同那个人的观点，你就是在对其进行“缺席审判”的话，那么我可以接受赵勇教授的这个用法。问题的另一面也不妨顺便提出来：在一个人不在场的情况下，如果你对他的观点表示认同，对他而言，他算不算“缺席受审”？

需要插一句，出于澄清事实的必要，我已经与赵勇教授进行了电话沟通——赵勇教授在电话中表示，你可以写文章作出说明。在电话中，赵勇教授也顺便对文章中的一些字眼作出了解释，说那仅仅是一种修辞，他提醒我有些话是带有双引号的，比如“狠毒”。修辞与否，是否就取决于双引号的使用，我对此缺乏研究，这里姑且认为赵勇教授的说法是可以成立的。在电话中，赵勇教授表示，他完全同意我的这样一种说法：根据当时的具体语境，我所说的

“中国当代小说”，其实是指最近二十年的中国小说，而不是指1949年至今的中国文学。我在发言中说，在德国还有别的汉学家，而且有些年轻的汉学家非常优秀，在世界各地还有许多重要的汉学家，今天在座的就有很多优秀的汉学家，我们为什么不去听听别的汉学家的意见呢？我们的视野应该更广阔一点，就是听不同意见，也应该听听更多的不同意见，而不仅仅是顾彬先生一个人的意见。我不知道这段话是否被赵勇教授记录在案了。如果赵勇教授没有记录在案，那也不要紧，因为有录像、录音可以证明我是不是这样说的。

赵勇教授接下来写道：“顾彬果然说过李洱所讲述的那番话吗？他真的不读当代小说就信口开河吗？诸如此类的问题让我产生了浓厚的兴趣。于是我请我的同事方维规教授与顾彬联系，求证李洱的说法是否属实。方教授转译我的邮件后，顾彬在两天之内断断续续发来五封邮件。方教授择其要者，翻译如下（他们之间用德语交流）。”接下来，是方维规教授翻译出来的经过赵勇教授摘录的话：“顾彬说：‘那次会议好像在Villigst。李洱和我在一块儿吃午饭，我们海阔天空地随便聊天。我觉得很有趣。但不能靠这推演出什么说法。’‘我当时的意思大概是：我在近三年主要在写中国戏剧史，因此当代文学念得较少，尽管如此我还是念了，或者念了关于当代文学的东西，亦即在我主编的两本杂志中发表了关于当代中国文学的东西。’‘另外，我这些天正在香港教当代文学——中国的和德国的。我当然要念许多作品。说我不念当代文学，是胡扯。我有时念得多，有时念得少，就像喝二锅头一样，有时多，有时少。’”感谢赵勇教授和他的同事北京师范大学中文系方维规教授提供的这个带有综述性质的邮件。遗憾的是，在他们提供的顾彬先生的邮件中,顾彬先生没有说明,他是怎么"念"的,"念"这个词是指在朗诵会上进行朗诵,在课堂上朗诵,还是指广泛的研究和阅读?另外一个遗憾是,顾彬先生的邮件是用德语写成的所以需要经过翻译,如果是用中文写成的,那我就可以连猜带蒙地懂得顾彬先生的意思了——所有收到过顾彬先生的中文信件的人,应该都会了解我这句话的意思。我在电话中还向赵勇教授表达了我如下的遗憾:赵勇教授很注意向顾彬先生求证,却没有想起来向我求证,虽然这个事情同时涉及了我与顾彬先生两个人,虽然向我求证比向顾彬先生求证更为方便,比如,我和赵勇教授现在都在中国国内,甚至都住在北京,双方还有许多共同的朋友,甚至是非常好的朋友,彼此的交流不需要通过翻译就可以进行,不需要通过电子邮件就能沟通,更不需要通过多达五封邮件才能沟通完毕。关于为什么是"五封邮件",赵勇教授在电话中特意解释说,这是因为顾彬先生喝酒了,顾彬先生需要在不喝酒的时候对酒后说过的话进行补充、纠正和说明。不过,尽管进行了多次补充、纠正和说明,顾彬先生的回忆跟我的记忆还是有很大出入。我对此当然能够理解。但是,现在请允许我说出自己的记忆。

我与顾彬先生一同参加的那个会议,是联合国教科文组织关于推广亚非拉文学的一个活动的一部分。会议的主题是"想象中的中国,文学中的中国"。主办方邀请了两位中国作家与会,另有一位生活在德国,用德语写作的中国人,是一位女作家。邀请的两位中国作家中,一位是香港著名诗人和小说家梁秉钧先生。梁秉钧先生,笔名也斯,美国加州大学比较文学博士,曾任香港岭南大学中文系主任,现为岭南大学人文学科研究中心主任。我在上个世纪八十年代就通过《台港文学选刊》拜读过梁秉钧先生的诗歌与小说，而且非常喜欢，所以我对他非常尊重。梁秉钧先生当时是从加拿大飞赴德国的。另一位就是我。我之所以受到邀请，是因为我的小说《石榴树上结樱桃》被译成了德文，另一部长篇小说《花腔》的德文版也即将出版。会议的地点是在德国北部城市杜塞尔多夫郊外的某个地方。那里原是基督教会所在地，战后成为一个学术团体管理的会议中心，像个小小的度假村，非常安静，坐在房间里就可以听到布谷鸟的鸣叫和湍急的流水声。“度假村”里有一座教堂，一座非常别致的教堂，因为它看上去就像一艘红色的远洋巨轮——这里因为暂时不涉及具体的人和事，我忍不住用了一个比喻。来这里参加这个会议的，还有二三十位汉学家，他们主要来自德国和瑞士，也有人来自意大利。我于2009年5月7日从北京飞抵法兰克福。次日在法兰克福我遇到了顾彬先生，他是从台湾飞过来的，他是梁秉钧先生的诗集的译者。当时主办方安排我们住的那个宾馆，离法兰克福火车站不远，刚好是在红灯区，鸽子可以从妓院的窗口散步到我们的阳台上避雨。顾彬先生见到我和梁秉钧先生，立即声明，他不喜欢红灯区。在从宾馆徒步走向孔子学院的途中，顾彬先生把这样的话又重复了三次，每次都要间隔一段时间，当然每次都有变化，比如：我不喜欢红灯区，你们怎么住在这儿；我很不喜欢红灯区，我不愿来这里找你们；我从来不来红灯区，可你们怎么能住在红灯区。说到第三遍的时候，我笑着对顾彬先生说：顾彬先生，不是我们要住在红灯区，而是主办方安排我们住在这个地方，我们事先也不知道这是你们德国的一个红灯区。我还说：你反复说你不喜欢红灯区，我听上去，好像我们喜欢住在红灯区似的。宅心仁厚的梁秉钧先生听了也大笑不止。顾彬先生走路很快，他事先声明：走过去只需要三十分钟，但你们走过去需要五十分钟。当然,我们后来也在三十分钟之内走到了孔子学院。在孔子学院,当着众多诗歌爱好者,我见识了顾彬先生的另外一种风度:在朗诵诗歌之前,他从随身携带的巨大的行囊中取出一个酒壶,两个酒杯。他问听众有没有人知道这里面装的是什么酒。如果我没有猜错的话,那里面装的应该是五粮液。因为他对中国现当代文学有一个著名的比喻:中国现代文学是"五粮液",中国当代文学是"二锅头"。随后,他公布了标准答案,里面装的果然是五粮液。他告诉听众,这五粮液是中国一个著名诗人×(注:我在此小心地只用了一个"×"号,以免引起诗人朋友的猜测和误解,下同)送给他的,这酒壶是中国另一个著名诗人×送给他的。然后他开始朗诵。在朗诵的过程中,他也会以酒助兴。我对他的这种风度非常欣赏——那是诗人的古风,中外皆然。朗诵会结束以后,我们在孔子学院院长毕安妮女士的陪同下,到一家中国餐馆吃饭,顾彬先生点了水煮鱼,并且另外要了一份辣椒面,其辣无比,与中国的朝天椒相近,或者干脆就是中国的朝天椒。饭后,顾彬先生连夜赶回了柏林,第二天他再从柏林赶到会议的地点,我与梁秉钧先生则是第二天早上坐汽车从法兰克福赶去杜塞尔多夫。

我尽量说得详细一点吧。第二天早上发生的一件小事,使我深深感到,顾彬先生对中国当代文学的评价,在德国的知识界已经广为人知,甚至连送我们的司机都知道得一清二楚。在一个路口,一辆专门运送垃圾的车辆挡住了我们的去路,而且堵了很长时间。德国朋友试图向我们解释前面发生了什么事。我说,我已经知道了,"就是顾彬先生……"。我说的是中文,那三个德国朋友完全听不懂中文,但他们一听到了"顾彬"这两个字的发音,还没等到我把话说完,就大笑起来。当梁秉钧先生把我的话译成他们能够听懂的英文的时候，他们表示不需要翻译他们就已经听懂了。毫无疑问，经过顾彬先生多年持续不断的有效传播，“顾彬”与“中国（当代文学）”与“垃圾”这三个词已经紧密地联系在一起，已经成为一个固定的联合词组了，以至于你只要提到“顾彬”这个词，提到这个词的发音，人们马上就会联想到另外两个词，反之亦然，中德皆然。随后的一些交谈因为属于私人性质的，恕我不再提及。但其中的一些无伤大雅的玩笑，我可以略为透露。车上的那两个德国朋友问我，顾彬在中国真的很有名吗？我开玩笑说，在中国，最有名的德国人有三个，他们是马克思、希特勒和顾彬。和上次一样，没等梁秉钧先生把我的话翻译过去，他们就已经大笑起来，因为他们能够听懂“马克思”和“希特勒”这两个名字的汉语发音。他们问第四个人是谁。我问他们打不打乒乓球，他们说打啊。我就开玩笑说，那第四个人就是波尔，乒乓球世界冠军。他们又是大笑。

当我在杜塞尔多夫再次见到顾彬的时候，我非常吃惊。他来得很早。我推断他从柏林出发的时候应该是在半夜——这种推断显然不属于对于人物动机的推断。如果考虑到他是从法兰克福赶到柏林，然后又从柏林赶到杜塞尔多夫的，你就可以知道他几乎一夜没睡。顾彬先生见到我，首先问我知不知道教堂里面的那个人是谁。我告诉他，我是知道的，那个人是耶稣。按照会议的安排，上午发言的人是来自瑞士和德国的汉学家，由他们对 1985 年以后的中国文学进行总体性的描述。他们描绘了一个中国的文学地形图——不是比喻，而是一幅真正的地图，通过投影可以显示到墙上的地图：北京有哪些作家，西藏有哪些作家，新疆有哪些作家，等等，极为详尽。我吃惊于他们对中国文学的了解，虽然其中也不乏误解，甚至会出现一些知识性错误。有偏差不要紧，有错误也不要紧，谁都可能会有偏差和错误，我们之所以坐在一起，就是为了减少偏见，就是为了纠正错误。只要我们能够出于公心，能够公平地讨论问题，错误和偏见都是可以得到修正的，友谊并不会受到影响。会议安排了提问环节，顾彬先生频频举手，要求提问和发言，以致主持人不得不提醒他注意发言的时间和发言的次数。所有提问的人，都会站在原地发言，但顾彬先生会主动走上前台，拿起麦克风发言。有一个细节我不妨随便提一下，那就是顾彬先生的第一句话，就把所有的人都吓了一跳，会议室里的桌椅板凳一阵乱响。顾彬先生拿起麦克风，大声地说了一句：讨论文学应该低调。这句话顾彬先生几乎是喊出来的。请想象一下顾彬先生这种关于“低调”的“高调”通过麦克风传送出来之后所造成的那种惊人效果。他照例又发表了中国当代文学完全不值得一提的观点，很差；他照例又说出了莫言的小说、王安忆的小说、阎连科的小说、阿来的小说完全不值得一看的观点，很差；王蒙最好的小说是《组织部新来的年轻人》，后来的小说很差；他照例又说出了中国最好的小说家是钱钟书和张爱玲的观点，中国当代小说没有一部能够跟钱钟书和张爱玲的小说相比，很差；他照例又说出了中国当代诗歌的成就很高，写出来就是世界文学，已经看不出来是由中国人所写的观点；他照例又说出了洪子诚先生所著的《当代文学史》和陈思和先生所著的《当代文学史》只是半部文学史，完全不能跟他自己的《二十世纪中国文学史》相比的观点；中国作家都是生活在体制内，完全不敢发表自己的真实看法——如今顾彬先生任教于中国人民大学，享受一级教授的待遇，并担任国内多所大学的客座教授，我不知道顾彬先生是生活在“体制内”还是“体制外”？顾彬先生极为频繁地在中德两国之间进行穿梭，而且大都由中国高校或研究机构埋单，那些高校和高校的学生以及研究机构，是在“体制内”还是“体制外”？随后，世界上最意想不到的一个观点终于通过顾彬先生之口说了出来，这是他的总结：中国当代作家写不出好的小说，是因为中国人的文化基因出了问题，中国人的性格中有一种天生的奴性。他最后的一句话，让在场的所有人目瞪口呆。其余音绕梁，多日不绝。我还有必要指出，在说出这句话之前，他在前面先做了一个铺垫：反正今天不是在中国，所以我可以大声地说出这句话。顾彬先生立论之大胆，逻辑之混乱，结论之果断，确实让人目瞪口呆。坦率地说，我当时疑心他是不是喝醉了。但他对在不同的场所（在中国国内还是在中国之外）如何作出不同的发言的清醒判断，又提醒我他其实没有喝醉。我确实很难相信，这些话是从一个著名的汉学家嘴里说出来的，是从赵勇教授所说的这一个（我说的是“这一个”）“做事本来就严谨”的“德国汉学家”嘴里说出来的。刚才不是还在说钱钟书和张爱玲写得很好吗，难道钱钟书先生和张爱玲女士不是中国人，他们身上流淌的是另外一种文化基因？难道莫言先生和王安忆女士的文化基因完全一样，以致只能得出“很差”这样一个完全相同的结论？难道顾彬先生对中国二十世纪文学史的了解比洪子诚先生和陈思和先生还要深入体贴和全面，以致只有他能够写出一部完整的文学史？洪子诚先生和陈思和先生的文化基因是不是也出了问题，以致只能写出半部文学史？对于后面这个问题，顾彬先生倒也作了解释。顾彬先生说，之所以说他们的文学史只是半部文学史，是因为他们的文学史没有包括港澳台文学。我不知道洪子诚先生、陈思和先生是否在他们的文学史著作中对这个问题作了说明，但从正常的眼光看，这很可能更加说明了文学史家的严谨——对于自己不了解或者不是非常深入了解的文学现实，宁愿暂时保持沉默。这种沉默与其说是忽视，不如说是尊重。这里或许需要加个说明：我与洪子诚先生并不认识，我虽然认识陈思和先生，但我们之间并无任何私谊。因为梁秉钧先生是香港著名作家，所以我当场就向梁秉钧先生说明了我的这个看法。当时我与梁秉钧先生坐在后排，在顾彬先生发言的时候，前面的人纷纷回头观察我们的反应。我当然也在观察顾彬先生。我注意到，在说完这番话之后，顾彬先生的轻松和快乐是显而易见的，但伴随着他的轻松和快乐的，是下面的阵阵喧哗，来自别的汉学家们的喧哗，没有喧哗的人也都纷纷摇头，那些人当中包括顾彬先生的学生和他的同事。不止一个汉学家走过来对我说：你千万不要把顾彬先生的发言当真，你怎么能当真呢？我在顾彬先生发言之后，立即提出质疑了吗？没有。因为还没有轮到我说话，就已经有人站起来了。有一个女汉学家当场就站起来对顾彬先生说：顾彬先生，你的话讲得太绝对了，我们都是从各个不同的地方，有的是从很远的地方来到这里开会的，因为我们觉得中国当代文学自有其意义和价值。有什么问题都可以讨论，你不能用简单的几句话就把中国当代文学给全盘否定了。在此，我可以毫不掩饰地说，这句话所激起的阵阵掌声，在我听来是悦耳的。在随后的议程中，绝大多数汉学家的发言，都是建立在文本阅读之上的。一些年轻的汉学家对中国当代文学非常了解，他们甚至能对王安忆的最新小说《启蒙时代》、格非的《山河入梦》、王刚的《英格力士》作出令人信服的分析，他们对阎连科、余华、何立伟、朱文、杨显惠的小说也进行了很有说服力的评价。你当然能够感觉到他们的言辞当中也有很尖锐的批评，但他们在表达这些尖锐的批评的同时，也敞开了足够的讨论空间。举例来说，翻译过阿来、苏童、毕飞宇、徐则臣小说的年轻汉学家马海默，其对中国当代小说的理解，至少在我看来就已经达到了让人惊讶的程度，虽然其中也不乏尖锐的批评，但他的批评确实能够发人深省。现在，读者已经大致可以理解我当时在北京师范大学英东学术会议中心讲出那番话的用意了。我之所以呼吁人们注意倾听年轻的汉学家的意见，道理就在于此。其实哪里是听不得不同的批评意见啊，我反而是在呼吁，人们应该注意倾听更多的汉学家的意见，更多的不同的批评意见。

赵勇教授在文章中写到了他的"推断"："顾彬与李洱说话的语境，那应该是一个吃饭喝酒聊天的场所。一般来说，饭桌上说的话、酒后之言是不能太当回事的。或者也可以说，那种私下场合的聊大天或许不宜变成公共场合的话语。大概顾彬也意识到了这种'公私'之别，他才有了如下怨言：'近来，中国人跟我一起吃饭时会打开他们的机子，可是我是在随便说，而不是正式讲话。这便能变成信息了吗？'"顾彬先生在这里所说的"中国人"——对于这种全称判断，顾彬先生用起来得心应手——具体指的是谁，我不知道，我可以肯定的是，我不会身在其中。现在我需要说明的是，赵勇教授在文章中提到的那天的情况，其实际情形与赵勇教授的"推断"是不同的。那并不是喝酒聊天的场所。参加过在欧洲举行的国际性学术会议的人或许会有一个印象——当然也不能一概而论，我们从戴维·洛奇的学院派小说中，会看到一些有趣的描述——会议的日程往往会安排得相当紧密，所谓的吃饭喝酒，也都是在会场或者会场附近的咖啡馆里进行，大致相当于中国学术会议上的茶歇，那其实是会议的延续。前面说了，那是一个度假村似的地方，它只有一个院子，开会、吃饭、喝咖啡、小组讨论都在同一个院子里举行。在白天的整个会议期间，那里不分“私下场合”和“公众场合”，没有人“聊大天”，会议的组织者也鼓励人们在吃饭的时候进行更深入的交流。至少在那个会议上，不存在着“那种私下场合的聊大天或许不宜变成公共场合的话语”的问题，所以在赵勇先生现在公布的顾彬先生的邮件中，顾彬先生并没有这么说。需要说明的是，当时在场的还有很多汉学家、同声翻译人员、工作人员。也就是说，我跟顾彬先生的讨论，完全是在一个公共空间里进行的。好了，现在请中国的学者和专家们告诉我，我当时作为一个中国作家，又跟顾彬先生坐在一起，而当时讨论的就是会议的议题，那么是否有必要对顾彬先生的发言作出回应？我对顾彬先生提出了我的看法，而且我告诉顾彬先生，在我接下来的发言中，我还会对他的话作出回应。顾彬先生欢迎我的回应。当时我以他已经提到的莫言小说和王安忆小说为例，向顾彬先生提出质疑：你说莫言的小说和王安忆的小说写得很差，我想他们本人可能也会承认，他们曾经写过很差的小说，因为任何一个作家都有“悔其少作”的情形，但是你作为一个批评家，你能不能告诉我，莫言和王安忆的小说，哪一部写得很差，哪一部写得不太差，哪一部写得不差？我只有了解了这些，才能够知道你的评判标准。顾彬先生的回答是：都很差。只要不讨论中国当代文学，顾彬先生的声调就是正常的，但只要一谈到中国当代文学，他的声调就会迅速出现变化，变得非常激昂，这种变化在说到“都很差”或者“很差”的时候会达到高潮。举例来说，他会提到他认识王安忆，提到与王安忆的交往，这些都是用正常的语速和语调来说的，但说到“很差”的时候，他的语调会突然变成重音，有一种势如破竹的效果。我非常认真地告诉顾彬先生，虽然我与王安忆女士没有交往，更谈不上任何私谊,但我很难同意你对王安忆小说的评价。我对他说,认真阅读王安忆的小说,你可能会感到,王安忆比张爱玲还要优秀,至少要比张爱玲深广。即便你不认为王安忆比张爱玲优秀,那么有一个基本事实似乎不能够忽略：王安忆的小说与张爱玲的小说之间,是存在着某种亲缘关系的,既然张爱玲的小说如此杰出,是中国最好的小说,那么王安忆的小说即便写得不好,又能差到哪里去呢？顾彬先生的回答依然是：都很差。我问顾彬先生都看了王安忆的哪些小说,顾彬先生明白无误地说,他已经不看中国小说了,因为他很忙,每天只能睡四个小时,如果再看中国当代小说的话,他就别睡觉了。当他提到“别睡觉了”的时候,他的孤愤是溢于言表的。我相信这样的话,顾彬先生讲了不止一次,至少在后来的几天里,我又多次听他谈过这个话题,在公开的或者私下的场合,而且不需要你挑起话头他就会自动说起。赵勇教授倘若不信,不妨去问一下跟顾彬先生有过接触的别的中国学者和作家,这是不是顾彬先生经常谈到的话题之一。如果有些人不愿意说,其中的原因请你自己去分析。不过,现在再次提到此事,我仍然要对顾彬先生表示理解：为什么不允许顾彬先生不读当代小说呢？为什么要逼着他阅读当代小说呢？他读不读,都是他自己的权利。不读中国当代小说不要紧,我主要想知道顾彬先生判断作品写得好与写得不好的标准到底是什么,你总不能只用“很差”两个字就把问题打发了。考虑到顾彬先生对中国当代小说的态度,所以我的问题是从顾彬先生欣赏的两个现代作家问起的：你觉得钱钟书和张爱玲是中国最好的小说家,你的理由是什么？顾彬先生回答任何问题都十分干脆,从不拖泥带水,从不犹豫,即便他谈到的某个作家其实是以犹豫著称的,即便对于某些文学作品的评价我们其实需要犹豫着表达才可能抵达问题的核心。当时顾彬先生毫不犹豫地说,因为钱钟书和张爱玲的小说充满着政治上的反抗性。依我对中国现代文学史的理解,依我对钱钟书小说和张爱玲小说的理解——这些理解如果错了,还请方家教我——我非常直接地说出了我的看法:在中国现代文学史上,钱钟书的小说《围城》和张爱玲的重要小说,应该不是以政治上的反抗性取胜的,这两个人最重要的小说都写于 1949 年以前,你能不能告诉我,他们小说政治上的反抗性表现在什么地方?他们到底反抗了什么?如果拿他们的作品与同时期的作家的作品相比,你真的觉得政治上的反抗性是他们最重要的特点,并且就因为这种特点而使得他们的作品变得非常优秀吗?顾彬先生毫不犹豫地说:当然是的。接下来,顾彬先生主动提到了中国诗歌,谈到他对中国当代诗人的欣赏。当他提到中国当代诗人的时候,他对我说,你大概会有些不高兴。我没有不高兴,我没有任何理由不高兴。但我还是表达了我的异议:你说北岛、多多、翟永明、欧阳江河、王家新的诗写得很好,我虽然不是诗人,但我也阅读他们的诗歌,我读北岛的诗歌也读了二十多年了,我读多多的诗歌也有很多年了,我也认为他们写得很好,但当你说他们的诗写得很好,是因为他们写的已经不是中国诗歌了,我就不能理解了。我想北岛、多多、翟永明、欧阳江河、王家新对你的这个说法也不会认同,因为没有一个中国诗人会承认他的诗写得好是因为他的诗歌已经不是中国诗歌了,没有一个中国诗人会剥离他与中国的关系。顾彬先生的回答是:那是你的看法。这只是我的看法吗?这不是一个最基本的文学常识吗?呜呼,难道中国的那些优秀的诗人对此还有另外的看法?

我在那个会议上朗诵了自己的作品,在随后的演讲和回答提问的环节，我提到了我对中国当代文学的一些看法，提到了在中国写作要面临着怎样复杂的语境，以及中国当代小说的复杂性，提到中国小说的叙事传统与西方小说的叙事传统有着怎样的不同，中国小说的叙事资源与西方小说的叙事资源有着怎样的差异，这些问题又在多大程度上影响了中国当代小说的写作，用讨论的语气回答了为什么托马斯·曼这位在一些德国人看来已经过时的作家在中国却并没有过时，等等。当然，我也提到了我对顾彬先生的很多观点难以认同，我坦率地指出，顾彬先生只有在充分阅读中国当代小说的基础上，才有可能对中国当代小说作出判断，现在的判断是不能让人信服的。我对他的"中国人的文化基因"导致中国当代作家无法写出优秀小说的提法，表示不敢苟同。我声明，对顾彬先生的某些观点，谁愿意接受谁接受去！我自己是无法接受，而且我自认为有不接受的权利。我还要说明的是，在我发言的时候，顾彬先生就坐在现场。当然有一句话我没说，是我当时想说，但现在写这篇短文的时候才说出来的，那就是顾彬先生的很多看法，我宁愿从最美好最宽容的意义上去理解，比如，我宁愿认为，这是顾彬先生又喝多了。我说这话倒是有根据的：即使在主席台上发表演讲的时候，他也是频频举杯，而且还会再次声明他喝的是五粮液。我后来对朋友开玩笑，也对顾彬先生开玩笑，五粮液酒厂应该给顾彬先生颁发国际勋章。我还需要特别指出的是，尽管我与顾彬先生发生了很多争执，但我与顾彬先生正常的交流并没有受到影响。有一个事例可以说明我们仍然可以正常交流：在去年的法兰克福书展期间，我跟顾彬先生偶然相遇了，当时我们还有过简短的友好的交谈，因为文学虽然是我们生活中的重要主题，但它并不是唯一主题。我对顾彬先生没有偏见。以前没有，以后也不会有。他有他批评的权利，即便他的逻辑时常混乱，难以理顺，但他也有他混乱的权利，你没有理顺可能是你的能力问题。其实，静下心来想一想，对顾彬先生的某些看法，我也是认同的，比如，他对当代一些小说中存在的商业化倾向的批评，我就认为是对的，以前认为是对的，以后也会认为是对的，当然绝大多数人都认为商业化倾向对文学构成了负面影响，而且它不仅会对中国小说家构成负面影响，对德国的小说家也会构成负面影响；比如作家写作一定要注意语言，我就认为他的这句话是对的，以前认为是对的，以后也会认为是对的，我只是对他所说的伯尔和君特·格拉斯的小说“语言很差”表示怀疑，但因为我不懂德语，我的这种怀疑又是没有说服力的，可能真的很差，也可能很好；我对他所说的小说不是故事的说法，也是认同的，但对他所说的现代小说不应该讲故事的说法，又是有怀疑的，因为你首先得告诉我什么是故事；我对他所说的小说不能够写得太厚的说法，在某种程度上是认同的，但写得太厚的小说就不是好小说，而且还要有具体的页数的限制，超过多少页就不是好小说了，我对这种说法又是不能认同的。我的这些想法，属于偏见吗？是对顾彬先生的偏见吗？如果有人认为是，请说服我。

现在，为了说明我对顾彬先生没有偏见，我不妨提到一个事实。作家邱华栋曾经对顾彬先生做过一个访谈《我内心里有一个呼救声》，顾彬先生是要借这个访谈说明一个问题，那就是他没有说过中国当代文学是垃圾，他只说过某些女作家的作品是垃圾。他要辩解，要说明，要补充，要呼救。但是有好长一段时间，这篇访谈不能完整地见诸报刊，因为中国很多媒体只对顾彬先生的那个“垃圾说”感兴趣，而对他的别的话不感兴趣，所以他们不愿意给顾彬先生提供版面。邱华栋先生问我能不能找个地方发表那篇访谈。邱华栋先生找到我，是想让我拿到我就职的刊物发表。我后来看了那篇访谈，建议邱华栋先生把文章发给著名的编辑家林建法先生。后来也是我打电话给林建法先生的。那篇访谈后来发表于林建法先生当时参与主编的《西部·华语文学》。据我所知，那是顾彬先生比较早地能够在中国国内发表的完整的访谈。奇怪得很，后来我与顾彬先生提到此事时，顾彬先生否认他接受过作家邱华栋的访谈，并且表示他根本不知道有一个人名叫邱华栋。邱华栋先生跟他做访谈时还是《青年文学》的主编，为了能够引起顾彬先生的记忆，我提到了这一点。但顾彬先生还是想不起来，也想不起来中国有一份刊物叫《青年文学》。好了，既然说开了，我就不妨顺便再提一件小事。去德国的杜塞尔多夫参加那个会议之前，我刚去了一次韩国，在韩国外国语大学中文系的一位教授（恕我在此不提及这位韩国教授的名字）的办公室，那位研究中国文学，也研究鲁迅的著名教授对我说，顾彬先生前段时间来这里的时候，他跟顾彬先生就如何评价中国当代文学发生过争执，因为他实在无法认同顾彬先生对中国当代文学的全盘否定。后来，我与顾彬先生见面的时候，顺便问他在韩国讲学的情况，我完全没有想到，他会说他从来没有去过韩国。于是我提到了那位教授跟他见面的事，意在提醒他是不是忘了自己的韩国之行。顾彬先生非常认真地说，他根本不认识这个人。当时在场的梁秉钧先生只好提醒他，某年某月某日某地，他们三个人还在一起喝酒，聊得很好。但顾彬先生还是认定，他不认识那位教授。如果你知道顾彬先生是韩国外国语大学的兼职教授，而且顾彬先生到韩国外国语大学任教与那位教授有某种关系，你就知道顾彬先生的记忆确实出现了一些差错。就在三个月前，韩国的那位教授作为博士生论文答辩委员会的重要成员，应邀来北京大学参加一个学生的博士论文答辩。当时我跟那位教授见了一面，那位教授告诉我，顾彬先生最近又去了一次韩国，他跟顾彬先生又争论起来了，但争论归争论，他跟顾彬先生的友谊并没有受到影响。

如何评价中国当代文学的成就，如何分析中国当代文学的不足，中国的批评家、文学史家、读者和作家，以及海外的汉学家、海外的读者和海外的作家，自然是仁者见仁，智者见智。对于顾彬先生的学术成就，我想中国的批评家和文学史家，以及德国的汉学家、德国的学者，也会有自己的看法。遗憾的是，很多参与了对顾彬先生的言论的讨论的中国批评家——哦，这个句子真是拗口，但为了准确，我还是这么说吧——好像还很少提到过德国的学术界对顾彬先生的成就的评价。顾彬先生翻译了很多中国小说，对他的翻译水平和成就，我们其实也不妨听听德国读者和德国批评家和德国作家的看法。我认为，只有在这种情况下，我们才会知道目前围绕着某些问题的讨论，是在怎样的一个层次上进行的。我想，有些争论是有意义的，有些争论是无意义的，至少是意义不大的，至少是不需要投入大量的时间、人力、精力、版面和网络空间去争论的。我本人无意于搅入这些争论。我当时在会场上说出那番话，也只是想善意地提醒朋友们，对一些没有多大意义的问题，不妨少去争论。现在我写出这篇短文，当然更不是为了争论。这里不涉及对中国当代文学的整体性评价问题，不涉及对于个人动机的“推断”和“猜测”。我依然对顾彬先生表示尊重，他把鲁迅先生和老舍先生的小说翻译成德文，在我看来是功德无量。我还需要说明，因为一些可以理解的原因，一些更尖锐的事实我没有说出来。我之所以没说，是因为我不想对人造成伤害：一个人，不管他是中国人，还是外国人，无论是说者还是被说者，他的言论都有必要保持在一个限度之内，都有必要恪守话语的边界。对此，我与赵勇教授在电话里已经进行了私下的沟通和说明，对涉及限度和边界的内容我在此不愿提及。再重复一遍，在这里我只是想对赵勇教授在文章中涉及我的一些情况进行一些有限制的回应和说明。赵勇教授在文章的最后提到："德国人做事本来就严谨，顾彬又是一位很较真的倔巴老头儿，不读作品他敢从二十世纪初写到二十世纪末吗？由此我便想到，或许李洱和一些评论家并非不知道这些情况，知道了这些却又把顾彬的酒后之言（或许还是义愤、反讽、夸张之辞）拿出来示众，大概这就叫别有用心吧。"顾彬先生作为一个"德国人"，他肯定有他的"严谨"之处。我当然知道，很多德国人都非常严谨，我接触到的绝大多数德国人都非常严谨。不过，其他国家的人，包括中国人，也可能是一个严谨的人。至于我是不是像赵勇教授所怀疑的那样"别有用心"，我想看过了这篇短文，人们或许已有自己的判断。我最后要说的是，为了说明问题，我不得不提到了一些人和事，如果有些朋友因为我的这篇短文，心情受到了干扰，我在此深表歉意，并恭请谅解。

2010 年 4 月 7 日　北京

附录：

顾彬不读中国当代小说吗？

赵 勇

今年年初的一次学术会议上，作家李洱在发言时突然把矛头对准了德国汉学家顾彬先生。他说："顾彬最近几年猛批中国当代文学，但顾彬基本上没读过当代小说。有一次开会我与顾彬在一起住了十天左右，顾彬说：他现在很忙，一天只睡四个小时，如果再读当代那些烂小说的话，一天就只能睡一个小时了。我问：你说当代小说很差，那你认为莫言的哪些小说是很差的，哪些小说比较差，哪些小说不太差？顾彬回答说：都很差。"以上引号中的文字是我当时的现场记录，不一定十分准确，但大意不差。也需要说明的是，当时顾彬并未参加这次会议，他其实是缺席受审。

李洱的这番话当时让我心中一震。我在想，究竟是顾彬直接告诉他不读中国当代小说呢，还是他通过那番"机智"的问答推断出了顾彬不读中国当代小说。我琢磨的结果应该是后者。于是我又想到，李洱的这一招其实是比较"狠毒"的：你顾彬不是成天嚷嚷着中国当代文学是"二锅头"吗？那我现在要把你不读当代小说的"劣迹"公之于众，此谓釜底抽薪。记得李洱发言的时候已是下午，虽然人已走了不少，但能放四百人的英东学术会堂演讲厅至少还有两百人吧。闻听此言，我不知道当时在座的专家学者与研究生同学作何感想，但据我估计，它的传播力与影响力肯定不小。

果然我见到了它的影响力。就在我快要淡忘这件事情的时候，忽然发现一位评论家所写的文章。此文谈到当代文学的评价问题时说："一个典型的事例是，并不阅读中国当代小说的德国汉学家顾彬在 2006 年对中国当代文学发表的'垃圾'说。"这句话后又跟一说明性尾注，我顺藤摸瓜，发现了注释中的如下文字："2010年 1 月 14 日在北京师范大学召开的'中国文学海外传播'学术研讨会上，作家李洱说，在顾彬和他的交谈中顾彬说，他'从来不看中国当代小说'。一个不读中国当代小说的汉学家说'中国当代文学是垃圾'，可见其不负责任到了什么程度。"看到这个说法时我吃惊不小，因为我意识到，李洱那天的发言已成了他人论文写作的重要论据。而一旦诉诸文字，其传播力度必然会变得更加强悍。

既然前有李洱的说法开路，后有评论家的论文跟进，且后者比前者更加言之凿凿，事情也就变得严重起来。顾彬果然说过李洱所讲述的那番话吗？他真的不读当代小说就信口开河吗？诸如此类的问题让我产生了浓厚的兴趣。于是我请我的同事方维规教授与顾彬联系，求证李洱的说法是否属实。方教授转译我的邮件后，顾彬在两天之内断断续续发来五封邮件。方教授择其要者，翻译如下（他们之间用德语交流）。

顾彬说："那次会议好像是在 Villigst。李洱和我在一块儿吃午饭，我们海阔天空地随便聊天。我觉得很有趣。但不能靠这推演出什么说法。""我当时的意思大概是：我在近三年主要在写中国戏剧史，因此当代文学念得较少，尽管如此我还是念了，或者念了关于当代文学的东西，亦即在我主编的两本杂志中发表了关于当代中国文学的东西。""另外，我这些天正在香港教当代文学——中国的和德国的。我当然要念许多作品。说我不念当代文学，是胡扯。我有时念得多，有时念得少，就像喝二锅头一样，有时多，有时少。”顾彬在邮件中还谈到他对当代作家的一些评价，这里不再一一摘录。

还原顾彬与李洱说话的语境，那应该是一个吃饭喝酒聊天的场所。一般来说，饭桌上说的话、酒后之言是不能太当回事的。或者也可以说，那种私下场合的聊大天或许不宜变成公共场合的话语。大概顾彬也意识到了这种“公私”之别，他才有了如下怨言：“近来，中国人跟我一起吃饭时会打开他们的机子，可是我是在随便说，而不是正式讲话。这便能变成信息了吗？”当然，即使除去这番怨言，他也没有承认他不读当代文学。同时，我也注意到他在邮件的回复中总是在说“当代文学”而并非直面“当代小说”，莫非这是他的一种话语策略？

尽管顾彬在回复是否阅读当代小说的问题时稍嫌含糊，但我还是在其他地方找到了他更直接的说法。在回答邱华栋关于1978—2008年之间哪些小说家值得重视的问题时，顾彬说：“我阅读了当代很多中国小说家的作品，我熟悉他们的短篇小说、中篇和长篇小说，但是，我的问题在于我对一个作家的评价在不断地变化。”然后他谈到格非的《迷舟》不错，但《人面桃花》就不很喜欢；余华的《许三观卖血记》故事不好，但里面体现出来的人道主义他很欣赏；贾平凹的《废都》很糟糕；莫言早期的小说与拉美魔幻现实主义的距离太近；王安忆、苏童、阿来的小说依然停留在讲故事的阶段。这些即兴评点的文字表明，顾彬还是读过不少当代小说的。说他不读当代小说就胡乱放炮，显然不符合基本事实。

其实，即便按照常理推断，也是无法得出顾彬不读当代小说的结论的。因为只要对顾彬稍有了解，我们便知道他近年写过一本《二十世纪中国文学史》。德国人做事本来就严谨，顾彬又是一位很较真的倔巴老头儿，不读作品他敢从二十世纪初写到二十世纪末吗？由此我便想到，或许李洱和一些评论家并非不知道这些情况，知道了这些却又把顾彬的酒后之言（或许还是义愤、反讽、夸张之辞）拿出来示众，大概这就叫别有用心吧。

2010年3月23日

与吴虹飞[①]的对话：从知识分子到农民

|李洱|从知识分子到农民(1)

所有写丑恶的作家,思想都有丑恶的部分。因为人写黑暗的时候,是以自己内心的黑暗为依据的,自己黑暗不到那一步,你就写不到那一步。

有次李洱在柏林换乘地铁,看到一家书店门口贴着一张很大的宣传单,依稀是个东方人,他觉得有些眼熟。凑近一看,发现是他自己。

《石榴树上结樱桃》在国内是2004年第一次出版,销量固然不坏,但李洱的名字基本只出现在国内各种文学专门会议的演讲稿上。后来翻译了《石榴树上结樱桃》的德文译者Thekla女士(汉名：夏黛丽)看完《饶舌的哑巴》,四处寻访李洱,阿城说:"我向你

---

① 吴虹飞,笔名阿飞,作家,记者,"幸福大街"主唱。侗族,清华大学环境工程、中文系科技编辑双学士,现当代文学硕士。2005年出版乐队摇滚专辑《幸福大街》,著有《小龙房间里的鱼》、《阿飞姑娘的双重生活》(2003)、《失恋日记》(2004)、《木头公仔》(2005)、《征婚启事》(2005)、访谈录《这个世界好些了吗》(2007)、《娱乐至死的年代》(2007)、访谈录《童话》(2007)等。

保证，中国没有这个作家。”

正所谓“墙里开花墙外香”，“一枝红杏出墙来”，李洱在德国的书店里遇见过正在买他的书的读者，在中国他倒没有遇到过这种事情。他的名字真正被传媒广为得知，是 2008 年年底，《环球时报》翻译了德国媒体的一篇文章，称德国总理默克尔于 10 月 23 日，将德文版的《石榴树上结樱桃》送给了温家宝，并点名要与李洱对谈。一个月后，李洱与吴思、蔡定剑一起，见到了默克尔。当时默克尔刚结束与胡锦涛的会面。

写《石榴树上结樱桃》时，李洱并没有“深入农村、体验生活”。他不懂的时候就给在河南的父亲打电话，问，屋顶那个东西叫什么？但他和默克尔交流的却是，中国农民和乡村的状况，以及农民的宗教信仰。

“当然，我很感动的是，她问到了我母亲的病情。”

默克尔曾经给李洱的德国经纪人写过一封信，感谢她翻译了这篇小说。其实早在 2007 年，默克尔访华，就希望见到李洱，然而李洱在河南看护母亲，未能回到北京。当她得知李洱母亲过世，她称她为“伟大的母亲”。这令李洱相当感动。

德国媒体对李洱评价颇高。德国北德电视台评论：“谁想了解中国当代文学现状的话，就应该阅读李洱的小说，史无前例，非常杰出。”《新苏黎世报》说：“李洱描绘了一幅巨变中的中国乡村社会的肖像画，显示了中国的哲学以及中国解决现实问题的独特方式。”

这位被《普鲁士报》认为“配得上它所获得的一切荣誉”的《石榴树上结樱桃》的作者，被媒体当面采访的次数却“屈指可数”。我们与智略型作家李洱的相遇，恰逢北京下起了漫天的大雪。喝茶之时，他身体略微前倾，像要告诉你一个什么秘密似的。“我有非常好的茶——佛茶，就是和尚采的茶。其实最好是尼姑采的，可是——没那么多尼姑。”

他不善于发言。“很多人可以把废话说得很漂亮，口若悬河，舌头像蛇信子一样吞吐不息，全是废话，但很有节奏。我真是佩服。”但他可能是最会讲笑话的作家和最聪明的作家之一。他总结道：“文坛娱乐化，娱乐圈流氓化，流氓政治化，政治商业化，商业娱乐化。”他纵横捭阖，谈兴正浓。感到惊讶时，喊一声“乖乖”。他既诚挚又狡黠，既严肃又八卦，既放松又得体。相比之下，韩国的中文系教授朴宰雨运气就没有那么好。他知道，仅用“不可小觑，非同寻常”来评价李洱是远远不够的——他认为他是“今日中国真正具有革命性意义的作家”——尽管事先知道李洱很会说笑话，但由于与李洱的见面太仓促，“我一个笑话也没听到！”

没人回信的祖父

李洱第一次投稿是在八九岁。当然，他投的不是他自己写的稿子。

他有一个“家族的徽记”：密密的抬头纹。“小时候看我爷爷额头，非常非常深；现在我儿子一岁多就有！我们家是一代不如一代啊！”李洱说。

他的祖父弟兄三人，当年一同投奔延安，大哥老死于延安，二哥进城之后屡获升迁，并长期担任军方要职。他的爷爷当年是延安的马列教员，后来因家事返乡，在随后的年代里备受折磨。因境遇不同，兄弟三人长期不通音讯。唐山大地震，祖父给那位远在北京的二哥写信，问是否平安。此后，他掐算着日子，想着几天之后可以收到回信。信石沉大海。而老人的等待却被李洱记得。后来李洱读到马尔克斯的小说《没有人回信的上校》，眼前出现的并不是那个流亡异乡的哥伦比亚老头，而是他的祖父。

|李洱|从知识分子到农民(2)

李洱的父亲考上了新乡师专，此后在济源当地中学教书，二十世纪八十年代中期就把《百年孤独》看得津津有味。有很多年，李洱目睹父亲一直在写小说。其中一篇写的是农民买化肥的故事。那时，八九岁的李洱看完父亲的小说《化肥》，碰巧手里有几分零钱，他就瞒着父亲把《化肥》寄了出去，信封上写着：《光明日报》收。这有些类似于契诃夫笔下的那个小男孩寄信的故事。但他忘记在信封上留下家里的地址了。后来父亲翻箱倒柜找他的小说，李洱每次都吓得要死。直到最近，他才向父亲坦白：稿子是被他偷偷寄走了。

他的父亲当然没能收到《光明日报》的回信。几年之后，李洱才意识到，幸亏当初没有写下自己的地址，实在是万幸。如果有了落款，说不定会遭到灭顶之灾。

过了许多年，他终于见到身居高位权倾一时的二爷爷，二爷爷既没有提到那封信，也没有问到他弟弟的死。他只是反复教育李洱，一定要树立共产主义的远大理想。又过了几年，李洱突然接到他的电话。他问李洱是不是他的孙子，然后问他是不是写过一部小说《花腔》，他说想看看，能不能给他寄来一本。李洱立即想起了祖父寄信的往事。他没有当面回绝一个九十岁的老人，他说好吧，回去就寄。后来，他没有寄。

一 字 之 师

1983年,李洱考入华东师范大学。那里不但“风景优美”,也曾经有“全国最好的中文系”。

“八十年代前期,华东师大中文系人人都是诗人和小说家,甚至想规划未来的文学蓝图。当时的文史楼有个通宵教室,105教室,一到晚上就坐满了人,写小说呢,为赋新辞强说愁。在这种气氛下,就是傻瓜也会写。”

对“对我来说,八十年代是文化的童年;对文学来说,那是文学的青春期;对时代来说,那仿佛是新婚之后最忙乱的时期。”

他最初的小说创作跟博尔赫斯有关,此后,这个师承的名单不断拉长:马尔克斯、昆德拉、卡夫卡、哈维尔、索尔·贝娄……

“博尔赫斯,当时大家都叫他豪尔赫·路易斯·博尔赫斯全称,以示尊重。当时华东师大就生活着一个博尔赫斯——格非嘛。当然,格非的视力是一点五。”

那时李洱跟格非来往很多,格非比他高两届,也是他毕业论文的指导老师。格非当指导老师的时候,还是助教,还没资格指导论文,是李洱逼着他当指导老师的。“我的论文写的是电影,安东尼奥尼啊,费里尼啊,伯格曼埃啊,教电影的老师不愿意带我玩,说你写的都是什么乱七八糟的。”

毕业论文写完,李洱的论文被评了个“优”。结果那一次,得“优”的学生太多了。教导处说,要去掉一个。格非只好来找李洱,说:“我只是个助教,就把你的‘优’去掉吧。”李洱一听就急了,你不给我“优”就罢了,哪有得了“优”又去掉的道理?

李洱早期的小说,亦师亦友的格非大都看过。“他提意见的时候很委婉，不直接说（我的）作品，说的都是大师的作品。霍桑有一个细节是这么写的，海明威有一句话是那么写的，托尔斯泰写到‘肾走游’的时候，是这么写的。格非好像摸了一下自己的肾。我有个中篇，所谓的成名作，叫《导师死了》。写好了给他看，其中有一句诗，用了一个词叫‘亮堂’。格非说，但是，要是换成‘敞亮’可能更好一点。”

早年的时光，确实令人难忘。正是格非陪着李洱把他的第一篇小说送到了《收获》杂志。“格非自降身份，说自己只是一字之师。”

当时大众传媒、各路书商尚未风起云涌，文学杂志成为成名的唯一道路。《十月》、《收获》、《当代》、《花城》等，发行量均达到上百万份，《当代》甚至有过超一百五十万份的纪录。“那是一个文学的年代，明显感受到文学是一种思想资源。但奇怪的是，当时的小说其实是没人看的，包括后来的先锋小说。它们要很多年之后，通过商业炒作才被接受。”李洱记得一次王蒙的新书征订，共订了三十七本。当时余华的小说一本也不过卖一千册，直到张艺谋拍了《活着》。大众传媒使纯文学书销量大幅增加。

|李洱|从知识分子到农民(3)

李洱的《石榴树上结樱桃》也已经拍成了电影，但除了拿版权费，剩下的事他一概不参与。

从知识分子到农民

李洱思考了七八年时间，又花了三年时间写作，2001 年，完成长篇小说《花腔》。《花腔》获得了2002年度“二十一世纪鼎钧双年文学奖”,“华语图书传媒大奖文学类图书奖”。朴宰雨说:“《花腔》完全区别于此前公式化脸谱化作品,可以看成是二十世纪八十年代中国当代文学的最重要的收获。”

德文翻译夏黛丽看到了《花腔》。在没有找到出版社的情况下,她愿意自己付版税给李洱,买下德文版权。由于牵涉太多的中国现代历史和传统文化知识,《花腔》的翻译非常艰难。这时,李洱出版了《石榴树上结樱桃》,夏黛丽决定先翻译这本书。

2007年4月,《石榴树上结樱桃》在德国DTV出版社出版。DTV出版社又称“口袋书出版社”,是德国最著名的出版社之一。至今,德文版《石榴树上结樱桃》已经卖出了一万本。

德国出版社专门为李洱在德国办了系列朗诵会,请了曾在法斯宾德电影中饰演女主角的演员做德文朗读。在所有李洱认为中国读者会笑、会有表情的地方,德国人都有对应表情。“那天下着雨,各地来了很多学者、教授,他们全都看完了《石榴树上结樱桃》,讨论到很晚很晚,我嗓子都哑了。”

会后又举行了签名售书,现场卖了两百多本。两个月里,首印的四千册全部卖完,后来又加印了四次。因为这本书,据说李洱已经为德国驻华大使馆内上至大使下至普通工作人员所熟悉。李洱不知道这本书为何如此受欢迎,他从翻译那里得到的解释是:“他们非常惊讶中国乡村已经深深卷入全球化进程了。”

有人调侃说,《石榴树上结樱桃》里写的农民,至少是上过中专的。至于为什么题材从知识分子突然转向农民,有人说,知识分子和农民其实是一根藤上的两个苦瓜。还有人猜度,这与李洱的农民出身有关：他于1966年生于河南济源的一个村子里，这个村曾经非常有名，唐朝时韩愈、白居易都来过这里，并留下了大量诗作——有李洱老家马桶边的一本诗集为证。

颠 倒 话

吴虹飞：即便是写农村题材的时候，你也是一个特别典型的知识分子，一个有些狡黠的知识分子。在《石榴树上结樱桃》里，你写的繁花和小红，都挺可爱、挺好笑的，你认为可以用善恶来评判这些人物吗？

李 洱：我关心人物的性格，要大于关心人物的道德。这可能是小说家的职业病。我内心当然有善恶标准，但不会要求读者认同我的标准。有些朋友开玩笑，说你写的农民不像农民，起码是从中专出来的。哈，小看农民喽。农民的生存智慧不得了，他们也吸收了各种文化的致幻剂。一个自作聪明的知识分子，跟农民打交道的时候，农民能把你卖了。不是经常有报道吗，哪个女大学生被农民卖到了什么地方，洞房花烛夜才迷登过来，摸过来的原来不是"同桌的你"。

吴虹飞：你以知识分子的视角写农民，写《石榴树上结樱桃》的过程困难吗？

李 洱：有各种各样的写作方式，其中一种是一泻千里，泼墨似的，我是另一种。为了表达各种各样的价值观念，我需要比较深入地了解各种各样的观念，知道我写的每一句话是什么意思，把各种各样的观念镶嵌起来，要斟酌，这样就变得很困难。

我理解的加缪的小说就是这样的，它经过经验的反省，每句话都表达一种被审视过的生活，而非像生活本身那样。我可能还没有达到这样的高度,但是我的习惯已经变成这样的了。

吴虹飞: 那些颠倒话是你自己编的吗? 还是听来的? 我觉得很有趣。

李 洱: 颠倒话,话颠倒,石榴树上结樱桃,东西大路南北走,出门碰见人咬狗。民间流传很广的。前面两句类似于音乐中的过门。一种有趣的矛盾修辞。但我不知道,在我们的修辞学体系里,它是不是被列为一种辞格。不过,小说中大部分颠倒话是我顺口编出来的,风助火势,有一天竟然写了几百行,写得口干舌燥,扁桃体发炎,但最后用到小说里只是一小部分。

|李洱|从知识分子到农民(4)

吴虹飞: 中国有许多的乡土文学,比如沈从文的《边城》;后来如《红旗谱》、《暴风骤雨》;再后来如《白鹿原》。你觉得你写的是真正的乡土中国吗?

李 洱: 我也不能说我写的就是真正的乡土中国,只能说我写出了我的乡土经验。什么是经验? 经验就是活泼的印象。如果现在还有人去写沈从文式的乡土小说,他要么是傻瓜,要么是装傻。再说了,你都"无论魏晋"了,干吗还要写小说? 应该学习的是沈从文处理经验的方法,而不是照搬他的方式。只有跟沈从文不一样,你才是对沈从文的尊重。在问题的另一面,我也不喜欢通过写作来诉苦,诉自己的苦。有些作家,不把人写哭绝不罢休,然后到处签名售书,胳膊肘都磨破了,都影响他打高尔夫球了。他的苦,其实是高尔夫球没有打好的那种苦,不是球不进洞,而是找不到球了。那种苦当然也很真实,很活泼,但如果非要通过写农民来表达自己的这种苦，我就得把书放下了。当然，我知道很多人喜欢这种写法，莫非他们平时也打高尔夫？

吴虹飞：《石榴树上结樱桃》在德国出版后，书店为作者举办作品朗诵会，这样的形式在中国可以实现吗？

李　洱：中国已经有了——巴金百岁诞辰的时候，《收获》就举办过朗诵会，请一些作者朗诵自己的作品。我觉得这种形式很好，跟买花篮买蛋糕一样好。当时我朗诵的是《喑哑的声音》，一篇写通奸的小说，别人也没觉得有什么不妥。开个玩笑，作者朗诵还有可能对播音美学产生影响。你想想贾平凹去朗诵《秦腔》，肯定有意思。在德国我朗诵过几次，有个女演员，在法斯宾德的电影里演女主角的，她朗诵德文，我朗诵中文。她听不懂中文，但她说听了我的朗诵，有助于她理解作品。其实我也能从她的朗诵中听出一些感觉，好像小说是她写的。我们到酒吧里喝了一杯。我借花献佛，向她敬酒，为了文学带给我们的那种奇妙的感觉。它本来就不仅仅是你写的，不仅仅是写给自己的，它还是别人写的，写给别人的。

吴虹飞：你的书的德文版在德国引起很大反响，法文呢？

李　洱：法文版的翻译和出版，很有意思。一个译者快翻译完了，最后又决定不翻译了。不翻译的原因是，他无法接受我的小说。他是在“文革”时候学的汉语，是在复旦大学。他无法忍受小说中对“文革”的议论和描写。可是出版合同已经签了，眼看合同就到期了，怎么办？只好征求我的意见。问我如果愿意打官司，他们也没办法，如果不打官司，就多赔付一点违约金。还是这个好，因为我也没有时间打什么官司。当然最主要的是，我对那个译者突然尊重起来了。他有自己的文化立场，为了他的立场，他可以放弃自己的经济利益。这样的人，难道不值得我尊重吗？太值得了。

我就跟法国的出版社讲，我倒很想认识这个翻译家，想请他吃顿饭，跟他交流交流。我还引用了我的朋友李佩甫的一句话："你给我一个苹果，我给你一个苹果，每个人手里还是只有一个苹果；你给我一个思想，我给你一个思想，我们每个人就有了两个思想。"我告诉他们我不是开玩笑，真的不是，可他们却不信。

吴虹飞：《花腔》体现了对结构和语言的追求，你使用了大量引文。

李　洱：《花腔》接近了我的小说理想。总有一天我们会发现，我们留在世界上的东西是一些混乱的、错乱的、矛盾百出的文字，各种看上去跟你距离甚远的引文构成了你的生活。一个人通常是在别人的记忆中存活的。除非你写自传，但可能会引来杀身之祸；没有时间写自传或者只愿意写诗的人只能把他的生活让给别人来写。比如《花腔》的主人公，他不愿意去写散文，他只愿意写诗。

准确是作家的唯一美德

吴虹飞：你小说中的人物跟你是什么关系？

李　洱：我作品中的人物都不是很坏，所以我这个人也不是很坏；他们分裂得也都不是很厉害，所以我分裂得也不是很厉害。所有写丑恶的作家，思想都有丑恶的部分。因为人写黑暗的时候，是以自己内心的黑暗为依据的，自己黑暗不到那一步，你就写不到那一步。

|李洱|从知识分子到农民(5)

吴虹飞：你怎么体验生活的？

李　洱：今天下午有人给我打电话，说某个出版公司跟电视台合作，邀请一批作家跟普通人一起生活，然后写出这个普通人的传记，电视台再拍成电视片。他问我有没有兴趣，我说没兴趣。我每天跟自己、跟朋友在一起，过普通人的生活。有人老觉得自己过的生活不是生活，非要“体验生活”，那是他忽略内心生活，忽略真正的生活。

吴虹飞：你平时的写作是什么样子的？语言的密度、细致，是怎么达到的？

李　洱：我是一天写七八个小时，最后能留下一千字就谢天谢地了。各有各的习惯，所谓猫钻猫洞，狗走狗道。有的人，比如我的朋友阎连科，一天只写两个小时，而且一写就是几千字，大写意，泼墨。我不行，一天到晚磨磨蹭蹭，就像在磨洋工。一个句子，放在这里好，还是放在那里好，诸如此类。有点把小说当成女人了。同样是一团脂肪，长在乳房上是一种丰满，长到腰上就是赘肉了。但这还不是最要命的。写小说，尤其是写长篇，最要命的是你的想法一直在变。我常常感到这个时代不适合写长篇，因为你的经验总是会被新的现实击中，被它冲垮。你的想法，你的观念，也就一直在变化。曹雪芹那个时代最适合写长篇，贾宝玉是什么人，有什么想法，曹雪芹事先都知道，按部就班写出来就行。虽然那个时代也在发生着变化，可那个时代的价值观念却稳定得就像门前的石狮子。可是现在，贾宝玉接一下电话，是林黛玉的，林黛玉说她在什么地方按摩，今天回不了贾府了，贾宝玉立即觉得这个女孩不能要了。现代小说中，使用频率最高的词大概是“突然”，突然怎么样，突然不怎么样。现在你睡个午觉起来，你的想法可能就变了。这种情况很不适合写长篇，至少不适合再写原来意义上的那种长篇。

吴虹飞：你可有尊崇的作家？

李　洱：两个，一个是加缪，一个是哈维尔。哈维尔的作品，译成中文的我全都看过。他不是一流作家，但他是一流的文人。当了总统之后，他的秉性也没改。他踩着滑板接见贵宾，抽空就写荒诞派戏剧。

吴虹飞：你如何看待作家的道德感？

李　洱：还是谈美德吧。从专业角度讲，准确是作家的唯一美德。

吴虹飞：写作给你带来了什么？一点名？一点钱？你最开始写作的时候有什么目的或者动力？

李　洱：不是一点名，一点钱，而是一点点名，一点点钱。写了这么多年，我的目的已经变得很简单了，就是写出自己心目中的小说。

当代作家都被失败感笼罩着

吴虹飞：现在读书界、媒体圈子比较认可的卡佛、厄普代克，你怎么看？你在《阅读与写作》一文中提到的马尔克斯等外国作家，好像对今天的都市人群来讲都太陌生了，太严肃了。

李　洱：我读卡佛应该是在(19)89年前后。卡佛是个好作家，好的短篇小说作家。那时候我还在学校教书，我给学生们讲过卡佛，讲他的名篇《大教堂》。有个女生突然泪流满面。我也没有劝她，因为卡佛的小说不会让人号啕大哭、影响课堂秩序的。后来我写过一篇文章，叫《卡佛的玫瑰和香槟》。卡佛死前曾经站在床前凝望玫瑰，卡佛最后一篇小说写的是他的导师契诃夫的死，写契诃夫死前喝香槟酒，香槟酒的瓶盖自己蹦了出来。这两个细节的意义非常接近。卡佛是以此向前辈作家致敬，为今生的告别，也为来世的相聚。写作就是这样，一代一代传承下来，从契诃夫到卡佛，再到后来的作家。一个作家，往往是在他走向生命终点的时候，他才能够最终懂得什么叫死，什么叫生，什么叫幸福。困惑和疑难在那一刻悄然遁形，然后它们又再次现身，要求后世作家做出解答。

你说读书界和媒体现在终于认可了卡佛，我不敢相信。这个月他们认可的是卡佛，下个月是谁？

吴虹飞：你对顾彬的一系列言论怎么看？他毕竟是一个颇可掂量的汉学家。

李　洱：顾彬在德国有个绰号，叫“痛苦的耶稣”，可见他在谈论德国文学的时候，也很痛苦。顾彬的“垃圾论”出来之后，他在汉语文学界很痛苦，说他没说过这话，他只是说某某作家的作品是垃圾。邱华栋就跟他做了访谈，可是那个访谈却没有地方发表，因为中国的很多媒体只愿意听他骂中国作家，对他别的话不感兴趣。哈，最早的媒体只是在借顾彬之口骂人，人家要是不骂，我们的媒体能活活急死。注意了，请他骂的是作家，而不是别的什么家。如果他骂了别的什么家，我们的媒体要么不感兴趣，要么不敢刊登。这是不是很有趣？媒体先塑造出一个自己需要的顾彬，然后别的媒体一哄而上，去讨论同行们精心创作的那个作品，而作品主人公的真实想法，别人却很难知道，也没兴趣知道。耶稣若真的复活了，这会不会是他在传媒时代的真实处境？

|李洱|从知识分子到农民(6)

吴虹飞：有没有觉得西方人看中国的小说，像看某类社会文献?

李　洱:比如说我在德国接受采访的时候,记者经常问我卫慧、棉棉的问题。我坦率地告诉他们,如果她们是作家,我就不是作家;如果我是作家,她们就不是作家。我们的差别就有这么大。

棉棉其实写得不错,是自动写作,但问题就在这里,当一个人以作家要求自己的时候,他必须有一定的技巧,必须有文学史的判断,知道自己的东西跟别人哪点不一样,否则写作是无法继续下去的。从某种意义上来说棉棉就是高玉宝。

卫慧则非常极端,但是假极端,虚构的极端。那种生活不是她的生活,不是中国的生活,是她从亨利·米勒的作品里读来的生活。这就变成一个基本的问题:绝对虚假的写作和最本真的写作,都有可能导致写作无法持续。她们两个正好代表这两种状态。

吴虹飞:现在文学有很多问题。比如,主流系统推崇的那些作家,并不够好,而且许多人根本不是作家,却也打扮成作家。我感到最要命的是一种精神上的萎缩,缺乏精神上真正的力量。

李　洱:我常常有一种感觉,可能有些很棒的作家,我们并不知道。他们写作,然后拉开抽屉锁了起来,又加了密码。有各种可能性,一种是他们不愿意发表作品,不愿意加入合唱,不愿被纳入秩序。你可以说,他是自私的人,自恋的人,也可以说他是高贵的人。还有一种可能,是他们虽然发表了作品,但被我们忽略了,因为他们表达的经验与我们有背离,但那种背离又没有夸张到炫目的地步,所以我们远视也好,近视也好,都没能看见。跟他们相比我已经很幸运了。文学体制,文学史体制,是一个有趣的东西,它会过滤掉一些非常丰富的内容。筛子的网眼很大,筛出来的都是大块文章、所谓的成功人物。但什么是成功?在平庸的年代里,成功是一个很可疑的概念,它往往是商业包装和自我吹嘘的混合物。它唯一的必要性就是带来销量,但是在五年之后,两三年之后,甚至两三个月之后,有没有人会想起来你这本书？都是白忙。精神上的力量？失败算不算一种力量？我们现在所谓的精神上的力量,往往是指成功者的愤世嫉俗,有一种外在的冲劲,用高射炮打蚊子,用扫帚打死老虎。真正的力量,是雪被下面的草尖,是小鸟的红喙,看上去很微弱的,只是我们往往不知道爱惜。

吴虹飞：在这种状况下,你作为一个当代作家如何自处？

李　洱：当代作家每个人都被失败感笼罩着。我们最早接受的文学教育使我们想表达某种思想、经验、观念,并使之成为某种思想资源。但现在这种可能性已经消失了。作家不得不接受这个失败的命运。很多作品踮着脚去迎合,而不是脚踏实地地去表达,很糟糕,我感觉。

这是一个不重视内心生活的时代,价值观分崩离析。但也许通过财富的积累,人们会重新认识到文学艺术的美和意义。很多贪官愿意让自己的孩子去学文学,是吧？很有可能。我还是比较乐观的。

吴虹飞：你认为幸福是什么？

李　洱：幸福成了时间概念,成了一种嗅觉,瞬间的,细微的,具体的。闻着婴儿身上的气息,肯定是幸福的,可你也不能一直抱着他——他也要寻找幸福,你不是他的幸福,他的幸福是吃奶。写出满意的小说,当然也是幸福,类似于婴儿吃奶。

吴虹飞：你认为自己是否忠于自己的内心？如何才是诚恳的写作？

李　洱：在写作的时候,我无限忠于自己的内心。糟糕的是,这个时代的内心生活更多的时候是一种不良反应，是一种创伤性经验。写作就是对这种不良反应的表达和反省。你刚才说到幸福，我还想补充一句，最正确的答案好像就应该是，内心平安就是幸福。可是，至少在现在，绝大多数时候，内心平安其实是一种罪，因为它表明了你的犬儒，你对秩序的认同，你的放弃。所以，在写作上你既要表达，又要对自己的表达做出必要的反省。写作类似于你眼睁睁地看着某种体外手术，做的是自己，被做的也是自己，最担心做坏的当然还是自己。

（张莹莹对本文有帮助）

与孙小宁[①]的对话：我无法写得泥沙俱下、披头散发

李洱

德国总理点名要见的中国作家

总有些作家处于媒体焦点之中，还有些在焦点之外。在我看来，小说家李洱属于后者。虽不在焦点，但又不至于离靶心太远，于是更像一个文坛的潜伏者。潜伏者的禀性是旁观而不介入，尽量不使与自己有关的信息成为事件。尽管这在当下的通行法则看来，机会错失，有些可惜。比如去年底，德国总理默克尔来访，送给中国总理的书，就是他德文版的《石榴树上结樱桃》。此前，这位德国总理点名要见这位中国作家，但他那时在乡下陪病中老母。这些，只在今年小说重版，才得以为人所知。无独有偶，他的小说《花腔》译成韩文版，今年在韩国知识界引起关注，我也是通过他的小说责编才获知一二。翻译《花腔》的韩

① 孙小宁，资深文化记者，现供职于《北京晚报》。从事文化报道十几年，喜欢读书也读人，愿意发现并挖掘社会浮面下值得尊敬的被遮蔽的存在。著有《谛观有情况——中国音乐中的人文世界》、《十年去来——一个台湾人眼中的大陆》等著作。

国文学博士朴明爱，感慨于它出版一个月就引发震动，写了长长的评论来分析原因，有一句话这样说："《花腔》敏锐地触及了中国现代史上这个重要的问题，它可以对韩国作家处理类似主题有启示作用。李洱的《花腔》之所以引起惊人的反应，还因为作品实力雄厚，有很复杂的叙述结构以及惊人的想象力，从而让人发现了中国大陆当代文学进步的一面。"而这个评价，又惊人地与德国媒体评价《石榴树上结樱桃》相似，"谁想了解中国当代文学的现状的话，就应该阅读李洱的小说"。

《花腔》初版于 2002 年，《石榴树上结樱桃》初版于 2004 年。就一个有才气的作家，李洱作品的热效应今年才渐渐释放出来。这使我觉得，现在也许才是采访他的契机。

关于他的作为小说家的才气，我是从他的小说同行那里得到印证的，有人说他是一个"纯粹的小说家"，把他引为竞争对手。有人会说他讲故事一流，有些恶作剧"只有李洱能做得出来"。说这些话的语气，不像是生气，而是钦羡。这些被综合起来，便是媒体上所形容的他，"诚挚而狡黠"、"严肃又八卦"……

韩国学者朴宰雨，描述这位中国作家，爱引用一段话，形容他的面部表情之复杂：两眉紧蹙，然后又笑容浮现，笑容夹着嘲讽，面容又绝对真挚……看着他发来的照片，我深以为然，向他发短信：你很像余则成啊。他的短信回复过来：余则成是谁？这名字听来很熟……

于是，我更认定他是一个潜伏者。在喧嚣中选择潜伏，这些是不是一种小说准备——写一种经过审视的生活？也只写这种正在接受省察的经验？

《花腔》之知识分子题材

流动的花腔，什么是历史的真相

孙小宁：《花腔》是你重要的一部长篇，也是中国作家知识分子题材中的佼佼者。我看重的是它传达出的知识分子在历中选择当中难言的那部分。主人公葛任选择了隐居，各种政治势力带着不同的使命而来，想要把他放在他们想要摆的位置上。通篇都是不同人围绕着葛任的“有甚说甚”，但这到底通往历史的真相，还是不同人的“花腔”？小说留给我们许多疑惑。重读《花腔》，我在想，李洱不是在探求真相，而是在表达对历史真相的疑惑。

李　洱：写《花腔》的时候我很犹豫，就像走钢丝。这有点像书中的人物。他们在讲述葛任的故事的时候，也是东躲西闪的，不敢一锤子定音。敢于一锤子定音的，肯定是句废话。事隔多年，我几乎还能想起书中某一句话是怎么说的，前面一句是什么，后面那一句是什么。因为那种犹豫的写作加深了我的记忆。可是奇怪得很，如果你叫我把整部小说要表达的意思完全说出来，我又不知道该从何谈起。对“历史的真实”的困惑，显然是小说要探究的主题之一。可是，经过那么多人的讲述，我们最后看到的真相，可能就是那些材料，那些眉飞色舞的讲述，那些腔调。要说什么是真实，什么是真相，那么此时此刻我们正在经历的事情，就是真实。一分钟之后，它就成了回忆。当我们拿起笔去记录的时候，就已经免不了要丢三落四了，要添油加醋了。如果考虑到，小说的那三个人，差不多是枪逼着，或者是在利益和美女的诱惑下，去讲述故事的，那么他们所讲的故事与当初的那个真相，距离就更远了。我比较满意的是,主人公葛任的命运,通过那些讲述还是比较清楚地呈现了出来,绝大部分读者还是能够感觉到葛任的基本性格,感觉到他的悲剧性,感觉到他作为一个人在面对历史,面对现实的时候,要做出一种选择是多么困难。我想,这部书的很多读者,其实都能从葛任身上看到自己的命运。

孙小宁:葛任与瞿秋白,令我想到基耶洛夫斯基的电影《维洛尼卡的双重生命》,我特别喜欢刘小枫对它的诠释,一个是另一个的影子。一个痛哭,另一个会有感应。在你创作的时候,葛任与瞿秋白的双设,是不是你最得意之笔,你是怎么想的?

李　洱:很感谢你的这个理解。那也是我喜欢的一部电影,你的这个比喻很贴切。我承认,葛任身上确实有很多瞿秋白的影子。我多次想过,如果瞿秋白没有在上世纪三十年代死去,而是经历了长征,到达了延安,他的命运会是什么样子?死当然肯定要死的,即便没有肺病,他也会死去的。如果他侥幸没死,而是通过隐居活到了"文革",他也会死的,即便他没有病,小酒喝着,爱情美满,儿孙满堂,他也会死的。不过,要把这两个人做比较的话,我想说,就命运的复杂性而言,瞿秋白好像还比不上葛任。葛任思考的问题,面对的困境,只能比瞿秋白更多,而不可能更少。因为我们的现代史和当代史,越到后来越复杂,有些事情是瞿秋白没有经历过的。

孙小宁:我把《花腔》形容成流动的花腔,因为你尝试了一种正文与解释性附本互文穿插的结构。韩国评论说:线索很多,但李洱头脑并没乱。我的惊叹也在这里,我理解,这都是你的谋篇,一切都统在你要完成的对中国一段历史的看法上。这可能才是韩国知识界的共鸣点吧?

李　洱：很早就想写一部书，由正文和附本构成，有无数的解释，有无数的引文，解释中又有解释，引文中又有引文。就像从树上摘一片叶子，砍下一截树枝，它顺水漂流，然后又落地生根，长出新的叶子，新的树枝。或许人的命运就存在于引文之中，就存在于括弧内外，也许那就是他命运的疆土？写《花腔》，正好用上这种叙事方式，我认为它最适合表达我对历史和现实的一些看法。

韩国作协秘书长金在湧说这部书至少可以在韩国卖二十年。不止一个韩国作家和批评家在和我交流时告诉我，小说的主人公很像韩国的知识分子。后来我才知道，韩国很多学者，以前都住过监狱。韩国有一个学科，就叫“鲁迅学”，研究鲁迅的那些人很多都是在坐牢期间爱上鲁迅的，这使得他们对历史的体认比我们这边的学者要深切。所以，他们是带着这种体验切入文本，与小说中的人物进行交流和对话的。

《石榴树上结樱桃》之当下题材
生活精彩，真的超出了作家想象力？

孙小宁：不知为什么，虽然表面看，《花腔》作为小说的难度系数高，但赢得知识分子共鸣并不难。难的反倒是《石榴树上结樱桃》这样的现实题材。因为有人在纠结那里面的细节像不像的问题。我在这里理解为，对于一些历史处境，大家其实已经有了可以意会的共识，而对现实情境，这种共识很难达成。所以写作现实题材，对当代作家来说，反而更难。你有没有感到这种把握之难。是什么自信支撑着你要完成这么一个现实表达？

李　洱：几乎在所有的文学研讨会上，你总能听到一个说法：

生活太丰富多彩了,超出了作家的想象力。在生活面前,尤其是在当代生活面前,作家们显得如此无能。其实这个说法,是经不起推敲的。为什么?因为作家写到小说当中的故事,只能是成千上万上亿的故事中的一个。换句话说,它是所有想象中的一种想象,是所有现实中的一种现实。很多现实肯定要大于一种现实,就像二大于一。

以前的作家,在处理这个矛盾的时候,找到的一个基本办法,就是所谓的塑造"典型环境中的典型人物",把山西的矿难、河南的艾滋病、火车站的乞丐、洗浴中心的小姐想办法糅到一起,把人物的命运弄得越来越乖舛,叙事的线索拧得越来越紧,拧断拉倒,不拧断绝不罢休。在这个过程中,读者受到感动,受到刺激,鼻涕一把泪一把的,叙事的目的也就达到了。但是,稍微想一下,这里面有很多不真实的成分,有很多矫饰的成分,有逗孩子的成分。我更愿意把一个故事,几个故事,老老实实地写下来,和读者对话。它很真实,你不能说这不是生活中发生的故事。那么好吧,咱们就坐下来聊,一页一页地聊,谁也别端架子,有那股聪明劲你也别显摆,至少要先掖着。说说看,你是怎么理解的,我是怎么理解的,怎么会这样,为什么就不能这样,反正是平等对话。在这个过程中,完成对现实的表达。我知道有人说,你写的不像农村。可当代的乡村生活,是只能够用一种模式去套的吗?要是套不住该怎么办?套不住,那可就是石榴树上结樱桃了。

孙小宁:从德国总理送中国总理你的小说这一点上看,这部小说确实引起了西方兴趣,至少他们愿意以此来了解中国的现实农村。就我个人猜度,他们是不是对你笔下"计划生育"与选举更感兴趣呢?

李　洱：在没有跟西方的读者接触之前，我的想法跟你一样，但当我用中文朗诵小说的时候，当德国朋友用德文朗诵小说的时候，我突然发现，中国读者和西方读者感兴趣的地方，几乎是一致的，笑，不笑，皱眉，展眉，茫然，释然，那种情绪的曲线没有大的差别。

如果有差别，我想，一些我们习以为常的处理问题的方式，他们会感到奇怪，他们会把它看成是中国哲学的一部分。而我们经常会把它看成是世故。其实世故不就是哲学吗？

大部分网络文学，
就是文学的卡拉 OK

孙小宁：最后一个问题涉及作家的自我定位。你非常看重作品的文学史意义，而我现在常听到一个提法，阅读史意义。有些人觉得这个意义应该被看重。在我看来，谈阅读史意义最容易混淆作家这个概念，即你说的“如果卫慧是作家，我就不是。我是，她就不是”的那种区别。谈谈你对阅读史意义的看法。

李　洱：如果我提到了文学史，那首先因为我对写作有怀疑。在已经有了那么多作品的情况下，你的这部作品还有写作的必要吗？我知道很多人会说，我写作，是因为我有话要说。有话要说当然很好，但如果你说的话，别人已经说过，而且说得更漂亮，更有意思，那么你就没有必要再说了。所以写作者有必要对文学史，对当代的写作状况，有一定了解。阅读史这个概念，在我们这里，使用起来还是谨慎一点为妙。我不知道他们是在何种意义上使用这个概念的，所以我就信口胡说一下。我想，它的背景或许有两个，一个是文化研究的兴起，把人们广泛阅读一部作品，当成一种文化现象，然后对它和这种现象进行研究；一是网络文学的兴起，一些网络文学作品动辄引来几百万的点击量，好像它构成了阅读史的一部分。一些人出于对文学现状的不满，而向网络文学投去深情的一瞥，我其实很乐意看到这种现象。不过，文学作品的质量，不应该由发表渠道来决定。无论是在杂志发表的小说，还是在网络上发表的小说，还是抽屉里的小说，对它们的评价都应该有一个基本的标准，好的就是好的，不好的就是不好的。大部分网络文学，就是文学的卡拉 OK，这是一个基本事实。我相信，如果我现在刻意去写一本书，一本追求阅读量的书，如果我把它放到网上，我相信它不会比别的时髦的作品点击量小。我熟知那些配方，他们的配方与可口可乐的配方相比，太容易破解了，不就是勾兑吗？来点葱来点蒜来点胡椒面，如此而已。但这样的勾兑有意义吗？

所谓的阅读史还使我想起那个著名的从众现象，一个人在大街上看老鼠，很多人都围了过来，踮着脚尖，越围越多，外面已经有人管那只老鼠叫舅舅了……我认为这种研究确实很有意思。我稍感遗憾的是，这个概念和别的许多概念一样，西方的批评家都已经用过了。但我稍感欣慰的地方也在这里，那就是尽管那些地方早就开始研究所谓的阅读史了，但那些地方的文学并没有消失。

孙小宁：有次和你聊天，说到小说的控制，你说每一字都在你的检视之中，这意味着你的创作都在你的掌控与预期之中。作为长篇小说，你难道不渴望它还有意外之喜？

李　洱：有一个想法，很可能是不妥当的想法，就是我试图写出那种经过检视的生活，或者说正在接受检视、正在接受省察的那种经验。我知道这种写作很累人，但没有办法，已经成了习惯。泥沙俱下、披头散发的写作我也喜欢，但我做不到。但这并不表明，我没有意外之喜。在写作的过程中，会有很多想不到的细节、对话、动作，在黑暗中向你涌来，闪闪点亮思维的夜空。不过，即便是写长篇，我也没有很详尽的提纲。我是在写作过程中，处理那些细节、对话和动作的。写完之后，则是没完没了的修改。即使出第二版，我还是常常忍不住写写画画。有时候，我都恨不得把手给捆住了。我的经济状况一直无法得到根本性改善，可能就是因为这种习惯，我妻子称之为臭毛病。

孙小宁，你说我这个毛病能改吗？需要改吗？

与黑丰[①]的对话：极简主义就是极复杂主义的另一种境界

《北京文学·中篇小说月报》编辑黑丰（以下简称问）：有评论家指出，卡佛的极简主义小说终于带着美国叙事文学，走出了六七十年约翰·霍克斯、托马斯·品钦、约翰·巴斯的后现代主义超小说迷言，找到了新的方向。请您介绍并分析一下卡佛思想观、艺术观。

李洱（以下简称答）：大概在1989年和1990年，我偶然看到了卡佛的小说，最早看到的就是这篇《大教堂》，还有一篇小说好像是叫《马辔头》，也读到他的一些诗。后来断断续续又看到了一些。当时主要是觉得他跟海明威的短篇小说有些不同，并且喜欢那种不同。海明威也应该算是极简主义，说得干脆点，他就是极简主义的源头。海明威的小说有男人气，人都是长胸毛的。但卡佛笔下的人物却是一些真正的小人物，酒鬼，落魄者，失业者，打短工的人。卡佛应该受过海明威的影响，但卡佛最喜欢提到的人是契诃

① 黑丰，诗人，作家，《北京文学》杂志社编辑。1968年3月生于湖北公安。华中师范大学毕业。著有诗集《空孕》等。

夫，他把契诃夫当成自己的导师。契诃夫也写小人物，不过契诃夫的小人物主要是小官僚，小知识分子，小市民，多愁善感，胆小怕事，很犬儒。当然，契诃夫小说中也有一种很容易被忽略的温情。卡佛跟契诃夫、海明威有相通的地方，同时又有很多变化。美国还有一个跟卡佛很像的作家，叫契弗，我也很喜欢契佛的短篇小说，《巨大的收音机》《我和棒球》等等。卡佛跟他们相比，最大的不同，就是他的小说姿态很低，开个玩笑，比狗眼都低，看到的都是垃圾堆里的骨头。他的小说几乎可以看成自说自话，他不是在给别人讲故事，他写的就是自己。无论是海明威还是契诃夫，还是契弗，你可以看出来，他们跟写作的对象之间有一个距离，他们的地位、视野、精神境界要高于主人公。这当然没什么错，小说本来就没有对错之分。我想说的一个事实是，这个距离到卡佛这里几乎消失了，而且正是因为姿态很低，所以他的小说有一个很重要的特点，就是他的人物是在往上走的，从谷底，我说的是精神的谷底，很艰难地往上走。这一点，在《大教堂》里表现得最为充分。我当然也读过霍克斯、品钦，还有巴斯，但我没有把卡佛跟他们作过对比。他们另有自己的趣味，一种在写作上勇于自杀的趣味，先杀死自己，然后让别人来守灵。但对卡佛的思想观和艺术观，我确实没有想过。卡佛对美国文学史有多么深入的影响，我本人也不清楚。有一点好像可以确定，就是卡佛本人不会有这个野心。卡佛出身于木匠，他的兴趣就是用刨子一遍遍地刨木头，刨出它的节疤，纹理，年轮，虫洞，等等，而很多读者更感兴趣的却往往是刨花的香味。

问：卡佛成功可算特例了。他太底层，他有两个孩子，他要带领一家四口在各大城市之间辗转、漂泊;同时,他爱小说和诗,但他很清醒,他必须把每日的"牛奶和食物放在餐桌上,要交房租"……因为生活很残酷。那么他的成功给我们带来的启示是什么?请您给我们分析一下。

答:一个作家在生活中,要是活到卡佛那个分上,未免太惨了点。他是临死的时候才得到认可。其实他作为一个短篇小说作家,作品数量又很有限,即便被认可,又能怎么样呢?我想,他大概没有体会到成功的乐趣。你读他的小说,最感动的往往就是他的语调,那真是一个彻底被打败的人的语调,说起话来有一搭没一搭的,都连不成句了。现在我们把它看成是卡佛式的修辞方式,但这种修辞方式的建立,是以他的经验为基础的,是他的经验的外化形式。这种小说无法朗诵,节奏完全被打碎了,我想如果搬到舞台上,会跟贝克特的戏剧有一比。他的小说好像不是用来交流的。如果能构成交流,给人的感觉,那好像是在沉默中交流,在句子的缝隙中交流,在段落的空白处交流。他是很好的短篇小说作家,这一点是没有疑问的,但我不能在世俗的意义上说他是一个成功的作家,就像我们不能说梵高是一个成功的画家一样。只有在一个非常糟糕的时代里,我们才会考虑一个作家是不是一个成功的作家,而不是去考虑他是不是一个好作家。

问:卡佛说:"《大教堂》是个例外……它与我以前写的任何一篇都不同……我在一种冲动中感到:就是我们为什么写作……"这是否说明卡佛的写作发生了质的飞跃,有了一种修辞的艺术上的觉醒,有了一个从写什么到怎么写的转折?您怎么看待卡佛的这一转折?它的这篇小说在艺术思想上有哪些新的东西?

答：没错，绝对是个例外，例外到你可能会认为它更像是契弗写的。因为我没有留意过卡佛的创作年表，所以我以前也从来没有想过，《大教堂》对他的创作来说是不是个转折。如果是个转折，那么这篇小说的意义可能更大一些。因为构成转折的作品，都是唯一的。卡佛如果稍微狡猾一点，他就不会提到“例外”这个词。但他既然提到了，那除了说明他的诚实，还说明了他的不自信，他并没有把它看成“质的飞跃”。我看过一些文章，里面说卡佛后来的小说越写越舒展了。有人认为这是因为他后来的生活过得不赖，还新娶了个媳妇儿，所以有了空闲，也有了心情，去多写一些句子，我不知道这种说法在多大程度上切近了事实。我的疑问是，如果卡佛的极简主义风格的形成，主要是因为生活太紧张，时间不够用，急着拿小说换钱，那么这种极简主义也就没什么意思了，也就经不起太多推敲了，因为它只不过是歪打正着而已。事实上，如果你留意一些身边的写作者，你会发现生活比较紧张的人，反而最喜欢写长篇，而且越写越啰唆。所以我想，真实的原因可能会比这个要复杂。你提到的卡佛的那句话很值得注意，我以前没见过这句话。我们为什么写作？如果在写作一篇小说的时候，作者能突然问自己，我为什么要写作，那么通常会出现两种情况，一种是这篇小说我就不往下写了，另一种是我一定得把它写下去。这两种情况对作家来说，都是弥足珍贵的体验。没有比思考写作的必要性更重要的问题了，无论是对你的写作活动，还是对某一篇具体的作品。写作的必要性首先是针对自己的，我是不是非写不可，它对我有意义吗？其次是针对文学传统的，在已经有了那么多小说的情况下，我还有没有必要去写这一篇小说？当卡佛有勇气把这篇小说完成的时候，不管他的这篇小说写得怎么样，这篇小说对他个人来讲都是非常重要的。当然,就像我们所知道的,在这种状态下完成的小说,通常也都是这个作者最棒的小说,《大教堂》就是一个例证。具体到这篇小说的艺术性什么的,我很难明确地说出来。我在写评点的时候,常常感到顾此失彼,因为有太多的地方值得分析,我的这个评点其实还是很笼统。除了评点中说过的话,我还想特意说明一点的是,我自己感觉,这篇小说带有很强的寓言色彩。要用中国传统的批评术语来说,不妨说有些"象外之象"或者"境外之象"的意思。我甚至很想说,这篇小说其实是妙手偶得,对卡佛来说,写出这样一篇小说,有些像两颗相向射出的子弹撞到了一起,或者射进了对方的枪口的感觉。但能够撞到一起,说明你的枪法平时就很有准头,经常能够击中靶心。

问:"大教堂"在这篇小说中是否是隐喻的?盲人为什么执意要"我"画大教堂?在画大教堂的过程中有很多细节相当感人,如"我的手抚过纸面的时候,他的手指就骑在我的手指上。到现在为止,我这辈子还从没这样干过。"请您举例分析一下这些细节在整体构思中的作用何在?小说结尾也很有意思,"我坐在我自己的房子里。我知道这个。但我觉得无拘无束,什么东西也包裹不住我了。"请问"我"感觉到什么,为什么说"什么东西也包裹不住我了"?

答:有意思的地方就在这里,我印象中卡佛好像从来不提什么隐喻,不提象征,但"大教堂"在这篇小说中又确实是隐喻。或者说,当我们把它看成隐喻的时候,我们才能够更加充分地感受到这篇小说的力量。这种情况很常见,有些诗人反抒情,反隐喻,但只有当我们在他们的某一首诗歌中感受到那种抒情力量的时候,我们才会说那是好诗。而诗人本人却会认为,它之所以好,就是因为它反抒情了,走到隐喻的背面了。其实反抒情也是抒情,隐喻的背面也是个隐喻。“大教堂”确实是个非常重要的隐喻。在他们手摸着手去画大教堂之前,小说中已经多次提到教堂,比如提到盲人的教堂婚礼,提到吃饭的时候要不要来一段祈祷。用中国传统的术语来说,这就是所谓的草蛇灰线了。在这个过程当中,我们已经知道了,小说中的“我”对教堂或者说宗教的态度。我们也知道,“我”的宗教知识非常有限,而且它对我来讲仅限于知识层面,跟生活啊,生活态度啊,情感状态啊,没什么关系。它甚至还是我嘲讽的对象,比如“我”在讲述盲人的那个教堂婚礼的时候,我们这些读者都能感受到“我”的那种敌意。但小说的最后,却来了个反转,陡然地反转。因为小说的题目是《大教堂》,所以我们知道小说中的人物最后会跟大教堂发生关系。细想一下,目前的处理方式可能是最好的。卡佛控制得非常好,笔调一直压着。没有经验的人写到这里肯定要写飞了,啊啊啊的,开始抒情了。虽然“我”这时候确实是“飞”了,用卡佛小说中的句子来说,就是“什么东西也包裹不住我了”,但卡佛还是只愿意贴着人物的感觉来写,写那种很微妙的感觉。我在评点的时候,用到了一个词,“境界”,这个词其实有点硬了,卡佛本人不会喜欢。但我又找不到更合适的词。更准确的说法,或许是一种瞬间的精神状态。很可能,明天早上一起来,两杯酒下肚,又想到这个盲人很可能跟自己的妻子有一腿,而且盲人跟妻子的默契和交流要超过自己,于是醋坛子又打翻了,一切又会推倒重来。你前面不是说,卡佛本人把它看成“例外”吗？那么卡佛的这种说法,也可以说明这一点：那是一种瞬间的精神状态,没有完全坐实。

问：卡佛说："用普通但准确的语言，去写普通的事物，并赋予这些普通的事物……广阔而惊人的力量，这是可以做到的。写一句表面上看起来无伤大雅的寒暄，并随之传递给读者冷彻骨髓的寒意，这是可以做到的。"您觉得他做到了吗？请您结合相关小说给我们做一下举例分析。

答：这种句子很多。当然，这也是每一个作家的追求，尤其是对于喜欢写短篇的人来说。中国的传统艺术也很讲究这个，言近而旨远啊，要用极近人之笔啊，等等。这不是卡佛的创造，这说的是基本功。我更感兴趣的，是卡佛的小说虽然没有什么知识的气息，看上去极为普通，但你其实可以把它放在一个知识的系统里去理解。谁要认为我是在过度阐释，我也没有办法。他的小说写到，妻子在聘期的最后一天，盲人的手指触摸到了她。她为此总想写诗。每年有什么特别重要的事发生之后，她都会写上一两首。所以小说告诉我们，对妻子来说，那是非常重要的事，非常美好的事。然后又提到"我"不喜欢读诗，诗歌不是"我"的阅读的首选。通常说来，诗是穿越日常生活，是语言的奇迹，是经验的奇迹，从这个意义上说，可以看到这篇小说告诉我们，"我"的心灵完全停留在最世俗的层面上，如果不是遇到特殊的机缘，"我"的心灵世界是不会被触动的。当然小说一开始，就写到了"我"的嫉妒，写到了敌意，但嫉妒和敌意，并不是心灵被触动了，那只是一种自动的反应，类似于屁股被蚊子叮咬后的那种颤动。要说到写寒暄，我首先感到卡佛极有耐心，不偷懒，不是简单地来一句"今天天气不错啊"就把一个场景打发了。他是体贴入微地去写，他甚至把每一句寒暄都当成了叙事上重要的桥段。当然幸亏他写的短篇，要是长篇，他会被累死的，读者也会被他累死的。小说中有一段话，卡佛问盲人：你坐火车来的时候，坐的是哪一边呢？看上去都是些废话，但情绪却很复杂，所以妻子的反应也非常激烈。盲人对这种问话好像有些不在乎，从情理上讲，他在此做客，不能作出激烈的反应，但更重要的是，卡佛在此埋有伏笔，是想说明盲人其实有非常包容的一面。这一点，随着叙事一步步展开，我们也看得越来越清楚。但限于篇幅，我没办法在评点中一一说明。说到这里，我不妨强调一句，我感到盲人来这里的目的，其实大有深意。看望老朋友不过是摆在面上的理由，通过友情来寻求心理上的安慰也只是一种可能，更重要的目的，很可能他是来帮助小说中的"我"的，是来帮"我"摆脱困境的，因为此前他已经通过那些寄来寄去的磁带，知道了这对夫妻的状况。由此可见，说是极简主义，其实非常复杂。如果这篇小说是极简主义的经典，那么我们就懂得了极简主义的基本纲领：极简主义就是极复杂主义的另一种称谓。

问：卡佛还说："要是看到我写的小说（《大教堂》之前），读者能在某种程度上和自己联系在一起，被它感动……被提醒……我就高兴。"难道小说写出来仅仅是"被提醒"吗？您怎么理解卡佛的这一说？

答：小说如果能起到提醒的作用，就已经非常非常了不起了，不得了的。读者被感动，被提醒，这是伟大作品才可能具有的力量。这篇小说让我感动的地方，主要是对盲人的描写。盲人的教堂婚礼，盲人妻子的死，盲人和"我"谈话时的那种隐忍，盲人和妻子的互寄磁带，盲人来到之后跟妻子的那种脉脉含情。有意思的是，这不是通过第三人称来讲述的，而是通过"我"的那种带着醋意和敌意的情绪，一点点透露出来的。"我"的这种情绪反而让读者更能感受到盲人身上有一种奇特的精神力量,也正是由于这种力量,最后“我”才能够听任盲人抓住我的手,去画那个大教堂。至此,盲人犹如一个先知,一个临时的,倒霉的,更加倒霉的先知。哦,临时引导我们的先知是个倒霉的盲人!这也真够悬的。我很想说,这篇小说其实是在提醒我们,了解自己的处境,复杂的处境。只有伟大的小说,才能起到提醒的作用。毫无疑问,《大教堂》是伟大的短篇小说。

问:卡佛的生活是尴尬的。他说:“从我还是个十几岁的小孩开始,我就无时无刻不担心自己身下的椅子随时都会被人移走。”这种生存,“一直是我生活的常态”。所以,“我只能写短篇小说和诗歌,写那些我能一坐下来就写,快速地写,并能写完的短东西”。卡佛不能从容写作,他的日常现实让我疼痛、感叹。这是否说明卡佛在《大教堂》以前的小说是一种过于快餐,一种缺乏提炼、美感和深度思考的作品呢?请您谈一下他的早期小说。

答:我们能记住的,总是一个作家最好的小说。卡佛的小说我也搞不清先后,不能乱说。我记忆中他最后的一篇小说,写的是契诃夫的死。契诃夫死前想喝香槟酒,酒拿来了,瓶塞自己蹦了出来,于是房间里弥漫着香槟的味道。卡佛本人也即将告别人世,在死之前,卡佛曾经长久地站在窗前,凝望窗外的玫瑰。十几年前,我为此写过一段短文,题目就叫《卡佛的玫瑰与香槟》。其实那两个细节,那两个意象,意义非常接近。那时候,我还在高校教书。我给学生们讲了《大教堂》,也讲了这两个细节。有个女生突然流泪了。但我没有劝她,一来她显然不想让别人知道她流泪了,二来无论是契诃夫还是卡佛,都不会让人哭出声来,也就是说不至于影响到课堂秩序。我当时很感动，现在想起来仍然很感动。我想，卡佛写那篇小说，其实是在向前辈作家致敬，为今生的告别，也为来世的相聚。写作就是这样，你写了很多小说，人们最后记住的很可能只是几个细节，几个瞬间。但写作还是一代代传承了下来，从契诃夫到卡佛，再到后来的作家。一个作家，往往是在他的晚年，才有足够的能力在一个短篇小说中囊括他的全部经验，有如遗书。困惑和疑难在那一刻似乎悄然遁形，但是随后它们还会再次现身，要求后世作家作出表达。

问：您在写作上颇有成绩，尤其在知识分子叙述空间上。不知最近有何新作问世，可以给我们介绍一下吗？

答：我的情况？咱们有机会私下聊。

附录：

卡佛的玫瑰与香槟

读过不少作家写的创作谈似的文字，早些年读得多，近几年读得少了些。在读过的创作谈中，印象最深的是美国作家卡佛写的。卡佛的小说近年在国内渐受瞩目。一些人喜欢，一些人不喜欢，有人觉得很重要，也有人不以为然。不管怎么说，他虽然死了，可人们还在议论他，虽然这和他本人已经没有什么关系了，但我们还是可以说，这就是他作为一个作家的成功。

卡佛的那篇创作谈，题目就叫《谈创作》。我在高校教书时，曾拿它作为范文在课堂上给学生们读过，它本来就是卡佛在写作班讲课时的一篇讲稿。它很短，约有三千字，写得非常朴素，又很感人，和卡佛小说的风格是一致的。我曾把它推荐给许多朋友看过，并认真地征求过他们的意见。不管我们对卡佛的小说作出怎样的评价，我觉得看看那篇短文并没有什么不好，至少，我们可以知道，一个诚实的人，一个热爱文学的人，应该像他那样时刻都是诚恳的，有一就说一，有二就说二。正是由于读了卡佛的那篇文字，我才觉得有不少人在写创作谈的时候，没少作秀。要么是在无情地抬高自己，要么是在无情地贬低自己——当然，贬低是为了让别人觉得应该抬高，是一种曲线拔高。我们什么时候，能彻底扔掉面具呢？既扔掉正人君子的面具，也扔掉流氓的面具。既不当老爷，也不装孙子。如果这个毛病改不掉，那就说明这并不是个小毛病。

我看过卡佛的一幅照片，有点笨头笨脑的，就像一个干粗活的。我甚至能想象到他额头的皱纹里积聚着锯末似的灰尘，当孩子们在木头的粉堆里玩的时候，他停下手中的活计，在一边悄悄观望。我还看过卡佛的一个学生写的卡佛的印象记。一看那个印象记我就笑了。我相信他是那种处处与人为善的人，是个让学生欢迎的教师。这个平时非常认真的人，在教学上一丝不苟的人，竟然给他的学生个个都打高分。他的这种做法可能不值得推广，可能还会受到许多学监的指摘。我不知道他的那些学生是否也提前感受到了生活的艰难，是否生活在水深火热之中。但有一点是毫无疑问的，他对他们每个人都很尊重，在课堂上，不管学生的作业有多么浮浅，他都难以容忍别人的发笑。我自己当过多年老师，我知道像卡佛这样的人，在中国并不多见。中国高校里的许多教师，即便在别人眼里是个笑料，也总是自认为手里握有真理。

还是那一篇印象记，它记录了两个让我很难忘怀的细节。一个是卡佛死之前的那个晚上，他长久地站在阳台上，凝望着花坛里的玫瑰。我想，隔着夜雾，他可能看不清玫瑰的枝叶，但那样一个凝望的姿态，那样一个充分体验到种种困境的人对生活的最后一瞥，真是让人感叹。第二个细节是这个学生转述的卡佛在最后一篇小说里对香槟酒的描述。卡佛的精神导师是契诃夫，契诃夫死之前，想喝香槟酒，当家人把香槟酒拿过来的时候，香槟酒的瓶塞突然自己蹦了出来，于是整个病房里自动地溢满了香槟酒的芳香。卡佛自知不久也将告别人世，他在小说里写下这样一个细节，无疑是要表明他和自己的精神导师的隐秘联系——一种感恩的情怀，像玫瑰一样，悄悄地吐放着最后的芳香。

卡佛的小说通常都是短小的。你在他的小说中看不到宗教和政治,看不到厄普代克笔下的那种丰富多彩的风俗画。和厄普代克相比,厄普代克是铺展的,是挥洒的,有如一片广袤的原野,饶有情致,而卡佛却是缩减的。他使人想到美国文学传统中的海明威,想起写《小城畸人》的安德森,想起写《都柏林人》时的乔伊斯。他的小说的叙述空间自然也算不上有多么大,但他却在有限的空间内,表达了下层人生活的艰辛,有一种感人至深的力量。尽管他的叙述语调通常是漠然的,但他对他的主人公的深切同情,深切关爱,仍然能直抵读者心间。和乔伊斯不同,他的人物并没有进入精神的长醉,与其说他的人物是麻木的,不如说,他们是在最简单的生活中体味着细致入微的痛苦。正如贝娄的小说的标题所展示的,更多的人死于心碎。卡佛当然无法拯救他们,就像他无法拯救自己一样。

卡佛的叙事艺术达到了很高的境界。他讲求一些最基本要素的精心配置。他的小说的情节非常简单。如果我们说他的小说没有情节,那似乎也能说得过去。经过多年的刻苦训练,他的小说在阴暗与微弱的亮光之间找到了一个属于小说的地带。在最简单的生活场景的展示中,有一种影影绰绰的效果,有如潭水对悬崖的反照。而与此同时,在那反照中,我们或可听到深情和怀疑的激流。

我很赞赏那个写《流放者的归来》的人(我一时想不起他的名字了)对卡佛小说的判断。他说过(大意),卡佛的简单派的意思其实是绝不简单。是啊,他笔下的那些让人心碎的场景,那些无助无告的人,那个面对着电视屏幕试图描绘出教堂尖顶的盲人,正结结巴巴地向我们倾诉着什么呢?

我知道有许多朋友已经觉得卡佛不是那么过瘾。我们所生活的这个具体的世界和卡佛的世界显然有着许多差异,我们在对历史、个人和权力结构的审视中或许已经体验到了更多维的矛盾和困难——这已经超出了卡佛想象力的范围——只有更复杂、更饱满的小说才可能使我们拿起来就放不下，但这个责任也应该由卡佛来承担吗？我无意把卡佛抬到多么高的位置，卡佛本人的写作也是一种没有野心的写作，他大概很少去考虑自己在文学史上的地位。他只是一个忠于自己内心生活的写作者，早年默默无闻，后来有了点名气，然后他死了，有如庭院里的一枝玫瑰的悄然凋谢，如此而已。

说来好笑，我自己也是多年没有再读卡佛了。有一个原因是卡佛的小说借出去就没能收回来。我想，我写这篇短文，并不是要说明什么。我只是想提醒自己记住那些应该记住的，那篇只有三千字的文字，那朵让卡佛凝望的玫瑰，那瓶香槟酒。

第二辑　与批评家梁鸿的对话

“日常生活”的诗学命名

——与梁鸿[①]的对话之一

日常生活诗学空间的发现

梁　鸿：早在1998年，你就曾经说过：“从某种意义上说，现代小说是对日常生活的奇迹性的发现，在那些最普通、最平凡的日常生活中小说找到了它的叙事空间。”如前所谈，这一新的叙事空间并非只是主题的转换，而是一种深刻的美学变革和哲学变革。当意识形态的道德性和合法性开始遭到质疑——它曾经安排我们生活的秩序和价值取向，赋予每件事物明确的善与恶，是与非——历史、道德、制度突然呈现出可怕的面目，一切不再具有单一的“真理性”，而变得模棱两可，无法解释。小说家失去了建构整体世界的自信和基础，“日常生活”一改它的平淡乏味，而被赋予了深刻的哲学或诗学意义。这是否意味着，“日常生活”，而不是“价值生

---

① 梁鸿，女，批评家，中国青年政治学院中文系教授。1973年生于河南邓州。2003年毕业于北京师范大学中文系，文学博士。致力于中国现当代文学文化研究，文艺思潮研究。发表学术访谈著作《巫婆的红筷子》、学术著作《外省笔记》、《当代文学叙事美学的嬗变》等，以及在海内外产生重大影响的非虚构作品《中国在梁庄》。

活”,更能代表当代经验,更具有真实性?

李　洱:应该说在五六十年代,赵树理、周立波的小说,也有日常生活叙事,而且也非常精彩,比如《三里湾》和《山乡巨变》。但那种日常生活是附着在大的意识形态上面的。现在再看他们的作品,你得把那些意识形态的东西抽掉。虽然我们无法否认,任何作品说到底都是观念与事实的结合,但是那个观念不是由个体生发出来的,是外在的,是被强行加入的,所以,那个观念即便是正确的,它在写作的意义上也是虚假的。“文革”之后,有相当长一段时间,绝大多数作品也是不写日常生活的。比如伤痕文学,它带着强烈的所谓的拨乱反正的情绪,把原来的“反”当成“正”,把原来的“正”当成“反”。“文革”时期的小说,知识分子的形象是负面的,现在我就把他们写成正面的,如此而已。小说的日常生活实际上也是附丽在一个主流意识形态的屁股后面。新时期真正对小说艺术有贡献的,是寻根文学与先锋文学。但是无论是寻根还是先锋,他们实际上也不写日常生活,他们写的多是看不出什么年代的历史故事,或者虽然标有年代但却是子虚乌有的幻想的生活。你可能会觉得奇怪,怎么在那么长的时间内,中国的小说竟然跟中国人的日常生活没有瓜葛。但这却是事实。不管人们是否承认,一个基本的事实是,真正写日常生活应该是从所谓晚生代作家开始的。当然,这当中有个新写实主义,写得最好的是刘震云的小说。他也是写日常生活的,他塑造的那个人名叫小林的人物形象,以后也会不断被人提起。但是,这样一些书写日常生活的小说,在很长时间里其实并没有引起什么反响。原因很多,比如人们在之前没有看到过这样的作品,所以无从判断它的优劣,比如这些小说通常都比较琐碎,看上去好像是一些鸡毛蒜皮,你不知道作者葫芦里卖的是什么药,到底要说什么。

梁 鸿:晚生代之前,无论是先锋文学,还是更早的寻根文学或更早的周立波时代的文学,即使是写日常生活,也没有赋予日常生活独立的诗学位置,背后仍有更大的象征体系和秩序空间,或以民族的形象出现,或以永恒的人性出现。在你们这一代之中,生活、经验被从象征秩序,包括道德秩序和民族寓言等等中拖了出来,放在阳光下曝晒,还原出为自己的面貌。当然,是一定意义的还原。有评论者认为,晚生代作家是"当代生活的迟到者",我觉得这一词语很有意味,这里所谓的"当代生活"是指哪一部分生活?错过了什么?而这错过的事情导致了他们看待世界、看待文学的哪些不同视野?

李 洱:哦,有这种说法吗?没有吧。至少我没有听到过。我印象当中,好像说的是"当代文学的迟到者"。如果是针对当代生活而言,那可能得换个说法喽,换成"当代生活的早到者"。其实也不能说是"当代文学的迟到者",只是因为他们的写作在稍晚一些时候才引起关注,所以批评家们才会这么说。

梁 鸿:如果说先锋文学的形而上思考重在对"历史"的逃逸和叛逆,还没有脱离"理性批判"和"历史主义"范畴的话,那么,"晚生代作家"的"后现代叙事"则以"否定性批判"为起点,否定历史理性和人的崇高、理想等等代表正面价值观的名词(有作家干脆宣称,人是虚构出来的),转而进入到对"现实"的叙事,剖析或瓦解,让它呈现出前所未有的含义,这一"现实"即"当下"的生活。但是,日常生活的无目的性和随意性使得文学很难给它赋形,你是怎样去结构的?它的意义何在?

李 洱:你用了很多概念,每一个概念都需要有很多说明。

我只能说些感受。我不觉得,一点也不觉得,写日常生活就是否定了“历史理性”,就是否定了“人的崇高、理想等等代表正面价值观”。实际上,作家去写日常生活,很可能有一个基本的考虑,那就是他认为日常生活更多地属于个人生活,能够体现个人的价值。他的日常生活与主流的、集体主义的、政治的、非个人性的生活构成了某种对抗关系。日常生活当然有你说的“无目的性”的一面,但所有的生活都有“无目的性”的一面,更何况,你不能认为“无目的性”就比“有目的性”差,价值就低。当然,要说清这些问题,需要很大的篇幅。我倾向于认为,新一代作家之所以把很多精力投入到对日常生活的关注,是因为他认为日常生活是有意义的,也就是说,实际上隐含着对个人生活的尊重和肯定。

梁　鸿:我的理解跟你还有点不一样,我觉得人们发现了日常生活,倒不是发现了日常生活本身的意义,而是发现了日常生活诗学的地位。当生活被从象征体系和道德秩序中拖出来,在太阳下暴晒,再重新审视,它又是什么呢?无非是一团无意义的、没有是非的、让人厌倦的乱麻。换句话说,它本身就是破碎的、非理性的,甚至非人性的,没有可求证的价值。这一代作家发现了日常生活的这种“未名”状态,这一“未名”状态不是充满意义,而是惊人的无意义,惊人的虚无与颓废,它不同于《一地鸡毛》中理想价值失落后的虚无和颓废,而是乐在其中、无知无觉的虚无和颓废(正如朱文小说《磅、盎司和肉》中那个老太太运气之前的准备过程)。但也正是在这一意义上,“人”的存在处境被意外发现。换句话说,人们可以从日常生活中寻找到人的存在状态,也可能这存在状态本身是虚无的、荒诞的。它是美学的发现,并非是本质意义的发现。

李　洱：你说的这些，我都能够理解。但我还是不能认同你说的，日常生活就是无意义的，没有是非的，非理性的，甚至没有人性的。如果真是这样，那么，那个绵延了几十年，或者更长时间的“象征体系”和“道德秩序”，就是完全正当的，完全合法的，完全合乎人性的。事实显然不是这样。即便是《一地鸡毛》中的那个小林，他所过的生活也是有意义的。朱文小说惯常出现的那个人物小丁，他的生活你也不能说是没有意义的。进一步说，就算日常生活是没有意义的，那么对这种无意义生活的表现也是有意义的。但我又同意你的一个说法，那就是人的存在状态，确实能够在这种写作当中能够凸现出来。

我不妨举一个例子，比如帕斯捷尔纳克的《日瓦戈医生》。在这部书中，日常生活也被赋予了很高的地位，拥有正面的价值。与日瓦戈的日常生活相对应的，是革命的洪流，是乌托邦理想，是残酷的杀戮，是无尽的阶级斗争。它们大概也是你所说的“象征体系”和“道德秩序”的表现形式，当然是一种极端的表现形式。但如果你翻看一下与《日瓦戈医生》同时期的中国小说，你就会发现，我们这边的作家，几乎不写正面人物的日常生活。而只要写到日常生活，那个人物肯定是负面的，不是恶霸地主就是小知识分子，不是周扒皮就是余永泽，反正没有一个好东西。

我自己感觉，写日常生活，其实是险中求胜，当然能不能求得一胜，那还得另当别论。为什么这么说呢？如果你既想让人物的活动、他的思想，在日常生活层面上展开，又要能够写出他对某种有价值、有意义的生活的追寻，那么你其实就是在挑战汉语文学的限度。对写作者来说，如果你想写得好，写得真实可靠，还要写得有意义，有那么一点穿透力，你必须拥有一种开阔的视野，必须小心翼翼对各种材料进行辨析,在各种材料之间不停在腾挪,你必须付出艰深的心智上的努力。

梁　鸿: 好吧,有些想法我们暂时存疑。我想起加缪说过一句话,当诸种背景崩溃,厌倦产生的时候,人也就有了觉醒的可能。无论是琐碎、虚无,都是一种存在的事实状态。这背后隐藏着对日常存在状态的发现,但是对日常状态本身如何判断则是另外一回事。这也是一种命名,对日常生活的无名状态进行命名。

李　洱: 命名其实就是一种穿透能力。当你试图对生活进行命名的时候,这种写作就会变得异常困难。因为我们提到日常生活的时候,它还有一个基本的意思,就是这是我们正在过的生活,是一种现在进行时的生活。你对这种生活进行具有穿透力的描述,实在是太困难喽。

梁　鸿: 这是一方面,另外,这也是一种挑战,它挑战了一整套的价值系统。尽管在日常生活中我们会反对很多东西,但是还是不自觉地接受了大的价值体系。当你用另外一种方式来叙述的时候,人们会本能地反对,或者说接受起来会有些困难。但是,这恰恰是日常生活诗学的意义所在。

李　洱: 我不知道你最早读如我这类作品的时候是什么感受?

梁　鸿: 你又反问我了。当我看这种作品时,首先是一种震惊。比如《喑哑的声音》,尤其是《午后的诗学》。当然,也可能是因为这部作品与我的个人经验很接近。这种震惊来自于一种空间的存在,这一空间是如此真实,如此可怕地使我们看到了生活的深渊,你自己的和生活本身的深渊。我记得你曾提醒我看朱文的《磅、盎司和肉》,那篇小说中作者用慢镜头写了一系列琐事。当作家非常仔细,没有带着任何价值、任何情感地写作时,那个老太太运气称重,而中年无须男子用眼睛估重时,一种意义慢慢出来的。我们现在说着觉得非常可笑,但在你阅读时,随着作家的慢镜头推动,你觉得生活是如此让人无法忍受的空虚、无聊和庸常,你甚至想朝着那看不见的沉闷打一拳,但你明白,你不过是冲着棉花团打一拳头。这就是生活的流程。这是主题上的感觉。另外,还有一种形式上的感觉,故事并不重要。或者说,它颠覆了我们传统上对故事的认识。你无法再用故事梗概来转述小说的框架,那种"我去买肉,和人纠缠一番后回来,把肉炒吃了"之类的故事梗概不能揭示哪怕一点小说的意义。故事只是一个载体,而意义是通过情节、人物行动本身和作者的叙述本身产生出来的。同样,转述《午后的诗学》中费边的生活几乎是不可能的事。意义的呈现是通过非常复杂的方式呈现出来,与你阅读古典小说是完全不一样的经验。

李 洱:我可以告诉你我最早写这些作品时的感受。比如我刚写完《喑哑的声音》,我写的时候还是很兴奋的,写完之后会有怀疑,因为你无可比附,你不知道你写的这个事件能否支撑你要表达的东西,是否具有价值。过段时间再看,你又发现非常亲切。有意思的是,当你去读别人此类作品的时候,你又会觉得不满足,你不满意于它是如此琐碎。所以,我完全可以想象另外一个作家读我的这些作品的时候,他会是什么感觉。有一件有趣的事,我不妨讲一讲供你一乐,因为事后我想起来也觉得很有意味。有一次,一所大学邀请我去做讲座。有一个学生告诉我他要写小说,他告诉我要写一个搪瓷杯子失而复得的故事。听完之后,我觉得太过单一。这时旁边有一位批评家说,这不是和你一样吗?再写下去就是又一个李洱。我一下子知道了我的作品在别人眼里是没有什么意思的。

比较有意思的是,这个学生其实对我的作品也很不满意,他当然不愿意成为第二个李洱,所以那位批评家朋友的话,还惹得他很不高兴。很多年之后,这个学生没有成为作家,而是成了一个著名的批评家,哦,他的名字我这里就不说了。他已经忘掉了当初发生的事。他对我说,他很喜欢我的那批小说。我提醒他,当初他可不喜欢。他想了想说,不知道怎么回事,他后来喜欢上那批小说了。我就想,他当初之所以没有把那个关于搪瓷杯子的故事写下来,是因为他对自己的那个故事的意义也有怀疑。

还有一件事,是我的《导师死了》发表后的事。当时,一位我非常信任的评论家在看完《导师死了》后,非常真诚地说,你以后不要写小说了,你没有才华,我从你的作品中读出一种暮气。因为是朋友,所以他说得很诚恳。他还问我,是否喜欢别的工作,言外之意是你不适合吃这碗饭。你可以想象我当时的心情。这件事情过去大约十年之后,有一天,还是这位批评家,他告诉我,你有一篇小说非常重要,但被人普遍忽略了,但请你相信,人们以后会经常谈起它,因为它有某种坐标式的意义。他说他最近集中看了一批小说,觉得有两篇小说很有意思,一篇是你的《导师死了》,另一篇是毕飞宇的《叙事》。他说你的小说里面有很多筋,需要慢慢嚼,毕飞宇的小说有很多肉,可以大口吃。他说得很诚恳,绝对是他的真实想法。我听了不胜感慨,然后我就给他复述了他十年前的话。现在轮到我吃惊了,他说,这不可能,你的记忆出现了失误,我绝不可能这样说。

我的意思是说,在不同的时间,人们阅读一部作品,判断一部作品,会产生多么大的差异。这种差异连自己都不敢相信。我想,类似的事情,肯定不仅仅发生在我一个人身上,在人们的生活、艺术观念发生急剧变化的今天,我们对一部作品的感受会有很大的变化。当然,既然是变化,那么也极有可能发生这样的事情,那就是作者认为很棒的作品,批评家认为很棒的作品,再过一段时间,甚至很短的时间,人们会觉得不过尔尔。说到底,不管是作家,还是批评家,在这个时代,他对自己的判断其实都是不自信的,对自己都是有怀疑的,不管他是否承认。

梁 鸿:这是别人都没有涉及过的领域。当时人们对这样一种写法还非常陌生,所以你自己也很怀疑。

李 洱:你可以想象,我好歹还算有点理论准备和文学史视野的人,如果我对自己都如此怀疑的话,另外的一些懒得关注理论的人可能会更为怀疑。最近有一件事,因为是朋友,所以我可以讲一下。格非写了一篇小说,《蒙娜丽莎的微笑》,主人公是胡河清式的人物,或者说他这里有个假定,假定胡河清活到现在这样一个时代,会发生些什么事。写完之后,格非这样一个真正的学者型的作家,竟然也不敢确定他这个小说有没有意思,好长时间不愿拿出来发表。当然也有另外一种情况,就是一个作家他根本不考虑那么多,他写作只是为了一吐为快,吐得越多他越自信。

作为价值支撑的怀疑精神

梁 鸿:刚才你提到一点,我觉得非常值得思索。你提到,你看到别人写这类作品,也会感到非常琐碎,非常厌倦。这是怎么回事呢?这种琐碎可以说是日常生活的本质状态。作为一个读者,看完《暗哑的声音》、《饶舌的哑巴》、《磅、盎司和肉》等等一系列这类作品之后,可能也会有一种很不耐烦的感觉。为什么?是因为对生活本身不耐烦,还是因为作家风格过于雷同,还是意味着阅读此类小说的确非常困难?或者换句话说,人们知道这种琐碎的叙述非常有意义,但是,仍然无法控制自己的不耐烦。

李　洱:我不知道为什么会如此。先开句玩笑,如果积极地去理解,或许可以说这一不耐烦的状态正好说明小说的目的达到了。通过看这些作品,人们知道不能这样过了,要换一种活法,对生活应该有新的理解和把握。但也不排除,这确实是因为作家的写作在某些方面是雷同的。

梁　鸿:同类作品连在一块,几乎是一种隐喻。生活本身是重复的。当你选择了日常生活这一空间来作为自己小说叙事空间时,那么这一生活空间本身的琐碎和重复就决定了你小说的琐碎和重复,虽然这种琐碎和重复已经是一种诗学样式,但它依然是琐碎和重复的。

李　洱:不管我能不能做到,能做到多少,我都愿意提醒自己要与日常生活保持距离,与个体经验保持距离。作家既要有丰沛的感受力,有作家的犀利,也不能过于沉迷,一沉迷就会坚持井底之见。用中国古典文论中的老话来讲,就是既要"入乎其内",又要"出乎其外"。否则,你,你的写作,就会被日常生活淹没。

梁　鸿:你的好多同代作家,写日常生活的作家,比如朱文、鲁羊后来都不写了。我想知道,这是否与你说的这种状况有关?

李　洱:一个作家写着写着,突然不写了,原因肯定很复杂。我不能随意猜测,那对同行也不够尊重。不过,我知道朱文后来去搞电影,比如《海鲜》,还是延续了他的小说风格。后来喜欢朱文小说的人也有很多,包括后来成名的一些男作家女作家。我作为一名编辑,对这点还是比较清楚的,也听他们谈过。

梁 鸿:但后来的一些作家,转向更为放任的欲望化叙事。我还是想先追问一下,这种突然停止写作是为了什么呢?是不是意味着,这样一批风格的写作,这样一种日常生活的诗学,其实难以为继?我想这不是偶然的,好像蕴含着某种必然的现象。

李 洱:没错,后来的一些作家,他们或者她们的写作更注重欲望化表达。原因很复杂,比如滥情现象确实很严重,这个社会成了欲望化的社会,比如商业机制的介入,这种写作受到了出版商的鼓励。但是,我不认为那种日常生活的写作已经难以为继,我反倒认为,几乎所有写作者,我指的当然是真正的作家,都意识到日常生活的重要性,他们的作品在相当大的程度上融合了日常生活的诗学。你现在随便翻开杂志看一看,就可能得到与我相近的印象。

梁 鸿:有一个问题是,后来的一些更注重欲望化写作的作家,也停笔不写了。他们是不是被日常生活淹没了,因此停笔?而像你,却坚持下来了。可不可以这样说,这种新的美学的兴起实际上带有一种历史性?如何把这种历史性转化为真正的文学性,这种转化是非常困难的。

李 洱:对于小说的文学性而言,你知道,小说叙事所内含的文学成分,文学性修辞,那种语词的经营,大多数时候可以从你表现的对象那里得到刺激、反射和呼应。通常说来,日常生活诗学是一种平视的诗学,不是居高临下的,那么导致它的文学性的表现形式,那种修辞,那种词语的运用,好像与生活融为一体。其实,它的文学性只是比较隐蔽而已。简单地说,如果生活是杂乱无章的,那么小说的表现形式最好是杂乱而有章的。这当中肯定包含着隐蔽而复杂的文学转换。我觉得这其实是作家的基本功。有了基本功,你就可以从日常生活的角度出发,处理更为复杂的主题,更为复杂的结构。

梁　鸿:现在的小说,风格确实越来越单一,越来越趣味化、庸俗化。这也是批评家之所以批评当下文坛缺乏大的精神指向的原因之一。这种日常生活美学会导致一种中产阶级审美倾向,会把所有生活美化,甚至把虚无也审美化。

李　洱:趣味化,庸俗化,不仅是指小说喽。小说"俗"一点不要紧的。小说的意义,从小说史上看,就在于它的"俗",不"俗"不叫小说。四大名著都是"俗"的。大观园俗不俗?水泊梁山俗不俗?

真俗不二,还是佛家所讲的大境界。问题是你能否做到"俗"得真。你一定要真"俗",而不是假"俗",你穿着老妈亲手缝制的衣服,俗就俗吧,那就是俗得真,你穿着假名牌招摇过市,还要提醒别人,看啊看啊,我一点不俗,那反倒是"假俗"了,或者说"恶俗"了。

梁　鸿:我是想说,现在翻开杂志,这一页是吸毒,下一页是酒吧,再下一页是 KTV 包房。

李　洱:你吸就吸呗,但对写作来说,你却不能变成吸毒主义者,不能变成酒吧主义者。换句话说,你只要进入写作,你就不能是一个经验上的夸张主义者,而应该是一个经验的怀疑者,辨析者,揭示者。即便日常生活是一堆乱麻,小说也应该能够揭示它的内在秩序,而不是进一步添乱。如果日常生活是一团巨大的烟尘,小说里面也应该有一股清风吹过。如果人生真的像帕斯卡尔说的那样,是一支芦苇,或者像库切形容过的那样,是一支骨笛,那么它也应该吹响。我说这些,不是矫情,我自己做到了哪一步,读者也自有判断,但这些确实是我的真实想法。

梁　鸿:所以我们今天的这种清理也是有意义的。你们应该是一个非常好的开端。把日常生活引入文学之中,不只是叙事的引入,而是一个大的历史观的改变。但是,当被普遍接受的时候,它可能会发生变异。一些没有批判眼光或者鉴别能力的作者,或者当日常生活诗学被无限上升的时候,它会形成另外的物质化、本质化。就像你刚才说的酒吧主义、吸毒主义。这产生了新的问题,价值越来越多元,每一种价值都被无限上升,最后是一种经验的本质化,把经验上升到美学和存在的本质。

李　洱:是啊,除了“我”的那一点经验,别的什么都不是。这反而是一种经验的夸张主义倾向。

梁　鸿:引用你的话:“日常生活是个巨大的陷阱,它可以轻易将人的批判锋芒圈掉。它是个鼠夹子,使你的逃逸和叛逆变得困难重重。”这是你在 1998 年说的,非常有先见性。它告诉作家,当进入日常生活叙事时,必须得保持某种警惕。在《午后的诗学》中,费边这样一个知识分子,你既写了他妥协的一面,他既是理解日常生活的,所以他去做了很多事情,但同时,他也在自我解构。虽然作家的叙述似乎是客观的,但费边自我的多重声音已经告诉读者,这种生活是值得怀疑的。但后来的小说中,叙事者怀疑、警惕的眼光没有了。这是现在小说本质的欠缺,也是现在的小说之所以让人彻底虚无的原因之一。

李　洱:说到费边,你知道,费边本人对生活非常怀疑,有一定的自省能力。人家是个高级知识分子嘛。这样的一个人,如果不妥协,他根本无法活下去的。我们,包括你和我,所有的人,能够活下来的,都是妥协者。这一点不言自明。我喜欢让笔下的人物,具有一定的反省能力，他知道自己的妥协，为什么妥协，妥协之后怎么办，还能做什么。但我的疑惑在于，当你写出了这样一个人，这样一个有自省能力的人，并且世事洞明，可他的个人生活仍然是个悲剧，这个时候，读者会有怎样的阅读感受呢？写作者的无力感，那种虚无感，就是在这个时候产生的。

梁　鸿：这是不是也是日常生活诗学的无力之处？你能够揭示这一切的存在状态，但你无法给出某种解释，或者哪怕丝毫的意义。你把人物、读者，包括你自己都拖入怀疑的深渊中，无法从中看到任何光亮。

李　洱：我承认你的说法击中了我。但我想说，这可不仅仅是日常生活诗学的问题，它可以说是现代人的真实处境，是我们的存在境遇中的公开的秘密。所以这类小说，写着写着，有时候你会觉得周身寒彻。但是，你又必须挨过这一关，你必须能够顶上去，你必须调动你的所有力量，顶上去，能够穿透那种虚无。

梁　鸿：你把我们风清月白的日子给粉碎了，然后你不管了。还在深渊之中的我们怎么办？这正是文学使人清醒和害怕的地方。

李　洱：我当然试图给出解释。只要你写的是小说，只要你认为你的小说是一种艺术，那它就不仅是呈现和理解，还要试图给出解释，不然，你的小说其实是没有存在的理由的。如果我们确实无法给出解释，那你也得通过你的写作让人知道，你为什么没有能够给出解释，困难到底在哪里，这其实也是一种解释。

“反形而上”的话语生活

梁　鸿：我们还是再来谈谈费边吧，我觉得有些话，你好像略过去没谈。

李　洱: 写费边的时候,更多地想到另外一个问题,也是一个比较悲观的想法: 当人文知识分子手中的真理失去,我们去深刻怀疑自己的的时候,实际上我们无所依傍。糟糕的是,我们说的话都是别人说的话,而这个"别人"还不是我们的"别人",而是另外的种族,另外的文化。当我们这样说的时候,这还包含着对自己的文明的一种失败的处境的认可。可是,除了引用西方话语,我们似乎还真的无话可说。我们啰唆了半天,啰唆的是别人的话,跟自己的处境还对不上号。所以,我干脆给自己的一篇小说起名叫《饶舌的哑巴》。

梁　鸿: 中国当代知识分子面临着一种双重的匮乏。第一,自身文明的匮乏,处于断裂时期,甚至可以说自身的文明只是你身上的世俗性,更多呈现出负面和消极的意义;另外一重匮乏,就是你只能通过引用西方话语来证明你的存在,这使你的位置更加暧昧,更富于反讽意味,使你的处境更加可笑。知识体系带给你的不是自信或理想主义的升华,而是一种打击。所以,中国知识分子面临的不仅仅是知识的困惑,而是对自己的位置无法判断。

李　洱: 知识分子的处境非常尴尬。我们得用西方话语来阐释自己的处境,但实际上,我们的失败或者痛苦又是我们自己的。吊诡的是,只有当我们真实地变成西方的一部分时,我们的处境才能得到解释,但是那又只能更加彻底地证明我们的失败。传统意义上的"知与行"的矛盾也好,断裂也好,错位也好,在这里有了新的含义。我对这些问题很感兴趣,但我有没有能力把这种尴尬写出来? 我没有那么大的自信。

梁　鸿: 应该说费边比较好地完成了你的任务。现在当我们说费边的时候,已经形成了一套隐喻系统。我在上课的时候,让学生分析费边的形象。有学生站起来即兴发言，分析得非常透彻、深入。我当时非常感慨。一个如此年轻的学生竟能够非常准确地理解费边的思想，理解这样一个带有世俗气的知识分子的内心世界。知识分子这样一种悲哀的处境已经对新一代知识者产生影响，成为不言自明的事情。这是非常可怕的事情。

李　洱：所以昨天你问我晚上为什么不写小说。不敢写啊，那完全是噩梦般的经历，一个幽灵的世界。你睁开眼睛看到的全部是失败。你还想不想睡觉了？

梁　鸿：这个幽灵世界就是我们的生活。再回到话题之初。这种日常生活诗学意味着首先必须把语言"祛魅"，把附着在语言上的形而上意义清洗掉。王鸿生教授关于你有一篇重要的论文，他把你的这种小说语言称之为"反形而上"语言，并认为这样一种诗学倾向是对我们所熟悉的"形而上话语"的挑战或反叛。"形而上话语"是把事件的事实与态度合二为一的价值陈述，是覆盖于日常生活世界及感受事物之上的精神秩序。要想还原日常生活的事实存在状态，必须把事实与态度剥离开来，即严格区分"事实陈述与价值陈述"之间的界限，转换其语言方式。在你的一系列小说《导师死了》、《加歇医生》、《饶舌的哑巴》、《午后的诗学》中都体现了这一"反形而上"的叙事特征。其中最典型的便是对知识分子话语结构的现象学分析。你认为这样一种"反形而上"倾向给你的语言风格和叙事风格带来什么特征？

李　洱：其实，只要你是一个写作者，你就会发现，事实陈述和价值陈述真的很难区分开来。但我又承认，王鸿生教授的说法确实又很有道理，因为我总是尽量客观的，或者貌似客观的陈述事实。但是在陈述事实的时候，我的语言又略带一种喜剧化倾向。

我想,它或许是对我们喜剧化的生活的苦涩的体认。不过,有一个基本的事实是,知识分子的生活,你实际上无法准确地分为形而上和形而下,他的形而上和形而下大多数时候是搅在一起的,荤素搭配,雅俗共赏。还有这么一种情况,比如他自己看来已经非常形而下了,但在另外一部分人看来,它已经太形而上了。我想,小说写作最起码要给人一种"现场感"。在我看来,"现场感"就是"准确"的另一种说法。当你极力要准确地陈述事实的时候,你会给人造成这种印象,就是你的价值陈述和事实陈述是分开的。

梁　鸿:所以在读你的小说时,解构与建构,陈述与思辨,肯定与否定是同时发生的,呈现出一种非常特殊的反讽修辞学。每当费边兴致勃勃地引用西方大师话语的时候,他自身的行动和行为马上就进行了自我否定。这既是对知识分子的内心世界的书写,同时,也应该是一种新的语言风格,各种充满悖论的意义不断包裹着往前走,最终形成一个庞大、复杂的意义空间。

李　洱:哦,不夸张地说,我感觉这倒是我对知识分子日常生活奇迹性的发现。知识分子生活好像时刻处于一种"正反合"的状态,各种话语完全搅和在一起的,剪不断理还乱,就是剪断了也还是理不清。

梁　鸿:当你用这种悖论性的语言来传达知识分子生活时,实际上已经决定了你的语言风格。在之前的现代知识分子小说好像没有这样的谱系。钱钟书的写作是通过比喻或借喻完成的,而你的小说比喻不是很多,直接是事实陈述,让陈述产生意义。一方面是事实,一方面是对事实的分析。话语内部在不停地分裂、繁殖、播撒,最后形成一个非常庞杂的结构空间。就像分子一样不断分裂,相互纠结,又相互联系,这也正是知识分子本身的存在状态。

因为知识分子本身的确是非常敏感的，他对世界的感受更为丰富复杂，这种深入肌理的自我分析，自我繁殖本身就是一种知识分子话语。好像在鲁迅的小说中会找到这种感觉。

李　洱：鲁迅的小说好像还不是话语结构之间的冲突，至少不明显。鲁迅的杂文倒有一点这种味道。让我想想，比如他那篇《丧家的资本家的乏走狗》。是啊，当鲁迅写真人真事的时候，尤其是写他的那些论敌的时候，那真是妙语连珠，指东骂西，骂人不带脏字，夸你也是骂你，得理不让人，无理也要闹三分。谁栽到鲁迅手里，那算是捅了马蜂窝了，算是倒了八辈子大楣了。

梁　鸿：栽到你手里，也好不了多少。不过，你这个"捅了马蜂窝"的说法，倒让我有些想法。当一个事件的发生被认为是无限关联的结果时候，这会是一种什么样的语言风格呢？事实不断衍生，细节淹没了一切，淹没了小说时间、情节与叙述的统一，故事进一步消失，取而代之的是不断衍生的意外、关联与不断庞杂的结构空间。这似乎是对小说家新的能力的肯定。在你的小说《光和影》里面，这种衍生性尤为突出。一个个不断的意外把孙良的生活打乱了。最后你发现，不仅只是事件的牵连，而是孙良的整个精神空间都变得一团杂乱，因为孙良被各种话语包裹起来了，把他给粉碎了。这是一种话语的衍生，当然整篇小说还是通过较为完整的事件勾连起来。而《花腔》呢，是通过体裁的不断衍生包裹起来，访谈，口述，回忆录，报刊摘抄、论文等等。你总是有一个中心，但中心是不明确的，各种话语既淹没了中心，又使这一中心的核心意义呈现出来。这似乎是一种非常琐碎又非常庞杂的空间，有它独特的整体性。就像一个球一样，不断往前走、把灰尘、粪便、树叶、玫瑰都卷走了，成为一个整体，并且都附着得非常好。

李　洱：其实，南帆先生，还有格非，在他们的评论文章里，也提到了这点。格非用的一个词是“互文性”。我想，对小说来讲，还是应该有一个基本的结构，有一个整体的叙事框架。不然，关联性也好，互文性也好，也就无从谈起。或者说，你关联来关联去，应该关联出来一个结构，关联出来一个具有线性特征的故事。而且关联性和互文性，也不应该过多地影响小说的流畅感。实际上，我的小说也是相互关联的，也有某种连贯性。没有《饶舌的哑巴》，就没有《午后的诗学》；没有《午后的诗学》，就没有《花腔》，它们也是衍生关系。我总是想在后面的小说中，把前面写作时产生的一些想法往前推进一点，尽量丰富一点。

梁　鸿：在写作中，还会产生新的想法？

李　洱：所以写作才会持续。一篇小说的停止之处，另外一篇小说可能就会开始。这是我喜欢的一种状态，想法在写作中不断生成，你只有不断地写，写，才能把你的想法表达出来。

梁　鸿：但是，那种基本的语言风格会保留下来。这样一种语言风格，实际上包含着知识分子自己的悖论式的生活经验。回到你自己，你如何看待你自己的生活状态，是不是你的作品包含着你自己充满悖论式的痛苦经验？

李　洱：写作者和他的作品之间的关系，你可以做出各种分析，但说到底，它有些类似于孤独拳师的双手互搏，类似于秉烛夜游时的手和灯。

丧失行动的主体

梁　鸿：有一个变化很明显，在日常生活的美学意识下，人物是丧失行动的主体。在传统小说或经典现实主义小说中，人物个性突出，性格鲜明，以一系列充分的行动来展示作为个人与社会的决裂，或进入的决心，比如于连，有着非常明确的阶级属性，家庭背景等等。在这些作品中，个人的主体要求和社会常规之间的戏剧性冲突构成了小说的基本叙事。但是，日常生活中的人物多没有鲜明的特征，即使作家详尽地叙述了人物的行为、言语及生活方式，但依然无法拥有现实主义人物的典型性。相反，他的面目更加模糊、抽象。因此，卡夫卡用"K"随便命名，而在你的小说中，"费边"、"孙良"也可以随时出现。这些人物无一例外丧失了主动行动的可能，展现出来的多是内心的感觉、意识，而人物与外部世界的冲突也多表现为激烈的内心冲突。或者说，他们的个人性的实现不再能够从外部的行动传达出来，但也并没有消失，只是向内转了，是一种内心生活。譬如费边及在费边客厅里高谈阔论的知识分子，尤其是那个给杂志命名的过程最能充分显示这一点。非常明显，在生活中，他们丧失了行动能力。正如你所言，他们是一群饶舌的哑巴。

李　洱：话语生活是知识分子生活的重要形态，从来如此，只是现在表现更加突出而已。人物的行动性的丧失，当然也不仅是知识分子。现代派作品、后现代派作品，里面的人物，不管他是什么身份，几乎都丧失了行动性。在现代派文学出现之前，人物的命运是靠他的行动性来展示的，就像是动作片。现在很多人看电影选择看动作片，我想这或许是在潜意识当中，我们对那个古典时代抱有缅怀之情。电影就是梦嘛，我们是在梦中重返古典时代。但你现在看西方的文艺片，表现日常生活的文艺片，表现知识分子生活的文艺片，不管是柏格曼还是安东尼奥尼，还是伍迪·艾伦，你可以发现一大堆没有行动的人。你几乎可以把这看成是工业化和后工业化时代人类的普遍状况。他们从卧室来客厅,然后来到咖啡馆,然后和一个女人来到酒店,做爱,吵架,冷战,分手,然后是最后一瞥,然后又来到墓地。他们虽然在行动,但他们的行动又分明带有某种自闭性质,在他们周围是广袤的冷漠的世界。他们总是在皱着眉头在想什么事情,说起话来也是有一搭没一搭的。如果他们不说话,影片就是一片沉默,向我们展示的就是一大堆意义不明的光和影。

对中国的知识分子来说,行动性的丧失,可能有更复杂的原因。比如,正如我们都可以理解的,很多时候中国知识分子的存在价值,不是表现在他做了什么,而是表现在他没做什么,他规避了什么。应该参与的,他没法参与,或者不允许参与。而被允许的,被鼓励的,如果他有足够的良知,还保留着自己的尊严,他反而要规避。在这些方面,我们看待知识分子的眼光,我们对知识分子的期待,都与以前不一样了。有些事情,想起来,你的心境会有些苍凉。这些年,知识界最有意义的事情,可能是新左派和自由主义者之争。可我相信,就是当初的那些参与者,现在回过头来想想,也会觉得有很多其实也是口舌之争,意气之争,我们无非是格外认真地过了几年话语生活。还有一个比较重要的原因,是因为知识越来越细化了,生活越来越行业化了,律师就是动嘴皮子,吃完被告吃原告,画家就是画画,然后骗个老外买画,教师就是吃粉笔灰。人文知识分子与应用性的知识分子的界线,几乎消失了。你所掌握的知识无法让你像以前参与整个的社会进程,你只能在一个很小很细微的领域,“领域”这个词已经显大了,或许应该说是在一个很逼仄的空间内,行动,做事情,参与社会。对于别的领域,你失去了发言能力。所有这些,都让知识分子有一种失败感,一种无力感。我记得王鸿生先生在那篇论文当中,提出一个有意思的看法,他比较了《午后的诗学》和《现场》,然后说李洱的小说当中有两类人:一类人有思考能力却没有行动能力,另一类人有行动能力却没有思考能力。我不得不承认,他的眼光非常犀利。

梁　鸿:把《现场》和《午后的诗学》放在一起,确实很有意思。王鸿生先生的这一洞见,我很认同。不过,也很难说《现场》里写到的那伙人真的有行动能力:一方面,他们确实在行动;另一方面,他们的抢银行并不是一个意志坚定的主体行为,它仍然是被动的,是被某种情景推上去的。也就是说,尽管你写的是一场行动,是一场已经有了结果的行动,但你表达的却是一个没有行动或丧失了行动的人。

李　洱:对,可以这么说。

梁　鸿:我们还接着上面的话题说。是不是可以这样说,人物的存在从现实主义的外部行动转向内心生活,似乎并非只是文学内部人物描述方式的变化,而与个人在社会生活中地位的变动有关。你刚才提到知识分子的专业化问题。现在人文知识分子都慢慢地变成专业知识分子,或者说,很多曾经与人文精神发生联系的领域或区域都慢慢滑向专业化,这意味着,人文主义倾向或人文精神在社会上处于一种衰落状态。

李　洱:是啊,随着专业化倾向和学院化体制的完善和扩张,这种状况只能越来越突出。传统的老式的知识分子,"铁肩担道义,妙手著文章"的知识分子,那种传统意义上的"立法者"的形象,消失了。但如果他们有幸活到今天,除了极个别的人,大多数人,只要他一露面一开口,人们看到的不是别的,而是一个牢骚大王,抬杠派,不识时务者,不合时宜者。当然,非要说得好听一点,也可以叫遗世独立。这种文化氛围,可真是要命。这个时代的知识分子,越来越变成手艺人,满嘴新词的手艺人,与卖烧饼的、磨剪子的差不多了。很多作家,也喜欢说自己是手艺人,说得很谦虚,其实还真不是谦虚,还真是手艺人。

梁　鸿:文化背景变了,知识分子对自己的要求也变了。

李　洱:可是同时,你得承认,知识分子还是一些有广阔视野的人。这么一来,问题出现了。他知道他本来应该成为一个什么样的人,可他却无法成为那样的人;社会,或者说大众,对他的角色也有着期望,想让他成为一个什么样的人,但他实际上却游离在这种期待视野之外。反正有各种各样的错位,会发生在知识分子身上。这种处境既是喜剧化的,又是悲剧化的。

梁　鸿:你在《午后的诗学》中写道:"学生们在五月风暴中送给阿多诺教授的那两样东西也值得分析。粪便在分析玫瑰,玫瑰在分析粪便。"粪便与玫瑰,一对诗学概念,这意味着什么?是指两个极端的性质,但在某些时候却具有同质性。丑与美,虚无与存在,臭味与芬芳,卑微与高尚,同时并存,好像在隐喻知识分子生活本身。比如文中的那次关于杂志命名的讨论。"费边这套精彩的发言等于没说,因为他的意见并没有过被采纳。当然,所有人的话都等于白说了。它还没有开花,就已经要凋谢了,果实只在人们的梦中漫游。"

李　洱:"玫瑰"在西方诗学中是一个被经典化的词,一个具有解释学意义的词。莎士比亚说,我们叫做玫瑰的那种花,换成另外一个名字,还不是照样馥丽芬芳。小说家同时也是符号学家的艾柯,就给自己的小说起名《玫瑰之名》,它具有对事物的概括、命名和解释的功能。同时,当然“玫瑰”这个词还代表一种古典的、浪漫的、美好的东西。当然,“粪便”这一词却是否定的。不过,我引用的这个典故,还确实是个典故,有来历的。五月风暴的时候,学生们确实给阿多诺教授送去了玫瑰和粪便。你知道,法兰克福学派的那些人,西马的那些人,从马尔库塞到阿多诺,他们还是积极参与这个世界的。

前段时间我在德国,在柏林的红色沙龙演讲。红色沙龙是柏林最有名的文学活动场所,一进去就可以看到列宁的画像,来听演讲的人当中,有作家,也有一些德国的哲学教授,我们私下有些交流。我对他们说,中国人对法兰克福学派的人,有一种天然的亲近感。当我接过他们手卷的香烟和他们聊天的时候,我有一种奇怪的感觉。什么感觉呢?我感觉我面前的人就是阿多诺,我的演讲就是送给他们的礼物,那礼物其实就是粪便和玫瑰。为什么这么说?因为我的心情非常复杂,在挨着柏林墙的那个东西方的结合部,当你和他们讨论中国现实的时候,你既要揭示,又要分辩,既要否定,还要肯定,你完全处于一种悖论式的情景当中。但我发现,他们其实非常能够理解我的心境。当时,我想,如果我是在美国或者英国,那些读者未必能够理解我。

梁　鸿:美国或者英国,他们离柏林墙太远了。

李　洱:我们却离柏林墙很近。因为离它很近,所以我看柏林墙上的那些涂鸦,我觉得我完全可以看懂。有一幅画很有意思,勃列日涅夫和当时的德国总理在接吻,就像两只狗在啃同一根骨头。我的一个朋友就问,那是谁?同性恋吗?他说给你照张相吧,我说要照就拿勃列日涅夫接吻的图像做背景。他说,不要这样,人家会以为你搞什么鬼名堂呢。

梁　鸿：他们不能理解。

李　洱：就是能够理解，也往往是隔靴搔痒。

梁　鸿：很多经验，比如我们前面刚谈到的悖论性经验，对我们中国人来说，是非常内在的，对别人来说，却可有可无。

李　洱：他们会有另外的悖论性的经验，那对他们来讲很内在，是坚硬的热烈的核，可对我们来说，却很难感受到它的硬度和温度。但这种悖论性，显然又是我们的共同经验。

梁　鸿：我想和你探讨的是，这种表达日常生活的小说，这种表达知识分子悖论性经验的小说，表达人的内心生活的小说，似乎不仅仅是一种新的美学风格。譬如意识流的出现，它既是一种美学风格的变化，也意味着一种新的存在状态的出现。一位论者曾经这样认为：“‘意识流小说’的命名通常使问题的重要性降低了，使人们以为这是文学叙述的一个新的方法而已。……事实上，只承认心理和意识具有更深刻的现实性无疑等于承认：在现代社会，人的行为的真实性已经丧失。真实而有意义的行动的可能性正在消失。人的行为体现了人的个性变成了一个神话。因为人们赖以行动的那些价值——人的自由、自主性和主体性变得可疑了。”你觉得是这样吗？

李　洱：当然可以这么说了。小说艺术的变革，一方面是小说自身发展的要求，类似于一种内部的能量的积聚和演变，另外它肯定来自于现实的刺激。为什么意识流小说会在十九世纪末出现，并成为一种小说潮流？以前当然也有意识流小说，你在《左传》和《史记》里面也可以找到意识流，但是作为一种基本具有主导性的叙述方法，它的出现肯定与十九世纪末的社会状况有关，它能够风行一时也就说明它并不仅仅是艺术的时尚，它也是社会状况在小说叙事上的折射。当然,这也是老生常谈喽。

梁　鸿: 老生常谈,肯定有老生常谈的必要。这与我们讨论的主题有关,日常生活诗学的出现并不仅仅是小说风格的改变。它的出现使中国的小说发生了质的改变,小说的元素,人物、风格、叙事,都出现了变化。对于这些变化,批评家有必要在文学史的意义上做出进一步阐释。在这个背景下,我想我们的讨论还是很有意义的。

共时性的存在结构

梁　鸿: 我常常想,《导师死了》、《午后的诗学》毕竟还是知识分子的生活,背后还有知识分子的普世情怀的支撑,还不是普通人的生活。而实际上,对普通人的日常生活书写,在你的小说也有很多表现,比如《现场》、《国道》、《光和影》等等。《国道》似乎没有引起批评家的关注。但我觉得它很有意味。它处理的是一个政治题材,而且有原型。当我阅读《国道》这样的小说的时候,我有一种感觉,你的处理方式,你的表述重心并不在于政治腐败,也不在对那个小孩子的同情。你的兴趣似乎是分析这个事件背后相关联的各种元素。比如说主人公曹拓麻,他被搅入各种关系网络之中;比如你写到的那个做好人好事的司机,随着事情的发展,他陷入到了很多麻烦之中,被妻子臭骂;那个想混票的足球迷没有买到球票,失去了别人的信任,也失去了被赠票的可能性;给报社朋友爆料的老师,后来被迫改变当初的勇敢,等等。这一系列事件,使每个人处于被动和某种荒诞的处境之中,所有人备受折磨,至于那个孩子,反倒没有人关注了。这种处理,与别的作家的处理是非常不一样的,别的作家肯定会在作品中反映自己的愤怒。写作的重心变了。你写的是冷漠?但同时,这种写作重心的改变似乎也反映了作者本身的冷漠。你怎么理解我的这一点感受?

李　洱: 如你所说,这个事件有个原型,当时很轰动,还惊动了高层。这不是纪实文学,所以我对其中的一些情节,一些细节,做了改动。比如,事件中那个孩子当场就葬身轮下了,可在小说当中,他却一直躺在病床上,感受着他无法理解的人世,感受着大人世界的荒谬。小说做出这样的处理,在我看来很正常。你说冷漠也好,荒谬也好,这正是我要传递出来的效果。哦,你不要怀疑我有没有愤怒。我当然愤怒,这是不言而喻的。可你得搞清楚,你为什么愤怒,你愤怒的对象是什么?你的愤怒是针对冷漠吗?你既要表现冷漠,要让读者感受到那种冷漠,又要对冷漠表示愤怒,那你的叙事结构安排应该做出怎样的调整?你的叙事语言应该保持什么样的语态?在对象和审美之间,呈现和吁求之间,一定要有一种呼应,不然小说会显然显得外在,无论是作者还是读者,他的感觉体验或者心理认知,都会有本能的排斥。所以,现在的处理方式,其实不失为一种选择。

梁　鸿: 这或许是“冷漠的美学”?在这样的小说中,细节控制了一切。甚至可以说,细节具有更为本质的意义。细节在无限延伸,很多意义都是从细节中展现出来的。

李　洱: 细节在一点点收集,一点点聚拢,有点聚沙成塔的意思,然后成为塔林。你去过少林寺的塔林吗?鸟进了塔林,叫声都变了。乌鸦的叫声很甜美,喜鹊的叫声却很沙哑。变种了。

梁　鸿: 虽然写小说必然要注重细节,但通常是为了某个主题服务。在这里,细节成为一种独立的元素。当然,这也是生活本身的琐碎所要求,是它本身的繁殖与关联。细节承担了主题的意义,细节不再是附属功能,不只是为了展现人物命运,而起了一个结构性作用。细节出来说话,细节的主题性代替了故事的重要性,强行把故事推向后台。

李 洱: 细节具有了独立的意义,旁逸斜出,不断地从故事的框架中逸出。你看海明威后期的一些小说,他的小说中有很多句号,不该用句号的地方,他也用句号。他的短句和句号,因此具备了另外的意义,句号不再只是标点符号。

梁 鸿: 对,有些类似。你的小说中的细节,跟生活的本质状态是一致的。我在读《午后的诗学》、《喑哑的声音》的时候,感到呈现在我面前的是一个个具有完整意义的细节,而不是整体。或者说,当我读小说时,感觉你要表达的意义是多元的,在这背后没有整体意义,或者可能作者根本就不想表达一种意义,因为细节包含的意义太多。是这样吗?

李 洱: 我知道有人会说,你这种写作,最后呈现出来的主题会很暧昧,很含混。但我并不担心。我倒确实希望,通过细节,通过一些比较次要的情节,通过对一些物象的描述,使小说从线性的叙事中暂时游离出来,从那种必须的、非如此不可的叙述逻辑中脱离出来,从那种约定俗成的、文本的强权政治中逃离出来。说得干脆一点,我喜欢这种效果。当然,我又得小心翼翼地加以控制,不能让它过于蔓延,不能让它无穷尽地自我复制,还应该有一个总体性的考虑。我觉得,这样一种处理,有可能使小说恢复它的活力,或者说有一种特殊的穿透力。

梁 鸿: 我们原来总是说小说要怎么来讲故事。但是,在你的小说中,这种选择性非常模糊与隐蔽,让人感觉它本来就应该是这样子的，不是你有意选择的。故事、叙事与风格是完全同构的，生活本身的状态刚好就是你风格的状态。

李　洱：哦，我懂得你的意思。你是说，它仿佛就是截取了生活的一部分，抽刀断水硬截了一部分，然后原生态的描述出来。不过，从哪里截取，怎么截取，你也得考虑啊。原生态的描述，只是一种比喻。我至今还没有见过谁的小说真的是原生态。

梁　鸿：但在小说艺术上，这的确已经是一种本质的变化。原来我们的写作是线性的，我们要表达某种价值，然后顺着往上写。现在，上不去了，一切都平摊在这个地方。你把平摊在这里的各个元素都表现出来。这些元素是我们的眼睛曾经忽略掉的。我们的眼睛是经过选择的嘛。你把被我们的文明和价值体系所抛弃的东西一一捡拾起来，并赋予艺术的特质。这应该是一个非常了不起的发现。

李　洱：以前我们要表达人物命运，要表达我们对人物命运的关切，会强行地把人物性格的那种丰富性加以简化，把人物的活动背景给以缩减。换句话说，我们甚至是强行地把世界、事物加以扭曲、改造和打磨，然后硬性地将之纳入自己的叙述轨道，把人物的命运往极端处推，推啊推，反正那弦是越拧越紧，嘈嘈切切如急雨，然后达到高潮，然后弦断了，小说结束。你翻看古典小说，翻开那些畅销小说，几乎都是如此。我不能说这种处理不好，但我总觉得这种写法有些不真实，不舒服，有一种本能的不信任，至少觉得有些隔膜。我现在做的，其实是一种比较折中的办法。从小说的结构方式，到细节的铺排，我自己觉得是精心选择的，但又要给人一种比较随意的印象，并且让那些看似随意的细节，彼此有着暗中的联络，然后又尽量能给人一种总体性的感觉。

梁 鸿：你的这种说法，也让我想起刘震云的小说。

李 洱：哦，你说的是刘震云的乡村小说吧，《故乡面和花朵》。那是一部雄心万丈的作品。他的幅度更大，那是中国乡村版的《追忆逝水年华》。

梁 鸿：对，刘震云第一次写了乡村的意识流生活，那种胡思乱想的内心生活。他第一次把乡村的话语丰富起来了。乡村在作家看来一直是贫瘠的，沉默的，失语了的存在。这种对日常生活全景式的叙述，试图给日常生活命名的倾向，显示了作家的雄心壮志，看起来非常容易，但实际上非常难。

李 洱：很奇怪，刘震云在小说艺术上的贡献容易被批评家忽略掉。我跟他不熟，也没有交流，但他的小说确实显示了非同一般的才华。当然，有时候我也会觉得，他的一些活儿做得有点过了。但他写乡村意识流，确实是一个很大的贡献。意识流本来是知识分子的，是客厅的艺术，但他把它搬到了田间地头，搬上了寡妇的炕头，屠夫的案头。开句玩笑，到了刘震云这里，意识流小说才完成了它的东方化过程。

梁 鸿：你的处理方式，与刘震云又不一样，你不搞意识流。

李 洱：如果写知识分子，我偶尔会用意识流。但别的小说，我很少用。

梁 鸿：《光和影》里面涉及知识分子和乡村，在小说里面，现代化的京城和本草镇成为各种话语的汇集地：典籍史志、光碟、英语、网络词汇、星座等等，作为各种话语资源，它们共时性的出现了。我认为我看到了后现代拼贴诗学。当我阅读的时候，我觉得每个景观，每个话语，每个细节，都能散发出某种意味。背景也不仅是背景，细节也不仅是细节，而成为主题本身。所以，我的阅读变得非常困难,因为各种意义、各种元素纷至沓来。你致力于把世界表现为一个结子,一团乱麻。你在表现这个世界,同时又毫不降低它无法摆脱的复杂性。

李　洱:把世界表现为一团乱麻,是容易的。你这么说,其实让我有一种失败感。我不愿意只让人看到乱麻。就像我们在前面对话时说过的那样,如果世界是一团乱麻,你写的还是乱麻,那你只能是添乱。如果世界是一潭浑水,你写得还是浑水,那你只能把水搅得更浑。就小说的表现方式而言,我还是试图做到乱中有序,杂乱有章。你这么说,只能说明我做得不够好。

梁　鸿:《光和影》的主人公,刚踏入社会,所以——

李　洱:所以他很不适应。就像你说的,各种问题对他而言,都是纷至沓来,让他应接不暇。其中,任何一个问题,任何一件事,都可以置他于死地。哦,很不幸,他这辈子从事的第一项工作,竟然是卖盗版碟。

梁　鸿:并且是西方盗版的色情碟。当我作为一个专业读者阅读时,能感觉到你的焦点聚集在围观者身上,而不是当事人身上。比如,那一场发生在古城墙下面的战争,并不是两个主人公原本的意思。他们被周围的人怂恿着,一步步走向荒谬的境地。本来是个双簧,可双簧的失败产生的感觉却很荒诞,而围观者的兴奋使荒诞显得更加刺激,朝着更荒诞的方向发展。

李　洱:哈,演双簧,说明双方都在遵守一个私定的小的游戏规则,双方同时都认为,只要我们相互妥协,只要我们共同向别人妥协,我们就可以达到自己的目的。可是,这个规则在遭遇到另外的比较大的规则的时候,马上就会破产。生活不会朝着你预设的方向发展。实际上,从根子上说,我们最终是无法跟生活达成妥协的，它只能增加你的失败感。生活才不跟你玩双簧呢。最后，他们的回故乡之路，仿佛是为了拯救故乡年轻人。可是，他连自己都救不了，他又怎么救得了别人？他的回故乡之路最后也演变成了逃亡之路，剩下的那点东西很可怜，比如，剩下了一点偷鸡摸狗的性爱。他给故乡留下了什么呢？一泡尿。

梁　鸿：这也是我看完这篇小说的直觉，一种田园诗的丧失。为什么呢？一个稍微有点知识的人都知道，回故乡应该是一种诗意的象征。但是，即使是章老师这样的作为一种原型的故乡的象征，带给你的也是彻底的悲哀。章老师本人可能有一个乌托邦的梦想，但他也被世俗污染了。他把学校的所有人安排成自己的人，他的行为也违背了教育的基本原则。

李　洱：章老师想要获得电脑，从最美好的意义上讲，他是想让学生知道外面的世界，而外面的那个世界正是孙良正在遭遇的世界。不用你提醒，我也知道这一点很残酷的。生活中最光亮的地方，恰恰充满了最浓烈的阴影。所以我把题目定为《光和影》。

梁　鸿：光亮有多强，阴影就有多强。加缪曾经提到过正午的思想，正午的阳光是灿烂的，明亮的，积极向上的，而午后的诗学是什么样子呢？一种无力的，疲倦的，在寂静的时光里，充满着某种颓废的清醒？

李　洱：我所理解的"午后"实际上是一种后革命的意思，或者是后极权的意思。类似于哈维尔所讲的，在午后人们已经失去了发展的原动力，靠某种惯性在向前滑动。那种朝气蓬勃的，对生活有巨大解释能力和创造力的时代已经过去了。是一种复制的，慵懒的，失去了创造力的时光。

梁　鸿：这一说法非常有意思。是不是可以这样说，当意识形态的合法性遭到质疑的时候,历史、道德、制度突然变得暧昧之后,我们认定的原来的价值体系已经动摇,但是,每个人仍然生活在焦虑之中,就费边而言,是生活不能与精神一致,是一种人格焦虑,也是一种精神焦虑。或者如你这里所说的,"后极权"并不是政治学意义,而是说,在生活的各个领域里面,作为一种原型的价值观,它们都遭到了普遍质疑,但我们却不得不生活于此。旧的秩序已经动摇,但新的秩序仍未形成,我们正是处在这个夹缝之中,这是一种悖论式的生存状态。

李　洱:在极权时代,绝大多数人是信任极权的;但后极权时代,所有人都不信任它了,甚至包括它的领导者。但是,人们仍然会按照极权的要求生活,这么一来,所有人都生活在谎言之中。在中国,谎言有巨大的价值,巨大的利润。问题是,谎言归谎言,生活却在真实地发生着变化。

梁　鸿:我们每个人,都接受了这种分裂的生活。我们在生活中已经习惯了"口蜜腹剑",当面一套背后一套。公共空间和私人空间,公共生活和私人生活,是如此相悖,如此矛盾,无法拼接缝合,因为在各种价值观的背后并没有统一的原则,所以精神分裂症状也就可以从当代生活的语言状态中显现出来。作家的任务就是把如此之大的分裂状态表达出来。作家要把正常背后的不正常写出来。你所说的"午后",可能正是这种秩序开始动摇的时候,正午的时候太阳是没有阴影的,当午后来临的时候,一切本质开始出来。

李　洱:所以,我经常说,生活在谎言的掩饰下发生着真实的变革。这是我们自己的特殊的境遇,是我们自己无法轻易化解的痛苦,个中奥妙,个中滋味,别人岂能理解。

梁　鸿：也许《午后的诗学》不仅是写知识分子状态，背后也隐藏着深刻的泛政治学主题，包括你写的《国道》、《现场》。实际上，它们都是重大的主题，但当你以细节的方式，以多重话语的方式，以设置多个重心的方式来处理的时候，你恰恰把这个时代的复杂的现实呈现出来了，提醒我们注意整个社会悖谬式的存在，这恰恰是后极权时代非常典型的景观。生活的每一个关键点都被谎言所控制，或者说，每一个关键点都被某种说不清的力量拖到非常荒诞的地步。

李　洱：所以，你有必要在每一个关键点上逗留一番。

梁　鸿：这确实是美学风格的改变，是对美学原则的一种悄然修改。我们可以把它命名为"日常生活诗学"，一种新的诗学风格。虽然理论家已经有所提及，但还没有完整的、深入的分析。我们在前面从诗学主题、语言风格、人物、结构、叙事等方面进行了一个较为全面的探讨。实际上，这也是一种哲学意识的改变。这种哲学意识包括历史观、存在观，也包括政治观。读这些小说的时候，我总觉得，它在告诉你，某些你经常看到的，听到的，或者你正在做的事情，它尽管非常贴近你，但是你却一直视而不见。现在，你让我真正看到了它们。比如，我现在已经非常能够理解你的《光和影》了。

李　洱：《光和影》里面，我还是做了很多安排。比如说我安排主人公的母亲去世，是章老师把他养大。当母亲死去之后，故乡在他心中不是肉的故乡，而是精神的故乡。他是在一种知识体系之内长大的，他是认价值为父亲的。但后来的过程中，他所有的价值一点点被剥离，一点点被粉碎，最后甚至被价值本身的象征章老师所粉碎。他所看不起的人，栾明文，章老师把他看做救星，所有这些对孙良会构成很大的打击。他因为一种感恩的心理,必须完成这个任务,也就是把电脑送到故乡。虽然他明明知道这是毫无意义的,但他必须去完成在别人眼里很有意义的事情。他自己的生活完全被搞乱了。

梁 鸿:所以,孙良回乡的过程实际上成了远离故乡的过程,是价值和信念的崩溃过程。最荒谬的事情是,演双簧使他们陷入被动的位置,但那个警察小王竟因此而升官。只要能升官,能进入权力的核心,别的都是次要的,最后的结尾是“任凭孙良的尿溅了他一身”。小王的心理很有意思。

李 洱:当官了嘛,别说你溅他一身尿,就是屙他一身屎,他心里也是美滋滋的。

对“常识”的怀疑

梁 鸿:有一个问题我一直在思考:彻底的虚无背后是否是一种简单化?是否是一种复杂的简单?这似乎与加缪的虚无哲学恰恰相悖。《西绪弗斯神话》最终展示的是虚无之爱,生存之意义,赋予了生命自足存在的意义。但是,《光和影》中,没有感觉到某种宽宥,就哲学意义而言的,把人给钉死了。如结尾处关于章老师的叙述。当章老师颤巍巍的被两个高大的学生挟持着站在孙良面前时,你觉得非常恶毒。完全可以是更为复杂的存在,比如虚荣、权势、霸道,但也不乏想象和田园诗的虚构。现在的结尾,干净利索,恩断义绝,又锋利无比,但也封住了人性的所有出路。

李 洱:再说一遍,至少在我看来,小说是一种否定的启示,是在否定中寻求肯定。或者进一步说,我几乎认为这是我的写作信条。在写作《花腔》之前,我确实没有塑造过所谓的正面人物,那种能够提示生活的方向感,能够直接地激发人们心中的健康力量的人物。重要的原因是,当我在写现实题材的作品的时候,我必须非常小心,我不能随意给出许诺。对于成年人来说,清醒地认识到真实的痛苦总比糊涂地相信虚假的幸福要好,因为认识到痛苦你才有可能改变现状。你可以看到,在现代主义作品当中,最后的幸福的许诺其实只是一种愿望。伯格曼的电影《呼喊和细雨》,结尾处有一个很温馨的场景,令人感动,三姐妹在花园里荡起秋千,诗意葱茏。可实际上,那是对已经消失了的一个生活片断的回忆,是过去而不是未来。柏格曼是非常清醒的。

梁　鸿:前段时间,我看到你的一篇短文,是写库切的。

李　洱:库切的小说就很能说明问题。你可以想一下,库切的人物和故事,如果出现在托尔斯泰笔下会是什么样子,出现在福克纳笔下会是什么样子。你闭上眼睛就能想出来的。在托尔斯泰和福克纳的小说中,人类的正面价值体现在哪呢?不是女佣就是傻子,不是受苦的妓女就是流汗的奴隶。当他们有这种寄托的时候,实际上,当然你可以认为我是胡扯。他们把那些人写成了原始人,一种没有受过文明侵蚀的人,或者是被压迫的苦力,靠身体吃饭的人。但是,我们不妨想一下,这种经验真的可靠吗?尽管你会被他们的艺术所感染,但我自己感觉,稍一追问,你立即会觉得疑点多多,难点重重。

梁　鸿:库切的处理方式与此不同。

李　洱:看库切的《彼德堡的大师》,不瞒你说,连我都感到了残酷。残酷在哪儿?残酷在于,库切要动刀了,对托尔斯泰的正面人物动刀喽。库切完全做了新的解释。比如,对书中的那个女孩子,要是叫托翁来写,不用问,肯定是正面的化身,光明的代表,美好未来的象征。但是库切却把这个小女孩处理成整个悲剧世界当中最重要的一环。库切一不做二不休,干脆把那一章起名为《毒药》。所以,有时候我觉得库切的小说是我写的。你别笑,我是认真的,遇到好的小说,你会觉得那是你写的,因为你也想写那样的小说吗,你觉得是一个不认识的人完成了你的梦想。所以读库切的小说,我觉得与我的感受非常非常相近。我能够感觉到库切的深思熟虑。当他这样去写虚无的时候,作家的态度是很积极的,他有勇气去穿透那种虚无。他敢于对所有公认的、所谓的不言自明的真理性的东西进行质疑和彻底的审视和辨析。由此,在他的不相信的背后,会产生一种更积极的效果。对这个时代的写作者来说,没有常识,常识只是成为怀疑的对象的时候,意义才能产生,才能成立。

梁　鸿:纳博科夫曾经对“常识”做过非常精彩的论述。在他看来,“常识根本是不道德的,因为人类的自然品性就像魔术仪式一样毫无理智可言,这种仪式早在远古的时期就存在着。从最坏处说,常识是一个正方形,但是生活里所有最重要的幻想和价值全都是美丽的圆形,圆得就像宇宙,或像孩子第一次看到马戏表演时睁大的眼睛。……谦和的先知、穴居的巫士、愤愤不平的艺术家、不守规章的小学生全分承着同样神圣的危险”。“神圣的危险”,这个词用得非常好,因为这种违背常识的大胆意味着作家要承担危险。库切在把写小女孩的这一章称为《毒药》的同时,也否定了小女孩身上所具有的原型性的隐喻系统,纯洁的、美好的,这是所有文明都认同的。

李　洱:小女孩和她的母亲都是为无政府主义者帮忙,至少在书中，她们带来更大的暴力。因此，库切大胆地称之为《毒药》。库切对所有正面的负面的东西都试图做出新的理解。在《耻》里面，作者写一个教授搞女学生，被开除后，回到他女儿那里过了十五年。有一笔非常厉害，在经历了所有的事情之后，有一天教授突然看到了这个女学生，他发现他仍然有性冲动。我想这表明了库切的观点。他肯定了这个教授的情爱，他的行为被别人看成是淫乱的，但实际上他是真的喜欢这个女孩，或者说，他喜欢的是自己身上那个被激发起来的情爱。当然，所有的道德、法律都认定他是耻辱的。你可以想一下，这个故事让中国作家来写，一定是另外一副模样。如果不是直接的道德控诉，那就是先来上几段欲望化的书写，最后再来上一段道德控诉。我由此想到，米兰·昆德拉的处理方式，当然与库切也有不同。在《生命中不能承受之轻》当中，昆德拉有一段非常精彩的描写。在他的笔下，特里莎也被当成一个纯洁的女孩来处理，他把她当成是从树脂涂覆的摇篮里漂来的孩子嘛。书里面写到，特里莎为了报复自己的丈夫托马斯，去找那个工程师也就是那个克格勃特务偷情，让人吃惊。当然首先是让特里莎吃惊的是，特里莎竟然有了性冲动，下身湿润起来。这也是昆德拉的厉害之处。

梁　鸿：我觉得一个作家能否用这种眼光，还不仅仅是眼光，这样一种思想对人类更深的领域进行探讨，不惜冒着被道德审判的危险，被整个文明体系唾弃的危险，是非常重要的。保持着对真理的怀疑态度，作品充满深刻的辨析与思索，这也是你们这一代小说家最明显的优长之处。

虚无与怀疑语境下的小说之变

——与梁鸿的对话之二

古典情境的丧失

梁　鸿：在阅读你的小说时，有一种特别强烈的感觉：小说的面貌已经发生了深刻的改变。那种在文学中进行情感教育和道德启蒙的"总体生活"时代（卢卡奇语）已不复存在——这一情感式叙事不仅包括如托尔斯泰、曹雪芹那种"全景式"的现实主义小说，也包括如卡夫卡、余华那种"碎片般"的现代主义小说。在这里，小说已经脱离了经典小说的种种元素，不再只是情感的范畴，它试图展示和容纳的远比情感复杂得多。或者说，小说精神的展现不再仅仅依赖于情感通道和体验能力，它还需要丰富的知识，深刻的智性，甚至于对文学的某种科学性把握，它依赖作家的理性、思辨和对世界多个层面之间复杂关联性的认知能力。这样说的时候，我有一种怅惘，好像是一个古典主义者的失落，那种在小说世界寻找到某种情感的净化和引领的黄金时代已经一去不返了。

李　洱：小说确实越来越复杂了，也越来越专业了。十九世纪的小说，那些经典现实主义作品，那些鸿篇巨制，哺育了很多人。

它们的着眼点是写人性,写善与恶的冲突,故事跌宕起伏,充满悲剧性的力量,所以很自然的,我们会体会到一种净化的力量,因为悲剧的作用就是净化。现在,小说家对小说的要求,比这个要复杂得多。现在,谁再去写一个《复活》,别人都会认为你写的是通俗小说。罗密欧与朱丽叶的故事,现在也只能在报纸副刊上见到了。

梁 鸿:也许是吧。但是这并不是我一个人的感受,还可能是很多阅读者的感觉,好像我们对小说的概念、感觉和要求还停留在十九世纪那个经典时代,但实际的小说创作已经走得很远了。这是不是意味着,我所说的仍是一种传统意义的小说?而现代意义的小说已经弃了许多东西?

李 洱:一个最直接的感受,就是叙事的统一性消失了。小说不再去讲述一个完整的故事,各种分解式的力量、碎片式的经验、鸡毛蒜皮式的细节,填充了小说的文本。小说不再有标准意义上的起首、高潮和结局,凤头、猪肚和豹尾。在叙事时间的安排上,好像全都乱套了,即便是顺时针叙述,也是不断地旁逸斜出。以前,小说的主人公不死,你简直不知道它该怎么结束。主人公死了,下葬了,哭声震天,那就是悲剧。主人公结婚了,生儿子了,鞭炮齐鸣,那就是喜剧。现在没有哪个作家敢如此轻率地表达他对人物命运的感知了。

梁 鸿:这意味着,不仅是创作主体的思想发生了变化,而且其在文本中的叙述位置也发生了质的变化?

李 洱:搞文学史的人,都能比较清楚地看到,作家观察生活、感受生活的角度出现了很多变化。从鹅毛笔写作,毛笔写作,到钢笔写作,再到电脑写作,作家的写作方式也出现了巨大变化。当然,最重要的是,作家置身其中的知识体系出现了变化。这些变化，当然都会折射到小说当中来。

我现在有时候也翻看一些十九世纪的小说。我读的时候，常常感到那时候的作家很幸福，哪怕他写的是痛苦，你也觉得他是幸福的。哪怕他本人是痛苦的，你也觉得他作为一个作家是幸福的。十九世纪以前的小说家，是神的使者，是真理的化身，是良知的代表。他是超越生活的，是无法被同化的。他是居高临下的，夜观星象，指点江山，密谋于帐中，点火于基层。他的写作，类似于神谕。他让哪个人物死，哪个人物就活不过三更。生活的失败感，首先属于别人，跟他没有多大关系。用惯常的眼光看，陀思妥耶夫斯基的生活够失败的吧，穷困，死亡，俄罗斯轮盘赌，儿子又死了，这些失败感伴随了他终生。但实际上他仍然是幸福的，因为他手中握有真理啊，他有阿辽沙啊。写东西的时候，他的目光才往下看，平时他是往上看的。

但对当代作家来说，问题就复杂了。作家被深深搅入了当代生活，被淹没在普通人的命运之中，以致他感觉不到那是命运，他感觉到的只是日常生活。他的目光是平视的，如果他仰望天空，你会觉得他是翻白眼呢。毛病嘛，这个人怎么动不动就翻白眼呢？作家置身其中的知识体系，是一种空前复杂的、含混的知识体系。“体系”这个词用在这里，甚至有点不恰当，不如说那是各种知识的聚集。以前说到土匪和农民起义军的时候，常常用到一个词，叫“啸聚山林”。如果借用一下这个词，来形容现在的知识状况，那就不妨说是“啸聚书房”。一个作家怎么能知道，哪个知识是对的，哪个知识是错的？生活在这个状况之中，他的困惑和迷惘，一如普通人。所以，我常常感到，现在的作家，他的小说其实主要是在表达他的困惑和迷惘，他小心翼翼地怀疑，对各种知识的怀疑。

梁　鸿：本雅明有一句话说得非常好。他说，真理的史诗部分已结束，小说叙述所表现的只是人生深刻的困惑。现在，个人迷失在体制、历史话语或个人生活的隧道之中，在共时的存在中表现出荒谬、虚无的本质。小说已经不能再充当生活的解释者，而只能转向叙述这一令人困惑的存在状态。为什么会有如此变化？它是基于文学理念本身的嬗变，还是因为整个世界的语境发生了变化？

李　洱：我太想写出那种小说了。那种能在文学中进行情感教育和道德启蒙的小说，那种所谓的"总体生活"的小说。但是，我很清楚，这几乎是不可能的。我相信现在没有人能写出这样的小说了。原因很复杂。整个世界的语境都发生了变化，作家进行情感教育和道德启蒙的基石被抽走了。卡夫卡的那句话就是一个很好的例子，卡夫卡说，巴尔扎克权杖上曾经刻着一句话：我粉碎了整个世界；我的权杖上也有一句话，整个世界粉碎了我。顺便开句玩笑，我连权杖都没有了，因为权杖也被粉碎了。卡夫卡还可以写寓言，写他的当代寓言，而现在的作家谁还能写寓言？除非你写给儿童看。也就是说，当代小说甚至失去了寓言性的功能，一种传统意义上的整体的象征性力量。

个人生活，或者说作为作家的那个个体，其实已经分崩离析。你不可能告诉读者你对世界的整体性的感受，那个整体性的感受如果存在，那也是对片断式、分解式的生活的感受。我自己在阅读当代小说的时候，我总是不由自主地要关心小说的叙述人：这部小说是谁在讲述？而在读那种传统意义上的小说的时候，我不会关心这个问题。虽然一部小说，毫无疑问是由作家本人讲述的，但奇怪的是，我们对作家本人失去了信任，我们需要知道他讲述这篇小说的时候，是从哪个角度进入的，视角何在？不然，我就会觉得虚假。好像只有一种情况例外,那就是这部小说讲述的是一个传说,是一个固定化的传奇,是后看的,看到的是所谓的前现代时期。它要表达的是一种公共经验,而不是个人对历史的体验。在这种情况下,我们还能够容忍作家采用全知全能的叙述,而作家本人总是全力以赴要满足读者的那个期待视野。当小说无限接近那个期待视野的时候,我们会说,这部小说成功了。但是,我不会这样写,我也不敢这样写。我必须选取一个叙述人,让他来讲述生活。他只能讲述个体的生活,他只能讲述某一种生活,他只能讲述个体生活中的某一种生活中的某些片断。在这些片断中,他体会到被生活同化的压力,他因此而反抗或者妥协,他个体存在的困难和意义也因此在这些片断中一点点显现。这个时候,你又怎么能找到对世界的总体性看法呢?

梁　鸿:这背后似乎是一种世界观的改变。十九世纪乐观的启蒙主义和对世界理性、自信的把握在二十世纪已经消失了。十九世纪是充满象征的、神圣的和抽象意义的大帝国主义解体时代,在科学、启蒙与资本的联合下,世界是一个已掌握的规律世界。因此,才有巴尔扎克的豪情壮志。在二十世纪,在整齐秩序的工业化社会,人处于异化与焦虑的经验之中,世界似乎重又变得不可捉摸。

李　洱:从大的方面说,肯定是世界观的改变。对中国的写作者来说,二十世纪九十年代以后,我们才可以说语境真的变了,新的现实出现了,它要求写作者在写作中做出艰难的回应。如果说接轨的话,那么九十年代以后,中国才真正和外部世界接轨。这种接轨有两个意义:一个就是我们被所谓的全球化浪潮卷了进去,另一个是中国特有的现实得以显现了出来。我们是以被浪潮淹没的方式涉水而过,也成了浪潮中的水族。但中国巨大的政治和文化遗产,仍然首先属于我们自己,同时它又在新的语境中不停在产生裂变,发生位移。总是有人说,中国作家在十几年之内,把西方现代派玩了一遍。这种说法,当然不乏讥诮,言外之意是最后把自己玩丢了。但这背后的一个基本事实是,我们的生活也确实是在十几年之内,把人家几十年、上百年的历程走了一遍,浮皮潦草地走了一遍。它本身就是我们经验的重点所在。所以,对中国作家提出这样一种指责,其实是站着说话不腰疼。因为,我们谁也无法孤悬于历史进程之外。身处于这样的历史进程之中,我想,人们最直接的感受,可能是当代生活变化太快了,简直是目不暇接,你就是像马王爷那样长三只眼也没有用。所以很多时候,我们与西方用的是同一个概念,比如我们都说焦虑什么的,但表达的意思是不一样的。

故事的没落与回归

梁　鸿:如果从小说的具体元素来讲,毫无疑问,这样一种整体语境与世界观的改变对小说的美学风格也产生巨大的影响。故事在没落,悲剧已消失,历史时间消失了,剩下的只是沉闷而枯燥的,没有开始也有结尾的日常生活时间和空间。并且这似乎不仅是故事结构方式的不同,而是一种新的写作起点,新的美学意识和历史观的兴起。我们先谈谈故事在小说中的演变。你认为现代小说中的"故事"与传统的"故事"有什么区别?就审美意义及在小说元素的地位上而言。

李　洱:我只能尝试着做出某种解释。当我们提到"故事"这个词的时候,它首先代表着对往事的追忆。它是对过去的回望,是对历史的缅怀,是对消失的时间的挽留。而过去、历史、时间,都由一系列具有某种传奇性质的事件构成。贾宝玉的玉和林黛玉的泪都是与生俱来的,冉阿让的神奇的力量也是天赋异秉。在这些故事之中,小说的叙述人,或者故事的主人公,其实都有着明确的价值观念。而过去、历史以及已经远去的时间,它不仅仅是我们的经历、体验,也是某种亘古就有的价值观的寄寓之所。在二十世纪以前的所有小说当中,它要么在维护某种价值观念,要么在反对某种价值观念,非此即彼。小说的叙述人,或者故事的主人公,有着明确的价值观,有着较为固定的行动指南,其性格演变也是有机可寻,正像一把钥匙可以打开一把锁。

当代生活是没有故事的生活,当代生活中发生的最重要的故事就是故事的消失。故事实际上是一种传奇,是对奇迹性生活的传说。在漫长的小说史当中,故事就是小说的生命,没有故事就等于死亡。但是现在,因为当代生活的急剧变化,以前被称作奇迹的事件成了司空见惯的日常生活。以前我们写一个人发财致富,需要漫长的铺垫,要写到严父慈母,要写到儿女情长,要写到他生于穷困,死于安乐,等等。而现在一个穷光蛋,一个无才无德的穷光蛋,转眼之间就可以成为百万富翁。可是一扭脸,他又成了一文不值的阶下囚。奇迹每时每刻都在上演。这样一些奇迹,以前都是远在天边,现在却是近在眼前。

很多时候,我们体会到的痛苦,欢乐,都可以称为一种瞬间的痛苦,瞬间的欢乐,它是我们无所适从的带有某种虚空性质的人生体验当中偶然突起的硬块,是偶然闪现的一团亮光。我们整个生活的结构被打破了,所以生活不再以故事出现,生活无法用故事来结构。应该说，讲故事是作家的本职工作，但是，当代作家几乎不会讲故事了。老电影中的有一句台词，不是国军太无能，而是共军太狡猾。套用这句话，你可以说，不是作家太无能，而是生活变得太快了。它变得没有形式感，没有结构。

梁 鸿：本雅明在《讲故事的人》中说，讲故事的人早已成为某种离我们遥远、而且越来越远的东西了。如你所言，故事是一种传奇性，带有很强的"异质感"。在交通、通讯和现代传媒等的作用下，信息传播使一切都成为共时性存在，与我们的经验保持着异质性，有着多重时间意识的"远方"和神秘空间已经消失，这使得传统讲故事的人失去了权威性。时空拉近，"远方"就是"这里"。而作家只能把这样一种共时存在结构本身展示出来，他没法讲故事，因为他失去了权威。

李 洱：很多时候，作家比读者知道的还少。他没有时间看电视，看新闻，他的很多故事是从别人那里知道的。对他来说，那些故事都是第二手甚至是第三手的。也就是说，他甚至不能够把远方的故事作为一种知识告诉读者，连知识的权威性他都丧失了。读者也不信任它。你讲的已经落伍了，萨达姆昨天已经被绞死了，你今天才通过故事的形式传达出来。而以前的故事，说是故事，其实仍然带有某种新闻性质，带有某种揭秘的性质。现在，谁还希望从你的故事中看到新闻啊，看到真相啊？小说家的权力被一点点蚕食了。

梁 鸿：并且往往作家传达出来的气息还没有事件本身给人震撼更大。这给作家出了一个难题，故事没落了。产生故事的背景没有了。在传统意义的小说中，叙事就是讲故事。说书人，远行人（海外故事），唐代传奇，志怪小说，宋元话本，等等，情节极为重要。故事本身即是核心元素。所以,我们只要把故事讲好,就可以了。现在,故事不需要作家来讲了,电视、网络、报纸等都很快地把它变成事件。现在,在面临这样一种尴尬的时候,作家该怎么办?该如何保持文学独特的魅力,就故事而言?

李　洱:作家有不同的类型,有一种作家,比如莫言和阎连科这种作家,他们仍然可以源源不断地讲故事。他们的外国同行,比如拉什迪,比如马尔克斯,也仍然不断地向我们讲述故事,而且那些故事照样引人入胜。在他们那里,故事并没有消失。他们仍然是这个时代滔滔不绝的讲述故事的大师。这样一些作家,他们仍然保持着对过去生活的记忆,叙事的时间拉得很长,人物的命运在较长的时间内徐徐展开,慢慢生长,有如十月怀胎。他们的小说,具备着一种奇特的当代性,它体现为记忆与现实的冲突,历史与当代生活的冲突,本土经验与外来文化的冲突,政治与人性的冲突。但是,还有另外一种作家,他们对表达当代生活更有兴趣,他们的记忆被现实冲垮了,在他们的个人经验中有着更多的当代内容,他们对生活的理解是在这个时代形成的。对于这类作家,你就得有另外一种阅读和判断。

我自己的小说,中短篇小说往往侧重于后者,而长篇小说往往侧重于前者。但无论是前者还是后者,无论是这两种类型作家中的哪一种作家,我自己感觉,小说叙事发展的空间仍然没有穷尽。也就是说,在面对你所说的尴尬的同时,小说一定还可以找到自己的发展空间,自己的发展道路。

梁　鸿:你的意思是说,它也可能给小说开拓新的叙事空间。伍尔芙曾经说过,如果你读完一部小说,可以毫不困难地转述给另一个人,那么它就不是真正的小说,而只是一个故事。我觉得在这里有一个非常大的观念变化：相对于十九世纪小说来说，故事已经不是现代小说的核心要素，或者说，小说所承载的绝不仅仅是一个故事，而是一种更为复杂的东西。它想要表达的是另外一种感觉，或者说想要把生活的一种感觉，一种镜像展示出来，是一种展示，而不是某种判断。

李　洱：我觉得小说的意义的确是某种展示。同时，我觉得现在小说仍有基本的启示意义。但它的启示意义表现为反面的，告诉人们：不能够这样。原来的小说告诉人们：生活应该是这个样子。如果以前的小说如果类似于神谕的话，它告诉人们"往哪里走"，而当代小说告诉人们"不应该这样走"。

梁　鸿：至于怎么走，它没有答案，作家把空间留给读者。因为作家本人可能和读者一样，也不知道该怎么办。但这样一来，似乎又会把小说带进一种无穷无尽的空间之中，甚至有一种无力之感。

李　洱：以前的小说是一种肯定的启示，现在的小说表现为一种否定的启示。如果说有区别的话，这是一个很大的区别。还说讲故事吧。我经常举一个例子。这可能被别人认为是狂妄，不知你是否看过我这样的说法，曹雪芹活在当代的话，写不出《红楼梦》，当代作家活在那个时候，也有可能写出来。我的意思是说，目前小说跟以前差别很大，不是作家才能的消失，而是整个世界出现了变化。我举个例子：《红楼梦》的时代在此之前已经有几千年，所表达的是一种超稳定的结构和生活。文章里面有一句话，贾府里面只有那个石狮子是干净的。当他说这句话的时候，它表明当时官宦家庭都会有这样一个石狮，是一个象征。当作家想找到比喻的时候，这个比喻会有非常的普遍性，这是超稳定的感觉在起作用。官宦人家,贫苦人家的内部布置,格局,装饰,整个社会几乎都是一样的。按照一个外国人的说法,即使把房子的草图烧掉,中国工匠凭感觉也能造出一模一样的房子。有个现成的例子,开封这个城市是几个城市摞在一起的,黄河一次次把它淹掉,泥沙把它完整地封闭了起来。但在泥沙之上,很快又会建起一座新城,新城与旧城几乎没有区别,因为那种形式感已经成了集体无意识。

梁 鸿:你的意思是,它已经形成一种非常成熟的象征体系和隐喻系统,经过几千年的强化,每个人都会自觉自动遵循。这也是一个民族符号系统、文化传承形成的原因之一。

李 洱:对。那是一套完整的符号系统。这样一来,作家在写作的时候,就会变得相对容易一些。因为写作,既是审美力量的对象化,同时对象也有一种美学上的呼应。而当代生活却不一样。今天在门口你见到一个咖啡厅,一夜之间就可能被扒掉,变为游乐场了,后天那里又建起了一座小学。变化如此迅速,根本无法立起某种象征性结构,到处乱糟糟的。在这种情况下,文学写作必须有变化,必须出现一种新的形式,以此对变化中的生活做出回应,否则你的写作就是不真实的。

梁 鸿:我们回到当代文学的语境中来。你会发现,实际上,中国当代文学,尤其是从先锋文学以后,把十九世纪以来的西方文学历程走了一遍。小说开始寻找一种新的起源,并且在某种意义上也的确成功了。但在经过这样一个历程之后,你发现余华、格非他们都在转型,当年先锋文学的扛大旗者重又回到了故事之中。这种现象说明了什么?这背后隐藏着什么样的焦虑,或者基于一个什么样的要求?

李 洱:这其中各自接受的资源不一样。寻根小说主要受拉美魔幻小说的影响,先锋文学主要受法国作家的影响,比如法国新小说派等等,当然,其中也包括阿根廷的博尔赫斯的影响。这与他们自身的经历不一样。寻根文学之所以接受拉美小说,是因为他们的知青生活要求他们找到一种根的存在,希望找到民族风格、民族气派的作品。先锋作家稍晚一些,没有广阔的生活,主要依靠幻想性来写作,比如罗伯·格里耶和博尔赫斯的作品都不需要广阔的生活,只要有一点对生活的感受就可以了。当先锋作家生活经历越来越丰富的时候,他们对那种幻想性小说就远远不满足了。曾经有人谈到余华为什么转型,我说,那是因为生孩子生的。当他们回到生活之中,和早年的幻想性结合在一起,就会产生非常奇怪的文学,类似于《许三观卖血记》。一半是幻想,一半是现实,这使他们大获成功。格非也是如此,如《边缘》、《敌人》。当他们具备对中国历史的了解,对现实有感受和看法的时候,就会产生变化。表现为会加强故事性。

梁　鸿:这种加强是否意味着,他们在对自己的,或对历史的经验和看法进行某种肯定或某种总结?当他们有一定经历之后,再结合当初审美的训练,是不是想再重新回到古典性中,试图在故事中承担着某种经典性的情感启示,或让故事具有更高意义的某种教益?这是否也意味着十九世纪那种古典主义情怀还是作家心中最高的原型或最高追求?

李　洱:据我所知,当时,他们在写《敌人》或《许三观卖血记》的时候,他们的阅读已经转向狄更斯《大卫·科波菲尔》这样的小说,或者卡内蒂的《获奖之舌》这样的作品。为什么?他们突然发现,如果说早年喜欢罗伯·格里耶是一种学科上的准备,在新小说那里他们找到学科的训练的话,后来他们发现他们还是喜欢看十九世纪的小说。狄更斯的小说是标准的十九世纪的古典小说。此时他们的小说是一种混合物，狄更斯小说和格里耶小说的混合物。这种混合物首先是因为知识的来源有所转换。我记得，当年《收获》的主编李小林先生看完余华的《呼喊和细雨》之后，说过一句话，说是余华这么早就开始写自传了。当时，写自传其实是一种风潮，王朔的小说也是自传。我倒不认为那个时候他们是在重回古典，我倾向于认为他们是通过写作寻找自己，寻找自己的形象。

梁　鸿：我的意思是，现代小说的故事性消失是不是只是一个过程？当作家有一定经历之后，是否必然会有某种回归，回到经典的文学形式与精神之中？先锋文学之所以让人震惊，除了是对当时文学具体处境的一种反拨之外，也因为它展示了某种困惑，看到了某种怀疑与不确定，对历史的，时间的，或生活的。展示了突然的断裂，如《褐色鸟群》。现在，当他们走过那段时间之后，已经不是当初的怀疑和断裂，而是已经以一个成熟的人的心态（不是说不困惑了），他们试图把他们的经验再次凝聚成新的故事传达给读者。它可能有新的因子，传达某种人生的困惑，但也兼具传统的故事起承转合与意义教诲。这种重回古典现象到底意味着什么？

李　洱：余华写完《许三观卖血记》之后，几乎有漫长的十年没有写作。因为他发现，他对生活的感受用许三观这样的形式已经无法表现了。格非也是如此。当他们恢复写作的时候，他们会去写过去的生活，历史题材。譬如说《兄弟》写的是“文革”，《人面桃花》写的是民国时代，格非近期问世的《山河入梦》写的是“文革”以前的生活。

梁　鸿：也就是说，那种传奇性的故事仍然无法结构当代生活。即使作家想回到故事之中，但是，他发现，讲述下去是非常困难的。

李　洱：我想纠正一下，先锋文学在当时并没有读者。最好的小说当时也只能卖一千册。《活着》、《边缘》也就是三四千册。后来的成功非常复杂。包含着市场的认可，也得力于学院派批评家的推崇。那是一个创新的时代，新人辈出的时候。为什么会在二十年中把西方文学的历程走一遍？我们只觉得步伐太慢，比如说当时会出现上半年出现什么风格，下半年就要出现一种新的东西。完全是大跃进式的。我给你讲一个真实的故事。李劼在北大吃饭，碰到谢冕。谢冕会问他，下半年会出现谁？他们认为这个月或下个月就会出现一个新的文学新人，他会打败之前所有的创作。当时的主要人物就是李陀，他几乎相当于达赖喇嘛。被他“摸顶”，就会一夜成名。每个文学青年都跃跃欲试，想成为下个月成名的那个人。但这一切也仅仅局限于文学圈之内。那个时代文学在进入大众视野和期刊的时候，还是需要批评家的解释转换的时代。现在情况不一样了，它直接面对市场。那个时候人们对文学史非常厌倦，不大相信传统的文学史，人们愿意相信新潮批评家。这导致了先锋作家一年之内全部走红。

梁　鸿：实际上，先锋文学的诞生也是一个历史事件。我们那个时代需要一种全新的思想。过了那么多年，以回望的眼光来看，你觉得它们对文学的启示最重要的地方在哪里？

李　洱：譬如说当代作家讲究作品的形式感，是从先锋作家开始的。这是对中国文学极大的丰富。虽然现在的小说有许多要比先锋小说好得多，但我们依然尊重他们的作品。这表明我们对他们贡献的追忆和怀念。

梁　鸿：这的确是了不起的发现与突破，像马原的元叙事小说,格非、余华的结构实验小说,等等,就现在看来,虽有点生硬,但仍然能感觉到小说形式本身所拥有的巨大力量。也因此,先锋文学被看作是对当代文学的“形式革命”。但是,我觉得,这只是先锋文学的表层存在,从更深层的意义来看,从先锋文学开始,中国当代文学拥有了现代性思维,即对秩序的批判能力和解构能力,正是这种思维能力和向度导致了当代小说的根本变化。现代叙事与传统叙事的根本区别在于:后者始终沉浸在道德不能实现的焦虑之中,而前者则充满着对道德本身进行形而上的批判与审视意味。这也正是先锋文学之前与之后中国当代文学的本质差别。在“十七年文学”、“寻根文学”、“改革文学”等等思潮的背后,总有一个基本的目的:即求证生活、历史的合法性,并试图把它们纳入到一个道德秩序和明确的目的之中。在“十七年”,这一道德秩序是政治意识形态的“纯洁”与“明朗”,在“寻根文学”中,这一道德秩序则体现为民族理想和精神的升华,小说所有的矛盾与冲突都蕴含于对这一道德理想的寻找历程之中;但是,在先锋文学中,作者在小说中所致力的不是重建道德规范和“惩恶扬善”,而是阐述个人对生活、历史的观念和感觉。因此,作家作品中的“社会生活”少了,而另外一些故事元素渗透了进来。

李　洱:我认同你的说法。他们的故事主要来自于幻想性的故事,基本的主题是比较抽象的主题,遥远的、永恒的主题,比如说恐惧、暴力、性爱。他们小说主要的推动力是性爱。

梁　鸿:为什么会出现这种情况?这是一种青春期的文学吗?是否意味着当时的文学正处于青春期的暴力和颠覆时代?

李　洱:因为他们当时写作的时候正是二十多岁。包含着青春期的暴力,使荷尔蒙具备了历史意义。

梁　鸿：咱们再回到故事中。你觉得在你的小说中故事占据什么元素？

李　洱：我觉得《花腔》里面还是有故事的。在处理当代生活时，无法找到故事，也有大致框架，但完全是碎片式的。而《花腔》还是有一些轨迹性的。面对当代生活时，我本人还是希望找到故事的，我也认为我的小说里面是有故事的，但读者告诉我没有看到故事。或者说，现在的故事和以前的故事概念不一样。以前的故事是悬念的，高潮的，主线的，有起始结尾的。但是，当代小说表达的好像是一段时间之内的生活，有些情节，看不到开头结尾，仿佛只是生活中的一个片断。当我试图像十九世纪小说那样结构故事的时候，我认为小说家都有这样一种冲动，但往往无法完成。即使当真的靠近的时候，你感觉你的故事是失真的。这样一来，作家往往处于一种矛盾的处境。他想这样做，而真这样做的时候，他又包含着一种自我怀疑。

梁　鸿：是否意味着，在这样的时代，你无法完成一个具有古典意义或有准确方向的故事，它总是被生活本身所打断？

李　洱：信息太多，你需要对各种文化现象做出一种归类、分析，它们占去了小说原来展示人物命运的空间，这样一来，使小说显得琐碎。

历史时间的改变

梁　鸿：但是，当你把那些所谓的“琐碎”的东西删去之后，又好像什么都没有了，空间没有了，意义也随之消失。你曾经说过，“你的生活经历和他的生活经历中的传奇性消失了，如果现在我们写这种传奇性故事,会让人觉得这种小说虚无:分析日常生活经验的小说,可能更真实。”是否你觉得日常生活经验已经不能用传统意义的故事来传达?这里面涉及一个时间观的问题。当历史的线性时间被打破,它使整个小说空间发生了质的变化,事件、存在都不再是“历时”的存在,而是一种“共时”的存在,同时发生的,并存的。这种历史时间的消失带来的是整个小说时空结构的变化。你觉得这样一种时间观会带来小说美学风格,如时空概念,叙事方式,结构方式发生什么变化?

李　洱:表现日常生活的小说,在时间方式上往往表现为现在进行时,会有追叙,但总体上是现在进行时。有时候会以“昨天”的形式开始,但非常模糊,是一种不确定的时间表达。典型的例子就是加缪的《局外人》:昨天,妈妈死了。实际上并不是今天的昨天。到底是哪个昨天?天知道。这样一种方式在《包法利夫人》那里也有,小说开头这样写道:我们正在上课,它也是进行时的,但随着叙事的进展,非常奇怪,“我们”消失了,小说变为纯粹客观的第三人称。福楼拜小说是从古典小说向现代小说转变的阶段,从全知全能的叙事到有限制的叙事视角,福楼拜首先作出一种尝试,甚至出现了小说内部的某种不协调。到《局外人》的时候,小说已经非常成熟,以至于我们现在完全可以忽略“昨天”到底是哪一天。这样一种叙事,一开始就让读者共同进入情景之中,人物和读者共同摸索,作家无法告诉读者往哪里走,只能一起往前走。我觉得这是现代小说在叙事时间上的一种处理方式。

梁　鸿:看似有时间的明确限制,但随着叙事的进展,却非常模糊。这种时间观看似有点混乱,可能是小说家的一种错误,但实际上,里面却包含着一种观念的显露。作家试图给读者带入情境之中，既是旁观者，也是参与者，因为他自己对这一切是未知的。为什么作家会有如此的时间观呢？是否意味着作家本人对生活认识的某种不确定性，或者与他有意表达某种主题有关？

李　洱：的确是这样。我认为作家无法指引读者。他只能让读者和他一起感同身受，共同探索。或者说，他给读者一种“在场感”，实际上他无法告诉作家更多东西。罗伯·格里耶的小说开头都是以“此刻”开始，作者和读者同时开始，对未来都处于未知状态。

梁　鸿：这样一种共时的东西，带来一个新的问题，就是意义的问题。在传统的故事叙述中，总有着对“生活意义”的探询意味或隐藏着一种“道德焦虑”，因此，古典小说会有确定的意义渗透其中，追求完整性。但是，在“共时”的生活中，一切是未完成的，“生活的意义”总是处于延宕之中。现代小说由于作家自身的这种不确定性，导致小说的意义越来越模糊，不断地拖延意义的判断。

李　洱：我在写作短篇和中篇小说的时候，写完之后，我却常常很迷惑，有怀疑。主要集中在两个方面：一方面，我这篇小说到底要告诉读者什么？当时你的写作冲动是如此真切，在写作之初你觉得它非常有意思，你觉得读者会和你分享故事，但写完之后，仍有很大迷惑，怀疑它的价值，它是否有意义。另一方面，你非常怀疑是否会跟别人雷同。所以，你的写作常常处于极度的焦虑之中。那么，从哪个地方获得信心呢？譬如说你看到非常好的作家也有过如此的失败，曾经有过一些非常棒的小说，当初作家在写作的时候也有如此的感受。我不妨将之称为“充满失败感的成功”。也就是说，你会从名家的这种“充满失败感的成功”中获得一种安慰，一种非常稀薄的安慰。这种例子或许可以说，作家的写作常常要面临很多困惑。

梁　鸿：这一状况导致意义很难升华，包括经验和生活层面的意义。在旧有的小说叙事中，作家总是不自觉地对生活进行判断，道德，善恶，等等。而现在，作家低于读者，包括对事件看法的程度。但在这样的生活中，作家甚至低于读者，你甚至觉得你的观察有可能还不如读者，这种对意义的怀疑可能会使作家难以为继。我觉得，现代小说之所以会对故事、对叙事提出更高要求，是因为它无法从传统写作模式中获得对生活的真实表达，或者，作家很难找到合适的方式来传达某种感受、情绪或发现。

李　洱：当年我看纪德的小说，常有一种感觉，他的写作如此艰难，你可以感受到他写作的时候，其实难得要命。纪德的小说，应该是很好读的吧？读起来很纯静，很流畅。但我还是觉得他写的时候很困难。故事到底该怎么讲，他其实一直很犹豫。当然，这一点，一般的读者不会去注意，也没有这个必要。你会发现，越是有智慧的作家，越能感受到这种困难。最近我看库切的小说，也发现，他的很多故事其实讲得磕磕巴巴的。最著名的例子当然还是卡夫卡，他的小说甚至写不完。关于卡夫卡写不完的问题，人们作出过各种解释，我以前也试着作出自己的解释。不过，不管怎么说，有一点是肯定的，那就是他确实不知道小说怎么往下写，确实不知道这部小说如何结尾。肯定不是因为身体不好，而是他的确不知道 K 的结局如何，也不知道《美国》中的小伙子的命运如何。或者说，即使有原型的话，他也会怀疑，如果我真实地把他的命运写下来的话，这部小说价值何在？它有何意义？所以，他无法写完。我想，这样一种困惑也是所有当代作家的困惑。除非你的确非常自信，觉得自己真理在手，权力在手，可以任意挥霍别人的命运。除此之外，真的对小说艺术有感知的作家，都会感受到这一困难。他越是熟悉,越是不知道怎么写。

梁 鸿:是不是可以这样说:真正试图进入当代生活的作家,反而会更加感觉困难重重。他总是在不断地怀疑、否定与思索之中。即使是有结尾,这种生活是否真的生活呢?它是否能够反映生活的某种本质?譬如K的原型的生活,是否是卡夫卡心中所想的呢?如果他写出来,他也会深刻怀疑的。因为他会怀疑他的价值。

李 洱:这一怀疑发展到极致,就是卡夫卡要求他死后烧掉他的作品。

梁 鸿:所以我觉得不是作家不愿意去表达一种确定性的现实,而是作家无法在纷繁复杂的现实中找到某种真实,无法找到一个恰切的叙述方式。他会不停地否定自己。在这之前,也没有人对此作出解释。我们身处其中的这一复杂历史境况已经不再能够用经典的小说叙述模式和不言自明式的话语来加以描述。

李 洱:可以这么讲。作家的困惑在哪里呢?当代生活或当代经验变得无法命名。作家要去呈现出一种无法命名的生活和经验,这本身就值得怀疑。我特别欣赏索尔·贝娄的一句话:以前的人死于亲人的怀抱,现在却死于高速公路。虽然同是死亡,但意义完全不同。你可以发现,当代小说,包括那些在艺术上非常成熟的作家,比如米兰·昆德拉的《生活不能承受之轻》,比如说特丽莎和托马斯的死于车祸,如果去探讨作品主人公命运的话,你觉得非常奇怪。如果它是过去的经典小说的话,你会觉得这种对死亡的安排是不负责任的,但是现在,它却可能是昆德拉的特意安排,是昆德拉苦心经营的死。作家的注意力会集中如何对当代经验进行命名,对已有的概念重新进行探讨,而不是信马由缰,去写一个人的命运,写他的生老病死。之所以有这样强烈的冲动,是因为这样的生活以前从来没有得到过命名。这对作家的要求其实很高,作家有必要进行一些学术训练,历史学的、社会学的、心理学的训练,不然,你不会有那种命名能力,有那种辨析能力,有那种穿透力。也就是说,作家的写作再也不能单纯地凭想象了,凭灵感了。所有这些,都使得写作变得越来越困难。

梁　鸿:或者说,不是每个作家都有这种能力,有足够的敏感,穿透力,能看出当代生活的内核,并寻找到一种恰切的命名。你能否通过你对当代生活经验的叙述来展现某种被别人认可的生活状态,并成为一种相对确切的命名。所以你的怀疑在于,你不知道你的写作是否反映了生活的某一本质?

李　洱:有一个词很重要,但后来被人用滥了,即关键词。每个作家都应该有自己的关键词。这些关键词构成了写作的整个世界。"苦难"并不是关键词,是几千年来中国人的一种感受,并非是你对生活的一种命名,现在往往是这个人是写"苦难"的作家,那个是写"流氓"的作家。这只是一种情绪,并非是一种命名方式。作家要寻找到他自己对生活的命名方式。

梁　鸿:你觉得你找到了吗?或者说,找到其中一些了吗?

李　洱:我觉得"花腔"应该算吧,"石榴树上结樱桃"也算基本上接近,"饶舌的哑巴"应该也算。

梁　鸿:我觉得"午后的诗学"应该最为经典,"午后的"本身就是一个极其准确对当代知识分子生存状态的命名。

"纯文学"与现实

梁　鸿:再谈谈另外一个问题。前面我们一直在谈小说之变，从先锋文学之后当代文学的美学元素、主题意识等等的根本性变化。但给当代文学的发展无疑是有着积极的意义，但是，也带来一些问题。譬如这几年学术界提出“反思纯文学”的口号，针对近些年当代文学过于极端的“世俗化”倾向（也称之为“欲望化”倾向）、“个人化”倾向和“虚无主义”倾向，反思先锋文学以来文学与政治，文学与现实，与宏大叙事之间逐渐形成的二元对立趋势及对文学的消极影响，并呼吁使文学重新回到一种有尊严的大的文学精神之中。作为一个在先锋文学的氛围中成长起来的作家，“纯文学”对你的影响应该是毋庸置疑的。就现在你所感受的文坛的总体趋势而言，该如何反思纯文学？或者干脆，这一问题从根本上是否成立？

李　洱：我顺便提一下，“反思纯文学”最初还是从《莽原》开始的，之后才有《上海文学》上的系列文章。这批稿子是我组织的，我记得崔卫平、张闳等人曾经参与进来。可能是因为《莽原》地处中原，人们后来在谈起这场讨论的时候，都忘记了这一点。

前些年《莽原》组织过一些有意思的讨论文章，“反思纯文学”只是其中的一种。时过境迁，我手头没有现成的资料，所以我也无法说得更详细。但当时的一些想法，我大致还能记得。有相当长一段时间，文学越来越圈子化、形式化，割裂了与现实之间的关系。人们要求重新考虑文学的社会功能。如果我没有记错的话，是文化研究的兴起使人们意识到了文学的这种状况。或者说，是因为早年从事纯文学批评的批评家转身了文化研究，他们希望文学能够与社会现实构成有效的关系。这个愿望是好的，有它的积极意义。我本人对他们的观点有认同感。我想，文学不能孤悬于社会历史进程之外。文学不是蒸馏水，文学是矿泉水。但期望文学对社会历史进程有多大影响,我认为是不可现的,因为文学也不是葡萄糖。

梁 鸿:还不仅仅如此,文学越来越小,如李陀干脆把它称之为“小人时代”的文学。幽默到滑稽,虚无到放任,虚无主义、世俗主义这样一种写作倾向。当没有对立面的时候,所有的虚无都是无力的。当一个民族的文学都是如此的话,那非常危险。在小说创作中,很少出现正面的价值的肯定。作为一个作家,你如何看待这一观点?

李 洱:文学概念总是有某种比喻的效果,不能深究。比如“小人时代的文学”这个概念就不能深究,因为它是一种比喻。“纯文学”这个概念也是一种比喻。真要把它作为一个文学命题,我想它的“伪命题”的成分相当大。至于作品是否表达了某种正面价值,这个问题很复杂。比如,我们不能说虚无就是负面价值,世俗主义也不能是负面价值。表现虚无的作品,也不能说就是认同虚无。

梁 鸿:在当下生活中,文学与现实到底以什么样的关系、状态出现?或者说,现实主义中的“现实”与你所认为的“现实”能否构成某种对应?

李 洱:我觉得现实主义首先意味着一种批评精神。尤其是在中国这样一个国度里。我非常怀疑大家所谓的“正面价值”是什么?作家经常会遭到指责,作品中没有正面价值与正面人物。有时候,我就会想,到底什么人才能是正面人物呢?譬如像《日瓦格医生》中的日瓦格和拉拉,我们为他们所感动。这种人物是否是正面人物呢?他们体会的正面精神是什么呢?他们的精神进入中国文学是否会成为负面精神呢?我搞不清楚。你认为马尔克斯作品、加缪作品中哪些是正面人物，体现了什么正面价值？当加缪提出一种人类应该颂扬的精神时，它反而是类似于西方愚公式的精神——西西弗精神。当我们在写现实生活作品的时候，譬如说在写费边生活时，另外一种和费边相对的生活，或者构成很大张力的生活是一种什么样的生活呢？当说正面精神这样的词语时，我感觉其中包含着二元对立思想。实际上是多个对立面。譬如说《午后的诗学》中的“我”，很难说“我”代表着正面精神，只能说“我”对费边的生活有某种怀疑，而我的态度里面蕴含着某种正面精神。

梁　鸿：似乎有这样一种现象，现在的批评家，也可能包括我在内，往往不自觉地预设一个非常高的目标，来衡量作家的作品。这样一来，很多文学都不符合这一总体目标，都被打入冷宫。这样一种批评反而忽视了生活的复杂性，和小说精神的复杂性。实际上，它没有构成真正的批评，或者说没有构成一个层面的批评眼光和批评视野，没有和文本在一个层面上探讨问题。

李　洱：你可以看到许多批评，总是在批评作家的欲望化叙事。持这种批评的批评家往往是有基督教背景，马克思主义或批判现实主义背景。他们首先是抱着一种恒定的价值观来衡量作家，但是，如果作家真的写与他所说的那种作品相一致时，人们会说它那种写作是不切实际的写作。但是，人们此时此刻会认同这个批评家的批评。所以，作家在被批评家批评时，很多时候是哑巴吃黄连的。

梁　鸿：你怎么看待当代批评家与作家的关系？你怎么看待当代批评倾向？

李　洱：我在一次会议上听到孟繁华先生的话，非常有感触。他提到有作家曾经直言不讳地说，跟批评家交往是晚上六点钟之后的事情。言外之意，批评家对于作家来说，只是一种边角料，供喝茶、闲聊时的话题。实际上，我还是与批评家有不少交往。跟作家在一块儿谈什么呢？只谈版税，只谈影视改编权。跟作家在一块谈文学变成一件非常矫情的事。对方会打量你，你谈这话是什么动机，甚至会怀疑你有什么不良企图。据我所知，作家都在认真思考问题。但都每个人都像一只保密性能非常好的葫芦。当然，这里面也可能包含着一个恐惧：经验很快被复制。现在的情况是，作家愿意用一种反讽的形式来生活。你看，刚才我跟《收获》编辑程永新先生通话时还在说，看八十年代的信件，里面没有一句废话，都是在谈文学。但现在，却成为一种虚伪的抒情。

梁　鸿：在这个时代，所有的严肃都会被嘲笑。甚至被认为是一种虚伪。一切都在从悲剧变为喜剧，甚至是闹剧，曾经给人崇高感的事物开始显得滑稽与荒诞无稽。那些从前曾经使我们感动的事，如今却总是让我们发出暧昧的笑声，更无法折射出人类精神的神圣光芒。这是怎么回事呢？是因为在后现代时代，资本时代人类精神的自然衰退？真的让人无可奈何。

李　洱：八十年代谈文学是通宵达旦的。现在，我跟一些作家朋友在一起，还是愿意谈谈文学，当然很多时候是用开玩笑的方式谈的。

梁　鸿：这种“玩笑”开始的方式本身与时代的语境是有关系的。你认为这种内在的焦虑与紧张是否是一种虚弱性的掩盖？对自己的故事，或叙事的独特性的不自信？

李　洱：还有另外一种可能，我感觉也比较真实。每个人都非常脆弱，你自己非常珍惜的东西，在别人看来如此微不足道。你的信心遭到打击。你好不容易有对生活一点感受，因此建立起来的写作信心会遭到迎头痛击,这种失败感无法承受。今天还有人问我,长篇写什么,题目是什么。我确实不敢说。我曾经把我的新长篇的构思告诉过一个批评家,他对我说,从现在开始,你再也不要告诉第二个人了,因为你的题目太好了,像你这种慢手,很快就有别人写出来。

梁　鸿:实际上,这是一种经验被复制和不确信的紧张。所以,回到谈话的开始,作家对自己作品的神谕性非常怀疑,你知道你达不到这样一种效果,甚至,你也不渴求能达到神谕,只想保持那点核心,别让别人知道。能把这种信心建立起来已经非常难了。这非常真实,它恰恰反映了现代小说整体语境。它处于被包围的状态,它的阵地越来越小,小到只有自己才有可能承认。

李　洱:作家的这种状况就像朝鲜,手握着人人皆知的核技术,它还当成宝贝。它无法拿到国际上讨论,它会被人笑掉大牙。只好抱着一种卑微的信心,敝帚自珍。

梁　鸿:这是一种非常尴尬的存在。你觉得这是否只是作家的问题?

李　洱:后来我发现这也是理论家的问题。譬如说一个教授辛苦地写了一本文学史,被迎头痛击,他当然无法接受。可见这不是从事虚构文学的要求,而是所有人文知识分子的要求。

梁　鸿:我觉得当代批评家和作家的关系非常紧张。当然,这种紧张关系由来已久,波德莱尔就大骂批评家是疯狗,虽然他自己写了大量的诗评,画评。这其中有一个重要的原因,当一个批评家写完之后,遭到迎头痛击,他同样不高兴。这是一个人文知识分子不愿意接受的,因为你在否定他的思想的时候,否定了他的精神的存在。

李　洱：开句玩笑，你可以骂一个人文知识分子是流氓，但你不能说他“肤浅”，这对他来说是最大的污辱。你甚至可以说他错了，有太多谬误，但你不能说他对生活没有发现。但现在批评家经常会用这样的句式：他竟然没有注意到什么什么，他竟然没有发现什么什么？所有的指向都认为作家是肤浅的。所以，有些作家就感到无法接受。

梁　鸿：作家和批评家是一种矛盾的存在。就我个人而言，我当然不同意纯粹吹捧的批评，但是，我也非常不赞同极端的立场。我觉得一个最高的原则蕴含着很多谬误，对作品没有起码的尊重。生活的真理是无数的真理，当用一个真理来衡量很多生活层面的时候，并不见得是正确的。我觉得批评家还是应该进入作家写作的语境之中，去寻找你认为对的或是不对的。

李　洱：你会发现，批评家有些指责非常荒诞。比如批评家经常会指责作家写得太多。但是，如果比较起来，批评家一年要比作家写得多得多。开个玩笑，大多数批评家一年之内写的字，都比罗兰·巴特一辈子写得都多，比别林斯基一辈子都多。当然批评家们的这种指责对我无效，因为我写得本来就少。

梁　鸿：也许是批评家与作家关系太近了，而离作品太远了？

李　洱：有这样的指责。但据我所知，西方的批评家与作家关系也并不坏，甚至更为密切。文学的经典也来自于批评的不断阐释。但是，就我而言，写我的批评文章的人我经常不认识，他们欣赏我的作品，而写批评文章的人，却常常是我多年的朋友。

百科全书式的小说叙事

——与梁鸿的对话之三

真实的知识与小说的虚构

梁　鸿：现在还能回忆起写作《花腔》时的心理过程吗？

李　洱：《花腔》的写作是一个非常艰难的过程。我一开始确实想写一个中规中矩的历史小说，但是，我无法忍受自己这样写。我觉得我的很多想法无法付诸实施，我会怀疑我这样讲是真实的吗？如果我自己都不确信，我怎么能写下去呢？我记得当时从北京回去，我告诉我的朋友们，我生不如死，我已经写了一年多，有几十万字，但我要推掉重来。他们哈哈大笑，觉得我夸张，但我真的非常痛苦。我从 1999 年开始写，那时候已经是 2000 年。这跟我现在写的长篇一样，我已经写了很多，但我仍然不满意。

梁　鸿：我很想知道你写《花腔》之时的知识储备和资料储备。各种回忆录，报刊资料，历史事实，虚构叙事，各种知识混杂在一起，还有关于粪便学的论述，它甚至是一篇非常专业的论文。它的文体形式、语言方式是如此繁复，兼具历史学、社会学、医学和考据学等专业知识，你是怎样做到的？

李 洱：我喜欢看三十年代四十年代的书籍。我看历史逸事、口述史的时候，往往关注的是细节，一些器物，图片，人物的表情，服饰，我对此很敏感。这种收集并不只是为了写小说，所有跟历史相关的细节在我脑子里都非常鲜活。我试图回到历史现场。

梁 鸿：在文中有这样一个小细节，在最后发现葛任那首诗的报纸上，你这样写道："在同一天的报纸上，还有关于物价飞涨，小偷被抢；城垣沦陷，日军轮奸；车夫纳妾，妓馆八折；日军推进缅甸，滇缅公路被关；小儿路迷，少妇忤逆等等报道。关于葛任的那篇短文，发表在仁丹广告和保肤圣品乳酪膏广告之间。"尤其是那个"保肤圣品乳酪膏"，你在许多地方都提到过，它是否是一种历史的真实？它的反复出现似乎有某种隐喻？是让它把作者带回历史的情境之中，然后再让它承担着某种质疑的功能，让人进入亦真亦幻的情境之中？譬如关于鲁迅、瞿秋白的出现，里面甚至引用了鲁迅的日记来证明事件的真实性。然而，整个故事却是虚构的，为什么要这样安排？再问一下，巴士底病毒和关于粪便学的论述是真的吗？

李 洱：完全是虚构的。

梁 鸿：这非常有意思。这对读者来说几乎是一个非常大的愚弄，当你写病毒和粪便学时，你用的是一种非常准确的，类似于科学论文式的文风来写的。你想达到求真的效果，让人觉得这就是知识。但是你却是虚构的。

李 洱：问题是我相信它是真的。这种革命的冲动，我认为其中隐含着某种病毒性，这种病毒来源于巴士底狱。它是革命的源头之一，是我们的主流意识形态产生的源头之一。在我虚构这个病毒的时候，巴士底的法文我不知道，我要去咨询懂法文的人。

关于病毒的知识,我也要大致知道。这又是知识性的组合。

梁　鸿: 也就是说,历史是真实的历史,革命的冲动也是真实的,知识也是真实的,但这所有准确的知识组合在一块儿却构成虚构的词语。而它背后的意义,它所达到的效果又是真实的,一种仿真的效果。完全是一种仿真学的叙事。这种仿真的风格在阅读上似乎更能产生效果。这里面有几重的知识建构和叙事建构的过程。病毒是真的,巴士底也是真的,它所带来的危害是真的。你把它物质化真实化,把读者带入到一种语境,甚至是一种观念之中。但是,读者却又是从一种知识中获得这种感觉。

李　洱: 人们对我的小说分析得非常详尽,但是我对巴士底病毒命名的苦心却被忽略了。还有就是粪便学。我设置的都是对历史的命名方式和认知方式。在表达这种认知的时候,需要许多知识储备,需要对历史有某种穿透力的认识。

梁　鸿: 这就意味着你的小说的确是一个不断被打断的过程。不是那种一气呵成,在某种情绪亢奋的情况下的写作。这种不停地把知识融入其中的方式是否割裂你小说的某种连贯性?

李　洱: 我当然想连贯,我也想一气呵成,但我的小说总是在最激动的时候停下来。对于我来说,依靠冲动写作好像从一开始就没有。

梁　鸿: 那你的写作起源基于什么呢?

李　洱: 我总是在不停检索自己的知识储备,哪里不够,马上补充。就像燕子衔泥式的把窝给搭起来,我在不停地做这个工作。你说那种一气呵成的往往是线性叙述,是对一个事件的讲述。我的兴趣不在于建构一个完整的世界,我的兴趣在于回到历史现场,要表达出自己对历史的和现实的认知。你会感觉到非常困难,你必须小心翼翼地去表达,才能保证你的表达是准确的。如果仅仅靠情绪来写作的话,在进入小说之后,人们对你这种情绪是否认可是值得怀疑的。

梁 鸿:实际上,如我们前面所谈,你试图摆脱“价值陈述”,保持一种“事实陈述”,你觉得这样才能够回到历史现场。如果一开始就带着强烈的怀疑,或者把这种情绪贯穿到底,你是否会觉得这是一种掩盖了某些东西的叙事?

李 洱:我认为那种写作时代已经过去了。我感觉那种冲动的、一泻千里式的这种写作在这个时代好像很不真实。当然它也很有意义。我有时候也很喜欢读这类小说。我是把它作为一种片面的叙述。我需要知道人们是怎样片面地看历史的。而且有时候我会看没有任何叙事意识的小说,没有技术准备,非常朴素。或者说,我需要知道它们的局限性在哪儿,作为读者,我还很喜欢这种局限性。但我不允许自己出现这种情况。

梁 鸿:这非常有意思。作为一个读者,你会发现自己也是毫不费劲地喜欢这种小说。但是,你自己却不会写这种小说。

李 洱:如果我这样写,是不负责任的,但并不排除我喜欢这类作品。一个作家,有时候,甚至不愿意自己是个专业读者。他也愿意有一种消遣性的阅读。

梁 鸿:这样就有一个问题:为什么不稍微改变一下自己的写作状态?相对大众一点,加入自己的见解,仍然会变成一个非常为大众所接受的作品。大众不应该一定成为作家的对立面。

李 洱:我还是写出了一些很朴素的作品,忧伤的,比如说《喑哑的声音》。

梁 鸿:你认为已经够通俗了?但像我这样的专业读者,读起来也仍然需要非常仔细地去读。读你的小说不能忽略与跳跃，你不知道自己是否错过了非常重要的东西。但是，读那种故事性很强的小说，你可以翻过好多页，可以连蒙带猜出前面的情节。你的小说没有过达到你说的通俗性。比如《喑哑的声音》，完全是无事之事。作为读者，总试图发现作者的意图，在阅读的过程中会不耐烦。你翻过几页，发现还是如此，你觉得肯定遗漏某些重要东西。还必须回过头再从头看。

李　洱：你觉得会遗漏了重要的东西，但实际上还是什么也没有。这也很有意思。

梁　鸿：《花腔》的这种仿真性还不能说是亦真亦幻，就是一个真实的虚构，或虚无的真实。包括你边写边查资料，这好像和传统小说完全不一样，这是否意味着小说新的生成来源？

李　洱：这在《花腔》里面表现得比较突出，写其他作品并不这样。

梁　鸿：再问一个问题，你写《午后的诗学》是一动不动坐在书桌前写的吗？没有查资料吗？

李　洱：基本上是这样。

梁　鸿：这太了不起了。但所有人都认为你在“掉书袋”，有卖弄之嫌。人们这样说的时候意味着你肯定是在不停地翻阅东西，然后再去写。

李　洱：我早年特别喜欢哲学美学书籍。对我来讲，它的意义不在于是什么体系，更多地在于是一种细节。比如前两天我在写一个学者的生活，他的智商非常非常高，几乎和爱因斯坦一样高。在现代生活中，好莱坞影星莎朗·斯通也是高智商的象征，她的话和海德格尔的一句话有相通之处。我就通过这个研究者把他们联系在一起。实际上他们是两个世界的人,他们的共同特征是聪明。我的任务就是要把他们联系在一块。对别人来说是一种知识,对我来说,是一种细节。一般人把这细节当作动作,而我,把它当作一种联系,或者说,我把这种联系也当成一种细节。

梁　鸿:这对作家是一种新的考验,这种小说的来源意味着作家必须拥有足够丰厚的知识储备。你可以说粪便学、巴士底病毒是虚构的,但其中的知识点和细节都是真实的,它要求作家起码能知道。并且,你得理解他们之间微妙的相通之处,比如莎朗·斯通和海德格尔之间的关系,同时形成某种反讽的东西。这是对作家智力的考验。我敢肯定,别的作家在读的作品时,都有惊叹的感觉,李洱这家伙太不得了,怎么知道这么多知识!我觉得现在作家之所以作品显得单薄,与知识储备不足有关系。

李　洱:也可以说是狗屁知识。

百科全书式叙事

梁　鸿:说实话,就《花腔》而言,最初感兴趣的还不仅仅是它所叙述的革命与个人、知识分子的关系等等之类的问题,我最关注的是它特有的叙述形式所透露出的新的小说美学起点和思维起点。早在几年前,有评论家就认为“李洱把一种实事求是的叙述精神引入了文学,并提示着某种专业性的评价标准”,但是,我认为他只说出了一半,从《花腔》可以看出,这种实事求是的叙述给当代文学展示了一种新的文体。各种回忆录,报刊资料,历史事实,虚构叙事,各种知识,如关于粪便的论述,甚至是一篇非常专业的论文。甚至@和&是现代科技的产物,这种知识性的客观表述,各种文体形式的混杂,学科交错的风格(给文本)使小说叙事非常复杂,这是一种知识和历史的考据相结合的东西。卡尔维诺在《未来千年备忘录》中写道:“现代小说是一种百科全书,一种求知方法,尤其是世界上各种事体、人物和事务之间的一种关系网。”卡尔维诺这里的“百科全书”与词源学意义上的“百科全书”并非一致,相反,依卡尔维诺看来,它们之间还存在着矛盾,因为“百科全书式的小说”所致力的并非是展示准确的知识及其价值,而是试图在各种知识中建立某种关系,这一关系背后的意义是动态的、怀疑的,甚至可能是纯粹的虚无。就其结构元素而言,你的小说可以说有着明显的“百科全书叙事”倾向。在你看来,所谓的“百科全书”对于小说来说意味着什么呢?

李　洱:我感觉卡尔维诺小说没有实现他的理想。开句玩笑,我倒是部分地实现了他的文学理想。当然,我不是因为卡尔维诺去写这部小说的,它们之间不是刺激与反应的关系。我与卡尔维诺对小说的看法有相通的地方。后来,人们这样看《花腔》,我也认可了这种说法和卡尔维诺的这个概念。按照我的理解,小说就是各种知识的对话。为什么这么说呢?实际上,中国的现实语境比任何国家更为复杂,比卡尔维诺所处的时代、那个国度要复杂得多。这种更为复杂的语境刺激作家去做出叙事上的调整,它就会出现这种“百科全书式”小说,如果你的小说出现各种各样的知识,知识之间形成各种对应关系,冲突反应,那就会形成这种小说。

梁　鸿:其实,各类知识的出场是你小说最典型的特征。但是,知识在小说中不只是一个填充元素,显示主人公背景或某种氛围,它是一种求知世界的方法,作家所致力于的是在各种知识、各个事物之间建构起一种复杂的关系网络,展示它们之间的关联性,最终形成对事件、事物的某种认知。这对小说文体样式的形成产生直接的影响。阅读你的小说,你不仅需要有关哲学、美学、历史等方面专业知识的储备,还需要具备充分的智性思维和与之对话的能力,需要一种对于复杂性的理解能力和辨析能力,否则,你很难碰触到作品中的机智、幽默和反讽的核心地带。

李　洱:这种小说如果让卡尔维诺来写的话,我想,他会以幻想方式来写,因为他的国度没有提供如此复杂的经验。只有中国现代史,从晚清一直到现在,整个中国现代化进程当中,外界的压力以及自身文明的断裂才会出现这种复杂的语境,这种语境会催生这种小说,我的小说应运而生。

梁　鸿:这种对话体的文体更能反映多元的历史存在状态。在某种意义上,这种多元意义方向也刚好符合中国复杂的存在现实。它与中国复杂的历史处境相对应。用线性的历史观很难传达出这种复杂的存在状态,很难传达出它们之间甚至相互冲突的存在。

李　洱:通常处理的话,我们要写这样一种充满对话的小说,我们会写几个人物之间的冲突,他们的性格、出身、观念的冲突。我不能说这种小说无意义,它甚至是一种更为便当,更容易会被读者所接受的小说。但我更愿意选择另外一种方式这样写,它更能回到现场。而这种塑造不同性格、文化的人物给人的感觉是虚构的。

梁　鸿:人们都认为这种小说是没有市场的,这种复杂的文体、各种知识的汇合难度太大。这样难度,它反而被接受了。

李　洱:《花腔》第一版印了三万册,马上卖光。现在已销有大约七八万册,这一发行量在现在已经非常大了。并且它没有做多大的宣传,靠的是读者之间的口口相传。这种读者是真正的读者,我反而喜欢这种读者。不是靠大肆宣传而得来的读者。它说明人们还是需要这种小说,有追求历史真实的冲动。

梁　鸿:凭着冲动的人是不会买的。恰恰是因为这部小说没有给人一个准确的定论,反而激发了人们的兴趣。书本合上,思索开始。

李　洱:最近有一本书写老舍之死的书,在我看来它就是一部传记版《花腔》。老舍从家里出来是什么情景,当事人在讲的时候都闪烁其词,包括他的家属。老舍跳湖之后是谁打捞上来的?现在很多人说是自己从湖底把老舍先生捞上来,打捞上来之后,穿什么衣服,各不相同,有说穿"灰白大褂"的,还有说穿"西装的"。有意思的是,是谁将老舍先生的双眼合上的,有很多人都说是自己。哪个人的讲述是真实的,不知道。所有人的讲述,不管他带着什么样的目的,都是一场悲剧。在讲述过程当中,有对历史真实的回避,可以看到世道人心,甚至老舍先生的死的意义也被取消了。他的死甚至无法告诉名利场的人该怎么做。包括对他最亲近的人,也是毫无意义。可见这样一个自由知识分子,曾经写出过《猫城记》的知识分子,他的死在我们的语境中是多么卑微,特别是在今天已经充分肯定了老舍的价值的情况下,情形依然如此,确实使我们感到非常悲凉。

梁　鸿:所以《花腔》式的叙述在许多时候更能反映历史的状态。别人的叙述更能呈现出历史的内在悲剧性,真实的答案在不断的求证越来越远。实际上在这里,"准确"的词源意义已经发生了改变,它并非指对世界确定的看法和答案,而是指一种无限接近的可能性,它背后是一种怀疑主义或相对主义的历史观,各种材料的求证与分析，各种知识的出场只是为了最充分地显示影响事件的各种不同因素。“真理”被变为无数个细节和碎片，它们各自发出声音，形成对话，互相消解或印证。“真实”既在这不断的求证中得到最大限度的彰显，同时，却又被无限的遮蔽。正因为如此，百科全书式小说常常又呈现出驳杂的美学风格，一种准确与驳杂，简单与繁复之间奇异的结合体。

李　洱：老舍之死，傅雷之死，王国维之死，每个著名知识分子的死亡过程都是一个巨大的悲剧，如果叙述出来，都可能是一个百科全书式叙事的典型文本。

梁　鸿：知识性一直不为作家所看重。当代文学真正能够重视自己知识结构的作家并不多。通常都认为，一个作家并不需要那么深厚的知识修养，也不需要那么深厚的思想资源。

李　洱：经常是这样，当他们觉得自己要写完的时候，他们会去深入生活，会去采访几个事件，没有看作这是平时的积累，他们认为深入生活会比知识积累重要得多。深入生活回来之后直接带来一本书，它跟上次深入生活带来的书的观点基本上是一样的。我们的官方机构也鼓励这样的行为。

梁　鸿：你在卷首语中特意这样叙述作者的身份与作用：“我只是收集了这些引文，顺便对其中过于明显的遗漏、悖谬做出了必要的补充和梳理而已。”你特意强调自己的“抄写者”身份。你特意让读者相信它的真实性、客观性，为什么？你试图传达出一种什么样的叙事观？我们知道，先锋文学是以寻找个人性存在为起点的，但是，在你的作品中，“个人”又隐匿了起来，这是一个非常有趣的现象。这种变化是否意味着：对于写作者来说，个人的亲历性、个人的感知经验和感知模式都变得不可靠了，它只能通过“他者”

的叙述来完成?

李　洱：我认为还不是这样，当我强调"抄写者"身份的时候，我是想让更多的个人的声音呈现出来。如果不强调这一点的话，它就仅仅是一个写作者或者叙述者的声音。现在有很多叙述者，把一个声音变成多个声音。

梁　鸿：福楼拜花了将近十年时间，看了将近一千五百本书，涉及历史、化学、医学、地质、考古等多门专业知识，只完成了《布瓦尔与佩居谢》的草稿。最后，他通过人物告诉读者，他的秘密心愿是重新做一个抄写员。它意味着，随着知识的不断进入，反而使福楼拜觉得无法完成个人的虚构叙述。卡尔维诺对此发出疑问："问题是我们应该如何解释这部未完成的小说的结尾：布瓦尔与佩居谢放弃了理解世界的愿望，甘愿重返充当代笔的命运，决心献身于在万象图书馆中手抄图书的辛苦工作。是否应该得出结论，认为布瓦尔与佩居谢的经验表明'百科全书'与'虚无'必定混合为一呢?……福楼拜亲自把自己改变成为一本宇宙百科全书，以一种绝对不亚于他笔下人物的激情吸收他们欲求掌握的每种知识和他们注定要被排除在外不得进入的一切。他这样长时间地不辞劳苦，难道是要展示他那两个自学成才人物所探索的知识无用吗?……或者，是要展示知识的纯粹的虚幻?"

李　洱：每个作家都有这样的企图，想把整个世界放在一本书里。或者说，首先他想把整个世界放到他的书架上，成为私人图书馆。然后，把私人图书馆当中所有跟他有关的知识都搜罗到他的书里面。把整个世界的知识收集到一起，成为一条夜航船。很难说它是虚无，他要跟世界建立起复杂的联系，他会发现某一个作家的观点无法阐释一种看法。所以，就会产生福楼拜这样伟大的企图，这是一种雄心壮志。

梁　鸿：在这里，“关联性”可能是理解小说形式的一个重要词语。《花腔》中寻找“葛任”（个人）的过程是一次声势浩大的福柯式的知识考古历程，所谓的历史叙事成为一次现代史的溯源，其目的不是为了求证，而是为了发现，发现现场，发现构成历史的哪怕最微小的元素。这使得小说人物、事物之间的关系前所未有的复杂。当一个事件的发生、人物的出场被无限关联的时候，它会是一种什么样的情形呢？故事逐渐模糊，事实不断衍生。细节淹没了一切，淹没了小说时间、情节，取而代之的是不断衍生的意外、关联与不断庞杂的结构空间。它像一张大网一样环环相扣，越结越大，彼此之间越来越不可分离。这些考证、资料、溯源和关于某一相关问题的专业论述如此之多，它们无限止地蔓延，占据了小说越来越大的空间，如此发展下去，以至于似乎要把整个宇宙包容进去，最终，“寻找葛任”成为一个被无限延迟的、不可能完成的任务。在《花腔》中有三个叙述人，在这三个人的对话中，你觉得对理解葛任会形成什么不同的影响？

李　洱：这三个人都是一个哈哈镜，分别呈现出葛任的形象。他们的自述都有听众。有人说跟福克纳的小说相似，但还不一样，福克纳的小说每个人都是倾诉，在说给自己听，而《花腔》中的每个人不是说给自己听，而是说给某个人，而这个人随时可以置他于死地。这篇小说最后的讲述人是范继槐，他倒没有面临死的威胁，因为他的讲述对象是白凌，她有某种诱惑，使他进入历史的某种规定情境，所以他也不是在表达真正的内心。从整个中国现代史上看，在发表看法的时候，都带有某种表演性质，都是耍花腔式的，因为这样才有第二部分 & 的必要。我必须拿出史料作出某种矫正，补充。

梁　鸿：第二部分是对讲述的再讲述，直接构成一种互文性，对讲述的再次解析，通过你的史料，通过各种所谓专业性的知识，如果说口述史是一个人记忆中的东西，而你通过这样一种真实的声音来分析、解构他的讲述。在这个人叙说的时候，同时形成对话，小对话里面形成大对话，不断缠绕，在结构上达到非常繁复的多声部。

李　洱：我写这部小说曾经担心它写不完，因为你发现书中每句话都需要解释，你对你的引文还需要再解释，随着这本书成为历史，你还需要不停地解释。这是一种真实的恐惧。

梁　鸿：各种文体之间不断地进行解释，形成非常复杂的、无限复杂的、繁殖的、迷宫式的，历史永远未完成的状态，你发现无限接近历史核心的途径，但你永远无法达到。这是叙事上的感觉。这种对话体的叙事既展示对葛任存在状态的叙述，同时，展示了每个叙述人背后的历史要求。可以说，它是对在历史领域的意识形态叙事的一个纠正，也是对越来越失去活力的个人经验的小说叙事的一个纠正。

李　洱：每个人都在规避一些东西。尽管如此，葛任的形象最后仍然比较清晰。人们会觉得，葛任的存在对他们的叙述也构成某种抑制，甚至使他们在说谎话的时候，也会有些压力。这三个人本性都不坏，他们对葛任的形象塑造也形成某种便利。

梁　鸿：他们每个人都抱着珍惜他的目的去的，所有人都爱他，但所有人都在害他，这里面恰恰彰显着某种知识分子悖论式的存在。为了保持英雄式的存在，你必须有牺牲个人性，为了保持你的朋友的英雄性，你必须杀掉他。你觉得这样一种多声部的结构到底能够在多大意义上揭示中国革命处境下个体知识分子的存在状况?

李　洱:我觉得《花腔》这样一种方式是我所能找到的最好的方式。但我试图再去写其他题材时,我不能再使用这种方式。因为我不能重复我自己。

超越历史视野的历史观

梁　鸿:还有一个重要问题,我觉得当代作家缺乏一个大的历史观,或者说缺乏一种超越历史视野的眼光。比如说读莫言《生死疲劳》,他的语言,他的构思及某种精神的张扬的确到了一种极致。但是,背后有一种明显的单薄。他写的只是历史常识的东西,几乎所有中国当代老百姓和知识分子都有此一常识,没有独立于一般视野的历史观。就像我们在前面提到的库切的《彼德堡大师》中的"毒药"章节,他有超越于一般历史观的眼光与审视。你觉得一个作家的历史观对作家来说意味着什么?

李　洱:我注意到,一些带有左翼倾向的批评家认为,他的看法实际上是主流的批判看法。但是,莫言还是做出他自己的解释,他的小说结构本身就是一种自己的解释,另外,人与兽啊,轮回啊,革命啊,章回体啊,以前也没有人这样去处理。我想,这也是莫言的历史观。历史观对作家来说,当然很重要。

梁　鸿:问题是作家没有意识到这一点,是一种不自觉状态,不是意识到但做不到,而是根本没有意识到这一点。他们的着眼点不在于此,他觉得这不是问题,作为一个知识分子,我已经是独立的声音了,已经不同于主流意识形态的声音,这就够了。实际上，这已经是民族中所有的人都知道的。历史的壳还是空的。读下来之后的真的有一种疲劳感。一个作家应该有彻底质疑的意识。

李　洱：应该是这样。

梁　鸿：当我在读《花腔》时，觉得里面蕴含着很深的历史眼光。三个人对一个事件形成三个文本，互相阐释，又互相消解，再加上“抄写者”的历史陈述，“真实”变得扑朔迷离，它迫使读者不断寻找其他文本作为参照。所谓的历史叙事成为一次现代史的溯源与考古，其目的不是为了求证，而是为了发现，发现现场，发现构成历史的元素。可以说，这正是《花腔》的历史诗学。一个作家应该质疑唯一的历史观，给读者一个更为开阔的视野，让读者体会、感受背后所谓的“真相”。但也有评论者认为这种多语性会导致极端的相对主义，并直言，“我不喜欢花腔”，“三个讲述者从三个角度叙述主人公葛任的故事，说法都不一样。意思是，怎么说都行，没有真相。这就是‘历史真实’？我不知道这种‘历史真实’还有什么意义”。你怎么理解这一批评？

李　洱：这话是张柠说的，张柠是我的朋友，但我觉得他误解了我的作品。他认为我的小说是解构的，我认为《花腔》最后呈现的不是相对主义的虚无，里面包含着建构的企图。而且，我觉得这种建构是有意义的。所以，我有时候忍不住了，站出来说，《花腔》其实也可以看成一部理想主义作品。

梁　鸿：所以我觉得历史观应该成为作家的基本素质，包括对批判的批判。始终保持一种警惕的意识。比如说对土改、对“文化大革命”这些中国当代史的重要事件，我们对此都是一般批判的观点。作家也是基于此，他们没有试图再回到历史现场。或许，这在许多时候需要勇气,需要承担某种世俗的道德审判。举一个例子,就现在知识分子精神状态而言,认为“文革”还有其合理性的人所承担的压力比认为“文革”完全错误的人要大得多。他可能会遭到一个民族及同道的唾弃。

李　洱:这也是我比较肯定格非的《人面桃花》和《山河入梦》的原因。它的小说是对那段历史的重新认识,它至少提供了与现在主流知识分子批判立场的不同认识。现在,我们否定了这段历史,认为1952—1962年是共和国失败的历史,这是知识分子的共同意识,也被认为是一个人文知识分子独立的判断。他至少提供了一种不同的看法。那种乌托邦企图是值得怀疑的,但那也是一个朝气蓬勃的时代,人们怀着非常美好的目的和纯真的愿望做了许多错事,人们自愿伤害个人性以融入社会洪流之中,最后,带来了个人的悲剧和社会的悲剧。小说写出了这一点,这要比简单的批判深刻得多。

梁　鸿:这种简单的批判是中国知识分子最常见的毛病,非此即彼,带着二元对立的原型。

李　洱:小说恰恰是反对这种非此即彼的,小说必须找到各种各样的可能性。如果回到现场的话,现场是有多种可能性,小说家应该像珍惜细节一样珍惜这多种可能性。

梁　鸿:这里面可能包含着与你的常识不一样的东西,不一样的存在、观念与新的情感。最近我一直在思考作家历史观的匮乏及由此产生的文学危机,我觉得这是当代文学非常大的问题。《花腔》做了一个比较好的尝试。一个作家仅仅在结构、文体和语言上锤炼仍然是不够的。

李　洱:中国批评家会觉得不够,但西方汉学家会觉得非常好。

梁　鸿：为什么呢？这是否会导致中国作家有一种被吸引的倾向，为了能够在西方获得影响？

李　洱：有很多西方的汉学家喜欢一些简单的作品。我觉得，西方汉学家的这种喜好会使作家对历史的看法更为简单，对历史现实的描述也越来越简单。倒不是说作家写作就是为了得到他们的承认，而是说西方汉学家的承认刺激了或坚定了一些作家原来的看法。西方汉学家喜欢看到非此即彼的、二元论的、苦如黄连的作品，但是，西方汉学家往往搞不清楚，这种写作往往也是主流意识形态的一部分。中国作家的这种写作其实是一种安全的，甚至是一种过于安全的写作。

梁　鸿：挑战的背景和边界已经丧失。现在人们对一般性批判作品已经不感兴趣了。这种一般批判对于一个民族内的人没有意义，因为连政治意识形态也已经否定了，普通人也都知道。如果基于这样一种简单的历史观来写的话，是无法呈现出更多的东西的。就主题而言，它没有一个新的历史视野，它的价值在哪里呢？

李　洱：在一次聊天的时候，李陀讲了一个细节，非常精彩，也能够说明历史观对于作家有多重要的问题。托尔斯泰写拿破仑进攻莫斯科，所有俄国军官都在争论，但元帅库图佐夫在打瞌睡。为什么呢？对于那些主战的人，他认为他们是爱国的，但却是在拿士兵的生命冒险；而主张撤退的人，库图佐夫又非常瞧不起。库图佐夫本人的看法呢，他知道这仗不能打，此刻能干什么，只能等冬天来临，大雪纷飞，逼迫拿破仑自己撤军。他只能是这样一个形象。他的形象包含着对整个俄国的认知，对历史、现实和天气的认知。但他又不能说，因为一旦被报告沙皇，他可能连脑袋都保不住。他最后只能选择打瞌睡。托尔斯泰没有这样写出来,但这样一个细节,包含着托氏对历史的认识。虽然它的小说不是以知识类型出现的,但里面蕴含着深刻的思想含量。这种小说太精彩了。

梁 鸿:但也有批评家问,文学家还需要思想资源吗?也可能是一种反问。

李 洱:当然需要思想了,并且文学越来越需要思想的资源。作家再也不能凭本能写作了。如果你是一个真正的作家,如果你不想仅仅成为畅销书作家的话,那么,这个作家如果没有足够的思想准备的话,他的写作是不真实的,没有价值的。他的写作只能是一次性写作,像易拉罐,一次性消费。

梁 鸿:之所以对作家历史观问题感兴趣,与我个人的经历与感觉有很大关系。作为一个阅读者,无论作为一个普通阅读者,还是专业阅读者,我是不满足的。为什么呢?随着阅读的深入,你会发现,它没有给你带来任何思想的冲击。当然,有时你也会为其中的美学冲击所激动。但是,在某些小说里面,你觉得这部小说所写的东西它不应该只是语言或技巧的美,还应该有更多的东西,或者说它呈现给你的太简单化了,你不满足,这不应该是一个成熟的小说所应该的。而在阅读西方一些大家的作品时,总会感觉,除了语言、文体之外,你有很多收获。虽然你对他们的民族状况不了解,但是这个作家对他们的民族处境一直处于思辨状态。对于中国作品来说,可能因为我们太了解民族历史,可能会要求更高。但也不算特别过分,这应该成为一个作家基本的意识。现在小说读者普遍不满足,实际上,不是通常认为的太难了,而是太简单了。语言越来越繁复,审美越来越精致,但思想却越来越简单。

李　洱：但是谁又能超越历史呢？对作家来说，很困难。

知识分子的分裂状态

梁　鸿：在中国当代文学史里面，知识分子命运对于作家来说一直是一个重大主题。从十七年开始，你觉得中国作家如何在文本里面给知识分子定位？

李　洱：整个中国现代文学，实际上都是知识分子叙述构成的。但是，非常奇怪的是，在所有叙述中，知识分子都是一种附庸地位，基本上都是在向比他层次更低的人致敬。包括从鲁迅的《一件小事》开始。知识分子都试图融入洪流之中，他若在洪流之外，就会为自己在洪流之外感到不安，并且，为自己身上高贵的气质感到耻辱，感到卑微，在精神上他试图向比较低一级的生活靠近。但是，他小说的叙事人是知识分子，并且作家本人希望自己过上知识分子的生活，而不是他在文本中向往的那种生活。它是一种非常奇怪的分裂状态。比如说鲁迅，鲁迅不会变成人力车夫，他会让他笔下的人物看出自己的“小”来，鲁迅本人还是希望过上喝茶、抽烟，领着高额版税，安稳地写文章的生活。

梁　鸿：也就是说，整个现代文学知识分子叙述人与作品中的角色处于某种分裂状态。在作品中总是要求人物向下看，认为那样的生活与精神才是真正的生活。

李　洱：这倒不是说他们是伪君子，而是他处于一种不由自主的分裂状态。而这种分裂是以牺牲个人性为代价的。一直到张贤亮的小说，章永麟想过马缨花的生活，认为那是最美好归本真的，但是，请相信，章永麟不会过那种生活，只要社会提供给他任何一个机会，他马上会拍屁股离开，早年马缨花的生活只是提供给他一个美好的回忆。

梁　鸿：是整个中国社会道德的要求，还是政治史的发展导致知识分子的焦虑？他总是认为自己不对，或是有欠缺，才会出现这种情况。为什么知识分子会是这样一种心态？

李　洱：更加奇怪的是，知识分子自己愿意过一种更精致的生活，而却愿意让他笔下的人物过一种更粗陋的生活，认为其中包含着朴素的真理，两种心态都是真实的。而那种精致的生活又构成了他的原罪感，他通过作品得到某种发泄，于是让他的主人公去过那种生活。我本人也是如此。譬如说，我看到拾破烂的，我真的有一种冲动，想把他们拉上来让他们吃顿饭等等。

梁　鸿：实际上，那已经成为一种"风景"式的存在，那种联系是非常虚幻的。你在《花腔》中反复叙述葛任的"羞涩"，认为羞涩是个体存在的秘密之花，你认为像葛任这种"羞涩"，内含着知识分子什么样的历史境遇呢？或者说，当葛任脸上呈现出"羞涩"时，他与这样的政治环境，与历史处境是一个什么样的关系？他的这种"羞涩"会导致什么样的结局呢？

李　洱：我们现在整个社会的运作机制需要把人完全变成机器，不需要个人的感觉在里面，它甚至不需要惭愧，它需要你义无反顾地做出某种事情。当我们的摄像机从主席台上扫过的时候，一个个全部面无表情，所有人都要呈现出一种标准的表情，标准的冷漠，标准的认真。当镜头打开的时候，他们全部已经坐在了主席台上，我们甚至看不到他走路的姿势，他的日常言谈，所有的个人性全部消失，这是社会对我们的要求。但葛任仍然保存着某种内心生活，会不由自主地表现出来，害羞，软弱，仍会保持写作爱好，等等。

梁　鸿：在作品中，你反复提及葛任会预见一切事情，好像对一切都洞若观火,他的这种“不走”意味着什么?

李 洱:实际上他也没地方可去。并不说他的肉身无处可去,而是他的灵魂无处可去,这个社会不允许这样一个“葛任”(个人)存在。

梁 鸿:所以他越是洞若观火,越是明白,悲剧性就越大。

李 洱:比如他愿意逃往大荒山。那个地方有可能会使他在一定时间内保持一点个人性,他珍惜现在这点时间,可以让他保留过去的记忆。

梁 鸿:革命打着让你成为英雄的旗号来成全你。这里面,知识分子价值存在的肯定首先是在民族危亡关头能做一些事情,其次,你能保持一点个人的独立存在性。但是,你会发现,最终的结果是个人性完全被抹杀掉,你才能保全一点名节。当然,这种大义是最初你所追求的,也是所有知识分子梦想得到的。但你会发现,这是以牺牲肉体为代价的。

李 洱:我们每个人都希望成为英雄,希望投身于历史洪流之中。这是一种时代要求,是被时代裹挟进去的,当中其实没有多少个人选择。而且,实际上,最后的英雄都不是自己形成的,都是在历史意志的作用下形成的。彭德怀在讲抗美援朝时说过一句话,活下来的没有英雄,英雄都已经死了。当萨特在讲述俄国革命的时候,他本人是不参与这一进程的,他只愿意在思想领域参与这一进程。是谁首先发现俄国革命的残酷?是纪德,那些个人主义者,虚无主义者,他们发现了那个帝国的秘密,萨特是赞颂的,所以他本人非常喜欢中国的“文化大革命”,斯大林主义,赫鲁晓夫,认为其中包含着某种乌托邦色彩。

梁 鸿:在稍微抽象一点的意义上,你会发现,那些大的词语,民族、革命、人类,等等,它们与知识分子之间总有某些不相容的地方。当然,也并不是说,知识分子不必为大义负责,好像他总是无法实现这些东西,并且,当他要实现的时候,他总是以牺牲肉体为代价,才有可能实现更大一点的意义。

李 洱:实际上,在讲述革命和知识分子关系的时候,我非常迷茫。这不是那种知识分子是否参与历史进程之类的简单迷茫。当然要参与历史进程,我们谁都无法孤悬于历史之外,这不用说。问题是以什么样的方式参与。

梁 鸿:我曾经在一篇评论中这样写道:"思想的深刻有没有权力代替文学的美感?理性的深入是否有权代替文学诗性的升华?《花腔》试图用纯粹的叙述和重返现场来传达出历史的非理性,但最终却陷入理性意识的泥淖之中,在一定程度上忽略了文学所应具有的湿润、华彩、情感和生命的震颤感。诗意的丧失。"毫无疑问,这是一种略带批评的口吻,但是,我又时常在怀疑,是否我所谓的"诗意"只是古典主义的怀旧,这种怀旧导致我,包括一般的读者对你这种新的美学元素的视而不见?或者,我的怀旧并非只是怀旧,而是对文学本质精神的某种肯定?当在读《花腔》时,的确经常要重回过去寻找线索,才能够形成某种感觉,脑子也被左中右许多声音所充斥。可以确定,这是你有意为之。这种形式本身传达出你对历史、对存在的看法,但是,在翻来覆去之中,某些感情的东西被破坏掉了。这究竟是怎么回事?这难道也是因为我作为一名读者那种不肯忘记的"古典主义情怀"吗?这到底是不是一种失去?

李 洱:没有人要求小说必须是完整的,从头至尾讲述一件事情,不被打断的。我们只是约定俗成的,形成一种阅读习惯。我觉得我的小说还是有许多"诗意"的。但我又通常不愿用"诗意"这个词,如果让我选择,我更愿意选择“诗性”这个词。诗性包含着对复杂的认知。我们的不适应是因为,这个过程阅读起来会比较困难。还有一个原因,因为你是一个专业读者。如果你不是专业读者,你会一直读下去。我那个责编,她非常喜欢,为了定印数,她要知道一般人如何看,她让她的母亲看,她的母亲看得津津有味。有悬疑,非常传奇,有趣。它还是借用,或者说化用了一些传统小说的因素。

梁　鸿: 你的意思是不是说我的复杂性追求是因为我作为一个专业读者的分析愿望太强,作为一个普通读者反而可能读出其中的趣味性、传奇性和故事性。

李　洱: 这非常有趣。你的复杂性追求太强,但你希望分析的又是那种比较简单的小说。而我的复杂性表达,又能在普通读者那里得到认可,阅读起来没有障碍。

梁　鸿: 可能阅读是非常苛刻的。之前我一直有个预设,认为一般读者不能接受你这种多声部小说。普通读者没有理论的困扰,或许会觉得有趣,急于找到人物的命运,所以他会津津有味地去读历史资料、回忆录或摘抄等等。这种知识性或许并非构成阅读的障碍。从小说发展史上看,这种百科全书式的叙事可能通过另外一种东西重新呈现出小说的魅力,并获得另外的广阔空间。对于中国当代小说而言,这一变化并非只是一般意义小说元素和小说文体上的变革,它意味着新的文学观、世界观的出现,小说叙事来源在这里发生了方向性的转折。

原乡神话丧失后的乡土叙事

梁　鸿: 先问一个基本问题,你为什么要写《石榴树上结樱桃》,对于你这样一位一直写知识分子生活的小说家?

李　洱:我先问问你,你怎么看《石榴树上结樱桃》?

梁　鸿:再次反问。你这是诱敌深入。我还是老老实实回答吧。首先,我觉得《石榴树上结樱桃》是一个全新的乡村叙事。为什么呢?因为它把一个光裸了的乡村呈现在我们面前。"光裸"是什么意思呢?现代文学史以来的乡村一直是一个原乡神话式的存在,无论是骂它,爱它,这背后都有原型性的存在,乡村是大地、母亲、温馨、苦难等等,是所有一切的象征,它包含着巨大的象征性,一些文学的基本母题和人类命运的基本命题在这里能找到寄托。在你这里面,没有了。没有乡愁,没有精神意义的还乡,甚至没有了大地与原野,只有事件,乡村成为现代社会的一个元素,一个肌体,作家用一种准确的风格把乡村分解为一个个现实与因素。这把中国乡村的现实状态揭示了出来,第一次真实地进入到它的"肌理",使我们看到乡村跟现代性进程纠缠的状态。这是非常大的感觉。

其次,有点遗憾,有点害怕,有一种诧异和失落。在失去了古典意味之后,一个民族的根没有了,如果说连乡村都不再能够成为人类最根本的依托之地,那么,我们到哪里去找精神的依靠呢?感觉这种叙事非常冷酷、冰冷。这是我基本的感受。

李　洱:当你回到故乡的时候,你是什么感觉?

梁　鸿:失望和温馨相结合。回故乡之前总是充满了向往,但是,回去之后,不过如此,或者说,它更荒凉,带来给你的远非是你想象的样子。但是,每次想到回家,心里非常激动,回家,一定要回家,但是,每次都是匆匆离去。我曾经写过一篇文章:"它曾为我那么熟悉,而现在,却又那么陌生。陌生得让人心痛。"

李　洱：实际上，每个人都不会把乡村作为精神的故乡。前段时间开一个会非常有意思。当时批评家都在说作家应该写底层生活，而现在我们看不到。目前所有关于底层人的描述都是城里人写的，什么时候才能看到底层人自己写的“底层”。这时，《人民文学》李敬泽说，我是个编辑，我现在就可以拿出来让你们看，但你们不会看。为什么？因为所有底层人写的文章都是对城市化的想象和向往，都是浪漫主义小说。你们希望看到对底层苦难的描述，但它们真实的描述是非常简单的浪漫主义文学。这种文学如果我在《人民文学》上发出来，读者是不看的，他们会认为我不负责任。现在，批评家也好，读者也好，我们希望看到的那种底层文学是不存在的。当批评家呼唤底层人去写底层文学时，类似于当陀思妥耶夫斯基成为底层人时，去写《死屋手记》，他是写不出来的。在我们的想象当中，我们觉得底层人写的小说应该是《死屋手记》。《死屋手记》还是有我们这类人完成的，但是当我们完成之后，死屋里的人是不看的。

再回到我们的话题，当我在写的时候，我非常清楚，我的小说乡村人是不看的。当然我也非常希望他们能看，他们可能会不高兴，这并不是说他们认为不真实。很多人都认为是不真实的。比如有人看完之后说，你搞笑吧，农村人怎么可能使用手机呢？我们很多城里人对乡村的印象来自于电影《金光大道》，来自于右派作家广袤的西部或知青下乡时的生活。一种由土地、植物，由简单的家族伦理，由基本的权力构成的乡村，它成了我们的记忆。秋天，在我们的记忆里首先是成熟的庄稼，冬天，是赤裸的土地，夏天是农忙时的“三抢”。当我们这样去写的时候，我们对乡村是多么不负责任！我们是在满足我们的想象，一个非常肤浅的想象。

梁　鸿：就像你在《光和影》里孙良的感受是一样。他送回去的电脑所展示的世界正是他现在所遭受着的世界。

李　洱：我的任务就是打破这种幻想。

梁　鸿：实际上，《石榴树上结樱桃》延续了你一贯的风格，那种后现代拼贴式的诗学。农民站在猪圈里打着手机讨论村委主任的选举问题，一边搓着脚趾头一边讨论台湾海峡问题，嘴里不断迸出"全球化"、"女权主义"等等词语的场景。这个乡村已经不是原始的、道德核心的，而是在现代性发展历程中的乡村，这是更为现实状态的乡村。你觉得这种现代性话语的侵蚀，这样一种存在方式对于乡村会产生什么样本质的影响？它对乡村意味着什么？

李　洱：我觉得，现阶段的乡村就是一个置于后现代话语中的乡村，它不再是原来的乡村，这是一个远未定型的乡村，处于剧烈变化之中，在不停地裂变，各种价值观念在此聚合、消散。我必须找到一种方式和结构形式，把这样一种对乡村的理解重新聚合起来。我找到了"选举"这一方式，因为"选举"是现代化最直接的标志，我通过这一标志来显示这一进程，并吸纳各种各样的经验。

梁　鸿：实际上，现在许多作家的乡村叙事仍然是苦难叙事，但你的叙事显然是不一样的。你认为，你如何在这样多元化叙事中寻找到乡村核心的精神面目？当我们看到繁花拿着手机在猪圈旁打电话的场景的时候，觉得非常有意味。生活还是猪圈、泥泞，但却拿着手机，能够穿越时空。你觉得这种现代最先进和最古老的景观同时存在对于乡村意味着什么？是一种进步，还是一种混乱？

李　洱：对我来讲，它首先是现代化进程当中的真实图景。它的手机可以获得远方的世界，信息，但她的脚植根于土地，仍然是与动物、植物相联系的世界。她所做的一切并不是改变这一现实,而是为了别的目的打电话。这样一个角色非常复杂。对我来讲,这部小说有意思的是,我写了一个乡村女性。在此之前,乡村的女性在以前往往代表母性,我选择这一女性,她被政治化、世俗化。当乡村的女性融入了世俗化进程,那么,整个乡村就进入了世俗化进程。这也是我选择女性来作为这部小说主人公的原因之一,虽然我非常不擅长于描写女性。

梁　鸿:这样一种嫁接,就像民谣所唱的那样,"石榴树上结樱桃",能否在乡村真正生根?能否真正帮助中国乡村走向一个新的境地?

李　洱:我对此有深深的迷惑。我们不能说这样一种改变了传统方式的乡村就有更大的幸福感。整个中国的乡村是被拖入全球化进程,是一种被迫的反应,然后,激起了广大农民一种求富的激情。"宁愿富,不怕死"。在死亡与富裕之间,它选择发展。它极力要融入现代化进程,但这一融入过程,有太多的悲喜剧。我在此深深感到迷惑。另外一些作者可能会把它写成一曲挽歌,我对这种哀怨的声音也持一种怀疑。当他把乡村写成挽歌或悼词的时候,他是一种士大夫心态,不是知识分子,后者是比较复杂的。中国作家多是一种士大夫心态,是走出乡村的乡村知识分子,他试图保留着某种乡村记忆,这种记忆被毁灭了,所以他会悲哀。而对我来讲,我甚至希望某种改变,只是这种改变给我带来一种感觉的错乱,我不知道这对于乡村是好还是不好,但是我知道这是中国农村的真实图景,甚至可以说它是中国乡村现代化进程的必由之路。

梁　鸿:那种挽歌式的乡村书写常常是知识分子的自大狂?也就是说,你在叙述乡村的时候,你眼前呈现的不是个人的情怀。

作家在写乡村的时候,因为里面蕴含着作家个人心中的原乡神话,所以,作家在写现代化进程的时候,在写乡村与文明、政治的关系时,多是一种否定的态度,因为正是现代化使乡村这种原始的温馨丧失掉了,文明的侵袭破坏了最为朴素的人生形态。但是,当你用另外的眼光来重新审视的时候。这里面也许包含着对乡村人本身要求的肯定。当你认同这一现代化进程的合理性的时候,你也认同了他们个人生命的合理性,他们的欲望和致富要求的合理性。

李　洱: 当我看乡土作家的许多论述的时候,我经常会想起鲁迅的比喻,一帮知识分子坐在乌篷船上,感到苦恼、彷徨的时候,看到岸边有农民在浇水,劳作,人们会说,看,田家乐! 鲁迅这样写的时候是反讽的。但很多知识分子愿意去写这种田家乐。非常奇怪的是,这里面有一种分裂,如果这个作家有这种田家乐感觉的话,他为什么会从农村来到城市,你曾经把这一过程看作挣脱,现在,你希望别人还过这种生活供你追忆,这是一种巨大的分裂。那么,在目前写乡村小说的时候,我们首先必须面对自己内心这种分裂感,能够正视你,和你的同道在看这种风景的心态。

梁　鸿: 或者说。要能够正视你看这一场景时的"风景感",你必须承认,你是作为"风景"来看的,你的道德感是值得怀疑的。这也是当代乡土小说家应该正视的问题。在价值观上,总是不自觉地把乡村定得更高,并形成某种二元对立。

李　洱: 作家的确希望回到乡村去住一段时间,这种愿望和情绪是非常真实的。但会把风景感和实际混为一谈。

梁　鸿: 这反而是一批从乡村出来的作家的共同特点。在你们这样一批作家,以知识性或类似于科学性来观察乡村的时候,反而更能把乡村的"现实进程"呈现出来,这也可能使以后的乡村在文学中的象征性发生变化。但也不可否认，它仍然显得有些平面化。

李　洱：在看韩少功的《山南水北》时，我多少有一点困惑，他会把他住的地方与城市二元对立化，他会讨论一个问题，是我更现代化，还是你更现代化，是这里现代化，还是广州更现代化。譬如说，他会劝阻人们去发财致富，你这样已经很好了，即使变成城市也没什么意思。但这有个基本背景，他的孩子在美国，他可以在全球自由地出入，平时住在海口。只有你这种背景的情况下，你才能感受到这里的诗意。别人没有这种境遇，他怎么能够理解你说的话。这是我的一点困惑。但是，当作家作出这样一种陈述时，它确实能够引起读者的共鸣。对此，我们必须作出科学的分析。

梁　鸿：读者实际上会陷入这种原乡的乡愁之中。看到你这种作品受不了，是因为你把一个喧嚣的、杂乱的、浮躁的乡村写了出来，它是真实的。进入城市的读者无法忍受这种乡村，因为他也已离开乡村，并逐渐把乡村诗化了。作家应该分清作家自身的精神背景与描述者生存背景之间的关系与某种实际的错位。这是不对称的。作家是宽广的、自由的，而乡村是被局限的，作家要求乡村与自己有同样的认知，但却无法给他们提供与自己同样的生活。你曾经说过，对于乡村来说，你是一个边缘身份的存在，你有切实的乡村生活经验，但起点却又是不同的，譬如别人偷苹果是为了生存，为了吃，你却是为了好玩。精神上并不属于乡村。这一思维起点对你的乡村书写有什么影响？好的，不好的。

李　洱：我所有的小说都有一个叙述人，他总是与事件、与你所叙述的生活保持一定距离。你和现实的关系是若即若离的。叙述人这样一种身份在我看来更为真实，因为你确实不可能完全融入那种生活，即使你下乡了，成为农民，你的知识储备和文化视野决定了你和他们不一样，你无法用他们的声音来说话。当你用他们的声音说话的时候，你是矫情的。

梁　鸿：南帆在评论《石榴树上结樱桃》时认为这部作品的"轻喜剧风格"使文本缺乏一种"激越的声音"和"深刻的矛盾"，"这部小说的叙述者人情练达，脸上挂着悲悯的微笑。他多半置身局外，叙述者与故事的距离即是幽默与调侃的空间。由于叙述者的智慧，种种矛盾的价值观念并没有迎面相撞，以至于不得不分出个青红皂白。相反，它们被巧妙地处理成一系列喜剧式的修辞，例如轻微的反讽，滑稽的大词小用，机智的油腔滑调，无伤大雅的夸张，适度的装疯卖傻，如此等等。这时，开怀一笑就可以将严重的问题暂时搁下。……圆熟的叙述是否同时表明，作家并没有及时地发现可能打破生活现状的力量"？之所以引这段话，是因为这背后还有一个大问题，对于书写知识分子生活或当代生活的存在性时，"反讽"作为一种重要的风格非常恰切，能够把知识分子的尴尬非常贴近地呈现出来，但是，对于乡村书写来说，它是否显得过于轻巧了一些？

李　洱：这里面有一种微妙的变化，当你用反讽写知识分子时，你仿佛在自嘲，当你用类似的笔调处理乡村题材的时候，你就仿佛是在嘲笑。这种感受也是阅读者的感受，阅读者是知识分子，他觉得是自嘲。阅读者如果不是知识分子，所以他觉得是嘲笑乡村。我认为我还是揭示了乡村的重大问题。

梁　鸿：可能有一种普遍感觉，你没有触到乡村存在的文化内核，仅仅局限于事件的碰撞，没有进入乡村内部文化形态的影响，没有写出乡村的本质变化。

李　洱：我对《石榴树上结樱桃》也有不满。我觉得还没有进入乡村的伦理层面，只是有所涉猎，还没有进去。它也使我思考一个问题，长篇小说是否要围绕一个事件来写。当长篇小说仅仅围绕一个事件来写的时候，你的许多闲笔，许多生活的细枝末节无法顾及到，这些东西没有参与事件情节进程，只好忽略掉。有时候是叙述的原因，而不是作者没有发现。我经常有一个想法，想再写一部乡村小说，但它必定与《石榴树上结樱桃》有所重复，我又不大愿意去重复一件事情。

梁　鸿：我还是有一种疑问，如此理智的开始，对于文学来说，究竟是幸，还是不幸？前面我们谈了《石榴树上结樱桃》叙事风格所带来的新的意义，但似乎也不能否认，这种光裸之后的琐碎与丑陋，这种对乡土中国元叙事的取消带给人一种隐隐的不安，似乎还隐藏着更为重大的问题。如果整个民族都失去了建构精神故乡的冲动，以如此科学、冷静的目光审视中国生活，审视古老的大地、山川、河流，而不产生任何更为深沉的悸动，那这个民族将会多么贫乏。这真是矛盾的存在。你怎么看待这一问题？或者，对于你来说，这能成为问题吗？它是否暗藏着更为深刻的意义？

李　洱：以前的整个中国文化是保留在乡村的，不管这个社会出现了多么大的变化，乡村是没有变化的。乡村的变化仅仅表现为鲁迅小说中的那个门牌号的变化，辫子的变化，朝代变了，只是政治符号的变化，整个乡村基本的精神结构是没有变的，它保留了中国文化的特色，传承了整个文化，它是与中国根深蒂固的生存方式相联系的。到1949之后，党的意识形态一直贯穿到乡村的时候，整个山村和中国城市一起开始剧烈地摇晃，当城市的文化被连根拔起的时候，农村的文化结构也被打乱了，从那个时候起，中国的乡村已经没有完整的乡村的。当全球化浪潮来临的时候,当求富成为民族精神最兴奋的一点时,我们再想保留那个完整的乡村几乎是一种痴心妄想。当中国传统文化从乡村被迫撤出,被粉碎时,整个民族精神的根基也动摇了。我现在只是写出了这种现实。

梁　鸿:这应该说也是《石榴树上结樱桃》的最大意义。把这样一种剧烈动摇状态的乡村写了出来,也许这样的文学乡村也有它独特的意义,给文学乡村家族加入了新的元素。你也许已经感觉到,我也是把《石榴树上结樱桃》作为一个事件来分析的,《石榴树上结樱桃》本身是否成功也许并不重要,但作为一种新的元素的诞生,它所带来的问题、新的视野和新的可能性却有它独特的价值。

九十年代写作的难度

——与梁鸿的对话之四

个人化经验与小说的形态

梁　鸿：你有没有发现，我们的对话一直没有进入生活层面，你好像不想涉及你自己。而我和阎连科对话的时候，非常放松，感觉就像和老朋友一起回忆昔日的时光，故乡、童年、成长的点滴及过去的经验都慢慢地展现出来。

李　洱：前几天我听阿来讲一个故事，说他和阎连科一起做讲座，阎连科在讲台上谈起自己的经历，听众特别感兴趣，群情激昂。阿来说，轮到他自己谈写作的时候，他能够感觉到下面的人虽然在听，但兴趣没了。我们这一代人的生活，别人是不感兴趣的。所以，我特别不愿意做讲座，做访谈，因为你不能提供传奇性的经验。有意思的是，这一代作家平时不愿谈自己，但写作的时候愿意写自己。而上一代作家恰恰相反，生活中喜欢谈自己，但写作的时候却不愿意写自己。是不是？

梁　鸿：对，确实如此。在你们的作品中，个人的经验世界几乎成为最重要叙事资源。而上一代作家的作品呢，里面却很少看到他们自己的影子。即使是书写自己的命运,背后仍然有大的想象支撑,有非常明显的整体性框架。

李 洱:我的说法可能不够准确,你姑妄听之。他们的小说更多地属于第三人称,即便是第一人称,给人的感觉也很像第三人称。而我们的小说更多地属于第一人称,即便是第三人称,给人的印象也是第一人称。

梁 鸿:但实际上,你并没有完全暴露,你只是把生活的某一部分经验暴露出来,成为你写作的营养。但另一部分却也包裹得非常紧。那试图隐藏起来的那一部分又是什么呢?

李 洱:我确实不愿谈自己。如果我们只是私下交流的话,我当然可以谈自己。就我自己而言,我不愿把公共生活和私人生活混为一谈。昨天还有人要来采访,采访我和妻子,但我们异口同声拒绝了。私人生活,是保持个人性的最后的领域,我为什么要敞开自己?对写作者来说,在文字之外谈个人的私生活没有意义。在日常生活领域,那种个人的真实的日常生活,是一种没有经过整合的,没有经过文学转换的世界。一旦这个世界进入文学交流,它就变成了公共事件。顺便开句玩笑,我几乎可以保证,作家们公开发表的那些谈论自己私生活的文章,都是不可靠的。你看过马尔克斯的《番石榴飘香》吗?那是他的文学对话集,里面大量的谈到他早年生活的经历,说得有鼻子有眼的。可实际上,其中很多都是虚构。文学,当然还有音乐,有一种奇妙的功能,它会让人产生从未有过的记忆。

梁 鸿:你是说,讲了也白讲?听了也白听?

李 洱:那都是蒙读者的,蒙批评家的。读者和批评家当然不好蒙,但是他们蒙多少是多少。

梁　鸿：这是不是，作家试图把自己的生活抽象化，进行拆解、思辨或分析，以实现文学或思想的意义？这比较有意思。当需要你袒露你的内心世界时，你发现你的日常生活难以叙说，或者说没有什么东西可讲。但是，人类的情感、生命的意义或众多深刻的思想不恰恰来自于日常生活的启示吗？难道所有的日常生活情感，爱、欢笑与恨都是无意义的吗？

李　洱：你不要误解我的意思喽。人类的情感，人类对价值感的追求，当然是来自日常生活的启示，来自日常生活的激励或者反弹。我没有说，爱、恨和欢笑没有意义。

梁　鸿：那为什么叙说会变得如此艰难？

李　洱：那你也得问问自己。现在我来问你，梁鸿，请你讲讲你的私人生活，好吗？谈一下你的爱情好吗？哪天和那个男的见的面？当时天气如何？你的儿子好好可爱噢，长得那么好，请问你喂的是母乳还是牛奶？用的是传统的尿布还是纸尿片？你别笑，请你回答我。为什么你不愿讲？你觉得这一切没有意义吗？你不是为了孩子的成长而高兴吗？难道你认为爱、欢乐与恨都是无意义的吗？既然有意义，你为什么不愿讲？

梁　鸿：这确实是个问题。不过我看西方作家的一些访谈录，他们还是愿意谈的。

李　洱：没错，他们愿意谈一些小事情，很小的事情。比如上次在巴黎，跟你喝啤酒的女人是谁，她的头发就像深海中的藻类，她涂的是烟灰般的眼影，抽烟的姿势有点色情，因为她喜欢把香烟舔来舔去，等等。在谈写作的时候，他们谈的问题也很小，完全是技术活。某个句子是怎么产生的，某个人物的某个细节是什么意思，等等。中国作家喜欢谈大的东西，悠悠万事，羊大是美。不过，正像我们的交谈,你可以发现,我谈到具体作品的时候,谈得比较细一点。但对于自己的生活,我不愿意过多展开,没有这个必要。

梁　鸿:那么阎连科为什么可以谈呢?

李　洱:他有话可说啊。阎连科可以说,他出生的时候,村子里的人怎么饿肚子,他当兵之前,怎么在洛阳打工,他转业的时候,家里的人因为他把猪给卖了。他的生活与一种大的生活背景联系在一起,与一种意识形态背景联系在一起。我很喜欢看他的散文,他的那些有纪实性的作品,我觉得非常有趣。另外一些作家,比如余华,他可以讲拔牙。他们的经历与他们的现在作家身份,有特别大的差异,读者很感兴趣。如果让我来讲,我就讲自己的求学经历?讲怎么在教室里写作?谁愿意听这些东西呢?连我自己都不愿听。当然,另外还有一种可能。就是对有些作家来说,比如对阎连科来说,他的写作就是回忆,而对我来说,写作就是现实。我的意思是说,现实是在写作中展开的,在写作中生成的。作家的经历不同,性格不同,最初进入写作的时候养成的习惯不同,就会有不同的处理方式。

梁　鸿:莫言、阎连科的写作,你读第一页就可以感受到,他与一个人的背景有关系,与民族苦难有关系。而新一代作家,包括你,给人的感觉却很不同。

李　洱:我承认你说的是事实。我自己阅读年轻人的作品时,也会有这种感觉。

梁　鸿:为什么会这样呢?为什么我会觉得与广阔的生活,与民族的苦难联系不上呢?是不是这种日常化的生活经验及所包含的意义还没有被我们看作是民族生活的一部分,而这种写作还没有被大的文学序列广泛认同,甚至没有被写作者自己承认?也许是你们太过虚无？对于你们这一代人来说，历史消失了，理想破碎了，激情幻灭了，大的民族叙事的架构坍塌了，它们作为一种生命的底色沉淀于童年及少年的情感之中，并最终导致了一种虚无意识与怀疑态度？当然，同时产生的还有对个人命运的思考。但是你们的经验，会不会形成一种新的意识形态，它通过文学、教育、传播等各个渠道影响并主导着一部分人的思想与情感？我从你们这一代作家、艺术家对青年的影响力就可以看出。

李　洱：历史不是消失了，而是融化在日常生活之中。也不能说，与民族经验无关。怎么可能无关呢？日常生活的写作，个人化的写作，同样可以具备历史想象力，就看你怎么处理了，就看你的写作是否有穿透能力了。从表面上看，九十年代以后，作家在处理个人生活的时候，好像是把它从大的历史叙事中分离了出来。但是，说到底，你是无法分离的，你的个人生活也是历史叙事的一部分：你和现实的紧张关系，你的分离的努力以及分离的方式，都是历史叙事的一部分。所以，我想，一种比较好的方式，就是你贴着个人经验，从日常生活的层面，进入当代史的书写。现在回顾九十年代，你会发现，几乎没有一部优秀的长篇小说，能够做到这一点。九十年代出现了很多优秀的短篇、中篇小说，但是我们的艺术准备，我们对当代生活的艺术感受能力，还无法支撑起一部长篇小说。你现在翻看当时的长篇小说，你会发现有很多其实是中短篇小说的连缀。如果说长篇小说是对作家创作能力的根本考量，我们可以说，能经受住这种考验的作家和作品，在九十年代，几乎是没有的。你看到的优秀长篇小说，大多是书写 1949 年以前的历史的，或者书写某个特定时段的历史故事，比如插队故事，比如土改运动等等，长篇小说很难去艺术化地处理当代经验。

梁 鸿：是不是作家自己也在怀疑，这样一种琐碎的、个人的生活能否支撑一部长篇？

李 洱：问题是，这样的长篇小说出来之后，你是否会认同？对作家来说，他当然有怀疑。我就只说自己吧，为什么一直无法顺利完成自己的这部长篇小说。说实话，我对自己正在写的这部长篇小说非常熟悉。它的开头、结尾是什么样子，段落之间怎么过渡，场景如何安排，人物或许也称得上栩栩如生，但是我就是很难把它完成。前段时间和李敬泽聊天，敬泽问我何时能完成，我说不知道啊，天知道何时完成。我对自己的判断力，有时候也会有很多怀疑。比如，我喜欢的一些小说，比如俄罗斯作家的一些小说，马卡宁的小说，我自己觉得很重要的，也获得了布克奖，但它们在中国几乎毫无影响。有时候我向朋友推荐，过段时间想问一下人家的读后感，朋友说看不下去。马卡宁的小说，写的就是琐碎的个人生活，写的是苏联解体之后的生活。但这样的小说，在绝大多数中国读者，包括批评家看来，是不可卒读的。

梁 鸿：有一点非常重要，对当代生活没有命名的状态，作家也无法为之命名。你们这批作家现在依然在怀疑这种生活是否有价值，也在怀疑自己的写作方式是否有价值。这也导致写作的难以为继。

李 洱：你会发现，九十年代冒出来的作家正在锐减，而五十年代出生的作家还在不断爆发。他们即便不是井喷，也是呈泉涌之势。

梁 鸿：为什么会出现这种情况？作家的这种状态应该与作家的写作观念有关。是因为它们过于表达自己的生活，还是因为他们觉得生活已经无法表达了？

李　洱：很多人的怀疑是一种自觉的怀疑，它能够从这种怀疑中找到意义，把这种怀疑表达出来，这种人会慢慢写下去。而很多人却被怀疑淹没，最终彻底堕入虚无。他会觉得这种写作毫无意义，甚至这种生活也毫无意义，最终，他就不会再写了。

观念化写作

梁　鸿：这段时间我刚好在思考这一问题。九十年代的许多作家为什么不写了？遇到了什么难题？它或者与作家遭遇的这种未经命名的日常生活有关，但也与作者的基本写作理念有很大关系。比如朱文的小说，我们还以他的短篇《磅、盎司和肉》为例。几乎可以说，对生活的荒诞、虚无感以及对这荒诞和虚无的愤怒是朱文所有小说的主题，也最能代表“晚生代作家”的思想特征和文体特征。《磅、盎司和肉》虽然只是一个小短篇，但作者却以精练的语言、高超的叙事技巧把生活之无聊与存在之荒谬深刻地揭示出来。这是一篇愤怒之作，由于生活突然展现出如此陌生可怕的面目，而震惊、愤怒，而自嘲、自虐，而虚无、厌倦。当作者冷静地描写那个“不急不忙地前后一下一下地甩着膀子”的老太太，然后，又一次细致入微地描写那个中年无须男人眯着眼睛掂量那几个该死的西红柿时，一个充满讽刺意味的荒诞图景慢慢呈现出来，他们运用了自己的全部智慧、精神，运用了对生活的全部哲学，甚至，把自己的生命也耗了进去，就是为了掌握加上或去掉一个塑料袋的重量差。他们越认真，越投入，越让人无法忍受，厌倦的气息和某种普遍意义的存在感沿着作者不动声色的笔慢慢渗透出来，如重雾般压抑着心灵，这就是他妈的生活！生活！在一股不可遏制的欲望中，作者以残酷而又富于激情的能量拦截、毁坏着所谓“生活”，同时，也粗暴地颠覆了几千年来文学所勾勒的人类生活图景。但非常奇怪的是，《磅、盎司和肉》写得非常感性，细节也非常充分，对人物的刻画几乎可以说恶毒，总体阅读下来，却又给人以非常观念化的感觉。看起来朱文写的是最细节的，但却又是非细节的。他不是塑造具体的“这一个”，他只是为了传达某种观念、某种气息，是他对生活的感觉，与这个老太太没有任何关系，她只是一个符号而已。而这种观念化倾向导致了写作的单向度与难以为继。朱文后来转行拍电影，也不能不说是写作遭遇困顿的某种表现。

李　洱：那个塑料袋处理得很好。谁买肉的时候会在意塑料袋的重量呢？不可能的嘛。但朱文却把不可能变为可能。小说的文学性就是在这个时候产生的。小说就是要在整体写实的情况下，闪现出一些虚的东西。小说就是把可能变成不可能，把不可能变成可能。但对朱文的整体创作，我却无法做出进一步的评价，因为我看得很少。朱文有一个朋友叫吴晨骏，写过一篇小说，题目我一时想不起来了，写一个人辞职之后退掉公房，到外面租房写作，然后在一个雨天又回到那个公房，这时候大雨滂沱，情景交融。我觉得那是我很多年来看到的最好的短篇小说之一。但吴晨骏后来也不写了。我不知道他们为什么突然不写了。我也不敢轻易下结论，说他们不写是因为某种观念化倾向。事实上，我倒觉得，中国作家不是观念化倾向太重，而是缺乏观念化倾向。你告诉我，具有一定的写作观念，或者说，具有起码的哲学意识的作家，中国有多少？手指头都数得过来的。不过，有一点我倒是比较认同你，那就是愤怒的作家，具有某种青春期写作特征的作家，在完成一段时间的井喷之后，写得就少了。或许在未来的某一天，他们又写起来了？很难说。

梁　鸿：这涉及文学的一个重要问题。文学究竟要写什么？一个作家对具体事物的具体情感，比如对一个女人的感受，对此刻天气的感觉，也许非常重要。这种情感的东西会使他不断写下去，但就文学本身而言，这种细节的、情感性的、即时的、新鲜的、生生不息的东西，反而是文学最为恒久的存在。而这一点，恰恰是九十年代创作所忽略的。文学是一种非常复杂的东西，既是观念的复杂，也是情感的复杂，是人类最深的奥秘。

李　洱：我与你的看法又不一致了，我反倒认为九十年代的文学的贡献就在于注重了那些“即时的、新鲜的”东西。正是因为注重了这些东西，注重了这些尚未被命名的经验，所以它们虽然展示了自己的活力，但却未被人们广泛接受。当然，能被人们广泛接受的东西，它的文学价值反而要打折扣。而且，一个作品被广泛接受，还有一个基本的前提，就是它被经典化了。但一部作品的被经典化过程，是一个非常复杂的过程，需要因缘际会，还需要在某一点击中人们的习惯：要么是最大程度的迎合，要么是最大程度的反动。

梁　鸿：大部分“晚生代作家”的早期作品，都沉浸在对日常生活意象的描述之中，虽然作者宣称要彻底地进入到个人的“日常生活”之中，但是，这种“个人生活”中的人物却并无个性特征，而只有符号特征，所叙述的生活也并非“个人”生活，而是带着强烈的类型性和隐喻风格。这种符号化和类型化的美学特征与作者抛弃人物与生活的历史性和类属性，而只追求普遍人性论、普遍存在场景是分不开的。朱文的作品就有这样非常明显的悖论。

李　洱：你认为，这都是因为观念性在起作用吗？

梁　鸿: 当这种虚无情绪发展到极致时,作家对日常生活的感觉和情绪多陷于重复和平面化,作家在喋喋不休中玩味着生活的丑陋和虚无,虚无的背后是激愤,是恶意的嘲笑,还有恶作剧般的破坏和自虐后的快感、空虚感和乏力感。这些都导致了作品绝对的虚无主义和怀疑主义。

李　洱: 你举例说明,以具体作品来说明。

梁　鸿: 比如,作品中常见的两大主题是"金钱"和"性"。作品在传达作家对政治意识形态和道德秩序的批判的同时,却也意外地给时代展示了拜金和享乐的魅力。这恰好从另一侧面迎合了市场和大众的需要,这是虚无主义的必然尴尬。

李　洱: 哈,对"金钱"和"性"津津乐道,就不能说是绝对的虚无主义。迎合大众和市场,反而是社会主义初级阶段的主旋律,那是主流意识形态。不过,我还得说一句,写金钱也好,写性也好,这本身没有问题。为什么不能写性,不能写金钱? 当然可以写。

梁　鸿: 我的意思是说,这种写作使得"日常生活"所具有的逃逸和叛逆的价值变得暧昧不明。因为缺乏对理想的追求,主人公对一切总是无所谓的态度,最终,在迷惘中屈从现实,屈从于"性"的惯性与虚无之中,而文本所有的叙述也都指向一种犬儒式的精神退缩。这种精神退缩与整个时代的道德虚无感一起,催化出更加欲望化、狂欢化和虚无化的当代文学景观。

李　洱: 哦,梁鸿,我必须亮出我的一个基本看法了。我得说,这不是九十年代文学的错,不是你所说的"晚生代作家"的错,不是日常生活诗学的错。你稍微检索一下,写金钱写得最厉害的是谁,写性写得最暴露的是谁。我想,除了网络作家之外,或许就是五十年代出生的一些作家。你对此一定要做出准确的分析。但不管是谁在写,我想对欲望化的书写没错,对虚无的书写也没错,如果那确实对九十年代以后中国的精神状况进行探究的话,我反倒觉得很重要,真的很重要啊。如果翻看世界文学史,你还可以发现,除了极个别的适合中学生阅读的作品之外,几乎所有的重要作品,其主题都是消极的,人物也都是病态的,而且好多时候越是病态,小说越是散发出璀璨的光芒,充满着黑暗的启示。这是文学的基本事实,也是文学特有的宽容,甚至可以说是文学存在的重要理由。偏执、抑郁、冲动、易怒、疯狂,包括色情、厌世、颓废,文学都没有理由回避,只要它们对你构成问题,只要你绕不过去,它就是真实的,它就是日常生活的主题。所有这些,如果它们确实构成了当代文学的景观,那我要说,与其说这是文学的问题,不如说这是时代的问题。

梁　鸿:如果联系起九十年代朱文、韩东发起的著名的“断裂”问卷,就会发现,“断裂”问卷试图抹杀文学传统的“根”,以一种决绝的态度显示自己精神的独立性与自我性,从积极意义上讲,它表达了作家摆脱传统束缚和虚伪正统的强烈愿望,对当代文学环境的封闭、落后和权威化表示蔑视和对抗,但是,这种颇为激进的方式却也显现了“晚生代作家”对文学与政治、文化、民族传统之间复杂关系的简单认识。这与当时流行的“纯文学”观念、形式主义文学批评、后现代思潮都有关系。这都会导致作家在面对民族生活时大的情感的丧失与非常明显的观念化倾向。

李　洱:“断裂”问卷,我没有参加。当时在饭桌上,朋友曾经把那个问卷摆在我面前,我看了看,但我拒绝参加。他们劝我再考虑一下,我说不用考虑了,我不会参加。我不参加的原因很简单,因为那里面没有一个问题是真问题,都是伪问题。传统的束缚也好,虚伪正统也好,不是说通过类似于农民起义的方式就能摆脱的。你的行为方式,很可能恰恰是一种传统的方式,也就是说,你很可能不是摆脱了它,而是加重了它,加重了它的阴影。我倒觉得,不是摆脱不摆脱的问题,而是能否穿越的问题,而且它首先应该是一种个人行为,与啸聚山林无关。

八十年代的文学遗产

梁 鸿:现在重提八十年代,好像是在回望一个黄金时代,那是西方思想,无论是美学哲学还是文学,在中国的全盛时期。可以说,中国作家如今的创作思想、美学理念及背后的世界观哲学观都与此密不可分。那时候你正在上大学,谈谈你的读书情况及当时的氛围。

李 洱:八十年代的确是各种思想交汇、吸纳的时代。但现在看来,八十年代读书,完全是一种误读式的阅读。我们缺什么就看到什么,缺形式吗?好,从罗伯·格里耶、马尔克斯那里看到的都是形式。每天都有一个西方的人进来,今天是弗洛伊德,明天是荣格,后天是卡西尔;今天是纪德,明天是博尔赫斯,后天是杜拉斯。学校的书店里,每天都是人头攒动。人们进去,抱一堆看不懂的书出来,肚子扛着,下巴抵着,回到寝室用蚊帐罩着,晚上很激动地打开书,但刚看了两页就呼呼大睡。很常见的现象。

梁 鸿:都是西方的书吧?

李 洱:东方的也有啊,当然是日本的,主要是川端和三岛由纪夫。当年我非常喜欢三岛由纪夫的《金阁寺》。也不仅是文学书,比如托夫勒的《第三次浪潮》,还有《走向未来》丛书。华东师大，尤其是华东师大的中文系，八十年代的时候在全国是领风气之先的，出了很多作家、批评家、编辑家、出版家，那是一所开明的学府，气氛很宽松。当然也有中国的书影响很大，像李泽厚的书，主要是他的那本《美的历程》。

梁　鸿：这一代作家很难摆脱西方的影响。八十年代思想大解放带来文学的繁荣，造成了文学的丰富，但是也把中国文学给框了起来，成了西方文学的附庸与影子，总能找到某种对应。

李　洱：下结论还是应该小心。我举个例子吧，很有意思。比如莫言的《透明的红萝卜》，被很多人认为是受马尔克斯的影响。但莫言那时候并没有读过马尔克斯的作品。当然，他可能听到过只言片语。一个杰出的作家，能够从只言片语中很快领悟其中的精髓。我说的有意思，是指马尔克斯本人又非常喜欢莫言的作品，他认为莫言太棒了，并且给莫言写过书评。马尔克斯说，他认为他应该写出这样的小说。我再举一个例子，八十年代末，李陀他们组织人翻译中国八十年代作家作品，出了作品集。西方的一些重要作家看了非常吃惊，认为那些作品具有很高的文学成就。所以，我们不能够说，我们的文学就是西方文学的附庸和影子。那种影响当然是有的，如果那是一种积极的影响，如果阅读那些作品，能够激发起我们自己的想象力，能够让我们换一个角度来审视自身的经验，我觉得这是大好事。我们可以想象一下在这之前我们的文学对历史的想象，全是《红旗谱》、《小兵张嘎》、《青春之歌》一类的。试想一下，当一个作家看到马尔克斯的叙事，看到历史还可以如此理解的时候，那对作家的冲击是无法想象的，说震惊，应该是毫不过分的。那就类似于让一个没有见过女人的童男子进入妓院。他能从这种震惊中醒过神来，然后稳住神，继续写作，这就像让那个童男子恢复了爱的能力，很不容易的。也有一帮人被吓倒了，从此以后只能成为最好的文学鉴赏家。但这帮人坚持下来了，并逐渐形成了找到了自己的主题，形成了自己的风格，拥有了自己的读者，产生了自己的影响。这确实很不容易。所以，我认为对当代作家应该宽容一点。对中国文学的不满足，首先是作家对自己的不满足，这一点无须怀疑。一般的读者当然可以随意发表看法，但专业读者发表看法的时候，还是谨慎为好。

梁　鸿：李建军对莫言的创作，对贾平凹的小说，几乎是全盘否定。

李　洱：有一次在会议上遇到了，我对李建军说，建军兄，你可以容忍路遥和陈忠实犯一百个错误，就是不允许莫言和老贾犯一个错误。建军可能没有明白，他的这种苛求，其实是把莫言和老贾放在比陈忠实更高的位置上了。

梁　鸿：实际上，这其中有文学批评的一个误差，你希望作家表达一种中国生活，但什么才是真正的中国生活？也许每个作家写的都是真正的中国生活，是真正的中国生活的某一部分。

李　洱：所以，我有时候会想，中国作家其实还是一种集体写作。你先别误解我的意思，我是想说，中国作家的写作，其实是一种从个体出发的集体写作，每个人完成对生活某一面的表达，最终形成一个大的文学画廊，呈现出丰富的中国生活。每个人都是个体写作，前提也必须是个体写作，但最终达到的是一种集体写作。

梁　鸿：当代批评家几乎都在批评作家无病呻吟。当代作家的批判意识已经非常明显，但如何批判，却始终没有把握住。作家很难超越于一般的历史事件来获取对历史的新的理解。但西方作家却比比皆是。当我们读加缪的《鼠疫》时，觉得小说既超越于本国历史，但同时又超越于一般人类思想的东西。

李　洱：加缪之后，法国文学又走了几十年了。你告诉我第二个加缪在哪里？福克纳、海明威之后，索尔·贝娄之后，美国文学也有了几十年了，新的大师在哪里？文学的经典化过程，是个很漫长的过程。人们不断地阐释，不断地加入自己的理解，使一个文本的意义不断衍生，越来越丰富。具体到加缪的那部小说，你知道那是一部象征主义小说，是在那个年代可以出现的象征主义小说，但现在没有人敢写那样的小说了。加缪的最后一部小说，没有完稿的那一部，好像叫《第一人称》吧？他如果不死的话，小说也肯定有很多变化。加缪之后，英国的那个作家，还获得了诺奖的，叫戈尔丁，写过一部长篇小说《蝇王》，与加缪的《鼠疫》有些相似，但我们已经毫不在意了。

梁　鸿：你的意思是文学的神圣时代已经过去，那种具有原型性思想启迪的文学可能只出现在文学的某一阶段。但文学还应承载一些更丰富的东西，它应该给我们展现某种新的图景或想象，不仅在历史层面，在小说美学方面也应该如此。

李　洱：那是非常高的要求。举一个简单例子，按照我的想法来写，读者仍然会不满意。比如说我想写艾滋病，也准备了很多资料，但我不会仅仅去写人性恶，去写一个故事，我不会只去写一个里厄医生(《鼠疫》的主人公)。我会写它与当代文化、当代体制之间的关系，与世界资本市场的复杂关系，一部多少类似于福科的《颠狂与文明》那样的书。甚至我还想写出，确实有一些人，是怀着非常美好的愿望来掩盖一些悲惨的事实的。问题是，当我这样去写的时候，我就提供了一种新的想象与见解了吗？很难说。一种具有极大的象征意义的作品，现在很难出现了。

梁　鸿：你还是试图做出新的理解与阐释。我觉得对中国小说失望绝不仅仅是批评家，还有广大的读者。当然，这其中有非常复杂的社会原因，但其中一点，就是对小说主题陈旧的不满。

李　洱：读者是谁？这就像我们在问，人民是谁一样。有趣的是，获得读者认可的作品，非常畅销的小说，动辄几十万开印的小说，你是不看的，我也不会看的，作者本人甚至不希望别的作家来看的。主题的陈旧，其实还是一个比较笼统的说法。同样有趣的是，越是陈旧的主题，越是有读者喜欢。

梁　鸿：我有时候感到现在思想非常过剩，谁的口袋里都装着这玩意儿。但是，文学又是非常复杂的东西。

李　洱：思想过剩的问题是可以不谈的，因为它不能成立。这个问题如果换个说法，或许还可以成立，不是过剩，而是剩余，是剩余的思想，一些边角料。当然这是另外的问题。说到小说，我的看法常常很矛盾。我们对话的时候，你也可以发现，我的看法常常矛盾。这对写作可能是好事，而作为理论的表述就容易出问题。比如，我当然认为，文学应该承载一些思想，或者说是思想的疑难。但我有时候，在读作品的时候，我又会觉得文学的意义，最主要的意义，好像就是要给我们提供一种个人的视角，个人的观感，一些以虚构面目出现的纪实性的片断，一些带有某种异质性的经验。我记得我们以前在电话里谈过杨争光的小说，《从两个蛋开始》。我很喜欢那篇小说。有一次碰到一个法国人，他说你推荐一下中国的小说。我说有一部小说很有意思，但国内没人注意，我说的就是杨争光的《从两个蛋开始》。不料那个人还真看过这部小说，也很喜欢，但他说很难翻译，主要是那些土得掉渣的生活，语言，很难翻译。我跟刘稚，这部小说的责编，也交流过看法。我喜欢这部小说什么呢？它的主题，我们太熟悉了，对中国人来说已经没有挑战性了。我喜欢它的语言，它引起了我对生活的回忆，遥远的回忆，而且是你没有经历过的生活的回忆，某种程度上它重新塑造了你的记忆，把你的记忆向前延伸，延伸到你出生之前。对我来说，我相信对很多读者来说也是如此，它的小说提供了一种异质性的经验。杨争光也是从八十年代走过来的作家，现在他找到了这样一种方式来写小说，应该说很棒，但已经引不起更多人的兴趣了。

梁　鸿：我看杨争光的《从两个蛋开始》也觉得非常好，决非仅仅是纪实，而是在对历史的叙述中，一些其他的东西也慢慢被呈现出来，非常幽默、非常洞透地把人物背后的隐秘给写了出来，既传达了历史的某种信息，同时，也有文学的美感。

李　洱：当然，我对它也有不满足。这部小说充满了快感，接近流氓的快感，有一种得意。可以想象他写着写着，站起来，抽支烟，笑一笑，打个手势，心里美滋滋的，有一种眼看它起高楼，眼看它宴宾客，眼看它楼塌了的快感。然后坐下来接着往下写。我也觉得，他过于纠缠于性了。当然，人到中年，他们喜欢写性，写到性就兴奋，就来劲，我也可以理解喽。

梁　鸿：作者与对象没有保持距离。它太有意思了，干脆跳进去算了。每个作家都有自己的限度，很难超越。当然，这也是我们今天的题外之话了。

有难度的写作

梁　鸿：我发现一个非常有趣的现象，在先锋作家里面，没有你的名字，而晚生代作家，你也是最晚被勉强地列入进去的，你自己似乎也特别反对别人把你放进晚生代作家之中。再反过来看你的作品,的确很难“入流”,你的成名作《导师死了》一开始就呈现出特别明显的异质性,从日常生活的尴尬对人的存在之荒谬进行深度书写。你怎么看待你的这一“不入流”现象?

李　洱:讲现代作家,除了极个别人,你会发现差不多都是以潮流的形式来讲述的。文学流派,文学社团,差不多就是现代文学史的知识构成。一个作家如果不能被纳入某个潮流,他被遗忘的可能性很大。问题的另一面是,如果被纳了潮流,作家的个性,作家的个人成就,又会打折扣。比较好的现象是,既进入潮流,迅速成名,同时能保持某种个性。但这种事情,又不是由作家本人说了算的。八〇年代以后的文学潮流,与现代文学史上的潮流还有些不一样。现代文学史上的潮流,除了哥儿们关系之外,主要还是靠文学主张,政治倾向,美学趣味来划定的,但八〇年代以后的中国文学,却主要是靠作家的年龄来划分的,先锋派比寻根派小,晚生代比先锋派小,七〇后比晚生代小,八〇后更小,那么以后就是九〇后喽。据说前段时间,批评界还有人在争论,谁先提出了八〇后的概念,版权到底是你张三的,还是我李四的。据说,争来争去,最后有人认为是王麻子提出来的。谁知道呢?所以潮流的问题,对我构不成干扰。

梁　鸿:现在看来,你的作品,从《导师死了》到《石榴树上结樱桃》等等依然保持着某种先锋性。譬如有人说你是“最后一个先锋”,这一名称虽有戏谑的成分,但也说明了问题。你认为你文本里面的先锋特质在哪里?

李　洱:我想,你大概也承认,这是因为我的作品还没有取消难度。对于我来说,难度是我的写作动力,是对自己的挑战。取消了难度,我无法写作,写作的乐趣没有了。

梁 鸿:这里面有一个类似于否定的轨迹。好多作家都有一个嬗变的过程,先锋文学从虚构到写实,从形式到故事,好像内在有一种对之前的否定。但你的作品,有非常明显的恒定性,比如主题,语言上或某种风格上,有内在的不变性。你认为是这样吗?

李 洱:我感觉我的写作,在整体面貌上会越来越写实。中短篇小说会更自然,形式不再那么夸张,像《遗忘》那样的作品我不会再写的,它是为《花腔》做准备的。我自己感觉是有变化的。早年写《导师死了》的时候,还不是那么自觉。后来再写的时候,我感觉还是自觉了许多,知道该往什么地方用力。文体上的探索,我也大致知道自己的努力方向。

梁 鸿:现在的小说不是你选取了某种风格,而是主题决定了你的风格。主题和风格之间是同构的。不是说有一个好故事怎么讲的问题,而是更为复杂的东西。比如说《午后的诗学》,这样的主题就是风格,这样的风格就是主题。

李 洱:我现在还能想起《午后的诗学》时的情景。写完之后,给了《收获》,却被《收获》退稿了。程永新先生是非常好的编辑,判断力很厉害的。他这么一退,让我心里直打鼓。后来我才知道,不是程永新先生退的,而是一个新来的编辑给退的。不过,尽管我心里打鼓,我心里还是知道,对我来说这应该是一部比较重要的小说。我就给了海男,《大家》的海男。这部小说产生影响,是在随后的几年里,人们不停地提起它,收到各种选本里。它在当时难以被接受,是因为人们不知道怎么归类它,它不同于一般的先锋小说,也不同于新写实,更不属于寻根派,又与传统的小说不一样。

梁 鸿:你觉得他们为什么不认同呢?是因为风格,美学,还是主题上,你这样叙述知识分子精神,他们不同意?

李 洱:最大的可能是,以前没有人这样去写知识分子,这样一种处于非常尴尬状态的知识分子的形象。在写作的方式上,我尽量做到混乱,想乱中取胜,想写出一种浊浪排空式的,沙尘浩荡的感觉,同时小说又是用各种知识构成的,每一句好像都有来历,都是引经据典的,各种知识的妖魔鬼怪全都出笼了,都从瓶子里跑出来了。可是尽管知识分子懂得那么多,他仍然无法解决自身的难题,连最小的问题都无法解决。有些问题他好像解决了,但实际上给他带来了更多的麻烦,让他更有失败感。这样的小说,以前好像没有吧?

梁 鸿:听你这样说,会让人吓一跳的。李洱到底要写出怎样的作品?读你的作品已经是极大的智力挑战了。也可能,你这种对"全部"、"复杂"的过高要求也造成了你写作的难度,并且,会成为一种致命的障碍。

李 洱:那我只好认命了。哪一天,如果这些障碍真的把我全部粉碎了,那也是活该。

"爱"

梁 鸿:这一代作家好像丧失了爱的能力,或者说,在你们的作品里面,爱不是本质的存在,它的存在本身就是值得质疑的。大爱已然丧失,没有寄托的空间,而小爱又令人怀疑,你们用审视的眼睛去观察、分析,一切都显得特别虚无,很冷漠。但另一方面,却又在喋喋不休地写爱。

李 洱:出现这样一种效果,原因很多了。通常说来,这代人写作的时候,控制得比较紧,我说的不是别的控制,而是文本的控制,很少情感的宣泄。他们在八十年代,接受了新批评派的影响,新批评派讲究文本的控制,讲究形式感。有好长一段时间,对中国作家影响最大的文学批评流派,很可能就是新批评派。影响最大的哲学流派,前期可能是存在主义,后期可能是法兰克福学派。影响最大的文学流派,至少有一段时间可能是法国的新小说派和拉美的新小说。当然,我没做过这方面的研究,只是有这么一种粗略的感觉。我想,它们在很大程度上构成了这代人的知识背景。那种冷漠啊、人与人之间的疏离感啊,没错,很多作品包括加缪的小说也是如此。但是,你不能因此就说作家没有感情。或者正是因为感情比较浓烈,感情的要求比较高,欲壑难填,他才更能捕捉到那种疏离感。不过,对于新小说派所说的零度写作,我从来没有认同。最简单的道理是,如果真是零度,他不会写作。

梁　鸿:但这里面有另外一个问题,当作家把爱看得过于虚无,不再成为背后的精神支撑或信仰的时候,你会发现,作品没有了支撑点,气象非常小,也缺乏某种更为深远的精神存在。并且,这种情感的渗透能力不足以抵挡各种东西的冲击,让人觉得你的作品中爱的成分很少。

李　洱:格局小,气象小,这种评价我听到很多。我不认为是因为作品中缺少爱,而是因为作品更关心个人的命运。博尔赫斯有一句话,中国人当然说出来比较困难,但其实很有道理,叫个人为上,社稷次之。对写作来说,尤其如此。这肯定不是说,作家不要关心社稷,这怎么可能呢?“个人”这个词就是相对于社稷而存在的嘛。而是说,作家是从个人的经验出发来写作的,这种情况下就会使你的“爱”显得比较小。而且,你的写作常常是否定式的、怀疑式的,它是怀疑中的肯定,不是直抒胸臆。这跟浪漫主义的写作当然不同。既然一不小心扯到浪漫主义了,你会发现,很多引起广泛认同的作品,其实是一种浪漫主义作品,当然在我看来那是虚假的浪漫主义了,里面的爱经不起推敲的,或者在某时某地经得起推敲,但过后就经不起推敲了。张洁的《爱是不能忘记的》,张洁后来还愿意谈吗?

梁　鸿:在这个时代里,爱不再有统摄力量。这种力量的降低使得生活与情感的其他层面也能够显示出来,呈现出更加复杂的东西。但同时,可能使文学的整体力量也变得小了,轻了。

李　洱:也不一定。我看库切的小说《耻》,非常感动,库切像做病理切片,病理分析一样,把爱放在显微镜下,切分成不同的侧面去分析。你看到他这样分析的时候,你会感到冷,寒光闪闪。读这样的作品,人们不再像读浪漫派小说那样,有强烈的共鸣,伴随而来的不是眼泪,而是叹息与思考。同样是非常冷静的作家,纪德的《窄门》与库切在精神气质上是有相同之处的。纪德和同时代的别的法国作家比较,他是非常冷静的,但与库切相比时,他又显得有些浪漫主义了。就像现在的我们之于"八〇后"作家,可能他们又会认为我们非常浪漫。我看《耻》里面教授与女学生的感情时,觉得小说中充满着肌肤之亲,他描写的教授和女学生之间的感受是非常真诚的,但是在女孩子的男朋友看来,在学校体制里面,他又是一个流氓,但那确实又是一种爱啊。小说写了各种各样的爱,他与女儿的父女之爱,女儿的同性之爱,女儿被强奸之后的爱,人与狗之间的爱,殖民者与黑人之间的爱。其中任何一种爱,都是处在最危险的边界。库切真的像庖丁解牛一般,批大隙,导大窾,刀子是在骨头缝里游走的。可这样的小说,在中国注定是不受欢迎的。

梁　鸿:你认为读者,或者说我们这个民族,对这些精神的辨析理解不了吗?

李　洱:我只能说,我们习惯了非黑即白,非此即彼的思维方式,没有在一种界面上行走的能力。

梁　鸿:但也许这并不是作家的本意,或许正如你前面说的,出现这种情况也与作家所选择的叙事方式有很大关系。这段时间我集中阅读了如韩东、朱文、毕飞宇等人的作品,我感觉到,当作家试图用一种新的拆解式的方法写感情时,往往显得过于平淡,在某些地方处理得也相当简单化。如韩东的《我和你》,可以清晰地感觉到,作家试图用一种相对客观的,或内敛的笔调去写两性战争,也希望从中体现出人性的,尤其是爱情中的人性的不可捉摸,但却有点像流水账。作者的目的显然没有达到。

李　洱:作家对自己小说所描述的事物必须怀疑,但你怀疑那是因为你有肯定。小说没有怀疑的话,小说也就无法成其深,但如果没有一种肯定的话,小说也就无法成其高。

梁　鸿:如何在叙述中把自己的观点与思想不动声色地体现出来,同时,对自己所叙述事件能够达到深入的思辨,始终是文学所面临的大问题。它绝不是一个或一代作家的问题,只不过,这代作家所选择的叙述方式使这一问题突现了出来。在当代政治的语境下,你没法对具体的事件做出意义的辨析,因为个人的判断在此毫无意义,你只有把事件放置在历史的背景之下,才能进行判断。或许,正是因为一切都被笼罩在大的话语之中,才使得对事件的意义判断显得非常艰难。因为个体的爱、尊严、信仰与思想从来不能成为其评价标准。这是中国生活最可疑的地方。

李　洱:而库切最了不起的地方,是不放过任何一个疑点,包括爱。

第三辑　与批评家魏天真的对话

“倾听到世界的心跳”

——与魏天真[①]的对话之一

问：第一个问题是关于“六十年代出生”的，但愿我不被人认为是思想懒惰甚至神经麻痹。我并不认为用年代来把许多作家编派进一个群体的做法是恰当的。但“六十年代出生”是例外。六十年代出生的人和他们（我们）前后的人相比，很不同的。不是说谁坎坷谁平顺、谁丰富谁贫乏因而谁高谁低谁优谁劣的问题。这一个年龄段的人刚发蒙或正读小学时，是读语录的高潮时期，在其他年代，一个小孩很可能因为能诵读诗书或者单背唐诗而受赞赏，七十年代的小孩受夸奖的程度要根据他背诵“毛主席语录”的情况来决定。一个孩子的心灵纯如白纸，本来可以“画最新最美的图画”，我们的白纸上写满了语录，很多语录深深烙刻在心里。成年以后我发狠地读古诗背古诗，想挤占一点语录的位置，但古诗忘得

---

① 魏天真，女，批评家，华中师范大学文学院教授。1966 年生，湖北公安人。1988 年 6 月毕业于华中师范大学中文系，1995 年、2005 年相继在该校获得中国现、当代文学硕士和博士学位。2005 年 9 月进入武汉大学中国语言文学博士后流动站从事研究，2008 年 6 月期满出站。主要从事女性文学和女性主义研究。著有《女性主义文学批评导读》、《求真的愉悦——李洱研究》等。现任职于华中师范大学文学院。

快,好像浮在语录面上的粉尘,一阵风就吹走了。这样的经验肯定会作用于一个喜爱文学的人。您怎么理解六十年代出生的作家这个群体?

答:用出生年代来划分作家,其实很常见,国内国外都有。一来省事,谈论起来方便;二来也确实可以说明一些问题,比如童年记忆对写作的影响。但问题是,写作最讲求的是差异。相近的童年记忆,在不同的作家笔下,呈现出何种不同的面貌,为什么会有这样那样的不同?差异,也只有差异,才能把个人从群体中分离出来,写作也才有了意义。

当然,我承认,六十年代出生的作家,因为成长背景大体相同,所以他们的写作肯定是有共性的,就像中国作家区别于美国作家,是因为各自都有一定的共性。具体说到六十年代作家的共性,我想把他们说成是悬浮的一代。与上代作家相比,他们没有跌宕起伏的经历,至少在九十年代之前,他们很少体验到生活的巨大落差。不过,他们也经历了一个重要的变革。这个变革就是某种体制性文化的分崩离析,但与此相适应,某种美好的乌托邦冲动也一起消失了。这个变革是什么时候发生的?他们的青春期前后!而他们的世界观,正是那个阶段开始形成的。对于如何理解这一代人,我想这是一个关键点。

我想,他们的脑子里,很少有此岸与彼岸的概念,思维方式也不是非此即彼的,不是二元论的。与下一代作家相比,他们与商业社会有较多的隔膜,有抵触,有愤怒,有妥协,也有无奈。对主流的意识形态,他们不认同。同时,对于反主流的那种主流,他们也不认同。六十年代作家,有“希望”,但没有“确信”。有“恨”,但“恨”不多。身心俱往的时候,是比较少的。他们好像一直在现场,但同时又与现场保持一定的距离。他们的感觉、意念、情绪、思想,有些上不着天,下不着地,悬浮在那里,处于一种“动”的状态,而这种“动”,很多时候又是一种“被动”。九十年代中期,我写过一篇小说,题目就叫《悬浮》,当时我试图通过一个较为复杂的情爱故事,来表达我对这种状态的感受。我自己比较喜欢这篇小说,但它却很少有人提起。这足以说明,我的这种看法,其实并不被很多人接受。

还有一点,我想多说两句。如果再细分的话,六十年代出生的作家,其实也有前后期之别。这一点,别的人可能不清楚,但这一代人都有体会。举个例子,“文革”歌曲、样板戏,我就不会唱,而比我大上几岁的人,却是张口就来,溜得很。而我呢,到了九十年代才会唱。你一定记得,九十年代初,大街小巷都在传唱“文革”歌曲。那些歌曲不是通过“文革”时的那种大喇叭唱出来的,而是通过磁带唱出来的,是出租车上的交通电台唱出来的,是在歌厅里唱出来的,是通过电视台的综艺晚会唱出来的。它是商业文化、娱乐文化的一部分,有“红歌黄唱”的意味,但又被主流意识形态所兼容。在“南巡讲话”之前,这样一种歌唱别具意味。说来好笑,我就是在那个时候学会那些“文革”歌曲的。这跟比我大几岁,但同属六十年代生人的经验,自然有很多不同。所以,我觉得六十年代生人的经验,其实也是有很多细微的差别。

问: 您很早就立志当作家吗?

答: 我很小的时候就看小说,也想写小说。我祖父对《红楼梦》、《三国演义》熟得不能再熟。我父亲是个中学语文教师,早年也写过小说。这种家庭环境可能对我有些影响。我记得,我还没有桌子高的时候，家里就放着《红楼梦》、《东周列国志》、《野火春风斗古城》、《暴风骤雨》。我父亲喜欢书法，迄今在豫北一带，有很多人家的门匾、墓地的碑文，还有些桥梁上的铭文，都是我父亲写的。但我父亲当初的愿望不是让我当作家，而是让我当画家，甚至为我请来了一位家教。他是县剧团的一位演员，在京剧《杜鹃山》里扮演反派人物温其久。除了演戏，他还负责画布景，画海报，那海报是直接画在墙上的，类似于连环画。有很长一段时间，我跟着他在野外写生。这个人当着我父亲的面，对我特别好。但是一出去写生，他就换了一个人。我向他请教问题，他也懒得搭理我。我只好蹲在旁边看着他画。不是照葫芦画瓢，而是看着葫芦，再看看他画的瓢，然后再模仿着他画的那个瓢，画一个自己的瓢。不管怎么说，学画的经历对我来说是很难忘的。这可能对我后来有一定的影响，比如无形中训练了我的形象思维能力，等等。

问：作为一个六十年代生人，您的文学、文化的启蒙如何影响了您的创作？

答：我真正开始系统阅读小说，是在上大学以后。八十年代的华东师大，有一大批文学信徒。说“信徒”这两个字，一点也不为过的，大家都很狂热，好像活着就是为了写作。在和小说家张生的一对话中，我曾说过，大学才是我真正的文化童年。八十年代中期的文学教育、阅读和交流，使我受益匪浅。那个年代，文学气候也很复杂，冷热空气频繁对流，形成了各种各样的小气候。它使得人们对于启蒙、政治和文学，以及彼此之间的关系都非常敏感。那样一种特殊的语境，我想对于在八十年代完成大学教育的一批人，是有深刻影响的。

当时,最新的文学潮流很快就会波及到校园,甚至在它还没有形成潮流的时候,就已经传到了校园。举个例子,我记得阿城的《棋王》还没有发表的时候,我们都已经知道它要引起轰动。因为当时有很多年轻教师参加了那个著名的"杭州会议",事先已经看过了手稿,并且和编辑有过讨论。对于寻根文学和先锋小说,我们都是先知道有人在写,甚至先知道了小说的开头,小说的语言,小说的主题,过了一段时间才在刊物上读到了那些小说。我们是一边听老师们讲课,听他们吹牛,一边摩拳擦掌,蠢蠢欲动。我很怀念八十年代,它虽然有些浮皮潦草,但却很有冲击力。唉,那个时代确实一去不复返了。

问:您写了一群知识分子,孙良教授、华林教授、吴之刚教授、侯后毅和他的弟子、费边和他的朋友,等等。这些人给我的印象就是,他们是一群有专业(职业)的谋生者。因为要谋生,就免不了蝇营狗苟;因为有专业,他们总能为自己找到说辞,使他们蝇营狗苟的显得不一般。这些形象如此真实,切合我们的生活经验,因此更让人感到绝望。请您谈谈刻画这些形象的意图,您对知识分子还有所期待吗?

答:我熟悉校园生活,熟悉知识分子的知与行,我写他们有如写自己。有很多人看到了我对他们的嘲讽,其实,如果说有嘲讽,那嘲讽首先是针对我自己的。我的描述也不仅仅是嘲讽,其中包含了我的祈祷。我相信,就对生活的复杂性的感受而言,知识分子肯定是最敏感的。知识分子是文化的神经,是文化灵敏的触角。我喜欢"复杂性"这个词,我喜欢描述复杂的生活,复杂的感受。写知识分子,刚好可以满足我这个愿望,可以表达我对写作的理解。

问：您理想的知识分子应该是什么样子？葛任是您心目中的知识分子吗？

答：说到《花腔》中的葛任，我想，他确实是我心目中的知识分子。葛任所面临的精神困境和现实处境，在今天其实并没有发生根本性的变化。葛任的选择，即使在今天也是罕见的，或许是更为罕见的。关于葛任，我写过一篇短文，里面写到我对葛任的敬意，以及我的感激之情。我这么说，并不是出于矫情。哦，你自己先塑造了一个人物，然后你再对他表示感激，这叫什么事啊？但我确实非常感激这样一个人物，我不认为我这样说是在耍花腔。写这个人物的时候，我其实很难受。不是因为写不下去，而是因为这个人物要面对那么多的困境，这让我心中不忍。是这个人物鼓励着我，让我得以写下去。我相信，很多读者都能从葛任的经历中，看到一种存在的勇气，一种面对种种威胁而艰难地寻求自我肯定的力量。

问：我非常理解您对葛任的敬意和感激，虽然我的理解可能与您不一致——我还没有读到您说的短文。我还想说，我读《花腔》的时候，除了敬意和感激，还体验到一种怜惜之情，那是我一次次读到葛任的"羞涩"时，您书中有不同的人以不同的方式谈及他的"羞涩"。并且，从许多我敬重的或喜爱的人物身上，也会看到"羞涩"，是不是因为现在的生活中和文学作品中，羞涩已经太罕见了，偶一闪现就格外耀眼？

答：写葛任的"羞涩"时，我记得我写过一句话，说那是"个体存在的秘密之花"。正是因为无法准确说出我所理解的"羞涩"，我才用到了"秘密之花"这个词，一个有生造嫌疑的词。

有童心的人，才会有羞涩。这样的人内心善良，不愿违背自己的意愿。不假言，不修饰，看到别人违愿，也会感到羞涩。这样的一个人，充满着对细微差别的感知和兴趣，并有着苦涩的柔情。对这样的人来说，“我”就是“他”，“他”就是“我”，和世界息息相通。学识、阅历和情怀，使得他对这个世界的体验，永远像是男女的初恋，但又比那种初恋深邃。在文学作品中要写出这样一个人，难度很大。写“假丑恶”很容易的，写“真善美”就很难了，写“羞涩”就更难了。

问：太美了！“个体存在的秘密之花”我记得是借一个法国人之口说的。我当时颇费思量，转念一想，我不能理解的言辞，也许人家老外正稀松平常呢。这句话就沉淀在记忆中了，是一种别致的印象。我在解读《石榴树上结樱桃》的时候，大量借助《老子》的观念及相关阐述。我感到大作所描绘的生活现实和人物形象都是老子思想的反面例证，和魏天无谈及此，他说您曾称自己为“掺水的老子”，这或许是一句戏言，但我还是想请您谈谈。

答：那本是一句笑谈。别人说，你也叫“李耳”？我就说我是加了“三点水”的，有很多水分的。《石榴树上结樱桃》所写的乡村生活，可能跟迄今所有小说所表现出来的乡土生活不同。我并不是要故意如此，首先还是因为现实如此。老子的理想国从来没有实现过，以后也不会实现。从这个意义上，几乎所有描述现实生活的小说，都与老子的理想相悖。在所谓的全球化时代，某种现代的——干脆一点说——，是西方的，那样一种制度化的设计，与中国乡村的古老现实，结合在一起，就形成了一种前所未有的新的现实，一种意外的果实。淮南为橘，淮北为枳。但那种果实既不在淮南，也不在淮北，而是长在河心的那个荒岛上，所以它非橘非枳。

既然是在河心，它就要经受洪水的反复冲击，忍受河流的污染。它自己很难受，却还得忍受观光客的嘲弄。这样一种现实，在我试图描述中国乡土的时候，非常顽强地要从字里行间凸现出来，它要说话，要发出声音。

只要到现在的乡村走一走，任何人都会发现，它与鲁迅的未庄，沈从文的湘西，已经有了很多很多变化。沈从文的湘西只存在于旅游画报。我必须写出这种变化。你知道，很多乡土小说，喜欢去写所谓的永恒的人性，这个去写人性恶，那个去写人性善。有个朋友告诉我，写人性善的，当然是中国人的人性善，可以获国内的奖；写人性恶的，当然是中国人的人性恶，可以获国外的奖。我一想，哈，好像还真的是这样。但我不喜欢这样写。我喜欢写出文化上的复杂性，喜欢去探究复杂语境中人的存在状态。

问：这番话真的让我开窍，所以还想问一下，是否有这样的时候，面对某一生活事件或者现实情景，你觉得所感悟到的复杂性比所能说的出的复杂性更复杂，你通常都有十足的信心传达出来吗？一般地说，你在写作中对“读者”有过设想吗？

答：我所能写出的，只能是我感受到的一小部分，我无法做到“指哪打哪”、“意到笔到”，我永远无法做到这一点。在意念和现实之间，那条鸿沟永远存在。这其实是所有写作者都会面临的问题，包括卡夫卡，包括曹雪芹，不然《城堡》和《红楼梦》也不会写不完。也就是说，有很多东西是说不出来的，写不出来的。

但是，最有意思的地方，就在这个时候出现了：你一定要尽力“说出说不出来的”，“写出写不出来的”。你已经写出来的那一部分，要能够让别人感觉到，你确实还有一些东西没有写出来。甚至可以这么说,你已经写出来的这一部分,它的意义就在于显露出没有写出来的那一部分。那是个巨大的存在,它不可言说。你的言说的意义,就是让人知道还有些东西不可言说。但是,那个不可言说的东西,只有通过你的言说,才能够成立。

对读者,我当然有设想。写作是一种对话。小说当中应该有多重对话关系:作者与自己对话;作者与小说中人物的对话;小说中的人物之间的对话:作者、人物以及小说中的一草一木与读者的对话。写小说不是写日记,不仅仅是反抗遗忘。我不喜欢故意取悦读者,我认为那不是对话。故意取悦读者,其实是对读者极不尊重。

问:对话和对话关系,我希望还有机会专门就这个问题与您交流,对话。现在还是回到关于小说的人物的问题上。在女性主义的争论中有一种说法,说如果真的按照某些女性主义主张行事,那么人类至今只能待在母系氏族的茅屋里;与此类似,一直就有人说老子的理想是退回到原始的蒙昧状态,而《老子》思想中的一个重要主张就是守雌、贵柔,所以也有人把老子跟女性主义扯在一起。《石榴树上结樱桃》中两个最重要的人物是两个女人。这两个女人的行为方式自然和女性主义、道家的原则是不搭界的,甚至是相反的,可以说她们奋斗在现代化的瓷砖房子内外(您书中曾专门讲述瓷砖),您对这两个女人的态度如何?

答:我孤陋寡闻,不知道已经有人把女权主义和老子挂上了钩。我没想过书中的两个女人与女权主义有什么关系,真的没想过。书中的一个人物,确实提到过"女权主义",但那是为了写活人物,写那个乡村知识分子的无所不知,也写各种时髦的观点已经进入了乡村的日常言谈。坦率地说，我不知道该如何谈论书中的两位女性。我知道您对女权主义有深入的研究，所以我更不敢随便谈论这个话题。我只能说，写孔繁花，我只是照猫画虎。

问：我想到这些，是因为孔繁花和小红这两个人物太不一般了，历来形容、评价女性的那些词汇，无论是褒义的贬义的都不适合她们，这两人远远不止是工于心计的农村妇女。如果说老子思想在老子之后变成权谋术数，她们好像把这传统的权谋之术和现代政治手段熟练地结合在一起了，当然这两个人又彼此不同（这也说明讨论性别的差异就像用一个年龄段概括一个作家群体的特征一样，常常会不得要领的）。我不是要追究到底是老子教唆了后人——人们从老子那里窃取了权谋之术而后用于生存竞争，还是你争我斗本来就是人的生存本能，老子努力想要涤除它，不料反而使它变本加厉；而是想知道，面对这样的人物、这样的现实，尽管是它自己"非常顽强地要从字里行间凸现出来"，而您也倾心于"写出文化上的复杂性"，不过总还是有价值态度暗含其中的吧？

答：我还得回到文化的复杂性上来。我常常惊异于中国文化的那种一锅煮的能力，什么东西都可以放到一起煮。这种能力在一个农村妇女身上也能够表现出来。世界上只有一种文化可以把犹太人给同化掉，那就是我们的文化。神奇吧？太神奇了。我们的文化既是历时性的，又是共时性的。说到"一锅煮"，我就想到了"鼎"。"鼎"，本是三条腿的大锅，煮东西吃的，但它却成了中国最重要的礼器，成了国家和王权的象征。任何骨头到了"鼎"里面，都可以融化成汤。在这个煮的过程中，原本清洁的文化，也会不断产生新的变异，变腥，变臊；同时，本来腥臊的东西，在煮的过程中，也会产生新的变异,有些香喷喷的。林语堂悼念鲁迅,说,鲁迅有一副大心肠,狗头煮熟,饮酒烂醉,鲁迅乃独坐灯下而兴叹。面对这样一种文化现实,文人更多的时候似乎也只能是兴叹。

具体到孔繁花,我想说,仅仅把她当成一般的村干部,她还是好干部呢,有责任心,不贪污,还很想为百姓谋福利。但这样的人,一旦进入小说,人们就会对她有许多不满,或者说反感。说到底,这种不满和反感,正是对一种文化现实的正常反应,而这正是我想要的修辞效果之一。

问:这应该也是文学的价值所在吧。最近在《读书》上读到批评家称《石榴树上结樱桃》有"轻喜剧风格",我以为要说有这种特点的话,并非这一部,您其他小说在形式上都有这种特征。比如"颠倒话",可以说您历来的作品,基本上都具有某种"颠倒话"的含蕴,只不过那些小说里没有出现民谣和儿歌罢了。我想,对于人性的乖悖、现实的荒诞的体认,一直在左右您的写作。您怎么理解真实/真相和荒谬/荒诞的关联?

答:你说的是南帆先生的那篇评论吧?南帆其实对我有所批评的,我觉得他的批评有他的道理。他以前也写过我的评论,对我的小说比较熟悉。他所说的"轻喜剧风格",其实也不单是指这部小说。他其实希望我能在小说中表达出一种沉痛感。

我在前面说到,很多六十年代生人的世界观,从骨子里就是非二元论的,也就是说,这是非自觉的。至于我本人,除了这种非自觉,还有一种自觉,那就是自觉地反对二元论。我的很多小说,习惯于表达一种悖谬性的经验。但我不认为,这种悖谬性的经验,仅仅是对事物的荒诞性的体认。真理的对立面也可能是真理,与真理的对立面一定是谬误，对这样两种看法，我认为前者更有积极的意义。当然，我能够意识到，对这种悖谬性经验的呈现，容易给人以虚无之感。但虚无也有积极的意义。虚无，如果没有这个虚无的体验，人的存在意义可能就在于穿透这种虚无，这才是一种真正的存在的勇气。

我无法准确说出真实/真相和荒谬/荒诞的关联，首先我无法准确界定它们每个词的含义。还是让我试着说出我的感受。从写作角度说，我关心的是真实，我倾向于认为，真实是在修辞学的意义上成立的。但是，修辞学上的真实却可能更接近真相。这话说得好像有问题，那就让我再试着举个例子，把小说写作与新闻写作比较一下。新闻写作号称讲述的是真相，但是，正如我们已经知道的，很多时候，它是把一个个真相叠加在一起，最后形成一个谎言。而小说写作，它的人物、情节是虚构的，但最后创造出来的却是一个真实，符合历史的真相。有一个好玩的说法，说的是历史除了人名是真的，别的都是假的；小说呢，除了人名是假的，别的都是真的。所以，如果没有修辞学意义上的真实，所谓的真相其实无法指认。我还想说，这甚至是小说叙事直到今天还得以存在的一个重要理由，即小说通过虚构的方式，使得我们得以倾听到世界的心跳，真实的心跳。

问：你说的南帆先生以前的评论，是不是《小说与历史的紧张》？这篇文我还记得。也许是我执著于文学的价值和意义，认为形式或技术特别是小说的叙事技术，只是作家自我实现的副产品，通过使小说的意蕴更丰厚，使小说的意旨实现更充分，使人物更真实（应该说具有应有的复杂性）而获得价值。所以对南帆先生文章中的一些观点，例如《花腔》的叙事方式质疑了历史大叙事的合法性,拆解了历史得以形成的作坊,等等,这些涉及价值判断的阐述我是由衷信服;对另一些阐述比如《花腔》为什么是一部小说,它是怎么虚构的等等技术和形式方面的断言,则兴趣不大。《花腔》使我震惊,完全不是因为它的叙事技巧,它让我联想到《一九八四》,它们表述的同一个主题是"个人"是怎么被消灭的。叙事方式则完全不同,甚至可以说一个正好是另一个的"翻转"。比如说,《一九八四》是预言式的纯虚构,《花腔》则是回顾式的仿历史;一个是情节单纯、线形走向终局,另一个从结局开始,情节线索经纬万端,但这些形式的差异并不重要,重要的差异是在这样的地方:一个主人公(温斯顿)曾经是一个顽强的个人并誓死坚守信念,但他吃枪子时已经彻底驯化,他的"个人"先于肉体死亡了,另一个主人公他的"个人"如此柔弱,在历史和群体中不堪一击,但在身体被干掉时,他的个人得到实现,等等。对读者来说,除了唤起我们对见惯不惊的事件的警惕,小说的叙事技术还有什么其他的意义?

答:其实,你的问话里面已经包含着答案了,这就是你说的小说的叙事技术,使小说的意蕴更丰厚,使小说的意旨实现更充分,使人物更真实。小说的技术变革一直在进行,不是说作家一定要变,而是因为,当他对世界的体认发生变化的时候,他必须找到一种形式,把这种体认表达出来。借用庄子的话说,小说就是一种"卮言",所谓酒杯里的水,要不断地随物赋形。

小说叙事技术的变革,必然带来形式的陌生化,并可以此唤起读者对于习以为常的事物的警觉。这样一种"警觉",说明对话关系的已经建立起来了。在我看来,小说的叙事技术,之所以要不断变革,就是因为小说必须建立与世界的对话关系。比如说,因为传媒的空前发达,小说的部分功能有可能已经被传媒代替了,那么这个时候，小说就必须找到一种新的表现方式，一种新的技术手段，来重建或者说激活它与世界的联系。一个小说家，如果他足够敏感，并且有必要的勇气，那么，他就会去关心小说叙事与历史和现实之间的对应关系。也正是因为这个原因，每当我听到有人说，"怎么写"问题已经解决了，我就满怀疑虑。"怎么写"的问题永远也解决不了。它不只是先锋作家的问题，它是有责任感的作家都会面临的问题。

问：所谓一枚硬币的两面，只要有"写什么"，就有怎么写的问题。就"怎么写"而言，我感觉也有某种乖悖的特征体现在您的创作之中，比如，您小说的语言包括人物的语言大多显得嬉皮、滑稽，但从故事中、从对人物言行的描写中，可以想见作者写作时的激愤和绝望的情绪；在许多十分放诞的、自我的表达方式里，却能读出对人的体谅和同情来；与此对照的是许多反映或者号称反映民生疾苦的东西，常常透着一股狎亵的气息，好像写出来的东西只是为了满足自我——这是我过去的一年受命研究"性描写"得到的感受。您是否意识到自己处于玩世不恭和忧世伤生、虚无和理想主义的矛盾纠葛之中？

答：我们不得不承认，历史以及个人生活，在我们的经验当中正在发生一种转变。我在小说《午后的诗学》当中，曾经就此发过一段议论。这个转变就是从悲剧向喜剧的转变。有很多让人感到崇高的事物，往往突然显得滑稽可笑，变得荒唐嬉皮。为什么会有这种转变？因为那些"伟大的"、"崇高的"事物，在现在看来，它与历史和现实的联系所带来的却往往是一种悲剧性的结果，而且颇具压迫性。有些"伟大的痛苦"其实很苍白，很空洞。这当中，有很多经验，需要我们一一细加辨认，这也是历史带给我们的深刻教训之一。需要说明的是,至少在我看来,作家的同情心并没有丝毫减弱,作家对崇高事物的向往也没有丝毫减弱,他只是多了一份怀疑,多了一份清醒,多了一份对悖谬经验的体认,小说因此不再仅仅是情感的倾诉,不再仅仅是喊叫。小说应该直面这种转变,在文本中呈现出这种转变。

说到我自己,我确实处于矛盾纠葛之中,似乎有些无可救药。我不愿意执其一端,也无法做到执其一端。对一些反映民生疾苦的作品,我还是很尊重的。当然,其中有很多假货,一些成名作家的作品掺杂其中。袁宏道有一句诗,很损,却不无道理,叫做"自从李杜得诗名,忧君爱国成儿戏"。

问:如果有人说您《花腔》以前的大多数作品中,有"抖书袋"的嫌疑,你怎么想?到《花腔》,则变过去的"抖书袋"为对"抖书袋"的戏仿,您认为有此一转变吗?

答:《午后的诗学》曾遇到过"吊书袋"的指责。我还是想说明一点,"吊书袋"也好,不"吊书袋"也好,都是为了塑造人物,都是为了表达作者的感受。诗人们在一起说话,外人很难听懂,不要说一般的外人,我想很多小说家都不知道他们在一起嘀咕什么。他们说的话,像暗语,像土匪黑话。批评家们在一起说话,外人也听不懂,诗人听不懂,小说家听不懂,也是黑话。你刚才有些问话,有些概念,我就没有听明白。现在,如果要去写诗人的生活,不来上几句他们的黑话,那就是不真实。所以,那种"吊书袋"就类似于插进了几句黑话。不过,在小说中,我通常会对那些黑话做一些解释,免得一般读者看不懂。《石榴树上结樱桃》就不存在这个问题,因为写的是农民,不需要"吊书袋"了,吊了,反而假了。当然,"吊书袋”对我来说，还有一个目的，就是增加小说的互文性，以使站在话语的交汇点上，与多种知识展开对话。在我看来，这也是激活小说与世界的对话关系的一种手段。

说到《花腔》的“吊书袋”，我想它不是为了“戏仿”而“戏仿”。如果说是“戏仿”，那也只是对历史学的戏仿，它是为了能够一本正经地书写葛任的历史。

问：很不好意思！前面我的有些话也可能让你听不明白，一是由于我没有说清楚，二是我可能不恰当地使用了“概念”，其实那还不是“不清楚”的缘故。想不清楚说不清楚了就搬概念、术语，是不少批评家都有的毛病。我还算不上批评家呢，如果不特别用心的话，这样的毛病自然会更多。我很认同你说的都是为了塑造人物，我关心的是另一个问题，来自你较早以前的小说的两个细节。它们给我留下很深很深的印象，一是《暗哑的声音》中的孙良对情人说一直没有写东西，因为他觉得写的每一句话别人都早就说过了；另一处是《葬礼》中的华林教授，在火车上写安慰他情人的卡片，把两段分别出自某两位大师之手的文字拼在一起，读起来却天衣无缝又感人至深，华林为此得意不已。我猜测，你对孙良可能有同感，对华林虽带嘲讽却是出于同一理由。作为一个写作者，无论是小说家、诗人、批评家，当然是读得越多越好，可是，广泛深入的阅读是否也带来绝望呢？——面对如此众多的大师、经典，不由人不觉得什么样的表达都是在重复，怎么讲故事都会有落入“窠臼”，任何创新的举动都踩着别人的脚步？

答：您问得好！孙良和华林，这两个人经常在我的小说中出现。这本身就能说明一些问题，比如，说明我在很多时候与他们感同身受。不过,我得赶紧强调一点,我可没有他们那样的艳遇。

有时候确实会感到绝望。世界上已经有了那么多的书,多你一本,少你一本,都可忽略不计。我想,这不仅小说家的感受,这可能是所有从事人文学科的人都会有的感受。索尔·贝娄曾经无可奈何地表示,在这个时代,写作者将被抛到脑后,在世界末日来临之际,人文学科的意义就是应招为地下墓穴张贴壁纸。够悲观的吧?开句玩笑,我想对中国学者来说,这种感受可能更强烈,至少要比小说家强烈。

尽管如此,在我看来,写作的意义仍将长存。道理很多,讲一天也讲不完。世上已有的婚姻,成功的也好,失败的也好,都不妨碍我们自己走进婚姻殿堂,而且代代如此。虽然写作与结婚不同,但是,结婚的理由有多么复杂,写作的理由就有多么复杂,结婚的理由有多么简单,写作的理由就有多么简单。

问:是的,就我个人而言,这种绝望伴随着我朝着成为学者的方向努力。还是用一个老套的问题来结束这一次的对话吧,能否谈谈您接下来要写的或正在写的?

答:我原来计划,这辈子只写三部长篇,一部关于历史的,一部关于现实的,还有一部关于未来的。《花腔》是计划中的第一部,《石榴树上结樱桃》是在准备第二部长篇时,临时插进去的。我现在正在写的,是原计划中的第二部,也就是关于现实的一部小说。内容比较复杂,篇幅也比较长,大概要写三十万字,几句话讲不清楚,何时能够写完也不知道。计划中的这三部长篇,其实贯穿着我的一个想法:历史既是现实,也是未来。这句话倒过来说也行:未来既是历史,也是现实。当然还有第三种说法:现实既是历史,也是未来。

“异样的真实”和“二手的虚无”

——与魏天真的对话之二

问：李洱先生，因为个人俗务，我自己把自己的计划延搁了许久，再次向您讨教，还得从接续上一次的对话开始。大部分问题专门问您，最后的几个问题大概属于问谁都行的，要仰仗您的涵容和耐心了。

你有个小说叫《加歇医生》，为什么是这个名字？你画画的经验对你的写作有哪些影响？

答：上次对话还是两个月前的事吧？这两个月，我都不知道我是怎么过来的。先是岳母生病，做手术，然后是我母亲生病，做手术。我不停地在郑州和北京之间奔波，第一个月就瘦了八斤。写作只好放下了，平时看的也都是跟医学有关的书，接触的人大都是医生和护士。或许有一天，我会把这段经历写下来。如果我现在来写医院和医生，比如，让我再写一遍《加歇医生》，我想，我会写出更多的感受。

《加歇医生》的题目，自然是来自凡·高。年轻的时候，我特别喜欢凡·高的画。与《向日葵》比起来，我更喜欢他的《加歇医生》。它在凡·高的作品中，有些不同寻常，它可能揭示了凡·高生活中更深层的一面，极度绝望，极度忧郁。但我的这篇小说与那幅画应该没有更多关系。我确实喜欢美术作品，也喜欢去看画展，不过我后来再没有画过。我也确实喜欢写医生的故事。我的很多小说中，都有医生的角色，而且大多是有病的医生。我觉得医生的故事往往有着别的故事所欠缺的复杂意味。

问：不记得是在哪里见过还是听谁说过，一个场景、一个偶然事件，一句话、一个词都会促发作家的灵感，我原想，许是加歇医生的那种神色触动了你。我对绘画一窍不通，但我们有一本凡·高画册，早些年常翻，有几幅《加歇医生》深深地留下了印象。所以一看到小说就想起来了，读完大作再去寻画册翻看，发现记忆里的加歇医生实际上都是凡·高的自画像，而对加歇医生，又像是第一次见到、又像曾经见过。人的意识真是很奇怪的，在我是这样，在别人不定又是怎样。想抓住某一瞬的感悟或者想把它清理剔析一番，却无能为力。我想你将亲历、体验和这个名字结合而不是别的，就算是信手拈来的，也是有机缘的，作家应该比一般人更会留意和把握那些细小玄奥的契机，由此进入另一个世界或者走进自己创造的另一个时空呢。我当然也读过你写的别的医生，都不及这个印象深刻。

答：小说家格非写过一篇短文，写到我早年写《导师死了》的时候，经常念叨的一个词“凌空欲飞”。他疑心小说就是由这个词衍生而来。这是他的回忆，我自己倒不大记得。不过，类似现象也确实时常发生：一个词，一个场景，一个广告牌，都可以迅速引起你的许多联想，另外的一些场景，一些故事，情绪，人物的形象，命运感，转眼间会纷至沓来，在头脑中形成一篇小说的雏形。我不清楚,如何用批评术语去说明这种现象。或许真像您说的,这是一种"机缘":最早的那个词,那个场景,就像小说与现实之间的一个媒介;经由这个媒介,小说和现实之间,得以打开一条通道。

问:我觉得加歇医生是一个很有意义也很有意思的形象,你写了他的"阡悔",真正意义上的忏悔,不是我们的反省更不是检讨。这跟其他小说不一样,那些知识分子都有很强的自我意识,甚至可以说有很强的自觉性,但基本上是使用一种自我调侃的方式在抹平内心震撼,或者用滑稽意味的检讨避免反省,更不用说忏悔了。

答:加歇医生的形象,当年被很多朋友认为不够真实,有些朋友甚至认为有点矫情。认为这个形象"矫情",可能跟我们的文化有关,我们的文化中没有"忏悔"这个概念。如果没有基督教背景,或者说,如果小说中的人物缺少基督教背景,那么谈"忏悔"就是不真实的。有一段时间,我几乎相信了这种说法。但我现在不这样看了。我们每个人,信教者或者不信教者,在某个时刻,而且往往是重要的时候,都可能产生某种宗教情绪,一种"准意识形态情绪"或者"亚意识形态情绪"。有个真实的例子。一个放牛的老头,他告诉我,山上有一座早就塌掉了的古庙,这辈子他几乎每天都会路过,偶尔也去那里避雨。但他从来没有想过,它对他有什么意义。最近几年,即便不放牛,他也要去那里坐坐,不坐一下心里就不踏实。他并不信教,但你不能排除他有宗教情绪。一个放牛的人都会如此,遑论一个知识分子?知识分子的文化构成,往往是多元的,你不能排除他受基督教影响。

不过,我能够理解朋友们的说法。十年以前,著名知识分子随农妇下乡，这样的情节的确容易让人觉得不真实。尽管我已经做了某种处理，比如将事情处理得亦真亦幻，好像是生活中真实发生的，又像是某种意念或者幻觉，但人们还是不愿意接受。但是，十年以后，当我们社会发生了一系列真实的变革之后，到了今天，我想读者可能会有另外的感受，觉得这样的情节很真实。我自己就听一些朋友说过，说以前觉得不真实，现在好像变得真实了。哈，好在小说不仅仅是写给十年以内的读者看的。关于加歇医生，我自己的感受是，人到中年以后，我更觉得他仿佛是我自身的一部分。

问："以前觉得不真实，现在好像变得真实了"，这真是令人振奋的消息呢。一则说明这个小说能够"经受时间的考验"——你倒是认真地想想，好多火爆得不得了的小说不是两年不到就无声无息了；二则证明鄙人相当有眼光不是？不说这个。我关心的是你说的人的生活中"更深层的一面"。我觉得，我们心里的一些东西，是自己不能、不敢或不愿意面对的，就把它强按下去，从此当真没有了，有的按不下去，也只在心里头，绝不示人，或者视而不见。这些都是真实。当能够面对它、承认它的时候，我就比较成熟了。我们的社会文化环境使我们比较习惯于说一套、做一套，习惯于道貌岸然，作家揭示"更深层的一面"时，不是不真实，而是异样的真实——反而叫人不适应。

答：作家这个职业，其实有相当不舒服的一面：他要经常去面对生活中残酷的地带，人性中黑暗的角落。我的意思并不是说，所谓的"更深层的一面"就是残酷和黑暗。我是想说，和美好与光明一样，这些也都是作家需要去探究的问题。更要命的是，当作家去书写人性的黑暗的时候,他首先还必须以自己内心的黑暗为依据。这个时候,作家既要“入乎其内”又要“出乎其外”,既要进得去,又要跳出来。推而广之,我所理解的写作,就是既能够贴着自己的经验去写,又要与一己的经验保持距离。从阅读上来说,这也给读者提供了“入乎其内,出乎其外”的可能。我想,这样一来,“真实”,“异样的真实”,就不会过于让人仅仅觉得“不适应”。如果读者不适应,那么他也会在对文本所提供的不同的意识层面的比较中去思考他为什么“不适应”,小说为什么要提供这种“不适应”,这种“不适应”对小说,对读者自己有什么意味?如果能达到这样一种阅读效果,作者幸莫大焉。

问:我在想,是不是您所说的“距离”使得小说在整体上看有一种“诗意”,我也很难说清楚,或者可以叫诗性之美?因为仅有真实不能算作文学作品,更不能因为有了异样的真实就是优秀的作品。表现残酷和黑暗、丑恶和荒诞的作品有很多,但要真的达到这种“异样的真实”的效果,太难了。针对一些名家近作,有的批评家说反映了作家的暴露癖和窥视癖,还有更过火的言辞,其中虽然有酷评,有炒作的成分,但也不无道理。但,从作者的角度看,他不也是为了挖掘人性的深处吗?显然,他们也是有“距离”的,但是少了点文学性,也就显得不真实。我说的这种诗意,应该是使小说成为“文学”的“文学性”,除了“距离”,应该还有别的东西吧?比如,当我们看到加歇身上有那么多那么深的邪恶,又看到他最终在朝阳之中像依偎圣母的圣婴一样,再比如,那个吴之刚,从他的被雪水洗净的身体到他的“凌空欲飞”,这样的一些画面,引人感怀,深深打动读者,除了“距离”,一定还有别的。

答：如果您说我的小说有“诗意”，我可能不会认同，但是如果您说我的小说有“诗性”，我却乐于认同。我模模糊糊觉得，“诗意”和“诗性”是两个不同的概念。“诗性”好像应该是诗学概念，尤其是小说诗学的概念。诗意的浓与淡，多与寡，与小说的好坏无关，但小说的诗性，却与小说的品质高低有着密切关系；小说是否有诗意，很多时候与题材有关，但小说的特性，却与题材无关，至少关系不大。一个毫无诗意的题材，一段毫不诗意的生活，并不影响小说的诗性。您所说的，使小说成为“文学”的那个“文学性”，差不多就是我所理解的小说的诗性。我想，它与前面说的“距离”有关，与“入乎其内”和“出乎其外”有关。

“暴露癖”和“窥视癖”，如果它在小说中是必要的，比如出于表现人物的需要，比如小说中的某个人物，刚好是有“暴露癖”和“窥视癖”，那么如果你不写出那一点，就可能失于准确，也就有可能损害作品。所以，对小说中的一些过火的描写，还应该区别对待。当然，我知道，有些人写到阴暗面的时候，写到性爱场面的时候，特别来劲，鼻眼乱动，唾沫星子乱飞。还有些人主要是为了能促进销量，提高版税，但这都是另外的话题了，严格说来，与真正的写作没有什么关系。

问：太好了。真的很受启发，我好像就是把一般的“诗意”和思维层面的或者说哲理意义上的“诗性”搅混了。如果有谁早点提醒我，我以前所考虑的问题可能会容易清楚些。待会我把我初稿的目录发给您，您会看到，最后一节我应该改为“怪诞与文本的诗性”了。因为我一直在想，作家所写常常是很琐屑甚至委琐的，完全是反诗意的东西，到底是什么使这些东西具有了文学的灵光呢。

现在我可以说，应该是文本的诗性而不应该说“诗意”，作者的诗性思维，可以超越生活世界里的诗意的、非诗意的、反诗意的具体事物。还可以说，一个作者向读者那么彻底地表现一个人的精神和肉体之丑时，是因为他相信自己，也相信读者心中有避免堕落的渴望和本能。诗意不诗意的是事实，也是那些客观的东西给我们的感觉，诗性则是要培养、历练的，是对意义和价值的追寻，当然也是对安宁的向往。

答：你这么一说，我就有点清楚了。第一次注意到诗意与诗性之别，是早年读海明威的小说的感觉。刚上大学的时候，我们的辅导员拿来海明威的小说，让我们讨论。按说，这不属于辅导员分内的工作，可那是在八十年代。很多事情，一提是在八十年代，都容易理解了。我们的辅导员叫查建渝，很棒的一个人。他拿来小说叫我们读，我们一读就傻了。一是读得云里雾里，二是小说中那种透骨的悲观，让人一下子感到无法承受。在此之前，我还从来没有感到，小说竟然有读不懂的。但奇怪的是，海明威的小说，却非常吸引人。他那种干巴巴的文体，有一种奇怪的“诗意”。可说那是诗意吧，又不是通常所说的那种诗情画意。小说的每一句话，好像不是出自信仰，而是经验的铺垫。再后来，又读到很多现代派小说，然后又回过头来阅读帕斯捷尔纳克，阅读十九世纪的俄国小说，再阅读二十世纪最枯燥的贝克特，这时候，感觉到古典小说中的那种诗意，好像也发生了变化，不再是原来的“诗意”，不再是一种可以提溜出来的诗意，而是一种思维方式，最为枯燥的贝克特的小说，甚至有着圣徒般的庄严。这个时候，我觉得诗性的思维方式，对作家来说其实是一种把握世界的方式，它不是皮毛，而是肉，血管，神经，骨头。

问:前面您说的"将事情处理得亦真亦幻,好像是生活中真实发生的,又像是某种意念或者幻觉"这种情况,在其他的小说像《白色的乌鸦》、《悬浮》、《抒情时代》、《破镜而出》等里头也常见,从我阅读的感觉来说,有时候是作者您的"处理",更多的时候,我觉得那种似梦似真的状态,实际上是人在某一情境中的状态,您就是如实写了出来——我把这也理解为写实——是感觉到、抓住了、传达得真切,而不是有意"处理"的。因为我很久以前读过一类写得很潇洒的小说,还有印象只剩一两篇了,其中之一应该是格非的《褐色鸟群》,我以为他那样写法就是故意处理得亦真亦幻,读起来很好玩也很优美,但我从来没有把那样的故事当做现实的东西。如果说您无论写的是什么题材和体裁,也无论是什么风格,总是有很强的"介入现实"或者叫"干预现实"的倾向,您以为呢?

答:你提到我早年的一些作品,其实我现在对它们有很多不满足。倒不是"悔其少作",主要是觉得它们并没有跳出日常生活,就是没有能够"出乎其外"。只有"出乎其外"了,才能够与现实构成我对话关系。我的第二个不满足,就是我当时有些心慈手软,没有能够真正地直面虚无,然后刺穿它。第三个不满,就是我现在觉得,每一篇小说的背后,都应该有一个大的文化背景,小说能够部分揭示这个文化背景,通过人物、人物关系以及必要的修辞,使读者得以理解我们所身处的困境,以及是否有可能挣脱这样一种困境。现在看了,我以前的小说,做得不够。我想,与以前相比,我现在的小说具有了与现实保持对话关系的可能。

问:你对自己不光很清醒,还很严厉呢。过去没有的对话性,现在有了:把自己连同自己入乎其中的状态一起放在"回头看"的视野中，与过去、与自己的对话，也是与现时读者的对话。不过，我个人认为从您的“少作”到今天的大作，还是有很明显的一致性、连贯性的，比如反讽，不管是修辞意义上的，还是从写作的态度和立场上看。

答：连贯性肯定是有的。写作，也是一个寻找自我、认识自我的过程。起初写作者可能是被题材所吸引，是跟着故事走。但是，吸引他的为什么是这个故事，而不是另外一个故事呢？也就是说，其实写作者的主体还是有一个“核”，这个“核”决定了他对这个故事有感应，而对另外一个故事却没有回应，就像没有发生过一样。但写作者本人，在初学写作的时候，对此并没有充分的认知。随着写作经验日渐丰富，他才能逐步认识到自己为什么要这么写，他会意识到自己的那个“核”，那个“主体之核”。这个时候，他才会去有意识地接触它，开发它，围绕着它构筑自己的文学世界，并想尽办法，尽可能使那个“主体之核”发生某种变化，并由此带来写作的变化，以应对世界的变化。这个过程，在外人看来，就会是一个连续性过程，而对写作者自己来说，它却是一个在连续性当中艰难地发生变化的过程，它就像奏鸣曲中的变奏。所以，我觉得，所谓的连续性可以看成是“核”的外化形式。

不妨敞开一点来说。丹尼尔·贝尔，就是那个写《资本主义文化矛盾》的社会学家，在谈论宗教的时候说，宗教能够重建代与代之间的连续关系，将我们不断地带回到生存的困境之中，而这个困境却是人道与友爱的基础。他的意思当然是说，只有意识到这个困境，才会有人道与友爱。接下来他说，连续性来自人对生活抱有的悲剧意识，而这种意识只有生活在有限和自由的刀锋上的人，才能够理解。将贝尔的话，拿来形容文学上的连续性，形容一个具体的写作者的连续性，我觉得还算有效。

当我说，我一直在寻找变化的时候，我是想说，我其实是在不断地接近那个“主体之核”，并想办法让它丰富，让它发生变化，以应对我感知到的世界的变化。我这么说了，您也就完全可以认为，直到今天，我还并不认识自己。

问：前一阵，我专门读了你2005年的几个短篇，先读了《我们的眼睛》、《我们的耳朵》，接着再读《狗熊》，还没有读完，就忍不住想这个小说可以加个名字叫《我们的爪子》。到了《林妹妹》，觉得应该叫《我们的那啥》了。客观地说，每一篇都使人震惊。但就我自己而言，要服从“研究”的宗旨，就要概括地、有高度或者深度地表述我的理解。想来想去，只找到“作家的正义感”一语可作解读的切入口。的确，我从你的这些作品中感觉到一种非常强烈的“正义感”，可这应该是一贯的啊。并且“正义感”这个词好笼统，是否有点不符合实际？能否谈谈你写这些短篇的心境或者内心动因？

答：我原计划写十几个短篇。前年春节前，我在上海见到宗仁发先生，我说写完以后就给《作家》。你知道，我以前很多小说都是宗仁发先生发表的。我很愿意将新作交给他。我原来设想连写十几个，就像《都柏林人》，那样，有一个不断变化又相对集中的主题，小说的主要人物是儿童和动物，写儿童与成人的关系，人与动物的关系，背景就是眼下这个时代，然后出一个集子。可是，后来因为要写长篇，把这个计划撂下了。有一天，我可能还会接着往下写。

“正义感”这个词，有点吓人了。加缪的《正义者》问世以后，这个词的味道就变了。我想，大概是因为写到了儿童，写到了动物，他（它）们容易受到伤害，也正在被伤害，所以，这些小说给人的“正义感”可能会强烈一些。很多年前，我写过一篇小说，叫《悲愤》，就发表在我后来参与编辑的《莽原》上面，可我后来找不到了，我也懒得去资料室找。但这个题目，我却一直很感兴趣。没错，我想我的很多小说，都有“悲愤”的情绪在里面。但随着年龄渐长，这种“悲愤”里面会加入一些无可奈何，悲愤变成了叹息。我想，几乎所有人都这样，比如鲁迅，《呐喊》会变成《彷徨》，《彷徨》又会变成《坟》。

问：你的小说里头的确贯穿着一种悲愤，但经你这样一说，倒是提醒了我，我是觉得，在其他小说中，同样是中、短篇，那种悲愤可能是以一种佯狂的方式出现，有的藏在插科打诨里头，有的为冷静的描述所抑制，但这些小说里头的愤激好像是按捺不住了。所以，在我看来，不是由悲愤变成叹息，倒好像是从《坟》奔向《彷徨》再奔向《呐喊》了。这是不是因为写到了儿童的缘故？

答：看中国文学，看世界文学，只要写到孩子与成人世界的遭遇，很多作家都变得激愤起来。我至今不敢要孩子，就是感到这个世界过于凶险，我自己又没有能力保证可以给孩子一个非常幸福的环境。你对这个世界知道得越多，你的担心就越多，疑虑就越多。

问：您说这些我感到惊讶。可能因为您说出了我的想法吧，相同的理解就不必多说了。

答：都说可怜天下父母心，其实连父母都不敢当的人，才是最“可怜”的呀。

问：我看到对你的小说评论，有批评家注意到你的“先锋性”，也有的把你的创作和先锋作家比较，说对“先锋”的超越。说实话，我对文学理论和批评都不在行，我是凭感觉的。我感觉你一直很注重“写实”，写实的功夫也很了得。写实当然包括写人、写事、写心理，写作者的情绪和心境、阅历发生变化，他写出来的“实”可能让读者感到风格上的变化，但他自己执著于写实的态度却是不变的。这是我对你的理解。另外，说到写实，恐怕人们会想到现实主义、自然主义、新写实、新历史主义等，要我把你的作品归到哪里，我也不知道了。仅就写人的心理来说，我们所说现实主义还有自然主义作家是全知视角，直接告诉我们这人怎么怎么想——以前我觉得这真实，现在好像变得不真实了。现代主义像“意识流”写内心活动像人拿相机拍风景一样把心理照录下来，至多是局部的真实，管窥豹斑而已。我所说的“写实”，是实写或者说照录一个人的言行，而又能够让读者从这个言行中推断他的行为动机和心理活动，作者看起来没有介入其中，没有影响读者对人物的认识，事实上，读者对文本的理解却朝着作者所期待的方向。现在的作者是不是有点不耐烦写实啊？尤其是那种看起来平淡的细节、场景、言行举止，等等。

我不记得读过加缪的《正义者》没有，但我最近会去找来一读。

答：先锋与否，是外界的说法。我的小说，确实注意很写实。我理解的写实，就是两个字：准确。但是这两个字说来容易，做起来却难。我所理解的准确，就是要写出人之常情，世之常态，物之常理。这很难的。

问：如果能使读者从看起来没有立场的、纯客观的讲述和展示中，读出作家的正义感，撇开我读者的眼界和阅历——自我抬举一下，你在写的过程也是有所经营的吧？

答：这是对话的结果。小说一定要有对话性，内部要提供对话的机制，让读者进来，让读者参与，让读者质疑你，质疑人物，同时质疑他或者她自己。我不相信小说有“纯客观”的讲述和展示，世界上没有任何东西是“纯客观”的。“纯客观”这个词，本身就是主观的。我们都生活在语言中，我们创造了语言，同时语言也创造了我们。

问：这样说来，我斗胆给你换顶帽子得了——你倒不是怀疑主义者，而是一个反讽主义者。就是那种不断质疑和接受质疑、还要质疑自己的质疑的人。反讽主义者也是那种一边使用一套自己的语言，一边又警惕自己所用的语言。为什么要“警惕”呢，一方面是因为“我们都生活在语言中”，另一方面，语言也会遮蔽生活和我们的表达，特别是由于各人各自有一套语汇的时候，你越成熟老到，越难以和他人真正交流。这是实用主义哲学家的一套说法，听起来让人觉得，和怀疑主义者一样，做一个反讽主义者也怪不容易。不知道我这样的理解对不对。

答：你也这么说了，看来“反讽”这顶帽子我不想戴也得戴了。以前也有不少人这么说过。“反讽”确实首先针对自身，有点类似于先杀死自己，然后让别人和另一个自己一起来守灵。守灵的时候，别人和另一个自己还会有交谈。交谈的时候，眼角常有泪，眉梢常有笑。

问：再回头说说怀疑主义者——你说你是一个怀疑主义者，

我想一个认真的、诚实的人都有可能成为一个怀疑主义者。一个人的成长是通过接受教育,包括书本的和生活的教育。这个过程是否就是不可避免地失去诚实和纯真,随着他发现成人就是习惯于骗别人也骗自己的人,他要么也"成人",要么慢慢成为怀疑主义者,也可能成为别的,比如虚无主义者或者犬儒主义者?按照我的理解,这类"主义者"有很大程度的相通之处,也有很大程度的不同。怀疑主义者比犬儒主义者谦逊、诚恳,比虚无主义者沉稳、强韧。而最多的最常见的"成人",也可以说是没有"主义"者。是不是可以说没有主义者能够毫无顾忌地追求享乐和追逐名利,有这类主义者则常常痛苦、走神、遭人耻笑?您认为一个怀疑主义者会活得比别的人更艰难一些吗?

答:我是一个有底线的怀疑主义者。对人类的基本价值观,我不敢多加怀疑。甚至不是"敢"与"不敢",而是不会怀疑。年轻时候的北岛说,他不相信天是蓝的,他不相信雷的回声。我不会这样说。我相信很多时候天是蓝的,我相信雷的回声比雷声更大。如果对一切都怀疑,动辄就宣布上帝死了,动辄就 Pass 这个,Pass 那个,那人活着还有什么意思?人生就是先 Pass 别人,然后又被别人 Pass 吗?总有些东西会留下来,一些积极的因素会留下来,只有这样,人类才能被称为文明之子。

怀疑主义者总在寻找意义,他观察、游移、体认并试图说出不同的价值之间的差异,怀疑主义者的价值观就孕育在他所说出的那种差异之中。怀疑主义者生活在复杂的时空内,历时性变成了共时性,共时性在他们心中又是历时性的。他们生活在不同的知识的缝隙之间,时刻体验着知识和文化的差异、纠葛,并在那时空、缝隙、差异和纠葛中探寻意义和意义的依据。

你现在翻开文学杂志，会看到很多精彩的故事，但你会发现很多讲故事的人没有自己的想法，很多作者没有自己的观察世界的方式，表现世界的方式。作者往往是跟着故事在走，就像是被别人牵着鼻子。我自己作为一个编辑，翻看稿件的时候，这种感觉特别强烈。更多的情形是这样的，我们之所以虚无是因为有人在我们前面已经非常成功地虚无过了，现在的虚无充其量也只是二手的。你自己的想法在哪里？没有嘛，“主义者”其实没有主义，就像虚无者当他死守着他的虚无的时候他其实并不虚无。

但我不能说怀疑主义者活得就比别人艰难。人活得都很艰难，追求享乐和名利，其实也并不轻松。不过，开句玩笑，怀疑主义者似乎也并不必然地排斥享乐和名利。

“贾宝玉们长大以后怎么办”

——与魏天真的对话之三

问：以前我们讨论过读者的话题。读者在哪里？据我个人了解，现在的文学读者主要是作家和批评家、大学中文系的极少部分学生、打工者中的更少部分的“文学青年”。当然，仅就这些也足以称得上是无限的了，你的作品恰好适合这部分人吗，或者是其中的谁？

答：现在是小说读者在减少，但是文学读者并不减少，比如很多人喜欢读散文，读随笔，也喜欢看话剧。我每次去看话剧，剧院里都是座无虚席。他们也应该算文学读者。如果考虑到很多电影是根据小说改编的，那也几乎可以说，那些电影观众其实也是文学读者。我是不是在给作家鼓气？

我的读者确实相对集中一些，受过高等教育的人占绝大多数。

问：我听到也看到好多搞写作的老老少少说是为自己而写、怎么舒服怎么写、写作是要让自己高兴之类的话，他们或者有自己的道理、有理论支撑，但我觉得有点赌气的意思。如果说是为自己而写，因为自己有表达的冲动或者要抒写不平，但也会期待与读者的遇合吧。

答：只为自己而写，那写日记就行了，干吗要发表呢？作家只是为自己而写，这种说法我很难接受，也很难相信。就是聋子和哑巴，也要通过手语或别的形式来交流的，不然他就仅仅是一个会走动的植物人，或者一个真正的白痴。一篇小说从写作到发表到被阅读，就是一个公共空间形成的过程。其实再往前推，在写作之前，作家之所以决定要去写这个小说，也是因为受到公共空间的触动、刺激。所以，小说的整个生成过程，都离不开公共空间。

前面我们对话的时候，我说小说应该想办法激活它与现实的联系，不然小说的存在意义就很可疑。小说应该成为一种特殊的对话方式，一种对话的容器，一种设置了和谐共振装置的器皿。小说在寻找自己的读者，寻找自己的回声，并将那回声再次发射出去。我当然希望读者尽可能多一些，与读者有更多交流。

问：你觉得在目前的文学活动中，一个作家还会得到，或者还需要来自读者的反响及其带来的惊喜吗？我想你当然常遇到这样的读者：有的号称是为了批评和研究，也有的为了炒作故意找碴儿，还有的是请你帮忙斧正和发表作品，但你是否遇到这样的情况：一个你完全陌生的人——自然他至少有点了解你——与你联系，仅仅是因为读了你的东西想和你交流？

答：遇到负责任的编辑，他会把读者的来信转给你，与你交流。我自己收到过很多这样的读者来信，有国内的，也有国外的，有些是编辑转来的，也有的是读者自己寄来的。我收到过从旧金山写来的一封信，和我讨论《花腔》中的冰莹的命运。这封信，转到我手上时，时间已过去了半年。我也收到过德国、意大利读者的来信。有意思的是,从国外写信来的,都是女性。一些人后来到了中国,还和我见过面。一个意大利姑娘读了我的小说之后,还和我做了一次对话。她对我的小说的熟悉程度,让我大吃一惊。想想看,她甚至看懂了我的《遗忘》。我也曾收到过一个江西老农的信,他来信和我讨论《花腔》中的一个地名的考证问题。每到这个时候,我都感到自己的工作还是很有意义的。

问:这正是我感兴趣的事情,因为我不知道能不能说这是文学批评和研究应该关心的对象。有一种专门的批评方法叫读者——接受研究,在我的视野中很少见,而对现时作品所做的与读者或接受有关的批评都不可靠。我的书稿写到提纲中的"再说我们的文学是为什么人"的一节,有很多想法,但落实到键盘上显示在屏幕中的满是大而化之的话,从作品中搜寻的依据也好像是臆测或者一面之词。文学是为所有的人的。现在不用我费劲去说了,只要您说到的这些例子就行啦。但是,为什么一篇小说会引起完全不同的人的兴趣,为什么虚构的东西有时比真人真事更真实,这些问题还是值得讨论的。事实上,这部分出现在你面前的读者肯定是你读者中的极少数,更多的读者读你的作品,但是与你无关。记得我年轻时非常喜欢迟子建的小说,几乎所有她发表的文字我都搜了来,也不知道要对它们做什么,结果当然是什么也没做,早撒手了。我在阅读作品时也会有很多问题、想法甚至有时也很冲动,但我从没想到要写给作家信什么的——这样"不为人知"的读者应该更多吧。

答:我自己感觉,这种"读者——接受研究"很重要。批评家怎么想我不知道,小说家显然需要留意,小说家必须考虑怎么把自己的想法传达给读者，必须设想读者在接受这部作品时，可能会有哪些反应。这跟媚俗、媚雅无关，跟发行量和版税无关。我说的还是写作本身的问题，也就是说，写作本身要求作者去考虑这些问题。

问：我从一个纯粹的读者的立场来看，太多的批评文字无味无趣，也不见得有多少见识，不如那些毫无干系的读者，常常会给作者带来惊喜，至少是一点有意思的意外吧。

答：有些场合，我有时会遇到读者说他知道我。为了和一些真正的读者交谈，我会开玩笑地问他，哦，你说你知道李洱啊，那个"洱"字是哪个字啊？如果他说错了，我也不便当场指正，我会想办法溜掉。如果人家说对了，我就想，大概人家真的看过我的作品。人家要是和我谈作品，我就认真地听听人家的看法。就在上个星期，北京理工大学的一个人，我并不认识，他写信到杂志社问我，《花腔》写的事情到底是真的还是假的？他是山西人，说他有空想到小说中提到的二里岗去一趟，凭吊一下二里岗战场。你一听，就知道这个人对文学是个外行。可我仍然很高兴。因为我写这篇小说，就是要让人把它当成历史的一部分。

这样的"错误"，专业读者当然不可能犯。还有个有趣的现象，就是很多专业读者读《花腔》，反而难以读进去。为什么？因为他对小说的形式，对讲故事的方式，有较固定的看法。如果你的小说与他的看法相异，他接受起来反而有难度。倒是那些非专业的读者，他不管这些，他只关心真实不真实，准确不准确，好看不好看，有趣不有趣，小说给他提供了哪些有意思的信息，这样他读起来反倒顺畅。这篇小说交到人民文学出版社的时候，责编刘稚女士对小说的印数没有把握,她就找了几个人来看,其中有批评家、职业编辑,也有她的母亲和她家的小保姆。她就发现,她母亲和她家的小保姆,读起来最快。而一些批评家和职业编辑反而读得磕磕绊绊的。很有趣不是?

问: 我很喜欢你的小说,但我要避免读者以为我在拍马屁,所以我要说明这与我的鉴赏力和你作品的质量没有什么关系,而是跟我个人的趣味有关,或者说是因为我可以借你的作品浇自己的块垒。

答: 很高兴我的小说能被你喜欢。能被你喜欢,我何止是高兴? 说激动也不过分。

问: 我这样说是因为我觉得现在文学创作整体水平不高,甚至很低,原因在于作家和著名作家太多了,而每一个作家又写得太多、太多了。当然写得慢发得少不一定好,写得快发得多不一定不好。也许我这个想法太老土太冬烘了: 即使是一个非常天才的作家,如果写慢一点,比如把写两部小说的经历用在一部上头,或者修改、重写,是不是比被人催着等米下锅会好些呢?

答: 中国作家整体创作水平不高,我想与作家写作快慢有关系,但主要问题好像比这个要复杂。我想,它涉及现代汉语的表现力问题,涉及文化传统的问题,涉及当代中国的复杂状况如何用文学来应对的问题。作家的个人才能当然与作品质量有关,但更深层的原因也很值得探讨。

几年前我看到张志扬教授的一个说法,当时深有同感。他的大意好像是说,汉民族和犹太民族承受的苦难几乎相当,但汉语在传达这种沉重的苦难的时候,往往就会失重。而犹太人,不管他是英语写作,还是用别的语言来写作,比如用匈牙利语来写作,却没有这种现象。汉语似乎无法准确地表达中国的奥斯威辛。这当然首先是文化问题,跟我们的文化传统密切相关。前几天,我看到上海的王鸿生教授的一个演讲稿,他梳理了汉民族的叙事历程,谈到汉民族的叙事历程与其他民族相比有其特殊性,比如汉民族的神话没有系统性,没有自己的谱系,汉民族从来没有真正的史诗,在语言上没有自己的"族徽"。他提到的神话问题,我在写作《遗忘》的时候,曾下过一段工夫,当时就感触颇深,因为我发现我们的神话故事是破碎的,谱系非常混乱,几乎理不出一个头绪。我想,这些,都对我们的叙事传统有深刻的影响。

而更为现实的问题是,当代中国的巨大变化,用文学语言去应对的时候,确实会出现捉襟见肘。生活变化得太快了,礼崩乐坏,分崩离析,让我们目不暇接。所有人都成了刘姥姥,连凤姐也成了刘姥姥。我们甚至连刘姥姥都不如,刘姥姥到最后还可以出面救出巧儿,而我们连自己都无法保命。生活的巨大浊流几乎将所有人裹挟而去,而去往哪里,却没有人知道。这样一种混乱,我们的古典文学,我们的现代文学,新时期文学,我们在新时期以来广泛接触的西方现当代文学,都没有能够给我们提供一个有效的可资借鉴的经验。所以,我常说,现在的作家,当然我指的是有些想法的作家,他的写作几乎是无本可依,面对复杂的世界,写作者真的就像一个孤儿。去年,在一个研讨会上,我大胆说出了一个真实的想法:就是曹雪芹再世,在表现当代生活方面,他也不见得比现在的作家高明。

但这些问题,一般的读者是不会考虑的。当然,人家也没有必要去考虑这些问题。一个人喜欢吃苹果,喜欢也就喜欢了,没有必要知道苹果是怎么长熟的。我想,读者的感受可能会是这样的:我所感受的世界为什么在你的作品中,没有能够得到呈现?或者,你所呈现的世界,与我感受到的世界,为什么全然不同?写作和阅读的最高境界是"视野融合",但是现在却是视野分离。在这种情形下,所有人,包括写作者本人,都会对目前的写作表示不满。

问:我很赞同你的说法。6月30日,我是破天荒地参加一个会,还忍不住发言说自己是一个"努力自救的人",会上会下就有人问,过去有生产自救,而今有艾滋病自救村,不知道有"自救型知识分子"。我当然无言以对,只得琢磨自己有啥已入膏肓的隐疾。心里怪自己既要自救,为什么到了还是要出来在人扎堆的地方大放厥词。正因为我们感到自己像一个孤儿,我们才会四下寻求呼应,正因为在分离的视野里存活,视野融合才有可能。写作和阅读是为了寻求视野的融合。我想,视野融合更应该是作者和读者以文本为中介,彼此诚实地面对,而不是你的世界恰好是我熟悉的或者感兴趣的。实际上说到对写作满不满意的问题时,我们谈话涉及的对象不能不是游移的。试想一下,如果读者是我们前面说到的第三类读者——他可能和当作家的你直接讨论,也可能把你当做曹雪芹那样的作古之人;作家是你说的有些想法的作家,在这个前提下,视野融合才可以讨论。撇开用于文本解读时的专门性,视野融合也应该包含接受不同视野以开阔自己的眼界的意思。说到汉语言文化和叙事传统的特殊性,我以为它至少不是现时写作者写出有意思有品格的东西的障碍。一个作家真的关心"人",他会真的用心去写。就算一个作家关心人终究是为了自己,他也会用心写出好东西——把花在“人”身上的工夫算做投资嘛。有好些新老作家真的太短视、太急切,只关心作品轰动不轰动,年内能不能走红等等,如此,又岂能为自己?所以,说到曹雪芹,我倒是觉得是一个为自己而写的人,而且,他也只写了当时的某个圈子的生活。我无法想象他再世会如何。

答:这句话太好了,“在分离的视野存活,视野融合才有可能”。这句话,甚至给了我写作信心,也促使我进一步考虑问题。

汉语言的叙事传统,应该说这些年人们日渐关注。我的说法是,写作者开始重新检索我们自己的叙事资源。前两年,格非写《人面桃花》,我知道他写作前后都在阅读《红楼梦》和《金瓶梅》。格非是我见过的读书最多的作家,可以说是一肚皮的学问,关于小说的高头讲章已经写了几大摞了,可他在周游列国之后,现在最佩服的作家却是兰陵笑笑生。记得毕飞宇的《玉米》发表以后,有一次他很认真地征求我对这部小说的看法。当时不少人关心小说如何描写了权力对人的扭曲,对人性的摧残,一个花季少女如何变得人不人鬼不鬼的。毕飞宇自己还写了一篇创作谈,说他写了人身上的鬼,这个鬼就是“人上人”。但我觉得对这部小说来说,这其实还只是皮毛。重要的是,小说如何发展了《水浒传》和《金瓶梅》的叙事传统。在这次谈话中,我才知道毕飞宇与施耐庵是老乡,小老乡,同是江苏兴化人。毕飞宇也告诉我,他写《玉米》的时候,案头确实就放着《金瓶梅》。毕飞宇是我见过的最为狂妄的人之一,可他在谈到金瓶梅的时候,立即低眉顺眼。想想看,这些作品,这样一些叙事资源,我们以前其实忽略的。现在要面对的是,这样一些叙事资源,如何被我们开发和利用。在开发和利用的时候,写作者显然要设想,如果曹雪芹和施耐庵再世,老革命遇到了新问题,他们又会如何处理?

你说曹雪芹是一个“为自己而写的人,只写了当时的某个圈子的生活”,我虽有怀疑,但无法提出相反的例证。“为自己而写”,虽然几乎是个周期性的论题,但这里面的问题却很复杂。曹雪芹虽然说,他写作是为了记下那几个女子的音容,但是曹雪芹的个人生活史,几乎天然地融入了时代的各种要素,就像《水浒传》虽然只写了草寇的生活,但他写的却是儒道释全都反了,又全都被招安了,其中有大的文化命题。如果说曹雪芹只为自己而写,仅仅通过描述一个家族的命运,就可以感动无数后人,那么撇开个人才能的因素,为什么很多为自己而写,也去描述家族命运的小说,却无法达到曹雪芹的成就?可见问题很复杂。

对很长一段历史时期而言,不变的东西少,变的东西多,甚至那些不变的东西因为别的东西变了,它其实也就变了。如何检索各种叙事资源,使得文学能够有力地去应对这个世界,给我们带来真实的生活感,使我们宛如生活在真实中,可能才是变中的不变。

问:你的小说我最喜欢的是《遗忘》和《花腔》,它们“形式”的别致,使整个故事及其讲述自然洒脱,开阔而又富有智趣,但如果都写成这样恐怕也不行,这两个小说的形式是否和题材的独特有关系?

答:先得谢谢您,谢谢您喜欢这两部作品。《遗忘》和《花腔》在形式上有相通之处,我是写完《遗忘》以后,才敢动笔写《花腔》。相对而言,《花腔》的写作难度更大一些,形式上还是有一些变化。同时,它也更多地寄托了我的情怀。我前面好像提到过,葛任身上有我对中国知识分子的理想化的认知。说到形式,我记得《花腔》

出版以后，不止一个朋友，而且是圈内的朋友，建议我赶紧照着《花腔》的样子再来上一两部，使得这种形式成为“李洱体”。我没有再这样写。一来我不愿意重复，二来我也不能重复。我认同你的说法，小说的形式和题材有重要的关系，一部作品，一个故事，一个主题，必须找到它最适合的表达方式，不同的故事应该用不同的形式来写。比如，《石榴树上结樱桃》如果用《花腔》的形式来写，那肯定是很滑稽的。

但是，形式虽然有所不同，我还是认为《石榴树上结樱桃》与《花腔》在小说精神上有某种连贯性。比如，它们都不是单纯讲故事，在讲故事的同时都暗含着许多分析，暗含着对一些文化的辨析，都力争吸附更多更复杂的经验，使这个故事能够在不同的文化境遇中得到检验和审视。我甚至想，如果我照着《花腔》的样子又写了一部小说，它反而违背了《花腔》的精神，当我换一个法子来写的时候，它反而延续了《花腔》的精神，一种探寻的精神。

问：这话使我又想起，《花腔》中曾说到，虽然追求真实的确像剥洋葱，但每一瓣洋葱片的辛辣就是真实的。说实话，这两部小说使我对通过虚构探求真实有了更具体深刻的理解。以前我读一些诺贝尔奖得主的作品像《铁皮鼓》、《比目鱼》、《大盗巴拉巴》，鲁迅的《故事新编》，以及国内的一些“新历史”小说时，就总在历史、虚构、真实、故事、真相等问题上逡巡不已。说到写历史题材和历史人物时，许多作者和批评家都理论到底能不能虚构细节，可以虚构到哪一步算适度。后来闹新历史主义时，写历史题材都和正史叙述唱反调，可无论怎么对着干，也要借“历史”一张皮，用历史造一个空穴，至少借一个历史人物的名字，再来做自己的道场。虽然现在影视作品还有大量的戏说或乱说，但新历史小说其实只是一阵风。而你完全将故事和讲述置于虚构的框架下，但处处都是“历史”，在虚构中重现历史和演示历史如何成型。我觉得这两个小说并不是同一种文体形式，更不必变成一种成型的风格化的文体，当作者为求真欲望所驱使，面对不同的事件、身在不同的处境，自当有不同的表现样式。

答：您说得对。

问：我理解这种说法，任何一种历史、或者任何人对事件的客观叙述都只是一种“叙事”，而不是真实本身，甚至也很认同那种历史相对主义这一目前仍然很有市场（这得归功于海登·怀特）的观念。但这些观点既不能带给我们真实也不能消灭真实，“真实”依然是我们的向往。我以为对历史的相对主义态度也许是我们朝向真实不得不跨越的路障，而不是虚构叙事必须遵从的唯一的法则。通过虚构认识真实，已不是一个新鲜的说法。记得是保罗·利科说的，历史告诉我们的是一种真实，而虚构叙事告诉我们真实的实质。涉猎“历史”的小说应当是在相对主义和正统言说之外的探索。

答：你提到了海登·怀特，我就顺便补充一点。《花腔》发表以后，不少人认为我是受到海登·怀特的影响。刚出版的时候，河南大学的刘思谦教授和她的博士生们，搞了一次关于《花腔》的对话，我应邀参加了这次对话。这个对话后来发表在《作家》杂志。就是在那天，我第一次听说海登·怀特的名字，我还让一个博士生把这个名字写下来，好让我知道是哪几个字。《花腔》不存在受海登·怀特影响的问题。大概十几年前，我读到尼采的一句话，出处我都忘了，他说真实只是一种修辞学上的幻觉。我想，这句话给了我很多启示。十来年前，吉林的张钧来郑州和我对话。他问到我对真实的看法，当时我正在写《花腔》，对话的时候我引用的就是这句话。《花腔》中有一个小标题，“历史诗学”。这个名字其实也是我想出来的，我也不知道有人用过这个名字。我之所以会用到这个词，首先是因为我以前写过《午后的诗学》，将“午后”和“诗学”这两个不相干的词，组成过一个词组。而用“历史诗学”这样一个词，还想表明我的一个看法，就是叙事和历史之间有一种微妙的对应关系，有一种同构关系。就像我前面曾经提到，我担心“个体存在的秘密之花”这样一种说法生造的嫌疑一样，我当初还很担心“历史诗学”这个词被别人认为“说不通”，让人们觉得无法理解。

你提到的保罗·利科的那句话，再次让我想到那个俏皮的说法：历史除了人名是真的，别的都是假的；小说除了人名是假的，别的都是真的。我的一位中学老师，经常念叨这句话。

问：在中国古典文学或现代文学中，你最推崇的作家作品是什么？谁对你影响较大或者你对谁印象最深？

答：三十五岁以前，古典文学中最喜欢的是《水浒传》。三十五岁以后，是《红楼梦》。不同版本的《红楼梦》，我都喜欢。但我并不研究版本，我的意思是说，我拿起不同版本的《红楼梦》，都能津津有味地读下去。说来好笑，去年到今年，我除了看小说《红楼梦》，还看了电视剧本《红楼梦》，刘兰芳的评书版《红楼梦》。但是很奇怪，就小说叙事而言，至少到目前为止，我不觉得我的小说受了《红楼梦》多大影响。

问：这个暑假我读《红楼梦》，半天读《红楼梦》，半天看《西游记》电视剧。刚才我就是看完了旧《西游记》的最后一集才来仔细拜读并回复您的答复。去年暑假看《红楼梦》电视剧。我以为影响不一定就表现在从你的小说中看到《红楼梦》的影子，一定有好多东西在我们不知不觉的情况下影响着我们。另一方面，即使完全是模仿之作，也可能会独具魅力，并有独特价值。以前读到林语堂说他自己是照着《红楼梦》的样子写的《京华烟云》，感到吃惊。这阵子重读《红楼梦》，明白了他的确是照着写的，是怎么照的，但也更明白了两个小说到底如何不同。这一点也没有减损《京华烟云》的光彩。

答：我们好像提到过《红楼梦》为什么没有写完？也就是他的"未完成性"。就这个问题，我不妨再补充两句。很多年前，我在高校教书的时候，有学生问我，《红楼梦》为什么写不完呢？不就是一篇小说嘛，怎么一辈子都写不完？我无法用生病啊、穷困啊、人的寿数啊等等来搪塞。我就对学生说，那是因为曹雪芹不知道怎么往下写。话一出口，我就感到这话好像有问题。再一想，好像也不能说没有道理。我后来就此写过一篇短文，说曹雪芹之所以写不完，是因为他不知道怎么去写长大以后的贾宝玉。作为成人的贾宝玉，应该有怎样的精神世界，应该过上一种什么样的生活，曹雪芹心里没底。让他像他爹那样去当官？让他大隐隐于市还是小隐隐于野？要么让他去当和尚？在那样一个时代，一个成年男人的所有可能的选择，曹雪芹都不忍心让他去做。也就是说，曹雪芹无法解决一个基本问题，那就是贾宝玉长大以后怎么办？所以，这部书他也就写不完了，给后人留下了一个巨大的疑问，巨大的缺口。为了说明这个问题，我举了另外一个例子，那就是卡夫卡和他的

《城堡》。和曹雪芹不一样，卡夫卡可不仅仅写了一部小说，除了《城堡》，后来他还写了很多小说。也就是说，《城堡》没有写完，并不是因为他生病了，不是因为时间不够了。那么他为什么没写完呢？我想，这与曹雪芹没有写完《红楼梦》有相似之处。他写不完，是因为他不知道主人公 K 到底进不进城堡，进了城堡以后怎么办？这是卡夫卡给后人留下的问题，一个巨大的疑问，巨大的缺口。在那篇短文的结尾，我小心翼翼地说出了自己的想法：在曹雪芹和卡夫卡之后，作家面临的一个基本问题，就是书写贾宝玉们长大以后怎么办，K 进了城堡以后怎么办？我想，我的一些小说，受到了这种想法的影响。

问：中外比较而言，你受国外作家影响更大吗？能否谈谈外国文学、外国文学艺术家、思想家等，使你受惠最大的是什么？

答：我自己感觉，总体上，受国外作家影响要大于中国作家。国外作家当中，我喜欢加缪、哈维尔和索尔·贝娄。年轻的时候，八十年代中后期，我喜欢博尔赫斯，很入迷，但后来不喜欢了。加缪和哈维尔既是作家，又是思想家。哲学家当中，我喜欢本雅明和福科。此外还有一些社会学家，是我很喜欢的，比如斯特劳斯，就是写《热带的忧郁》的那个人，还有贝尔，就是写《资本主义文化矛盾》的那个丹尼尔·贝尔。您可以看到，我喜欢的这些人，都会讲故事，但又不仅仅是讲故事的人；他们都很有思想，但又不仅仅是思想家。

问：什么时候我也读读《热带的忧郁》。笼统地说，我认为中国文人注重伦理纲常、修身养性，西方的文化人更注重求真——真知、真理、真相,更具探寻精神,所以他们也会不断地自我怀疑和自我否定。当然,很早我们的儒家也讲三省吾身,但那是为了使个人行止合于礼仪规范。通过你的文字,我常看到很强的自省意识,而这是当下写作者们所稀缺的。可不可以说,博尔赫斯是技艺高超的作家,但算不上有思想的作家,如果一定要你说的话——有思想的作家又当何为呢?

答: 至少我不能否认,博尔赫斯不光是一位技艺高超的作家,还是一位有思想的作家。他的很多短篇小说确实很了不起,比如《南方》、《马可福音》、《第三者》。我说我现在不喜欢他,一是因为我不敢再喜欢他了,就像一个穷汉不敢喜欢一个公主一样,时间、精力都耗不起;二是我不愿意再喜欢他了,我更愿意去写历史,写日常生活中的人和事,离他的小说越来越远了。

问: 你的文学创作的历程应该已有二十年了,前后对比,你觉得自己的变化在哪些方面,一直未变的是什么?

答: 最大的变化,是我知道自己要写什么了。一直没有变化的,是我时刻都能感受到写作的困难。

问: 你在写作上遇到的最大的困难?或者,虽然不大,但经常遇到的困难?

答: 任何时候,我都觉得困难。题材选择的困难,讲述方式的困难,词语表达的困难,反正没有不困难的。没有选好题材,就觉得选好题材是最困难的,因为时间有限,你不能什么都写,必须在一定的时间内选择一个来写。选好题材,怎么讲述,用什么方式讲述,又变成了最困难的事。有些人可能会说,你既然这么困难,还写小说干什么？但是谁又能告诉我，现在做什么事不困难呢？相对而言，我反而觉得，写小说还不是最困难的，还能让我感到乐趣，甚至是幸福。

问：可不可以问一下你的写作习惯？有什么癖好？

答：我一旦开始写一部作品，哪怕是一部短篇小说，也会像上班一样，早上九点半左右，准时坐到电脑跟前。我白天写作，写一天，晚上看书，或者和朋友聊天。以前不用电脑的时候，我用五百字的方格稿纸来写，而且必须是十六开的稿纸，稿纸上面的格子最好是虚线。一张稿纸上如果写错一句话，这张纸就得作废，需要从头抄起，否则心里就不舒服。而我，偏偏又是一个喜欢修改的人，这意味着，我把写作变成了重体力劳动。这个臭毛病，使我苦不堪言。感谢电脑，它终于把我从反复重写重抄的“重体力劳动”中解脱出来了。

问：不是臭毛病，是“爱惜自己的羽毛”嘛。我几回听说李洱的掌故，说是不拘何时何地，看到报纸的一角还是什么字片儿，就蹲下去研究大半天。

常有文章说这个作家注重故事性，那个注重结构，这个重视写人物，那个重视写气氛，先锋作家当红时更常见“由讲什么变成怎么讲”之语，这说法现在也不难见到。批评家这么说我多半不信，作家也这么讲就不由得你不信了。您认为这些东西在写作过程中分得出轻重吗？或者您有此中哪类偏好？

答：“写什么”和“怎么写”，无法分出轻和重，也跟人的偏好没有太大关系。很难相信，一个人事先就偏好“怎么写”，而另一个人却事先偏好“写什么”。其实,在你想着“写什么”的时候,“怎么写”的问题几乎是同时出现的。那个“什么”,也就是你要写的那个东西,它本身就具备一定的形式感,那是一种天然的形式感。它具有一种规定性,在你写作之前,它已经大致规定了你要写的那部作品的形式。

问:如果你不得不停止写小说(我想你大概不会不愿意写小说的),你干什么?

答:我就重干老本行,回学校当老师,比如可以讲讲小说写作。

问:前面我说无法想象如果曹雪芹再世会怎么样,现在我有点知道了,估计他闹不好会去当一个讲小说和诗歌的老师。请给您那些兴许在小说创作中前途无量的学生一些忠告如何?

答:用怀疑的目光看待这个世界,包括怀疑自己的怀疑。

附录:

后　　记

魏天真

当初我的老师於可训教授约我参与《我读文丛》的写作时,提了几位作家供我选择。我相当鲁莽地问,在分析和评价作家作品时,能不能有否定性的意见。於老师说,你可以换一种方式说出你的批评,生硬地说"不行"恐怕不太好。然后依允我自己找一个作家。我找到李洱,於老师爽朗地答应了。

我决定写李洱时,只闻其名,不识其人,但我曾经仔细地读过《遗忘》和《花腔》,更早以前粗略地读过他的第一部小说集《饶舌的哑巴》,觉得很不错,很对自己的口味。所以,我选他作解读对象是有着虽不上台面但有非常充足的理由的。一是,我写他至少不必一开始就作负面的考虑。二是既然如此喜欢他的作品,我估计自己看不出他的不足——我们被自己的偏好蒙住眼睛的时候还少吗?即使看得出来,在批评的时候也一定会有适当的方式。三是,这是最重要的,凭阅读李洱所获得的感觉,我相信自己完全不必考虑什么方式;果真想"否定"时,尽可以直截了当。我唯一要做到的是诚实。后来的深入阅读、与李洱的交谈,都验证了我当初的感觉。

与李洱的对话构成了本书的第三部分,第一次对话是在4月,后面两个对话在暑假期间完成。这些对话是在我写作此书最重要的时间里,通过电子邮件进行的,它们对此书的影响可想而知。对话时,我先提出一批问题,得到李洱的回答以后,再从中发现新的继续交流的话题,如此往返再三。因此,这些对话出现在书里的顺序不一定循着说话时间的先后,放在后面的问答往往是最早终止的。在提问时,我也没有十分明确的思路,甚至没有什么目的,开头多半是就着自己的兴趣再稍稍考虑一点作家访谈的常规路子,而后则凭问题本身和谈兴来左右了。和李洱谈话时那种诚恳而放松的氛围让人着迷,我常常觉得,一个认真的人免不了使人感到无趣,而一个有趣的人又总是不那么认真,如果你看到李洱所说的话,就能看到他的认真而有趣。如果时间和体例允许,我真希望能让李洱答出一本书来,这本书一定比我所写的精彩得多。我请他谈论的问题都是自己正在考虑的或已经写过的,但他的回答比我的思考更深切。所以,大凡对话已涉及的内容,我在自己的写作部分都作了删削,这也是对话对我的影响之一吧。

在动手写作之前,我精心选择了一批需要重读的理论书籍,并在遍览李洱作品的基础上确定了一批需要再次重读的篇目。没有料到的是,当完成此书的篇幅到了,时间也到了,却发现自己竟然没能实施这个计划!特别是,当看到那些书中我亲手折叠的无数页码仍然厚厚地折叠着,亲手画拉的无数红蓝道道和小字条仍然原样摆着,亲手写下的许多批注和灵感自己竟然看不懂了,我感到很怪异,并且惶恐。所幸我可以安慰自己,在完成任务以后才能更从容地重读;所幸我深知导师於先生的宽宏和悦,他的鼓励使我更加谨慎也更有自信心,我经常将自己不成熟的想法和不成熟的文章呈给他,都能如愿找到出路,所以这一次也不必有什么心理负担了。

我依从惯例写了后记，但不想再依从惯例在后记的结尾列出一大串我应该感谢的名字。把感谢藏在心底，对我而言是防止它们变质的最好的唯一的办法。话虽这样说，我攻读学位时的导师尹均生教授和王又平教授，以及母校其他老师和同事们的音容笑貌，此时却鱼贯闪现在我的脑海里，但此时并不是表达感激的适当时机。

2006年10月15日，武昌素俗公寓

第四辑　自 问 自 答

写作的诫命

警觉与凝望

《花腔》后记

《石榴树上结樱桃》自序

《夜游图书馆》自序

《白色的乌鸦》自序

《遗忘》后记

书房里的对话

道德优势与反道德优势

人物内外

小说不死

写作的诫命

一

个体言说。1996 年，在编选《中国作家三大关怀丛书 · 个体关怀卷》之后，我写过一篇编后记。我当时说，对汉语言文学来说，个体言说的时代已经到来。个体言说即个人性写作，它贴近个人经验，逼近存在的真实困境。我也提到，任何时代的写作（真正的写作）都是从个人经验出发的，这个问题就像"1 + 1 = 2"一样简单。之所以要重新提到个人性写作，是因为我们在自我阉割、自我封闭多年之后，容易把"1 + 1 = ?"算错。你看我多么小心，当时我引用了博尔赫斯的一段话，来预防别人的反驳。我写道："博尔赫斯曾说过（大意），每个民族都推举一个人作为自己的文学象征，意大利是但丁，英国是莎士比亚，西班牙是塞万提斯。可但丁最没有意大利味，莎士比亚简直不像英国人，塞万提斯缺乏的恰恰是西班牙人的风格。什么意思？"

坦率地说，汉语言文学曾经有过个体言说的辉煌，远的不说，鲁迅的《野草》就是一例。张闳先生曾说过："《野草》的写作远离了那种'白昼式'的集体话语的场所，开始将注意力转向写作者个人内心世界的幽暗隐秘的私人性空间,倾听自己内心的秘语。在这样一个幽昧的时刻,存在像水泡一样凸向表面,灵魂像影子一样飘向耳边,并开口说话。”张闳将这种个人性写作称为夜间式写作。汉语言文学在这里并没有出现根本性的转向,对鲁迅来说,他的个人性写作后来自觉地(在另一个意义上也可以说是被迫地)中断了。中断之后的景象如何,对中国现当代作家有怎样的影响,似乎是无需饶舌的。

在当下,问题的另一面当然也可以提出来。个人性写作既然贴近了个人经验,那么作品的美学风貌就应该是风情万种的。我遗憾地承认,当下突出个人性的作品,往往最缺乏个人性。经验的同化,个人性的丧失,灵魂的趋同状态,几乎让人惊讶。这很不妙,很尴尬,是一场悲剧。寻求自我辩护似乎很容易上手。譬如,说我们的个人经验本来就是类同的,猴子的屁股总是红的,狗看见的都是垃圾堆上的骨头,皇帝与嫖客上床之后都是一样的干活。因此,这种表达是真实的。我想说的是,这些理由都是后设的。面对诉讼,后设的理由似乎是逃不过去的。在写作中无意间带出来的这种悲剧,与在写作时自觉地(哪怕是灵魂迟疑式地追问)表达的一个悲剧,是两个概念。你得承认,后一个悲剧中包含的个人经验更充沛,也更健全。

这涉及了态度问题。荒凉的景象也来源于自我幽闭中,个人经验逃亡到了虚无的深处,拒绝判断,拒绝命名。“拒绝”这个词用在这里似乎还有点牵强。在“丧失”和“无力”这两个词中选取一个,似乎更贴切一些。先是丧失,然后泛化,然后是范化。我所指的判断和命名当然是潜在的判断和命名。它是一种穿透虚假经验的能力,避免平面化的书写,在不同声部的悄悄对话中,逼近经验的真实、存在的困境。这一切，当然都得凭借纯正的经验、态度在文本中的逐步渗透。

对我来说，这都更像是一种自我反省。我本人也把自己划分在个人性写作的行列中。我的看法是，坚持个人性写作是没错的，它甚至不能说是一种写作策略。所有的讨论都应该在肯定个人性写作的方向是对头的这一前提下进行。否定是短视的，护短是无聊的，打水漂式的讨论（否定或护短）都是可笑的。

二

现代性。波德莱尔提出“现代性”这一概念之后，追求现代性就成了文学的诫命。眼下，有关现代性的讨论，正在各个层面上进行。这个讨论本身是很有意味的，它是寻求现代性的动作，同时，它也说明，我们确实如帕斯所说的那样，一直游离在“现时”之外。

帕斯提到的“被排除于现时之外”、“时间的支离破碎”、“分离的自觉意识”、“空间变成了诸多空间”、“追求诗歌的现代性的历史与一次又一次地以不同的方式追求国家现代化的历史是同步的”等处境，都与我们有相似之处。这些命名，几乎可以作为我们的自我命名。实际上的情形，可能要复杂得多。我想说的是，同样是被排除在“现时”之外，被排除的方式是不一样的，“分离的自觉意识”在帕斯那里指的是一种独立的文化品格，到我们这里，语义就悄悄滑动了。

但基本的命题，关于“现代性”，帕斯的说法应该是有普遍意义的。帕斯说：“现代性是一个正在寻求自身含义的字眼儿：它是一种思想，一种幻景，还是一个历史的时刻？没有人能说清楚。不过这无关紧要：我们追求它，紧追不舍。”鉴于帕斯自己的祖国一直被排除在“现时”之外，他说：“现代性与现时是混在一起的，现时是现代性顶端最新的花朵。”在那篇受奖辞的最后，帕斯关于“现代性”的描述可以看做是波德莱尔之后，又一个诗人对文学提出的最有说服力的诫命：“现代性不在我们之外，而在我们内部。”

对这一代写作者来说，写作的过程其实应该是精神生长的过程。在这个时代，写作依靠的甚至不单单是天赋、才华、经历、心灵的受伤后的补偿。它依靠的是一个成熟的知识分子对内心世界的省悟、把握、追问。我这里说的成熟，是指健全的成人心智。心智的成熟，从个人性写作出来，使我们的语言在寻求现代性的旅途中扎根。

三

午后。在一篇小说中，我写道：

> 午后，这是暧昧的时刻，阳光因为受到云层的阻碍，而无法朗照大地、湖泊和水沟，这使我们无法通过地上的水看见自己的肖像；它连接着正午和夜晚，既是一种敞开，又是一种收敛。不消说，我很想把这个时代的写作称为午后的写作。

加缪曾经描述过地中海的阳光，并提出了正午的思想。他还说：“如果说古希腊人制造了绝望与悲剧的观念，那总是通过美制造的。这是最崇高的悲剧，而不像现代精神那样从丑恶与平庸出发制造绝望。”

波德莱尔和福楼拜将丑恶和日常生活的平庸引进了文本。乔伊斯的布卢姆,不吃羊腰子胃口就吊不起来。庸常的生活中,丑和平庸是孪生子,但简朴的美以及希望照样存在。现代小说大都是从丑(恶)与平庸出发制造绝望的,这是事实。但否定的概念也由此给出,从否定出发,写丑和平庸,"制造绝望"是写作的又一条诫命。其实加缪本人就是写丑和平庸的大师。也就是说,他的思想和写作之间有一道缝隙。奇迹也就在这个时候出现了,那道缝隙在潜在的否定力量的穿透下,被美所照亮,"崇高的悲剧"由此诞生在从古希腊人那里沿袭下来的谱系之中。

悲观与虚无,极权与暴力,在午后的阳光下,不仅仅是反对的对象,也是一种分析的对象。一旦分析起来,就可以发现成人精神世界中充满着更复杂、更多维的东西。午后的写作也由此区别于正午的写作。在幽昧的日常生活中,面对丑和平庸,写作者的精神素质会受到根本的衡量,写作者严格的自我训练在此显示出了必要和意义。

警觉与凝望

生存的困境，这可能是小说所要表达的最重要的主题，是小说家思维交织的中心。作为具有一定长度的叙事作品，小说放弃了对人类生存困境的表现，几乎等于找死。即便在最欢乐的作品里，生存困境也绕不过去，否则，它哪来的欢乐。即便在法国新小说那里，或者在意大利小说家卡尔维诺的极端作品《帕洛马尔》里面，不管人物的形象多么模糊，我们仍然能从物像的反光里看到现代人痛苦的身影。

对生存困境的表现，显然不仅仅是一种技巧问题，精神的洪流一定会贯穿其间。站在地狱的屋顶上，有人深陷其中，有人却能继续凝望花朵，保持精神的圣洁，并使之成为一种基本的生存姿态。卡夫卡，这位历经磨难的小说家，说："人是注定要生的，而不是注定要死的。"说完这话，他就患痨病死了。加缪说："只有一个问题值得考虑，那就是自杀。"他是出车祸死的，一般情况下，他也不打发他的主人公去自杀。他的主人公们在死亡的阴影下行动着，反抗着，最后才被老鼠或老鼠一类的东西咬死。要是把他们的话和他们的作品放到一起来考察，我们或许能够较为准确地理解生存困境对于小说的意义。从某种意义上说，卡夫卡和加缪的话是相辅相成的，他们表述的可能是同一个真理。

热爱真理是小说家们的好习惯，福克纳就曾对那个真理作过一番阐述。他的话实际上把卡夫卡和加缪的两句话沟通了。他说：“他（指加缪）所走的是唯一的一条可能不光是通向死亡的道路，那是一条完全靠我们微弱的力量用我们荒谬的材料造成的道路。在生活中，它本来并不存在，是我们把它造出来之后才有的。”在这里，福克纳谈论的不仅是加缪，也是卡夫卡，同时也是福克纳本人，是所有伟大的小说家。

表现生存困境，无疑可以产生悲剧的净化作用，但并非总是如此。在许多小说中，死亡只能说明一具僵尸的出现，婚姻只表明同床共枕，大地是种粮食的地方，花朵的凋谢说明一种植物的枯萎，在这里，事实就是事实，与价值不发生关联，也就是说，事实王国与价值王国永远处于一种分离状态。净化的作用没有踪影，腐化的效果倒可能触目可见。

准确地说起来，这里其实并没有表达出生存困境的意义，它所表达的甚至不是生存困境，也不是境遇。其实，死亡就意味着诞生，忍受就孕育着挣脱，憎恶和怜悯一体，事实王国与价值王国并不背离。我想，这里涉及的可能不仅是技巧处理问题，它肯定触及到小说家的生存态度和文化背景。站在地狱的屋顶上，凝望花朵，那短短的一瞬，其实已经囊括了小说家的全部生命，精神在那一刻闪现出的光彩，已足以将生存的每个角落照得透亮。当我们对生存困境保持警觉的时候，对花朵的凝望是不是一种更根本的生存姿态？

1994 年 11 月 10 日　郑州

《花腔》后记

那一夜如此遥远,又如此迫近,似乎还要反复重现。多年来,我无数次回到《花腔》的开头,回到那个大雪飘飘的夜晚。一名将军出于爱的目的,把一个文弱的医生派往大荒山。这位以救死扶伤为天职的人,此行却只有一项使命,那就是把葛任先生,一位杰出知识分子置于死地,因为这似乎是爱的辩证法。几年后,我终于写下了《花腔》的最后一句话。那是主人公之一,当年事件的参与者,如今的法学权威范继槐先生,对人类之爱的表述。范老的话是那样动听,仿佛歌剧中最华丽的那一段花腔,仿佛喜鹊唱枝头。但写下了“爱”这个字,我的眼泪却流了下来。许多年前的那个夜晚的雪花,此刻从窗口涌了进来,打湿了我的眼帘。

但我对《花腔》的回忆,并不只是对一部小说的回忆。三年的写作过程,实在是一次精神的历险。对我来说,书中的每个细节都是一次临近寂灭的心跳,每声腔调都是一次躲闪之中的出击。因为葛任先生的死,因为爱的诗篇与死亡的歌谣总在一起唱响,我心中常常有着悲愤和绝望,而随着时光的流逝,写作的继续,这悲愤和绝望又时常会变成虚无的力量。虚无的力量是那样大,它积极的一面又是那样难以辨认,以致你一不小心就会在油腔滑调中变成恶的同谋。我必须对此有大的警惕。感谢《花腔》的主人公葛任先生,是他把自我反省的力量带给了我,并给了我一种面对虚无的勇气。他虽然死了,但他还是提醒我不要放弃希望。对我来说,这就像一个自我疗救的过程。那微薄的希望虽然是倒映在血泊之中的,但依然是一种希望。我凝望着那希望就像站在地狱的屋顶上凝望花朵。

所以,如果我说我对主人公葛任先生充满了感激之情,那并不是在耍花腔。我还想说的是,能够伴随葛任先生对读者一诉衷肠,是我的幸运。在我讲述这个故事的时候,葛任羞涩的面容总在我的眼前浮动。面对着历史转折关头的血雨腥风,人们的神经应该像鞋底一样坚硬,而葛任这样时常脸红的人自然显得不合时宜。但我相信,许多读者都会从葛任的经历中,看到一种存在的勇气,一种面对种种威胁而艰难地寻求自我肯定的力量。在这里,生命的消失并不意味着生命的瓦解,而意味着自我的完成。他的血像露珠一样晶莹,在阳光下闪耀,并滋润万物。虽然许多人极力要把葛任塑造成一个英雄人物,但他是不是英雄并不重要。他的墓碑无迹可寻,但他有没有墓碑也不重要。葛任的朋友鲁迅先生在诗中曾这样写道:血沃中原肥劲草,寒凝大地发春华。英雄多故谋夫病,泪洒崇陵噪暮鸦。

记忆中的某一天,风向变了,积雪消融的季节来临了。这是小说中葛任的朋友在怀念葛任时说的一句话。现在正是春天,正是万物复苏的季节。当我写下这段文字的时候,我知道《花腔》注定不是一部畅销书,我也不希望它仅仅是一部畅销书。我清醒地意识到,它其实只是献给有智慧的性情中人的一部书,只有在那里,它才可以与精神的盟友相遇,享受到羞涩的快乐,和疼痛的关爱。

对我个人而言,我希望在生命结束的那一天,我的家人能在我的枕边放上一本《花腔》,使葛任先生能听到我和他的对话,听到我最后的呼吸。

《石榴树上结樱桃》自序

写一部乡土中国的小说，一直是我的梦想。当然是现在的乡土中国，而不是《边城》、《红旗谱》、《白鹿原》和《金光大道》里描述过的乡土中国。我说的是现在，是这个正在急剧变化、正在复杂的现实和语境中痛苦翻身的乡土中国。

一个人，只要不是瞎子，只要不是聋子，都会看到和听到中国乡村正在发生的一系列“悲喜剧”。它们并不是发生在“别处”，它们也并不仅仅是“乡村故事”。你住在城市也好，住在乡村也好，只要你不是住在月亮上，那些“悲喜剧”都会极大地影响你的生活，你现在的和未来的生活，除非你认为自己没有未来。

2003 年的 4 月，当我住在北京的乡下写《石榴树上结樱桃》这部长篇小说的时候，我从北京郊区的农民的脸上看到了中原农民的脸，又从中原农民的脸上看到了北京人和上海人的脸，虽然北京人的眼睛常常从曲折的胡同瞥向红墙顶上的琉璃，上海人的目光常常从浑浊的黄浦江瞥向大洋彼岸的女神。我知道，大河上下，长城内外，这样的脸其实无处不在。在整整一年的写作期间，这样的脸庞一直在我眼前闪现。我再次意识到了乡土中国的含义。

当然，我还没有简单到连“城乡差别”都看不出来的地步，更何况是在“城乡差别”越来越大的今天。我也并不是只看到富人——无论是城市的富人还是农村的富人,而看不到穷人——无论是农村的穷人还是城市的穷人,我还不至于如此糊涂。同样,我也不会只看到穷人而看不到富人,我还不至于如此偏激。但我理解那种因为内在的失衡而导致的普遍的怨恨。当生活在谎言的掩饰下进行着真实变革的时候,这种普遍的怨恨显得如此复杂暧昧,又如此意味深长。

石榴产自西域,由西汉的张骞带到东土,而西汉恰恰是我们民族国家形成的源头。樱桃产自东洋,何人何时将之带入中国已无可稽考,而在近代,正是因为日本,我们的民族国家意识才得以觉醒并空前高涨。经过漫长的时光,石榴与樱桃现已成为民间最常见的植物,它们丰硕的果实像经久不息的寓言,悬挂在庭院的枝头。我知道,民族国家的寓言和神话——当然是乡土背景下的寓言和神话,一直是中国作家关注的焦点。但在二十一世纪的今天,构成这个寓言和神话的诸多要素和要素之间博弈和纠葛,以及由此带来的诸多“悲喜剧”——就像“石榴树上结樱桃”,却需要我们耐心讲述,需要我们细加辨析。

为此我写下了一些故事、一些场景、一些状况,也写下了我的忧虑、警觉和艰难的诉求。我相信它在谎言和啼笑之外,但深于谎言,深于啼笑。

《夜游图书馆》自序

我出书很少，只有几本薄薄的集子和两部长篇小说。同辈作家大都“著作等腰”了，我却是“著作等脚”。这倒不是因为手懒。吃的就是这碗饭，手懒不是找死吗？说来说去还是因为个人的脾性。

在日常生活中我特别容易轻信，很容易上当，但在写作上我却很少轻信。阎连科先生曾建议我出文集的时候，在文集的封面上标明，这是“一个怀疑主义者的文集”。打个比方，日常生活中有人告诉我公鸡会下蛋，我肯定会说，对，会下蛋，运气好了还会下个双黄蛋。但同样的事情放到小说里，我就要怀疑了。不光公鸡下蛋要怀疑，连母鸡下蛋也要怀疑了。母鸡下蛋？难道是只母鸡都会下蛋，都必须下蛋吗？既然上帝允许有些女人不生孩子，为什么就不允许有些母鸡不下蛋呢？具体到某篇小说，即便已经写了一多半，即便已经画上了句号，我还是会怀疑：这个故事到底有没有意思？故事中的那个家伙真的值得一写吗？这个故事到底有没有人写过？中国人没写过，外国人也没写过吗？你看到了吧，别人是“下笔如有神”，我呢，好像“下笔如有神”，其实“下笔如有鬼”，所谓疑神疑鬼是也。你说，这种情形下，我怎么能够“著作等腰”呢？

但我毕竟还是写下了一百多万字的作品。尽管怀疑主义情绪如同迷雾一般无处不在,但我每天还是要在那迷雾中穿行。帕斯捷尔纳克说,“我写作,因为我有话要说”。他讲得真好。“有话要说”这个伟大的动机,几乎会在每个作家的写字台前闪光。但对这个时代的写作者来说,更重要的可能是要说出自己的话,以自己的方式说出自己要说的话。这很难啊,它需要激情、勇气和学识,也需要作家在想象力、表现力和认知力方面进行严格的自我训练。拦路虎很多啊,每一只拦路虎都可能把你吃掉,吃了以后人家吐不吐骨头你都不会知道。但我还是写下了这么多作品。在午后时分,如果那迷雾尚未散去,它就会延续到深夜甚至黎明。时光漫长,与其等着给拦路虎吃掉,还不如趁着大雾弥漫穿越密林。如果能够侥幸逃生,那当然很好。如果无法逃生,我毕竟也做过逃生的努力,这总比坐以待毙要好一些吧?

所以,我还在写。

《白色的乌鸦》自序

如果让你列出你心目中的十部经典短篇小说，我想我们列出的篇目可能会有很多重合。但是如果让你列出选择这十部短篇小说的理由，那理由可就是五花八门了。我们还会奇怪地发现，那些被我们看成是经典的短篇小说，又往往是突破常规的，它好像不是那么标准，要么多了一点什么，要么少了一点什么。换句话说，它好像是短篇小说史上的一个例外。

举例来说，几乎没有人怀疑辛格的《傻瓜吉姆佩尔》是短篇小说杰作。但实际上，它并不符合短篇小说的基本要求：它更像是一部长篇小说的概要，它的容量其实比辛格的很多长篇小说都要大。也几乎没有人怀疑，卡夫卡的《变形记》是一部经典小说，但是自古以来的文学教科书，可曾告诉过我们，小说的第一句话，就可以把一个人变成甲壳虫？世人都说短篇小说最讲究章法，开门见山，尺水兴波，冰水理论，象外之象，等等，可是不管你拿什么标准去衡量巴别尔的《骑兵军》，你都会觉得有些不对头。鲁迅的《呐喊》、《彷徨》和《故事新编》，有两篇小说在形式上是一样的吗？

但有趣的是，面对那些数目浩繁的短篇小说，有经验的读者还是能够判断出，哪部小说写得好，哪部小说写得不好。即便隐去作者的姓名，很多时候我们也能够判断出，哪部小说只有这个时代的作家才能够写出来，哪部小说任何时代的作家都可能写出来，哪部小说虽然只有这个时代的作家才能够写出来，但是，把它放到整个文学史上，我们仍然会觉得它是一部好小说。这种现象似乎又说明了一个基本事实：我们对于短篇小说，其实还是有一个基本的判断标准的。短篇小说的写作看上去好像没有定规，但其实还是有一个大致的规范的。

我想，不管时代如何变化，不管你的小说属于哪种风格、哪个流派、哪个主义，好的小说（不仅是短篇小说），它都有助于我们更深入地了解人类的基本状况。与长篇小说和中篇小说相比，因为短篇小说的篇幅较为短小，所以我倾向于把短篇小说看成是对人类的基本状况进行阐释的一个注脚。它既是正文的一部分，同时又独立于正文，是一个相对自足的文本。它让你目光下垂，从正文的滚滚洪流中移开，进入短暂的沉思。当你目光上扬，你的目光就会越过正文和注释之间的那条虚线，好像进入一种隔岸观火的状态。你可以过去救火，也可以借此把火焰当成焰火。在看到这个注脚之前，你对人类的基本状况已经有了大致的了解，但只有看了这个注脚之后，你才会有更进一步的了解。你虽然知道傻瓜充斥于人间，但是如果你不读《傻瓜吉姆佩尔》，你就不知道世上还有这种“傻瓜”，原来他竟然是混乱时代的天使。你虽然知道小孩子在进入成人世界的时候，要有一个非常困难的过程，但是你只有读了乔伊斯的《阿拉比》之后，你才知道你自己当初的痛苦其实别人也有过，那其实是人类的痛苦。它在加深你的痛苦的回忆的同时，又缓解了你的痛苦，并提醒着你去体谅别人的痛苦。你只有在看过了鲁迅的《在酒楼上》，你才会去思考酒楼外面的那株腊梅与一个死去的女孩子手中的剪绒花可能会有什么关系，她比《阿拉比》中的那个孩子更为不幸，更不幸的还有鲁迅小说中写到的与辛格的“傻瓜”相近的中国傻瓜。

这里的几篇小说，是我从二十年来创作的短篇小说中选编出来的，它们就是我对生活和时代写下的注脚。现在请你目光下垂，请你目光上扬。

2011 年 8 月 23 日

《遗忘》后记

因陀罗在印度神话的众神之母阿底提的诸多儿子当中最为威严。为了生他，他的母亲都出现了血崩，差点呜呼哀哉。他刚一落地，就伸手去抓兵器。长大之后，他常常以各种面貌来到人间。有时是国王，有时是乞丐，有时是隐士，有时是武将。在年龄上，他也是变化莫测，有时是个糟老头，有时是个美少年，有时成为一个看不出年龄的畸形人。更出格的是，有时候他还要变成老虎、狮子、苍蝇、天鹅、鹦鹉，或者一个小小的甲虫。他虽然是个神，但他比较乐意干的事情，却是去勾引那些独守空房的女人，就像抠破唇边的一个青春痘似的，搞掉她们辛辛苦苦保留下来的贞洁。

在《圣经》中，亚当活到一百三十岁，生了一个儿子叫塞特。生完塞特，他又接着往下活了八百年，这期间他继续生儿育女。塞特活到一百零五岁，生以挪士。生完之后，也接着往下活了八百零七年，和他爹一样，这期间他也是继续生儿育女。许多许多代之后，出现了耶稣。又过了许多年，人类把耶稣诞生那一年，当成了公元元年。幸亏有了这个元年，否则研究整个人类历史就会出现狗咬刺猬，无处下嘴的局面。也就是说，它和后来冒出来的有关“格林威治时间”的说法一样，意义都是很了不得的。

中国的神话典籍里，娶了日神月神，生日月并主宰日月运行的帝俊，在远古神话中显然占据着非常重要的位置。一些神话学者想把他确立为主神，以此把神话碎片拼凑起来，让它“破镜重圆”，构筑起一个说得过去的较为完整的体系。这个帝俊长相奇怪，脖子上架的是个鸟头，生下的太阳儿子也是个鸟，是长着三只脚的乌鸦。已经有研究表明，那三只脚中，其实有一只是生殖器，而不是真正的脚。也就是说，当时的人看走眼了。此类走眼的事情，直到现在还时有发生。譬如在跑马场，有人看见马的生殖器吊在肚子之下，就喊有一匹马长着五条腿。当然，这个帝俊也生下了人间最好的帝王尧。尧之后的帝王，可以说是一代不如一代，其差别之大，可用龙种和跳蚤来形容。在漫长的历史里，如果有人想讨好最高当局，就说那人是尧帝转世好了。那人尽管知道那是在戴高帽，但还是会高兴得屁颠颠的。查了典籍，我们还会知道，关于帝俊和尧的关系，还有另一种说法，即，帝俊其实就是尧。不光是尧，他还是后来的舜和禹。也就是说，和因陀罗一样，他也有着多种身份。他也喜欢女人，而且是韩信点兵，多多益善。他似乎是永恒的王，永恒的权力的最高主宰。

所有的神话故事、神话人物都与我们的日常生活有着密切的关联。当我们把耶稣看成一个人的时候，他是一个尊贵的神，当我们把他看成一个神的时候，他是一个失败的人。从上述三个故事中，我们就可以看到日常生活与神话之间的联系。对神话故事的每一次重述，每一次注解，其实就是在神话和日常生活之间建立起联系。而实际上，神话的结构和日常生活的结构，有着惊人的同一性。穿越了时间层，神话来到了我们之间，而我们穿越了时间层，在远古找到了我们诸种意识形态的源头。也就是说，对神话的重述,实际上是一种相向而行的运动。

在将近四个月的时间里,我埋首于各种典籍、注释之中,犹如承受着一种酷刑,最后形成了一个七万字左右的文本《遗忘》。其副题叫《嫦娥奔月或嫦娥下凡》。在狮子王、唐老鸭、白雪公主这些形象诞生和东渐之前,蓝天比现在更遥远,同时也更接近,星光像萤火虫漂浮,同时也像燧石一样冷硬坚实。嫦娥的形象就在那蓝天之上、星光之间翩翩而行。不过这时的嫦娥是射日英雄后羿的妻子,而不是生了月亮的帝俊的老婆。随着年龄的增长,意识到身份的混乱以及各种权力关系,神话故事中的诗意,就比水中月镜中花还要虚幻了。换句话说,浪漫的诗意和神话的英雄劲头一旦遭遇日常生活,就荡然无存了。

存在着各种悖谬性的经验图景。神话当然不是历史,但神话确实又是历史,我们现在就咬定自己是炎黄子孙;神话当然是虚幻的,但各种典籍对它的记述,确实又是铁板上钉的钉子。历史之所以成为历史,是因为它是一种时间性的存在,但历史一旦成为历史,在经验世界里,它确实又是一种非时间性的存在。用真实的材料来论证不存在的事情,通过辨伪的方式,来制造新的伪证,本来就是国人最擅长的伎俩。我们本来就是在悖谬性的境遇生存的人。我们的想象只有在权力认可的情况下,才是合理的想象,而一旦认定它是合理的想象,我们就会认定它就是历史。而想象本身的意义,却被遗忘了。在各种悖谬性的境遇中,个人的真实性被置于了脑后,但被置于脑后的事实,确实又是个人的真实性所存在的疆域……

我关心这种由身份的多变和各种悖谬所带来的混乱。不消说,身份的多变和时间层的打破,又使得这种混乱与同一律、矛盾律和排中律相悖。就像陷入了庄生梦蝶的迷惘格局，在写作《遗忘》的时候，我经常感到上述形式逻辑的基本规律，只是一种幻觉。当我试图清晰地去安排故事的情节、表现人物性格的时候，我越来越觉得这种表述对真实的遗漏和它在本质上的虚妄。换句话说，当我将人物的身份、故事的情节编排弄得不符合三律之后，我反而感到了一种快乐，一种接近我对事物的理解的快乐。而在这个时候，我对世界所应该有的清晰秩序的向往，反倒变得强烈了起来，就像从纸张的反面，来到正面。就像卡尔维诺所说，当他意识到轻是一种价值而并非缺陷，欲在写作中寻求怪诞之中的和谐、明快的时候，他才感到世界的沉重、惰性和难解。

谈论自己的作品，说透了不好，不说透也不好，就像糖尿病人吃糖不成，不吃糖也不成，就像一个人先把自己扒光了，而对方可能还无动于衷呢。所以最好的办法是，多少吃一点糖，裤衩无论大小，还是要稍留一点，以备有个退路。

书房里的对话

我枯坐于书房,正为一篇关于书房的文章犯愁,有人敲门了。来了四个人:一位批评家,一位男记者,一位女作家,还有一位是行为艺术家。前三位是我的朋友,后一位是他们的朋友。说实话,我看不出艺术家的年龄和性别。从蠕动的喉结来看应该是个男的,可从描眉涂唇上看,又是个女的。后来我知道了,他原来是男的,现在是个女的。要是往常,如果我的写作计划被打断了,我肯定烦都烦死了。可这会儿——

李　洱:来得好,我正想找人——

男记者:搓麻将?太好了,刚好一桌。男女搭配,玩着不累。

李　洱:正经一点。我想找个人谈谈书房。谁有书房谁举手?

女作家:狗眼看人!虽说我是泡吧泡出来的,可我也是个读书人。没有书房还能叫读书人?不是读书人还能叫现代人?

艺术家:本姑娘就没有书房。

李　洱：瞧瞧，上来就吃了杀威棒。

男记者：我的书斋大得很。对，我习惯上称它为书斋。书桌有六平方米。驴打滚都可以。藏书有一万册吧，反正只多不少。还有一个名字呢，叫“听雨斋”。有点诗意吧？

艺术家：还书斋呢。本姑娘是，天当房地当床，深挖洞广积粮。

批评家：别捣乱。你不吭声，别人也知道你刚挖了条人造阴道。喂，记者大人，我想问一下，为什么要叫书斋呢？

女作家：烧包呗。小布尔乔亚。

李　洱：“斋”和布尔乔亚好像没有关系。撑死了算个封建。

批评家：快接近实质了。虽然我和你（记者）打过几次牌，但我对你并不了解。今天听你把书房叫书斋，我就发现，其实呀，玩世不恭只是你的表象。“斋”字在汉语里，总是有一种宗教意味。古人祭礼或庆典时，清心净身以示诚敬，叫做“斋”。伊斯兰教的教历九月，叫“斋月”。你当过知青吧，不管怎么说，还是有宗教情感的。毕竟是从一个神性时代爬出来的。

女作家：操，哪跟哪呀。

批评家：这就怪了。我一表扬你，你就说表扬得对。一表扬别人，你就说表扬错了。批评的标准是由你一个人说了算吗？年轻人，我正要提醒你，一定要注意汉语的词根。汉语的词根不在杜拉斯那里，也不在亨利·米勒那里，而在汉语典籍之中，在落满灰尘的图书馆的最上层。

女作家：德性。其实，我的书房也是叫过“斋”的。叫“可乐斋”。

艺术家：深挖洞广积粮，不称霸就称王。

男记者：你（批评家）说得很有道理。没办法，我这个人就是这样，无意识总是走在意识的前头。我本来想改的，现在不改了。

批评家：“书斋”的意思其实是说，它是读书人的修行之地。

女作家：太沉重了。

李　洱：沉重得都有点悖时了。

批评家：可悖时正是文人的命运呀，不合时宜，像个苦行僧。

李　洱：虽然我不愿当苦行僧，但我知道这是文人的宿命。写作技艺也需要锤炼，这也算是修行吧。

女作家：太沉重了，需要化解。

李　洱：用什么化解？怎么化解？

艺术家：肉。

李　洱：别捣乱，听人家（批评家）的。

批评家：其实已经化解了。林语堂、周作人、张爱玲是这方面的先锋。他们给写作增添了趣味。一些趣味，一些知识。“斋”到了他们那里，就有了趣味的意味。吃完饭，没事干，一杯茶，一包烟，温一壶花雕，卷半幅幽帘，用炉子烤烤鞋垫，用脚盆接接雨点，写上几行字，赚些零用钱。从鲁迅的《呐喊》，一直化解到张爱玲的《流言》。

女作家：还有我呢。先喝杯可乐，再上网聊天。

男记者：咦，这就怪了。听上去，你（批评家）说的好像也是我。不过,我烤鞋垫用的吹风机,喝酒喝的是人头马。

女作家:其实,我是哄你玩。我的书房不叫“书斋”,而叫“书吧”。全称可乐书吧。

艺术家:天当房地当床,深挖洞广积粮,不称霸就称王。

李　洱:又来了,又来了。还念错个球了,应该是不称王。既然后现代了,就别搞话语霸权了。一会儿称霸,一会儿称王,烦不烦?

艺术家:可沸点乐队就是这么唱的。央视放过的。词是贝司手写的,曲是键盘手谱的。本姑娘跟他们都睡过,而且不止一次。还能有错不成?

李　洱:那,天当房地当床,什么意思?

艺术家:听了半天还不明白?真是个傻鸟,比鸟还傻。哦,对不起,本姑娘只是顺口说说,没有歧视男同胞的意思。天当房地当床嘛,说的够透彻了。普天之下都是本姑娘的书房。本姑娘搞的是行为艺术,直接诉诸你的感官,从肉到肉,不要文字来搅和。这么说吧,你们说的书房,本姑娘还是当男人时搞过。几排书架,上面堆些连自己都不看的书。这就叫“书斋”,“书房”,“书吧”?如今想起来,本姑娘大牙都要笑掉了。

李　洱:我也见过一些行为艺术家。他们也是有书房的。

艺术家:那也是行为艺术的一部分。

女作家:姐儿们,你的意思是……

艺术家:操,那不过是个道具罢了。

李　洱:鄙人若有所悟。

批评家：对话就有这点好处，可以互相启发。言者无意，听者有心。我突然想到，作家其实也是行为艺术家。

艺术家：别跟我套近乎。

批评家：作家趴在书房写作，用文字呼吸，证明自己还活着，那样一个姿势、背影，和行为艺术家其实有异曲同工之妙。说到修行，行为艺术家其实也是修行。说到书吧，行为艺术家也把天地之间当成了自己的书吧。痛苦与快乐齐飞，书籍共身体一色。现在不是有身体写作吗，就有点这个意思。

女作家：身体写作？这可是我的强项，我最有发言权。

批评家：说说看。

女作家：要有床，要有墙，要有镜，要有光，还要有人偷看。

李　洱：自己看就行了，还要别人看。

男记者：畅销书写法。这样的书我有一大堆，都是作家送的。进门捅刀子，上床脱裤子。你落实的是后一条。

批评家：这都是表面。其实，真正的身体写作，是一种化解意识形态的写作。化解本身，有一种张力。现在的问题是，逃脱了一种意识形态的陷阱，又掉入了另一种意识形态的茅坑。

李　洱：思维方式有问题。

男记者：越谈越玄了。其实，我们来找你，主要是想谈谈纽约的世贸大厦。消息传来，报社一片欢呼，电话响个不停，大多数人都说炸得好，炸得巧。

女作家：我以前的那个情人，现在是公安局长。他也说炸得好，还想放挂鞭呢。因为市里不准放鞭，他只好鸣枪庆祝。

李　洱：有点人性好不好？畜生啊！书房里放的都是什么书啊？

男记者：我儿子的老师，女的，好看得迷死人，全国特级教师，一到教师节就去北京接受领导人的接见。还经常出国讲学，美国、英国、法国……满天飞。前天，她在课堂上一讲到这个，高兴得嘴都笑歪了。

女作家：这有什么，网上铺天盖地都是。卡通人举着一个小牌子，满场飞奔，有戏喽，有戏喽，Fuck，有戏喽。据说，喜洋洋酒卖得不错，一下子打开了国内市场。下一步就是国际市场。

李　洱：瞧瞧，上网，玩电子游戏，喝可口可乐，创国际名牌，可思维方式还是旧的。甚至不是思维方式问题，是文化基因出了问题。没有了爱的能力，没有了怜悯心。眼看他起高楼，眼看他楼塌了。一个人倒霉了，另外一个人就能过上好日子？

艺术家：纯粹的行为艺术，酷！

批评家：谁玩的行为艺术？是无辜的死难者，还是恐怖主义者，或者是世贸大厦？

艺术家：三位一体，缺一不可。

李　洱：跑题了，跑题了，咱们谈的是书房。

批评家：你（艺术家）也知道三位一体？是不是从书上看的。

艺术家：是啊。

男记者：那你不是也有书房吗？

艺术家：本姑娘已经说了，那都是老皇历了。

女作家：透露个小秘密，她（他？）就是在书房里把自己阉掉的。

艺术家：大点声。本姑娘才不怕呢。不但不怕，而且欢迎欢迎，热烈欢迎。艺术没有观众可不行。

女作家：她（他？）跪在书桌上，先吃了片伟哥，让它肿起来，然后，用犀牛牌刮胡刀片，嗤啦一声，没了！这是人家的处女作，也是经典之作。"广积粮"的意思，就是一下子捞够本钱，确立地位。

艺术家：废话！没有地位，你们会搭理本姑娘吗？

男记者：深挖洞广积粮，你的那个什么，也是你自己挖出来的？

李　洱：跑题了，跑题了。

批评家：跑什么跑，没跑。书房，本来就是经验的跑马场。

男记者：你（艺术家）怎么会来这一手呢？

艺术家：操，说起来也是看书看的。书是从她（女作家）那里借的，书名叫《行为艺术论》。

男记者：这书名有点熟。

女作家：熟？当然熟。我还是从你那里偷的。不过，孔乙己说，读书人偷书不算偷。

艺术家：本人一看，操，上面罗列的行为艺术可谓花样翻新，可就是没有变性……

李　洱：这本书我也看过。

男记者：哦，想起来了，还是你（李洱）推荐给我看的。

艺术家：就是没有变性这一手。我就想，上帝有眼，这一手是专门给我留的。书上说，行为艺术的特点是它的一次性。可是，狗屁，好多都是一搞再搞。本人就想，只有变性才是一次性的，是最彻底的一次性。

李　洱：是我推荐给你（男记者）的吗？快还我。

艺术家：作者把它拿走了。这个人远在天边，近在眼前。

男记者：……

女作家：（一起喊）谁？

李　洱：……

艺术家：他（批评家）呀。

批评家：唉，艺术模仿生活，生活也模仿艺术。他娘的，现在艺术竟然等同于生活，就像书房等同于世界了。这个世界已经没有一个安静的书桌了。唉……

随着批评家的一声叹息，大家突然都失去了谈话的欲望。我把麻将从书架下面的抽屉里翻了出来，又把遮盖电脑的绒布铺上书桌，充当麻将布。他们喊，茶，上茶。我就去给他们沏茶。这个时候，书房既成了麻将俱乐部，又成了茶室，上演的是日常生活的重要一幕。趁他们打牌的时候，我把这篇对话整理了出来。我想，运气好的话，换来的稿费或许能买上半斤好茶。

道德优势与反道德优势

1996年初，一个朋友问我对一个张姓作家作品的看法。朋友是个批评家，对张的作品耳熟能详。张当时的一部歌颂穷人心灵美的作品正畅销全国。当然，他在歌颂穷人心灵美的同时，也歌颂了自己的心灵美。朋友的态度很诚恳，我的态度也不由得诚恳了起来。我说，对张的作品中表现出来的那种道德优势，我感到很奇怪。他非要让你感到，他是对的，你是错的，如果你想改邪归正，你一定得按照他说的办法来，否则，你就等着下地狱吧。朋友通过厚厚的镜片望着我，我也就继续说了下去。我说，张提出的为穷人写作的观点，也让我感到莫名其妙。在延安时代，毛曾与梁漱溟有过一次争论。毛认为必须打倒地主阶级，让穷人翻身。梁说，乡村里其实没有阶级，只有贫农与赤贫的区别。不是要打倒那些地主，而是让赤贫赶上贫农，让贫农成为富农。毛不想和他争论，甩袖走了。我说，如果姓张的理想得以实现，老百姓都要跟着遭殃，好在他的理想无法实现，所以我才能在这里议论他的作品。批评家朋友不同意我的看法。我们两个就争论了起来。争论到最后，这位批评家对我说，别说那么多了，你这是小作家对一个大作家的嫉妒。

如果我对托尔斯泰的作品也提出了不满的话,那是否就说明我也在嫉妒托尔斯泰呢?这跟嫉妒能扯上边吗?他早就死了,我想嫉妒也嫉妒不成啊。这就是我当时的反驳。朋友说过那话之后,似乎感到言重了,就做了很多解释,试图把“嫉妒”说成一个褒义词。他一解释完,我就告辞了。后来我还碰到许多张作家迷,他们其实都是张大作家的信徒。在那些人面前,你只要敢对张作家说一个“不”字,他们都恨不得把你活吃了。当作家能当到这个份上,确实让人感慨不已。

事情发展到这里,还够不成一个故事。我记得就在这事过去之后没多久,我的那位朋友编了一本《终极关怀小说选》。他选了张的作品,需要张签名同意他选编。有一天,张受一家著名饭店的邀请到我所在的城市上课。这位朋友要去找他,事先给我打了一个电话,问我想不想和他一起去,说去了之后可以沟通沟通。我当然不去,因为我知道那根本无法沟通。这位朋友拉着另一个批评家朋友去了。在另外一个更高级饭店的总统套房里,我的两位朋友说明来意之后,张说:“我看过你们的文章,觉得还不错,很有发展前途,可你现在怎么干起了这种事?”又说:“我反正经常被别人强奸,再被强奸一次,也没什么。”这一次,我的朋友没有我的运气好,因为他没有得到张作家对“强奸”一词的解释。有一点可以明确,即便张作家也把“强奸”说成一个褒义词,我的朋友也不会去强奸他。我的朋友一直不愿把他和张的“通后感”告诉我,过了好久,我才知道那天的详情。我的第一个感觉是,他们被张“强奸”了!而且,和“嫉妒”一样,“强奸”也绝不是一个褒义词。

“强奸”这个词从张的嘴里说出来,我一点也不奇怪。我非常感谢张作家,因为他“无意中”说出的这个词,正好可以让我拿来用到他自己的身上。在此之前,即便我能够感受到他把读者压在身下,龇牙咧嘴用力的姿势,我也不敢轻易使用这个词。现在是他自己提到了,我也就骑驴就磨台,图个方便吧。他用来强奸读者的,就是他在作品中所表达出来的那种强大的道德优势感。我不能说,许多喜欢他的作品的读者,都是受虐狂,但我知道那些读者在读他的作品的时候,并没有进入真正的对话。一个重要的原因当然是张的作品没有提供对话的渠道。张只是在宣布真理,在布道。而且在张看来,真理的对立面不可能是真理,只能是谬误,是魔鬼。如果我从最美好的意义上来理解张,我可以说,张这样做,对张本人来讲,是幸福的,因为他找到了自己生命的依托。但是,当他把这些东西交到读者手上的时候,就有了强奸读者的可能性。张的作品中没有对自己宣扬的道德观念最起码的质疑,在他的作品中,无法诞生出质疑的机制。从他笔下的那块辽阔的中亚版图的上空,升腾而起的绝不是一片祥云,而是一团杀气腾腾的蘑菇云。正因为拒绝了空气的对流,那里才终年干旱,很多地方寸草不生。如果说沙漠一直是个致命的隐喻,那么就让它只是个隐喻吧,而不要让它成为现实本身。当沙漠强奸绿洲的时候,我们不应该感到喜悦,而应该感到悲哀。

去年,我碰到另一个批评家。在闲谈中,我们谈到了对个别“美女作家”作品的看法。我问,为什么一定要在作品中当流氓呢?当了流氓还理直气壮,很有优势感。如果说王朔当初提出“我是流氓我怕谁”,在当时具体的语境中还有某种现实意义的话,那么现在“你是流氓你就应该进监狱”。我把这种现象称为“反道德优势”,考虑到现在已经到了许多批评家所说“后”的时代,我不妨把那种反道德优势称为“后道德优势”。我刚讲完,这位好心的批评家立即用手指头敲着桌边提醒我,注意了!你讲话应该注意了,你这是高高在上。那些年轻作家会对你有看法的!我问什么看法。批评家朋友说,什么看法?你想想当初你们怎么反感上辈作家吧?他们也说你们是流氓。

我听了一愣,“你们”?“你们”是谁?我在什么时候,什么地点反感过“上辈作家”?我只反感其中的个别人,就像我只对“美女作家”中的个别作家表示异议一样。比如,我一直认为韩少功、李锐是非常好的作家,披头散发、泥沙俱下的莫言,我也非常看重。格非和余华的作品我不光看重,而且喜欢。具体到下一茬作家中的女作家,就我看到的周洁如和戴来等人的小说而言,我认为其中不乏优秀之作,周洁如的短篇小说《花》,我认为和莫言的《拇指铐》一样,都是近年来屈指可数的好短篇。李佩甫写出《羊的门》之后,我的兴奋难于言表。顺便说一句,文学是不是一定要用“代”来划分?生于1969年的作家的作品与生于1970年的作家的作品,必须用不同的标准,不同的批评语言来批评吗?放眼全世界,有这样搞批评的吗?

和我前面提到的那个故事一样,事情到此当然还没有结束。这位批评家后来与多位“美女作家”有过交往。其“交后感”是,一些“美女作家”其实并不是流氓,有些人交往起来还很舒服,符合“五讲四美三热爱”的标准,其中还有党员同志,总的说来,属于进步青年。

第一个故事中的“道德优势”和第二个故事中的“反道德优势”,都让人感到不安。它们看上去风马牛不相及,但却又是在同一个逻辑层面上展开的。从最通俗的意义上讲,前者是装老爷,后者是装孙子;前者是伪善,后者是伪恶。这是不是一种经验的同构?比如,有时候,在有些人那里,爱国主义和卖国主义就是同一个词。更多的时候,将"道德优势"和"反道德优势"看成同一个词,也不会有什么大错。

我想知道的是,这样做是否能对现实作出准确的穿透?如果说,生活中充满了面具,充满了谎言,那么是不是一定要用一个面具去揭示另一个面具,用一种谎言去揭示另一种谎言?它究竟是揭示还是遮蔽?它究竟是对现实的批判,还是现实的同谋?自由的精神能从这样的文字中表现出来吗?如果说那里面有自由,那么在我看来,它只是谎言的自由。但是,仅仅把它们称为伪善和伪恶,是不是太简单了?难道那只是伪和装的问题吗?如果就此盖棺论定,是不是也是一种强奸?我首先亮明自己的看法:仅仅把那看成是伪善和伪恶,对他们是不公正的。所以,我很想和别人讨论,问题到底出在哪里?那到底算是怎么回事?为什么我们在作品中很少看到自我质疑?

奇怪的是,那些作品都有极大的市场。但我不认为这样的市场就能说明读者和作家、作品之间存在着真正的对话关系。真正的对话关系的建立,首先依赖作品中的自我质疑、互相否定的机制。作者对自己提出的任何问题都不去轻易下决断,包含着自我否定的可能。他是在否定中寻求肯定,在肯定中遭遇否定。这样的作品,既不依赖道德优势,也不依赖反道德优势。作家秉烛夜行,而作品就是那风中之烛。作家忍受着各种痛苦和困扰,而我们对作品的阅读,其实是把各种痛苦和困扰,重新集中到我们自己身上,我们在这样的阅读中,得以持续地反省自己的阅读经验和道德惯性。实际上,我倾向于把它看成是包含着新的道德立场的美学立场。

在正式讨论之前,我先做了个游戏。我把第二个故事讲给第一个故事中的那位朋友听,把第一个故事讲给第二个故事中的那位朋友听。我想听听他们的看法。但是,我绝没有想到,他们都对这个问题不感兴趣。第一个朋友现在对年轻作家充满无限的关爱,很慈祥,觉得这些鸡毛蒜皮的问题可以略过不谈,关键要看主旋律。第二位朋友对中老年作家充满无限的敬意,他提到的不是主旋律,而是主要矛盾,即他们和现实的主要矛盾。至于别的,他们一挥手,说,别的都可以略过不谈。他们坚定的语气表明,真理就在他们手中。

人物内外

我喜欢写小说，很重要的一个理由，就是小说是对经验的探究，是对自我的发现。当一个有趣的人物突然走进你的小说，当一句有趣的话突然从这个人物的口中说出，当这个人物和这个人物的语言对我们进退维谷的文化处境具有某种启示意义的时候，你会有一种被击中的感觉。为什么会被击中？因为你突然意识到你写的其实不是别人，而是你自己，你与小说中的人物同此凉热。同此凉热的还有小说中的那只猫：它一猫腰上房了，你呢，伸个懒腰敲一下键盘。1997 年冬天，我在写作《午后的诗学》的时候，那个倒霉的主人公费边先生突然冒出了一句话。他说，我们都生活在自身以外。写下这句话的时候，我周身寒冷：供暖正常的暖气片，外加刚刚注入过氟利昂的取暖空调，都无法让我从那寒冷中解脱出来。我再次意识到了人与经验的分离，人不再是经验的主体。如果说婴儿的内脏就是他的法则，就是他的欲望和诉求，那么，当代人其实是生活在别人的话语之中，生活在大众传媒之中。这是一种关于经验的经验，用一句绕口的话来说，这是一种间接的直接经验，或者直接的间接经验，有如模特儿脖子上的假发套，有如木乃伊的指甲上新涂的蔻丹。呜呼哀哉，人的形象由此得以改变：我们无法从内脏的蠕动看到生命的歌哭。很多人都在怀念十九世纪,认为那是小说的黄金时代。我知道更多的人愿意用十九世纪的小说来衡量这个时代的小说。2002年的春天,在一次研讨会上,一位批评家对拙著《花腔》说了很多“赞美”之语,然后,他话锋一转,说,跟十九世纪的小说相比,这部小说还有很多不足,比如一、二、三。很多人当场掩鼻窃笑。是啊,这人脑子进水了,都可以养鱼了,水势浩大,都可以载舟了。我由此想到了二十世纪最狂妄又最自卑、最有趣又最无趣的一句话,它来自那个后来将自己的脑袋一枪端掉的海明威。海明威说,他还没有摸着门道呢,就超过了莫泊桑,稍微下了点工夫就超过了司汤达,如果他能把吃奶的力气都使出来,再发上那么一点酒疯,他或许敢跟托尔斯泰伯爵掰腕子。我认为,海明威说这话的时候,已经开始发酒疯了。看来,发酒疯的不仅有批评家,还有海明威这样的大师。但这些疯话,也透露出一个隐蔽的渴望:人们希望在叙事作品中看到这样一个人物,他若在水中便是泅渡于苦海,若在陆地便是攀缘于绝壁,它从地面升到云端,然后俯瞰人间的悲欢。他咳嗽一声都是雷震,他撒一泡尿都是甘霖。他是一个英雄,有如“小神”。

对英雄或者“小神”的塑造,是十九世纪以前叙事作品的重要目的,“史诗性”被认为是叙事作品的最高品格。这样的作品中充满着赞美和颂祷,向内是在内心修炼,如向外是向异域跋涉。作者用全知全能的方式来讲述故事,通过对故事中一个人物的塑造来表明他对世界的雄心,表明他的凌云壮志:他的经验便是评判世界的维度,他的好恶便是评判世界的标准。这样的叙事作品,令人想起伪经,伪神话,或者小神话,也令人想起世界航海运动之前的地理学家和政治家对自身所处的位置的判断:只有自己处于世界的中心，四周皆是尚未开化的蛮夷，连同天上宫阙里的神仙也有待他的感化。作者通过人物和对话来行动，并给自己的行动赋予了非凡的意义，他为此而赞美和颂祷。但我们现在知道了，那赞美和颂祷与其说是无私地奉献给了别人，不如说是非常自私地奉献给了作者自己。从塑造“英雄”到写“小人物”，从书写“英雄传奇”到书写日常生活背景下的“小人物的悲哀”，是叙事作品的重大变革。这种转变究竟是从什么时候开始的？是从福楼拜笔下的那个戴了绿帽子的包法利先生那里，还是从托尔斯泰笔下的那个有着肾走游毛病的伊凡·伊里奇那里，或者是从乔伊斯笔下的爱吃羊腰子的布卢姆那里？在作者与人物之间，横亘着漫天迷雾；在人物与世界之间，充斥着飞来横祸。在这些作品中，谁也无法作为一个自主的主体获得有价值的真实的生活。自由的、完整的、因个人行动而获得的有意义的生活，在灰色的、庸常的、规模化的公共经验面前，七零八落，烟消云散。到了贝克特笔下，男女不分、老少不辨、死活不明的戈多，已经不是犹抱琵琶半遮面的问题了，都已经不再露面了。但这些变化，既不表明作家失去了塑造人物的兴趣，也不能证明作家失去了塑造人物的能力。是啊，戈多虽然没有露面，但那两个喜欢抠脚丫子的流浪汉还是露面了。是啊，不管叙事艺术有着怎样的变化，谁也不会对“写人物”失去兴趣。用一句套话来说，变化并不是真理，而是接近真理的方法。如果没有对人物的关注，没有对人的精神状况进行探讨，叙事作品的存在理由又该从何谈起呢？就我所知，在经历了狂飙突进的八十年代以后，中国很多的小说家依然对塑造人物有着足够的耐心、足够的兴趣、足够的勇气。“栩栩如生”、“活灵活现”、“惟妙惟肖”这样的评语，用到很多人物形象身上依然有效，依然是人物塑造是否成功的标准。但同时，我们确实又得承认,那种集万千宠爱于一身的典型人物,确实不再是小说家最重要的叙事目标。我们或许可以说,以前的小说是在塑造人物:从张三身上砍一条胳膊,从李四身上锯一条大腿,从王麻子的老婆那里砍上一对乳房,然后捏造出一个具有某种概括力的人物来,使之具备典型意义。但现在的小说,不再是塑造人物,而是用质疑的目光去"写人物":通过一个普通的人的观察和描写,来写出人在现代社会中的困境,写出他微薄的希望,他在尘世中的无奈、绝望。人的状况可能从来没有像今天这样难以概括,难以阐明。罗卜·格里耶关于萨特的《恶心》和加缪的《局外人》里没有"人物"的说法可能是荒谬的,但他对现代社会中人的处境的描述,却是准确有力的:行政号码的时代,人类中心说的解体,个性的丧失。对今天中国的写作者来说,情形可能更为复杂:真实的变革在谎言的掩饰下,起初只是悄悄地进行如鬼子进村,后来就像推土机一样堂而皇之地进行如同坦克了。此种情形,令人想起"混账"一词,一切都乱套了,各种不同层面的事物像三明治一般被挤压到了一起。理性对个人及公共生活的规划屡遭重创,知识者也从来没有像今天这样难以获取行动的意义,并时时刻刻忍受历史语境、现实语境以及面对这种语境所产生的内疚、无能等多重压力。在这样一种情形之下,坚持传统的叙述方式,坚持刻画完整的典型人物,无疑有一种虚假的性质。尽管强大的阅读惯性可能使这种写作获得市场和奖赏,但这样一种写作,果真有意义吗?小说叙事的变革从来都是对社会变化的回应,对人物形象的刻画自然也应该作如是观。我渴望看到这样的小说,下笔就有人,这个人无处不在,他时刻处于公众经验与个体经验的缝隙之中,处于一系列悖反的经验之中,作家与这个人物、人物与自己,以及作家、人物与这个世界之间,构成一种复杂的内省式的关系。在这里,语言既同混账的不良的现实结亲,也同我们固执的美好的愿望结盟。我们可能确实生活在自身以外,我们可能真的无法规划自己的未来,但小说中的那个"我",那个"我们",连同那嘴边的笑和眼角的泪,都依然鲜活,并颂祷和怀疑着我们付出的努力。对写作者来说,这可能是我们能够证明自己并非完全生活在自身以外的最后机会。

小说不死

十多年前,朋友聚会的时候,一个小说家突然当众宣布：小说已经死了。我听了一愣,因为我知道他刚出版了一部长篇小说。在场的很多人都让他说出理由,他瞪着眼说,还用说吗,现在还有谁在看小说？人们都在看电视,跳舞,炒股。那时候,还没有人上网,所以他没有提到网络。众人不以为意,开始讨论他的长篇小说,他听得很认真,表示下一部一定好好写。

没想到,真的没想到,后来宣称小说死了的人越来越多。因为说这话的人大都是些名角,所以,媒体也往往跟着炒作一阵。炒一阵也就说过去,直到又有一个名角站出来,宣布小说死了,新一轮炒作才会开始。

我感到纳闷,为什么那么多人站出来宣布小说死了？而且还要反反复复宣布。死就死了,宣布一次就行了嘛。一次不行,两次;两次不行,三次。三次总可以了吧？要知道,在那个著名的"狼来了"的故事里,数到第三次的时候,狼就来了,就把人给吃了。由此看来,小说还没有死。

想想也是,小说怎么会死呢？

虽然人们对小说的理解千差万别,但小说是用虚构的方式,用文学语言来表现人类的生活，这一点大概是没有疑义的。虚构就意味着假定，对小说家来说，他是要用假定的方式，来表现他对生活的认知和情感，是要把一个大活人，放到一个假定的情景当中，让他在一定的时间内，一定的空间内，呈现出所有人都可能有的喜怒哀乐。这是小说家的权利，当今的小说家似乎并没有放弃这种权利的打算，对小说家来说这几乎是一种本能的权利。

而对读者来说呢？读者之所以读小说，是因为他想知道别人是怎么活着，如果处在那种假定的情景当中，自己又当如何活着。眼看他起高楼，眼看他宴宾客，眼看他楼塌了，而在提心吊胆之余，幸灾乐祸之余，自己如何起高楼，起了高楼又如何呢？也就是说，此时的读者也生活在了假定的情景当中，生活在了小说当中。巴赫金说，“我根据他人的视界给自己以形象”。哪个人有那么大的本事，竟能剥夺读者这种假定的权利，这种“给自己以形象”的权利？

有人本能地要写，有人本能地要读，你怎么能够说小说死了呢？小说当然不会死。只要我们对这个世界还有疑问，只要人类还有记忆，只要人类还没有变成动物还需要通过语言来交流，小说就不会死，那些发问、描述和解释，那些命名、独白和冥想，就依然存在。

说到死，其实人类是唯一知道自己会死的动物。别的动物，比如猫，比如狗，它可能知道自己会死，但它并不知道，所有的猫，所有的狗，都会死去。这说明，人在经验领域是一种可以由此及彼，由彼及此的动物。而这，正是小说可以存在的最重要的基础。但问题也就出在这里，很多人往往因此而把自己的经验放大；将自己的感受说成所有人的感受。我曾经遇见过一个人，此人原来也写小说,后来不写了,到大学当老师教别人写小说去了,就是这个人曾多次宣布小说死了。这个人有痔疮,他因此认为所有人都有痔疮。我曾劝他到医院看一看,看了之后,他知道自己的痔疮是内痔,于是他就认为,所有人的痔疮都是内痔。我告诉他,有内痔,也有外痔,不然就没必要区分内外了。他说,外痔?那肯定是内痔的初级阶段,早晚会转成内痔的。唉!

事实上,与其讨论小说是不是死了,不如讨论如何根据世事变化而对小说叙事做出必要的调整。比如,小说如何有效地在公共生活和私人生活之间重新建立起联系,如何有效地对当下现实作出必要的应对;既然别的艺术门类都曾从小说中吸取过营养,小说又该如何从别的门类中吸取智慧,等等。这些讨论才有意思。当然,我不得不承认,小说也有死亡的那一天,肯定有。不过,那时候,已经没人来得及宣布小说死了,因为那时候已经没有人类了。

应何锐先生之邀,我匆匆写下的这几段话,其实也都是废话,不该说的。

第五辑　读　与　写

局内人的写作

今年早些时候，我又重读了加缪的《局外人》。因为写作一篇小说的缘故，这次我最关心的是作者的肺病和写作的关系。在相当长的时间里，肺结核一直是文学的潜在主题。从来没有哪种疾病像肺结核那样和文学那么亲近，它活像是文学的结发妻子和情人。用一枚书签随意挑开世界文学史脆黄的册页，我们几乎都能从中看到结核病患者那艳若桃花的形象。我没有说出“痨病鬼”这个词，是因为考虑到鲁迅、郁达夫、瞿秋白、卢梭、卡夫卡、契诃夫、加缪等人都属于结核病一族；而托马斯·曼笔下的肺病患者的集散地魔山风景宜人，小仲马的茶花女和曹雪芹的林黛玉，都能使人茶饭不思。如果我说没有肺结核，整个世界文学史就得重写，那这话似乎并不为过。看来，决定世界文学史目前的格局的，与其说是因为文学大师的辛劳，倒不如说是由于小小的结核病菌的过于勤勉。结核病患者脸上的红云，就是文学天空中的朝霞和夕阳。

加缪第一次被发现患有肺病是在 1930 年，其右肺呈现干酪样结核。在对结核病症状的描述上，除了经常提到咳嗽和咯血令人感到不适之外，所用的词语大都带着某种优雅、温暖的气质，此处的“干酪”一词就是个例证。那年他十七岁，是哲学班的学生，兼一支业余足球队的守门员。检查出其肺病的是一家贫民区医院，这与肺病发生的境况相适宜，因为肺病的发生通常与贫穷联系在一起，就像现在的艾滋病总是被人看成是饱暖思淫欲的后果。它使加缪第一次体验到了荒谬——生命的大幕刚刚拉开，死神就降临了。是的，在青霉素出现之前，肺病就是一种不治之症。你无法求助于医生，因为医生只能给你带来更为致命的疾病：胆怯、懦弱、轻信和对死亡的恐惧。《圣经·申命记》里说，在形形色色的疾病中，上帝曾挑选肺结核来惩罚人类，可见其功效等同于洪水。在早于《局外人》写成的《婚礼》一文中，加缪写道，一个年轻人“还不曾琢磨过死亡和虚空，但他却品尝到了它所带来的可怖的滋味”，“没有比疾病更可鄙的事物了，这是对付死亡的良药，它为死亡做着准备。它创造了一种见习过程，在这个见习阶段要学会自我怜悯。它支持着人为摆脱必死的命运所作的努力”。从他最早的言谈中，我或可听到与海德格尔“向死而生”相似的声音。四年之后，结核病菌再次光顾新婚不久的加缪的左肺。如果说加缪以前的自我疗养等同于西绪弗斯推巨石上山的话，那么此刻，巨石再次从山顶滚了下来，那些散乱的碎石子像结核病菌一样四下飞窜。

在苏姗·桑塔格所著的《疾病的隐喻》一文中，她引证《牛津英语词典》说明，肺结核的同义词即是“耗损”：血量减少，紧接着是耗损和消蚀。词源学表明，肺结核曾被认为是一种反常的挤压，“结核”一词源于拉丁文 tuberculum，即 tuber（隆起、胀起）的小词缀。“耗损”一词给人一种慢死的假象，它使得病人在时间的流程中不得不接受这种命运的安排，并不断滋生求生的欲望。我可以理解鼓胀所带给人的那种硬块的感觉，它在无限的虚空中凝聚为一种坚硬和柔软相并存的存在经验，有如一块霉变着的麦芽糖。

1937年,即加缪开始构思并写作《局外人》的那一年的8月,他作为巴黎的一名局外人来到了巴黎。他对巴黎的印象似乎是美好的:"这里充满温情,感动人心。猫,孩子们,还有悠闲的市民。到处都是灰色,天空亦如此。那一排排的石头建筑,那些随处可见的水塘。"到了1940年,即《局外人》完稿的那一年,当他来到巴黎谋生的时候,同样的景色却在他的笔下换了个模样:"巴黎像是雨中的一团巨大的雾气,大地上鼓起不成形的灰包。"成团的雾气和鼓起的灰包,与其说是因为阳光被云层阻隔的结果,毋宁说是结核病力量的对象化。在托尔斯泰著名的小说《伊凡·伊里奇之死》中,肾走游带给官场中主人公伊凡·伊里奇一种疑惧体验,他仿佛能摸到它走游时的步履:"他竭力在想象中捕捉这个肾脏,不让它游走,把它固定下来。"而在《局外人》中,因为作者病体的缘故,我们也可时时感受到主人公默尔索——这个名字的发音给人一种沉寂的感觉,又像水洗布一样爽净、坚实、耐脏——那种像水淹蚂蚁窝式的绝望和慢吞吞的死亡,之所以慢吞吞地死去,是为了在沉默中验明自身的真实处境。

在多种不治之症中,肺结核病是少有的可以让病人知道其病情发展的疾病之一。在《魔山》里,托马斯·曼的病人们口袋里装着X光玻璃照片,在风景宜人的疗养院里,谈情说爱,一边消磨时间,一边讨论时间的玄妙,并在隆冬时分赏雪,看着雪地里的太阳怎样如同一个荏弱的烟球(它形似加缪笔下腾空而起的灰包),虽给难以辨认的万物的景色添上一抹生机,但其中也夹杂着朦胧的、幽灵似的色彩。结核病患者大都先是清醒地活着,然后清醒地死去。他们可从咯血、咳嗽、虚弱的程度上,约略知道自己病情的状况。"久病成医"这个词用到结核病人身上是再合适不过了——默尔索的死就是久病之后的医生的死。就像哮喘病人知道自己应该躲避花粉一样，所有的结核病人都知道，自己的苟延残喘有赖于躲开湿气和污浊，在阳光照耀下丈量自己的身影，在魔山上多吸上几口清新的空气——当然，鲁迅笔下的那个吃人血馒头的华小栓是个例外。这样做，仿佛是要以灵魂对付肉体，虽然灵魂必败，但不妨一试。加缪终其一生都是地中海阳光的颂祷者，而卡夫卡只要身体稍有不适，一块疥癣、一个鸡眼、一只疖子，都会促成他的一次远足，或者泛舟、游泳。作为医学的门外汉，我不知道青霉素里面是否有阳光的因素，但我可以认定，阳光和清新的空气确实为病人提供了最微弱的反抗力量，有如透过玻璃观赏玫瑰的叶片在凋零的季节舒展的一瞬。但是一个人能享受多少阳光，他就得忍受多少阴影。在这样的背景下，患者和疾病的对抗虽然无力，却又显得庄严和神圣——以渎神者名目出现的默尔索的反抗，同样具有如此的性质。

我想再一次提到“玻璃”，事实上这是加缪在阐述荒谬时要用到的一个关键词。加缪把那个X光玻璃照片从医疗仪器上取出，转手就放进了《西绪弗斯的神话》中，就像拿着一张IC卡接通了西绪弗斯的电话。在《西绪弗斯的神话》中，加缪写道：“一个人在玻璃隔板后面打电话，别人可以看到他的手势，却不明其意。人们不禁会自问，这个人为什么活着？”在萨特写的那篇《论〈局外人〉》的文章当中，萨特把这个与玻璃有关的动作挑了出来：“加缪的手法就在于此：在他所谈及的人物和读者之间，他插入了一层玻璃隔板。还有什么比玻璃隔板后面的人更荒诞呢？似乎，这层玻璃隔板任凭所有东西通过，它只挡住了一样东西，即人的手势的意义。有待做的就是选用玻璃隔板，而这便是局外人的意识。”但来源于

X 光照片的“玻璃隔板”还应该具备另外的意义。印在上面的图像一目了然，同时又有如水中的月亮、镜中的花朵。它与其说是一种可以触摸到的实物，不如说是一种可以触摸到的精神现实。

事实上，肺结核病给人的印象就是一种精神化的病症。按照桑塔格的说法，癌症可以发生于身体的任何器官，肺只是它赖以诞生的诸多土壤之一，这使它具有某种不便言及的特征。比如，前列腺癌、直肠癌、乳腺癌，至于新兴的艾滋病，它首先使人联想到生殖器官的病变。而肺病却只产生于人的上半部，那里距心脏最近，就像心脏的孪生姐妹，离头脑也不算太远，而且咯出的血首先要染红舌头，使味蕾得以品尝到它的滋味。说癌症和艾滋病更多的给人一种仅仅是器官性疾病的印象，似乎是可以理解的。而且它们更加速效，就像疾病的奥林匹克运动会上的百米赛跑，缺少足够的时间流程。虽然肺结核还被人看成是某种液体特征的疾病，用黏痰、虚汗、血来塑造自身形象，但和那两种要命的病比起来，它顶多只算是时有间歇的喷泉，而它们却要算是瀑布了。如果说癌症是警句和格言，那么肺病就是小说和论文。据说，在英语和法语中，结核病都是“疾驰”的。但实际上，这个词用到癌症和艾滋病上面，可能更为合适。当一个人被宣布患上这两种疾病的时候，死神其实已经拧住了你的耳朵。肺病对人却稍微慷慨一些，它给人提供了较多的时间的土壤，使病人可以把它培育成精神的花圃——如果说癌症是强扭的瓜，那么肺结核就是瓜熟蒂落。在这方面，卡夫卡在写给情人密莲娜的信中，直接地说：“肺病，这只不过是精神病的漫溢而已。”在另一篇文章中，卡夫卡写道：“结核病的居所并不在肺部，举例来说，就像世界大战的起因并不在最后通牒一样。”从嗓子眼里咯出的那一团血，在某种程度上可以看成是精神的蓓蕾。

托马斯·曼在《魔山》里,将结核病看成是“被掩饰起来的爱情力量的宣示;疾病是一种变形的爱情”。说到爱情,许多作家曾经把最美丽的女性拉进结核病一族。茶花女的美貌使巴黎上层社会为之心荡神怡,林黛玉一皱起细眉,那个叫做贾宝玉的情种就把大观园看成了迷宫。多年前看曹禺先生的《日出》,如果陈白露不出场,那段戏就可以略过不看。许多患有结核病的女性被写得性感迷人,那尤物仿佛不是来自尘世,而是来自天国。作家对那些尤物的描写,使人想到沙漠中的旅人对葡萄的想象,不光是酸的,而且还分外的多汁,分外的甜。她们每咳嗽一下,作家的胸脯都会随着起伏;她们咯出的血丝还没抵达素洁的手帕,作家的泪水就已经打湿了衣襟。这当中有多少自我怜悯的情愫在悄悄发酵,岂是批评家们所能够说清;万千情愁,又怎忍交由那几个概念去生搬硬套。当批评家批判那些交际花的奢靡生活的时候,作家本人尽管口头上认同,但心里却像挨着针扎。让我们想一想现实生活中的林徽因的美吧,她的美使徐志摩神魂颠倒,并使一个逻辑学家金岳霖不合逻辑地终生未娶,其表现就像一个有洁癖的孩子摸过了糖果却再也不愿洗手。只因为能与林徽因擦肩而过,我本人就愿意生活在那个年代。徐志摩爱恋的另一个女作家凯瑟琳·曼斯菲尔德,也是结核病患者,她的早逝有如一缕青烟绕梁不绝。我曾看过加缪本人的一张照片,在草地、儿童的映衬下,那种男人的美能使好莱坞明星显得愈加俗不可耐。观看契诃夫本人的照片,你会发现随着肺病的加深,痞子气是怎样一点点的消失,而美是怎样一点点的从他的夹鼻眼镜后面培育起来的。在各种幽灵似的人物当中,如果选择一个幽灵作为他们的形象大使,那么卡夫卡就是一个合适的人选。没有哪些作家比肺病作家更清醒、更美、更复杂、更有魅力，也更难以捉摸的了。在这方面，抓阄似的随便拉来一个人都是现成的例子。所以，当纪德在《背德者》的题记中引用《诗篇》里的诗句，说“天主啊，我颂扬你，是你把我造就成如此卓异之人”的时候，我们不应该觉得他矫情，因为那实在是恰如其分的。

默尔索就是《诗篇》提到的“如此卓异之人”之一。他最后的独白，是我读到的最感人的篇章。他部分地实现了加缪的梦想：自由、反抗和激情。用加缪的话来说，“自由只有一种，与死亡携手共赴纯净之境”。或许是因肺病作家最后都脱离了贫困，所以，他们笔下的主人公死时，大都与脏乱差无关，显得体面优雅。耗损的结果是作者的身体像书籍一样单薄，灵魂浸润在那些文字之中，像穿花蛱蝶一样飞出。蛱蝶的翅膀与他们的身体也有某种相似性：透明，轻盈，绯红，像盛开在泉边的花朵上的叶脉。结核病患者卢梭说：“死亡和疾病常常是美丽的，就像肺痨的红光。”这样一种将肺病美学化的言谈，似乎要给人这样一种荒谬的印象，那时刻都会降临的灭顶之灾，带给他们的倒像是某种令人钦羡的恩惠。

但是，轻松的谈论肺病作家不能不说是一种罪过，因为这容易忽略残酷而真实的另一面。肺病作家的作品首先是一种痛苦的质疑性表达。如果它呈现出来的是忧郁，那是因为作者独上高楼之时，已将栏杆拍遍。如果它是一次慈航，那首先是苦海无边，回头无岸。如果主人公已经服罪，那是因为罪早已深入骨髓。如果有谁要反抗，那是因为西绪弗斯虚空的内心最需要石头的重量。茶花女之所以夜夜笙歌，那是因为她内心举目无亲。

是的，我不想让轻松的谈论掩盖住命运的伤口。这样的伤口放到一个人身上，比如放到卡夫卡《乡村医生》里面的那个少年的臀部，就“比碗口还要大”。那样一个伤口之所以能够出现在那个少年的臀部，是因为它首先出现在卡夫卡的肺叶。在一篇日记中，卡夫卡写到了这个伤口：“如果真像你所断言的，肺部的伤口是一个象征，伤口的象征，F.（菲利斯）是它的炎症，辩护是它的深处，那么医生的建议（光线，空气，太阳，安静）就也是象征了。正视这个象征吧。”我们从肺结核作家的作品中，可以看到许多创伤性记忆，以及各种复杂的悖论关系。鲁迅终其一生都纠缠在激进与保守、遗忘与记忆、存在与虚妄、中心与边缘的巨大旋涡之中，这当中的每一次选择，都永劫不复地带来更大的创伤性记忆。“目光虽有，却无路可循；我们谓之路者，不过是彷徨而已。”如果谁对我说，这是鲁迅的言论我肯定不会怀疑，但这话却是摘自卡夫卡的《对罪愆、苦难、希望和真正道路的观察》。当一只小兽从阳光下的雪地里走过的时候，我们不仅要注意它留下的花朵般的蹄印，还应该注意到那蹄印中的血迹。默尔索（法文：Meursault）这个名字中的Meur与“谋杀”为同一词根。这个名字是从加缪的另一篇小说《幸福的死亡》中的梅尔索变化而来的。而梅尔索（Mersault）这个名字又可分解为“海”（Mer）和sault，其发音近似太阳。仅从名字上，我们就可以约略知道《局外人》的主题。在《局外人》中，有一个关于人和狗关系的段落，这个段落颇能表示小说是如何植根于某种创伤性记忆的：一个名叫萨拉玛诺的老人一直在寻找他丢失的一条狗，在狗还很小的时候，老人像喂婴儿似的拿着奶瓶给它喂奶。现在它丢掉了，老人的魂也就丢失了。这个老人年轻的时候，本来打算做话剧演员，这与加缪一生对话剧的痴迷是合拍的。小说用较大的篇幅来写人与狗的关系，对加缪来说并不奇怪。加缪总是愿意挤出篇幅，把人与人之间的关系让位给人与自然的关系，就像把秋收时的繁忙景象让给秋后广袤的原野。当他在人与人和人与狗之间作选择的时候,他当然要选择人与狗:“那一身漂亮的皮毛,真是天下无敌。”我上面曾提到,肺病患者总是喜欢阳光和清新的空气,并说那是一种最微弱的反抗力量的源泉,但急于奔向阳光和空气的举动,在肺病患者那里其实首先是对创伤的注脚。加缪对阳光和沙滩,对物的描写,与后来的法国新小说之间有着某种扯不断的亲缘关系。在《怀疑的时代》一文中,萨洛特在加缪的“客观描写”中,看到了复杂的心理因素:“加缪的境遇很容易让人联想到李尔王被女儿中最失宠的那一个所收留的情景。他曾细致入微地设法铲除这种‘心理剖析’(是吗?李注),但它却像黑麦草一样到处生长。”

肺病因为拖时较长,所以最亲近的人也容易产生厌倦情绪,如果患者是一位老人,那么床前无孝子几乎是可以断定的。患者是一位年轻人又会怎么样呢?加缪在随笔中曾经写下他患病之后,他母亲的态度。虽然母亲在见到他咯血之后,顿感不安,但她并没有照料他,而是把他送到了舅舅那里。送是遣送,也是最早的流放。而当他们相遇的时候,“她便默不作声,两人面对面,绞尽脑汁找些话来说,有人曾告诉他(加缪)曾见她哭过,但是,他对此将信将疑。更令人奇怪的是,他不曾有责备她的想法。某种默契把他们联系在一起了”。这样的描写,不能不使人想起《局外人》中的默尔索的奔丧。法官、神父可以指责默尔索的冷漠,但他们绝不会指责默尔索死去的母亲。与卡夫卡的父与子之间强烈冲突不同,加缪笔下的母与子,在沉默的时候其实带着某种温情:“当母亲在家时,总是静悄悄地望着我。”那并非一般意义上的和解,而是认识到了存在的困境,以及解脱的不能。在《局外人》的结尾,默尔索在夜间醒来时,看见头顶上满天星斗,“我又听到了郊区的声音。夜晚的气息,土地和盐的气息,清醒了我的头脑……汽笛响了起来,它宣告有些人走进一个永远不再和我有任何联系的世界。很久以来,我又一次想起了母亲。”他想到母亲临死了,反而感到了解放,想重新过一种生活。如果说,卡夫卡的“父亲”是某种权力、专制的象征物的话,那么,加缪却宁愿回到事物本身,回到最普通的伦理关系上来,并从那里表达他对世界的体认。我这样说,似乎是要强调《局外人》的自传因素。是的,又有谁能否认所有伟大的作品首先是作家的灵与肉的自传。

“他的热情之多一如他的苦难之大。”在讲述西绪弗斯这个荒谬英雄的故事时,加缪这样写道。与推巨石上山的故事相比,我倒更喜欢发生在这个英雄身上的另一个小小的插曲,正是由于这个插曲,西绪弗斯才会去推那个巨石——他踏着沉重的步伐,永远不知道何时才能结束自己的苦难:据说,作为凡人的西绪弗斯临死的时候,决定考验一下妻子对自己的爱情。他叫她把他的尸体扔到广场上。西绪弗斯从冥间醒来,却对妻子的顺从感到恼火。于是他又再次来到人间,欲惩罚妻子。他又见到了温暖的石头、金色的沙滩、闪烁的海水,以及海湾那优美的曲线,并深深地迷恋于此,连冥王的召唤也被他当成了耳旁风。他胆大妄为地在人间又活了几年,惹得神祇们不得不对他进行处罚。他们逮住了他,攫去了他的欢乐,把他扭送到了下界。在那里,一块巨石正等着他推向山顶。除了赢得那荒谬英雄的美名,他似乎别无选择。是的,除了“肺结核”三个字没有出现之外,我们在这里可以看到所有肺病作家的宿命:他们的自由,他们的反抗,他们的激情。

它来到我们中间寻找骑手

1985 年的暑假，我带着一本《百年孤独》从上海返回中原老家。它奇异的叙述方式一方面引起我强烈的兴趣，另一方面又使我昏昏欲睡。在返乡的硬座车厢里，我再一次将它打开，再一次从开头读起。马贡多村边的那条清澈的河流，河心的那些有如史前动物留下的巨蛋似的卵石，给人一种天地初开的清新之感。用埃利蒂斯的话来说，仿佛有一只鸟，站在时间的零点，用它的红喙散发着它的香甜。

但马尔克斯的叙述的速度是如此之快，有如飓风将尘土吹成天上的云团：他很快就把吉卜赛人带进了村子，各种现代化设施迅疾布满了大街小巷，民族国家的神话与后殖民理论转眼间就展开了一场拉锯战。《裸者与死者》的作者梅勒曾经感叹，他费了几十页的笔墨才让尼罗河拐了一个弯，而马尔克斯只用一段文字就可以写出一个家族的兴衰，并且让它的子嗣长上了尾巴。这样一种写法，与《金瓶梅》、《红楼梦》所构筑的中国式的家族小说显然迥然不同。在中国小说中，我们要经过多少回廊才能抵达潘金莲的卧室，要有多少儿女情长的铺垫才能看见林黛玉葬花的一幕。当时我并不知道，一场文学上的“寻根革命”因为这本书的启发正在酝酿,并在当年稍晚一些时候蔚成大观。

捧读着《百年孤独》,窗外是细雨霏霏的南方水乡,我再次感到了昏昏欲睡。我被马尔克斯的速度拖垮了,被那些需要换上第二口气才能读完的长句子累倒了。多天以后,当我读到韩少功的《爸爸爸》的时候,我甚至觉得它比《百年孤独》还要好看,那是因为韩少功的句子很短,速度很慢,掺杂了东方的智慧。可能正是由于这个原因,当时有些最激进的批评家甚至认为,《爸爸爸》可以与《百年孤独》比肩,如果稍矮了一头,那也只是因为《爸爸爸》是个中篇小说。我还记得,芝加哥大学的李欧梵先生来华东师大演讲的时候,有些批评家就是这么提问的。李欧梵先生的回答非常干脆,他说,不,它们还不能相提并论。如果《百年孤独》是受《爸爸爸》的影响写出来的,那就可以说《爸爸爸》足以和《百年孤独》比肩。这个回答非常吊诡,我记得台下一片叹息。

我的老家济源,常使我想起《百年孤独》开头时提到的场景。在我家祖居的村边有一条名叫沁水的河流,“沁园春”这个词牌名就来自于这条河流,河心的那些巨石当然也如同史前动物的蛋。每年夏天涨水的时候,河面上就会有成群的牲畜和人的尸体。那些牲畜被排空的浊浪抛起,仿佛又恢复了它的灵性,奔腾于波峰浪谷。而那些死人也常常突然站起,仿佛正在水田里劳作。这与“沁园春”这个词牌所包含的意境自然南辕北辙。我在中国的小说中并没有看到过关于此类情景的描述,也就是说,我从《百年孤独》中找到了类似的经验。我还必须提到“济源”这个地名。济水,曾经是与黄河、长江、淮河并列的四条大河之一,史称“四渎”,即从发源到入海,潋滟万里,自成一体。济源就是济水的发源地,但它现在已经干涸,在它的源头只剩下一条窄窄的臭水沟,一丛蒲公英就可以从河的这一岸蔓延到另一岸。站在一条已经消失了的河流的源头,当年百舸争流、渔歌唱晚的景象真是比梦幻还要虚幻,一个初学写作者紧蹙的眉头仿佛在表示他有话要说。事实上,在漫长的假期里,我真的雄心勃勃地以《百年孤独》为摹本,写下了几万字的小说。我虚构了一支船队顺河漂流,它穿越时空,从宋朝一直来到八十年代,有如我后来在卡尔维诺的一篇小说《恐龙》看到的,一只恐龙穿越时空,穿越那么多的平原和山谷,径直来到二十世纪的一个小火车站。但这样一篇小说,却因为我祖父的话而有始无终了。

假期的一个午后,我的祖父来找我谈心,他手中拿着一本书。他把那本书轻轻地放到床头,然后问我这本书是从哪里搞到的。就是那本《百年孤独》。我说是从图书馆借来的。我还告诉他,我正要模仿它写一部小说。我的祖父立即大惊失色。这位延安时期的马列学员,到了老年仍然记得很多英文和俄文单词的老人,此刻脸涨得通红,在房间里不停地踱着步子。他告诉我,他已经看完了这本书,而且看了两遍。我问他写得好不好。他说,写得太好了,这个人好像来过中国,这本书简直就是为中国人写的。但是随后他又告诉我,这个作家幸好是个外国人,他若是生为中国人,肯定是个大右派,因为他天生长有反骨,站在组织的对立面;如果他生活在延安,他就要比托派还要托派。"延安"、"托派"、"马尔克斯"、"诺贝尔文学奖"、"反骨"、"组织",当你把这些词串到一起的时候,一种魔幻现实主义的味道就像芥末一样直呛鼻子了。"把你爸爸叫来。"他对我说。我的父亲来到的时候,我的祖父把他刚才说过的话重新讲了一遍。我父亲将信将疑地拿起那本书翻了起来,但他拿起来就没有放下,很快就津津有味地看了进去。我父亲与知青作家同龄,早年也写过几篇小说,丰富的生活一定使他从中看到了更多的经验,也就是说,在他读那本书的时候,他是身心俱往的,并且像祖父一样目夺神移。不像我,因为经验的欠缺,注意的只是文学技巧和叙述方式。我的祖父对我父亲的不置一词显然非常恼火。祖父几乎吼了起来,他对我父亲说:“他竟然还要模仿人家写小说,太吓人了。他要敢写这样一部小说,咱们全家都不得安宁,都要跟着他倒大霉了。”

祖父将那本书没收了,并顺手带走了我刚写下的几页小说。第二天,祖父对我说:“你写的小说我看了,跟人家没法比。不过,这也好,它不会惹是生非。”我的爷爷呀,你可知道,这是我迄今为止听到的对我的小说最为恶劣的评价?祖父又说:“尽管这样,你还是换个东西写吧。比如,你可以写写发大水的时候,人们是怎样顶着太阳维修河堤的。”我当然不可能写那样的小说,因为就我所知,在洪水漫过堤坝的那一刻,人们纷纷抱头鼠窜。当然,有些事情我倒是很想写一写的,那就是洪水过去之后,天上乱云飞渡,地上烂泥腥臭,河滩上的尸体在烈日下会发出沉闷的爆炸声,不是“轰”的一声响,而是带着很长的尾音,“噗——”。奥登在一首诗里说,这是世界毁灭的真实方式:它不是“砰”的一声,而是“噗——”。两年以后,我的祖父去世了。我记得合上棺盖之前,我父亲把一个黄河牌收音机放在了祖父的耳边。从家里到山间墓地,收音机里一直在播放党的十三大即将召开的消息,农民们挥汗如雨要用秋天的果实向十三大献礼,工人们夜以继日战斗在井架旁边为祖国建设提供新鲜血液。广播员激昂的声音伴随着乐曲穿过棺材在崎岖的山路上播散,与林中乌鸦呱呱乱叫的声音相起伏——这一切,多么像是小说里的情景,它甚至使我可耻地忘记了哭泣。但是二十年过去了,关于这些场景,我至今没写过一个字。当各种真实的变革在谎言的掩饰下悄悄进行的时候,我的注意力慢慢集中到另外的方面。但我想,或许有那么一天,我会写下这一切,将它献给沉睡中的祖父。而墓穴中的祖父,会像马尔克斯曾经描述过的那样,头发和指甲还在生长吗?

据说马尔克斯不管走到哪里都要带上博尔赫斯的小说。马尔克斯是用文学介入现实的代表,而博尔赫斯是用文学逃避现实的象征。但无论是介入还是逃避,他们和现实的紧张关系都是昭然若揭的。在这一点上,中国读书界或许存在着普遍的误读。马尔克斯和博尔赫斯,对二十世纪八十年代中期以后的中国文学,产生了巨大的影响。对知青文学和稍后的先锋文学来说,它们是两尊现代和后现代之神。但这种影响主要是叙述技巧上的。就像用麦芽糖吹糖人似的,对他们的模仿使“八五新潮”以后的中国小说迅速成形,为后来的小说提供了较为稳固的“物质基础”。但令人遗憾的是,马尔克斯和博尔赫斯与现实的紧张关系,即他们作品中的那种反抗性,并没有在模仿者的作品中得到充分的表现。

当博尔赫斯说,玫瑰就存在于玫瑰的字母之内,而尼罗河就在这个词语里滚滚流淌的时候,“玫瑰”就在舟楫上开放,沉舟侧畔病树枯死。而说博尔赫斯的小说具有反抗性,这似乎让人难以理解,但是,那一尘不染的文字未尝不是出于对现实的拒绝和反抗,那精心构筑的迷宫未尝不是出于对现实的绝望。它是否定的启示,是从迷宫的窗户中伸向黑夜的一只手,是薄暮中从一炷香的顶端袅袅升起的烟雾。也就是说,在博尔赫斯笔下,“玫瑰”这个词语如同里尔克的墓志铭里所提到的那样,是“纯粹的矛盾”,是用介入的形式逃避,用逃避的形式介入。这也就可以理解,博尔赫斯为什么向往边界生活?经常在博尔赫斯的玫瑰街角出现的,为什么会是捉对厮杀的硬汉?硬汉手中舞动的为什么会是带着血槽的匕首。我非常喜欢的诗人帕斯也曾说过,“博尔赫斯以炉火纯青的技巧,清晰明白的结构对拉丁美洲的分散、暴力和动乱提出了强烈的谴责”。如果博尔赫斯的小说是当代文学史上的第一只陶罐,那么它本来也是用来装粮食的,但后来者往往把这只陶罐当成了纯粹的手工艺品。还是帕斯说得最好,他说一个伟大的诗人必须让我们记住,我们是弓手,是箭,同时也是靶子,而博尔赫斯就是这样一个伟大的诗人。我曾经是博尔赫斯的忠实信徒,并模仿博尔赫斯写过一些小说。除了一篇小说,别的都没能发表出来,它们大概早已被编辑们扔进了废纸篓。虽然后来的写作与博尔赫斯几乎没有更多的关系,但我还是乐于承认自己从博尔赫斯的小说里学到了一些基本的小说技巧。对初学写作者来说,博尔赫斯有可能为你铺就一条光明大道。他朴实而奇崛的写作风格,他那极强的属于小说的逻辑思维能力,都可以增加你对小说的认识,并使你的语言尽可能的简洁有力,故事尽可能的有条不紊。但是,对于没有博尔赫斯那样的智力的人来说,他的成功也可能为你设下一个万劫不复的陷阱,使你在误读他的同时放弃跟当代复杂的精神生活的联系,在行动和玄想之间不由自主地选择不着边际的玄想,从而使你成为一个不伦不类的人。我有时候想,博尔赫斯其实是不可模仿的,博尔赫斯只有一个。你读了他的书,然后离开,只是偶尔回头再看他一眼,就是对他最大的尊重。我还时常想起,在 1986 年秋天发生的一件小事。中国的先锋派作家的代表人物马原先生来上海讲课。当时,我还是一个在校学生,我小心翼翼地向马原先生提了一个问题,问博尔赫斯在何种程度上影响了他的写作,他对博尔赫斯的小说有着怎样的看法。我记得马原先生说,他从来没有听说过博尔赫斯这个人。当时小说家格非先生已经留校任教,他在几天之后对我说,马原在课下承认自己说了谎。或许在那个时候,博览群书的马原先生已经意识到,博尔赫斯有可能是一个巨大的陷阱?

韩少功先生翻译的《生命中不能承受之轻》在相当长的时间里曾经是文学青年的必读书。但时过境迁,我已经不再喜欢米兰·昆德拉的饶舌和洋洋自得,因为我从他的饶舌与洋洋自得之中读出了那么一些——我干脆直说了吧,读出了一些轻佻。在以消极自由的名义下,与其说“轻”是不可承受的,不如说是乐于承受的。而在“重”的那一面,你从他的小说中甚至可以读出某种“感恩”,那是欢乐的空前释放,有如穿短裙的姑娘吃了摇头丸之后在街边摇头摆尾——与其相关,我甚至在昆德拉的小说中读出了某种“女里女气”的味道。更重要的是,所谓的“道德延期审判”甚至有可能给类似语境中的写作者提供了某种巧妙的说辞,一种美妙的陈词滥调。

但我仍然对昆德拉保留着某种敬意。经由韩少功先生,昆德拉在中国的及时出现,确实提醒中国作家关注自身的语境问题。如果考虑那个时候的中国作家正丢车保卒般地学习罗伯·格里耶和博尔赫斯的形式迷宫,即如何把罗伯·格里耶对物象的描写转变为单纯的不及物动词,把隐藏在博尔赫斯的“玫瑰”那个词当中的尼罗河那滚滚波涛转变为寸草不生的水泥迷宫,我们就有必要对昆德拉的出现表示感激。而且据我所知,关于“个人真实性”的问题,即便在此之前有过哲学上的讨论,那也仅仅是在哲学领域悄悄进行,与文学和社会学没有更多的关联。因为昆德拉的出现,个人真实性及其必要的限度问题,才在中国有了公共空间之内的讨论、交流和文学表达的可能。

昆德拉还是一个重要的跳板,一个重要的跷跷板。他的同胞哈韦尔经由崔卫平女士的翻译在稍晚一些时候进入中国读者的视域。当然,哈韦尔在1989年的"天鹅绒革命"中的粉墨登场——如同约瑟夫·K进入了城堡,戈多突然出现在了流浪汉面前——也加速了他在中国的传播。虽然伊凡·克里玛说过"政治"一直是哈韦尔激情的重心,但我并不认为哈韦尔在此之前的写作、演讲和被审讯,是围绕着那个重心翩翩而起的天鹅舞。我读过能找到的哈韦尔的所有作品,他的随笔和戏剧。与贝克特等人的戏剧相比,他的戏剧的原创性自然要大打折扣,但我感兴趣的是他对特殊的语境的辨析能力,以及辨析之后思想的行动能力。在失去发展的原动力而只是以僵硬的惯性向前滑动的后极权制度下,恐怕很少有人能像哈韦尔那样如此集中地体会到生活的荒诞性。

吃盐不成,不吃盐也不成;走快了要出汗,走慢了要着凉;招供是一种背叛,不招供却意味着更多的牺牲——这是自加缪的《正义者》问世以来,文学经验的一个隐蔽传统。哈韦尔自然深知其味。人性的脆弱、体制的谎言性质以及反抗的无能,共同酿就了那杯窖藏多年的漫性毒酒——更多的时候,人们有如身处埃舍尔绘画中的楼梯而不能自拔。哈韦尔品尝到了这杯慢性毒酒的滋味。他并没有因为上帝发笑就停止思索,也没有因为自己发笑就再次宣布上帝死了。他致力于像刺穿脓包似的穿透其中的荒诞感,并坚持使用正常和严肃的方式来对待这个世界。然而,令人感到奇怪的是,昆德拉的小说可以在中国大行其道,并塞满出版商的腰包,但一个以正常和严肃的行为方式对待世界的哈韦尔却只能以“地下”的方式传播。我知道许多人会说这是因为哈韦尔后来在世俗意义上的“成功”使然，但我们不妨换个方式来思考这个问题：对一个越来越不严肃的时代来说，严肃的思维和行为方式仿佛就是不赦之罪。

卡夫卡与荒诞派戏剧所造就的文学经验，在哈韦尔的随笔和戏剧中得到了传承。对后来的写作者来说，哈韦尔其实开辟了另外一条道路，即对复杂语境中的日常生活事实的精妙分析。路边的标语牌，水果店老板门前的条幅，啤酒店老板的絮语，这些日常生活中常见的景象，都成了哈韦尔表达和分析的对象。当恐惧成为悬在人们头上的达摩克利斯之剑，公众的注意力就会集中在水果、蔬菜等消费品上面，公众的道德水准就会降低到“生物学的蔬菜的水平”。哈韦尔提醒我们注意店前的那幅标语牌，上面写的往往是不着边际的主流话语，是一种指向乌托邦的不切实际的宏大叙事，而水果店的老板和前来购买美国苹果的人，谁都不会朝这条标语多看一眼。当一种约定俗成的虚假社会规范或者说“潜规则”大行其道的时候，个人生活的真实性就被吸尘器抽空了。

哈韦尔的文字只要能看到的，我几乎都喜欢。这并不是因为哈韦尔不光解释了世界而且部分地改变了世界，而是我从他的文字中能够看到一种贴己的经验，包括与个人经验保持距离的经验。随着中国式市场经济的发展，我们会越来越清楚地感受到哈韦尔身上所存在的某种预言性质。至少在目前这个如此含混、暧昧和复杂的历史性时刻，在反抗者要么走向妥协，要么与他所反抗的对象变得如孪生兄弟般相像的时刻，哈韦尔的意义只会更加凸现。

虽然在中国的语境中,历史尚未终结,历史的活力依然存在,但是故事的消失却似乎已经成了必然。完整地讲述一个故事所必须依赖的人物的主体性以及主体性支配下的行动,在当代社会中已经不再具备典型意义,它只能显得虚假和做作,充其量只配当做肥皂剧的脚本。即便是哈韦尔这样传奇的人,他戏剧中的故事也不再有莎士比亚的故事那样跌宕起伏——我们都像布罗茨基所说的那样,生活在一个二流的时代,要么是二流时代的忠实臣子,要么是它的逆臣。

当代小说,与其说是在讲述故事的发生过程,不如说是在探究故事的消失过程。传统小说对人性的善与恶的表现,在当代小说中被置换成对人性的脆弱和无能的展示,而在这个过程中,叙述人与他试图描述的经验之间,往往构成一种复杂的内省式的批判关系。无论是昆德拉还是哈韦尔,无论是索尔·贝娄还是库切,几乎概莫能外。

当然,这并不是说马尔克斯式的讲述传奇式故事的小说已经失效,拉什迪的横空出世其实已经证明,这种讲述故事的方式在当代社会中仍然有它的价值。但只要稍加辨别,就可以发现马尔克斯和拉什迪这些滔滔不绝的讲述故事的大师,笔下的故事也发生了悄悄的转换。在他们的故事当中,有着更多的更复杂的文化元素。以拉什迪为例,在其精妙绝伦的短篇小说《金口玉言》中,虽然故事讲述的方式似乎并无太多新意,但故事讲述的却是多元文化相交融的那一刻带给主人公的复杂感受。在马尔克斯的小说中,美国种植园主与吉卜赛人以及西班牙的后裔之间也有着复杂的关联,急剧的社会动乱、多元文化之间的巨大落差、在全球化时代的宗教纠纷,使他们笔下的主人公天然地具备了某种行动的能力,个人的主体性并没有完全塌陷。他们所处的文化现实既是历时性的,又是共时性的,既是民族国家的神话崩溃的那一刻,又是受钟摆的牵引试图重建民族国家神话的那一刻。而这几乎本能地构成了马尔克斯和拉什迪传奇式的日常经验。

我个人倾向于认为,可能存在着两种基本的文学潮流,一种是马尔克斯、拉什迪式的对日常经验进行传奇式表达的文学,一种是哈韦尔、索尔·贝娄式的对日常经验进行分析式表达的文学。近几年,我的阅读兴趣主要集中在后一类作家身上。我所喜欢的俄国作家马卡宁显然也属于此类作家——奇怪的是,这位作家并没有在中国获得应有的回应。在这些作家身上,人类的一切经验都将再次得到评判,甚至连公认的自明的真理也将面临着重新的审视。他们虽然写的是没有故事的生活,但没有故事何尝不是另一种故事?或许,在马尔克斯看来,这种没有故事的生活正是一种传奇性的生活。谁知道呢?我最关心的问题是,是否存着一种两种文学潮流相交汇的写作,即一种综合性的写作?我或许已经在索尔·贝娄和库切的小说中看到了这样一种写作趋向。而对中国的写作者来说,由于历史的活力尚未消失殆尽,各种层出不穷的新鲜的经验也正在寻求着一种有力的表达,如布罗茨基所说,“它来到我们中间寻找骑手”,我们是否可以说有一种新的写作很可能正在酝酿之中?关于这个话题,我可能会有更多的话想说,因为它在相当长一段时间内成了我思维交织的中心,最近对库切小说的阅读也加深了我的这种感受。但这已经是另外一个话题了,是另一篇文章的开头。我只是在想,这样一种写作无疑是非常艰苦的,对写作者一定提出了更高的要求。面对着这样一种艰苦的写作,从世界文学那里所获得的诸多启示,或许会给我们带来必要的勇气和智慧。我再一次想起了从祖父的棺材里传出来的声音,听到了山林中的鸟叫。我仿佛也再次站到了一条河流的源头,那河流行将消失,但它的波涛却已在另外的山谷回响。它是一种讲述,也是一种探究;是在时间的缝隙中回忆,也是在空间的一隅流连。

听库切吹响骨笛

库切在中国受到冷遇，几乎是一种必然的命运。除了马尔克斯，最近一二十年的库切的诺贝尔同事们，在中国都“享有”此类命运。其中原因非常复杂，可以做一篇长文。我想，最重要的原因可能是，中国读者喜欢的其实是那种简单的作品，喜欢的是一分为二，最多一分为三（这两者真有区别吗？），并形成了顽强的心理定势，即单方面的道德诉求和道德批判。那种对复杂经验进行辨析的小说，国人并不喜欢。这当然不值得大惊小怪。在日常生活之中，国人已经被那种复杂的现实经验搞得头昏脑涨，他们有理由不进入那些以经验辨析取胜的小说：饶了我吧，我已经够烦了，烦都烦死了，别让我再烦了。当然，“烦不烦”是你自己的事，与人家的作品关系不大。

我觉得库切的小说就是典型地进行经验辨析的小说。库切的文字如此明晰、清澈，但他要细加辨析的经验却是如此的复杂、暧昧、含混。迄今，我只阅读过库切的两部作品：《耻》和《彼得堡的大师》。其实，这两部作品的主题中国读者都不会感到太陌生，只要稍加引申，你便可以在中国找到相对应的现实经验，所以我想许多人阅读库切的小说或许会有似曾相识之感。对经验进行辨析的作家,往往是“有道德原则的怀疑论者”。因为失去了“道德原则”,你的怀疑和反抗便与《彼得堡的大师》中的涅恰耶夫没有二致。顺便说一句,涅恰耶夫的形象,我想中国人读起来会觉得有一种“熟悉的陌生”:经验的“熟悉”和文学的“陌生”(缺失)。对陀思妥耶夫斯基的形象塑造,我倒觉得没有什么更多的新意,它只是库切进行经验辨析时的道具。书中所说的“彼得堡的大师”与其说是指陀氏,不如说是指陀氏的儿子巴威尔和涅恰耶夫。这两个人都是大师:巴威尔以自杀而成就烈士之名,涅恰耶夫以穷人的名义进行革命活动——穿着女人裙子的革命家,当然都是大师。当然,真正的大师还是库切,因为他们都没能逃脱库切的审视。

在对汉语写作的现状进行批判的时候,有很多批评家喜欢将陀思妥耶夫斯基和托尔斯泰抬出来,以此指出汉语写作的诸多不足。他们仿佛是两尊神,任何人在他们面前都将低下头颅。但是隔着一个半世纪的经验,任何人都不可能再写出那样的作品,这应该是一个起码的常识。即便写出来,那也只能是一种虚假的作品,矫揉造作的作品。读库切的《彼德堡的大师》,我最感到震惊的是他对少女马特廖莎的塑造。这样一个人物形象,令人想起陀氏笔下的阿辽沙、托尔斯泰笔下的娜塔莎、帕斯捷尔纳克笔下的拉里沙,以及福克纳笔下的黑人女佣,她们是大地上生长出来的未经污染的植物,在黑暗的王国熠熠闪光,无须再经审查。但是,且慢,就是这样一个少女,库切也未将她放过。可以说,书中很重要的一章就是“毒药”这一章:这个少女的“被污辱”和“被损害”,不是因为别人,而是因为那些为“穷人”和“崇高的事业”而奔走的人,她进而成为整个事件中的关键人物，本人即是“毒药”。从这里或许可以看出文学的巨大变化。陀思妥耶夫斯基和托尔斯泰看到这一描述，是否会从梦中惊醒？我想，它表明了库切的基本立场：一切经验都要经审视和辨析，包括陀氏和托氏的经验，包括一个未成年的少女的经验——除非你认为他们不是人类的一部分。

库切书中提到一个“吹响骨笛”的故事：风吹遗骸的股骨，发出悲音，指认着凶手。读库切的书，就像倾听骨笛。有一种刻骨的悲凉，如书中写到的彼得堡灰色的雪。其实，“凶手”如那纷飞的雪花一样无处不在，包括少女马特廖莎，也包括陀思妥耶夫斯基，甚至也包括未出场的托尔斯泰。还有一个人或许不能不提，它就是库切——它粉碎了人们残存的最后的美妙幻想，不是凶手又是什么？当然，这个“怀疑论者”也会受到怀疑。只要那怀疑有“道德原则”的怀疑，它就是有价值的，库切也不枉来到中国一场。

中国文学海外传播的瓶颈

上个月(2011 年 3 月),《上海文学》的“批评家俱乐部”栏目,组织了一个小型对话。叫《异邦的荣耀或尴尬》,是由南京大学何言宏教授出面组织的。这个对话将在《上海文学》第五期刊出。我参加了这个对话。通过这个对话,我进一步认识到,“中国文学海外传播”在高校已经成为一个学术课题。在那个对话中,我也提到了去年第一次在北师大举行的这个由国家汉办、美国俄克拉荷马大学文理学院、《当代世界文学》杂志社共同主办的会议。我对现在的高校的学术研究体制不甚了解,但我能够感觉到,这个学术课题在中国是极有现实意义的。在学术层面上,它意味着可以把中国文学放在全球性的文学领域中去研究,它突破了已有的比较文学研究的一些边界。以前把张三和约翰做一番比较分析差不多就可以了,现在你还得去研究约翰的儿子和儿子的情人怎么看张三的作品。我觉得它的意义还在于,通过研究中国文学海外传播的机遇、机制和难题,通过对这只麻雀的解剖和分析,也能够看到,改善自己的文化处境,跟经济崛起有极大的关系,但又比经济崛起要复杂得多。

我想从一件小事谈起。今年的三月份,英国的编辑代表团来到了中国，在北京和南京，与中国的作家进行过多次比较深入的交流，我后来知道这是为2012年的伦敦书展做准备。他们真的很想知道，中国文学的现状到底是怎么回事，与十年前、二十年前相比有什么变化。我觉得这是一件非常有意思的事。因为以前中外文学交流，通常只是翻译家和汉学家与中国作家的交流，但现在出版社的编辑直接介入了这种交流。这些编辑大都是第一次来到中国。通过这种交流，通过在中国的旅游，他们直观地感受到，当代中国、当代中国的文学状况，与他们通过翻译家和汉学家介绍的中国有些明显的差异。但如同文学创作一样，你感受到的东西，要通过文字表现出来，还需要走过漫长的道路。你现在感受到的这种差异，要通过出版表现出来，可能还要走更加漫长的道路。我们事先约定只谈四十分钟，可后来竟然谈了两个多小时。他们提到，中国作家往往喜欢说，中国引进的国外图书有很多，而西方出版的中国图书却非常有限。作为对这样一种说法的回应，他们提到了一个数字，就是美国引进的图书，只占美国原创图书的百分之三。什么意思呢？就是说，这种不平等的交流不仅存在于中国与西方之前，也存在于西方内部，存在于欧洲与美国之间，甚至存在于同种同语的英美之间。就二十世纪以来的文学史和当代文学的发展状况而言，虽然美国作家的作品毫无疑问是世界文学的最重要的组成部分，但你仍然没有理由认为，整个世界的文学成就，只有美国文学成就的百分之三。所以我说，这是一种不对等。那么，在这样一种情形下，中国文学与英国文学的交流，中国文学与欧洲文学的交流的不对等，也就可以理解了。可以肯定的是，这种不对位，在以后相当长的时间里，是任何人都无法改变的。我知道有些作家为此感到焦虑。焦虑通常可以成为文学作品的主题，有时候还会对文学写作起到积极的作用，但在所有焦虑中，可能只有这种焦虑对文学写作毫无作用。所以，中国作家不应该为此感到焦虑。

只要稍微了解一下西方的中国当代文学出版史，你就可以有一种直观的感受，就是在相当长的时间里，西方的出版社主要是对中国的政治问题感兴趣，想通过作品了解中国的政治状况。你得承认，他们确实有一种转变，就是从比较单纯的政治兴趣，辐射到了文化兴趣和文学兴趣。但是毫无疑问，政治问题仍然是他们思考问题的重要出发点。当然，他们的眼光也确实非常“独到”，比如他们甚至把钱钟书的小说和张爱玲的小说，看成是充满着政治反抗性的小说。其实这种情况，也不仅是对中国作家而言的。前几天我看到土耳其作家帕慕克的访谈，谈到他在国外朗诵作品，读者最感兴趣的还是土耳其的政治和民族冲突问题。帕慕克是在发牢骚呢。但帕慕克本人其实也深谙其道。他在法兰克福书展上演讲，一开口就是现在的土耳其是土耳其历史最黑暗的时期。有趣的是，当帕慕克演讲的时候，土耳其的总理就坐在下面，土耳其总理旁边的那个位子就是帕慕克的。帕慕克演讲完之后，就坐到土耳其总理旁边，两个人跷着二郎腿聊天。这个事实至少说明，现在的土耳其肯定不是土耳其历史上最黑暗的时期。其实，这样一种状况，我们也完全可以理解。如果今天有一个利比亚作家在中国发表演讲，我们最感兴趣的问题肯定是卡扎菲下不下台，为什么还不流亡，你的某个细节是讽刺卡扎菲的吗？当那个作家说，他写的只是一部爱情小说的时候，我们会以为他顾左右而言他。其实，他写的可能真的就只是一部爱情小说。我跟一个西方翻译家聊天，那是个很棒的翻译家，她翻译的一部中国小说刚在美国获了个大奖。她对我说，你现在是万事俱备，只欠东风。只要突破一点，你的作品翻译将畅通无阻。我问东风是指什么？是不是政治和性？单纯写政治也不行，还得加上性，是性的政治。她的回答是：Yes！Very Good！所有中国人都知道，中国的现实异常复杂。你要准确地写出能够对应于中国目前现实的小说，那肯定是一部比较复杂的小说，一部容纳了各种复杂经验的小说，那已经不仅仅是人在人上、肉在肉中的问题了。那么就存在着一种状况，就是真正能够写出中国经验的复杂性的小说，在翻译和出版的时候，是要靠边站的。也就是说，虽然他们非常想出版能够反映中国现实的小说，但真正的反映中国现实的小说，反而是比较难以出版的。这也是一种不对位。不过，这也不能去责怪西方的翻译家和出版社，因为在中国，那种写出了复杂的中国经验的小说，也不会受到很多读者的欢迎。比较欣慰的是，这种情况在海外文学交流领域已经得到了很大的改善了。比如获得曼布克奖的几部中国小说，苏童的《河岸》和毕飞宇的小说《玉米》，都不是以所谓的政治性“取胜”的，在中国也都被认为是好小说。所以我觉得，随着交流的加深，这种不对位的状况，会得到进一步的改善。

一提到中国经验的复杂性，问题变得非常复杂了。西方的汉学家和编辑家常常会问，你说的复杂性是什么？坦率地说，我还真说不清楚。前段时间，在与法国作家对话的时候，他们又问到这个问题，我只好试着去描述我所说的复杂性。我说，任何一个从二十世纪走出来的中国人，只要他是一个有历史感的人，他都拥有三种不同的经验：一种是社会主义的经验，一种是市场化的经验，还有一种是二十世纪九十年代以后深深卷入全球化之后所获得的全球化的经验。这三种经验分别对应于三种不同的时代，而一个时代既可以看成是对另一个时代的发展，又可以看成是对另一个时代的报应。对于一个有历史感的文学写作者来说,这三种经验其实是叠加在一起的。它们相互叠加,相互渗透,进而如地壳中的岩浆一般翻腾激荡。

在跟汉学家聊天的时候,我曾以写爱情故事为例,开玩笑地把中国作家分为三类:一类是写桃花的,一类是写玫瑰的,还有一类是写桃花如何变成玫瑰的。中国古典诗歌中,古典戏曲中,写到爱情,一个基本的意象就是桃花。桃之夭夭,灼灼其华;之子于归,宜其室家。去年今日此门中,人面桃花相映红,人面不知何处去,桃花依旧笑春风。玉腕枕香腮,桃花脸上开。中国人喜欢写桃花,但不喜欢画桃花。中国的画家是不画桃花的,他们直接画桃子。这是我们的本土经验。而当代的中国人,已经不用桃花来表达爱情了,用的是玫瑰。这个传统不是中国的传统,是从西方的诗歌、小说、电影中来的。但它确实是中国目前的现实。今年过情人节的时候,我在出租车上听到消息,说有七十吨玫瑰从南方空运到北京。你以为很多吗?还不够送呢。因为有些人动不动就要送一大堆玫瑰,老婆九十九朵,情人九十九朵。现在,一个比较熟悉中国文化传统的西方人,也会认为这不是中国发生的事情,我们不认同你的这种身份。我还是想看到你写桃花。所以,现在总的说来,西方的出版社对那些涉及中国传统的书会比较感兴趣,对乡土小说比较感兴趣,对人在人上比较感兴趣。但实际上,中国真正的现实是,桃花和玫瑰已经杂交了,用我的话说就是石榴树上结樱桃了。当然,我只是打一个粗浅的比方罢了。正如我在前面提到的,现在的中国人,他的经验是空前复杂的,既有计划经济时代的经验,又有市场经济时代的经验,还有全球化的经验。我们是三足鼎立,一片混战。

这种复杂经验的独特性，当然并不值得夸耀。某种意义上，可以把它看成是中国作家的不幸。事情明摆着，当我们真正试图用小说的方式来描述这种复杂经验的时候，我们常常会觉得困难重重。因为两千多年的中国文学史，从诗词曲赋，到明清小说，到鲁迅，到西方人喜欢的沈从文，他们的作品都从来没有涉及这方面的经验；西方现代主义运动以来，从福楼拜到萨特，从普鲁斯特到罗勃·格里耶，都曾在某一个阶段影响到中国作家的创作，但所有这些作家，他们的作品也从来没有涉及这方面的经验。这使得现阶段的中国作家的写作，在很大的程度上成为一种独自的探索。但是，对于中国作家在处理这种复杂经验时所取得的成就，西方的汉学家、记者和出版机构又能理解多少呢？即便能够理解，他们能够说服读者去关注这些作品吗？它最终形成了一个接受的瓶颈，这个瓶颈将在相当长一段时间里存在。对于作家而言，我不认为我们应该改变自己，去适应他们那个瓶颈。

（此文为作者在 2011 年 4 月 28 日中国文学海外传播国际学术研讨会上的发言）

在场的失踪者

谈到这个时代的写作和批评，我预感到人们首先将会深情地缅怀八十年代。我最近看到张承志在《天涯》上的一篇文章。他开头就说，现在回想起八十年代，有一种“惜春”之感。“惜春”这个词用得真好。那么为什么会“惜春”呢？因为现在已是“三春过后诸芳尽”。

连傻瓜都知道，现在的文学环境，与八十年代已经完全是两码事了。在八十年代，作家和批评家有共同的敌人，有共同的朋友，有共同的乌托邦。我曾经多次目睹作家和批评家并肩作战的身影，我也记得作家和批评家是如何携手共进，共同奔向现代主义文学的怀抱。大概只有在八十年代，人们才普遍相信，今天比昨天好，明天比今天好，后天肯定比明天好。那时候，我还是一个在校的大学生。我有一个非常强烈的感觉，在八十年代，几乎所有人都是进化论者。

但到了九十年代，很多人的心情突然变坏了，不良情绪日益蔓延。稍微公正一点的人，都会承认，九十年代以后，小说和批评都比以前写得好了，技术更成熟，学术更规范，视野更开阔。但人们的心情反而变糟了。尤其是进入新世纪以来，即便是作家们的长篇小说非常畅销,即便是作家手中的股票疯涨,即便是作家迅速中产阶级化甚至资产阶级化,即便作家的作品几乎可以同步在海外出版,即便是学院体制给批评家们提供了优渥的生活条件,即便当时的批评家们现在大都已经桃李满天下,作家和批评家的心情好像也好不起来。更多的时候,这群被称为写作者的人,一个个忧心忡忡,才下眉头又上心头的样子好像不是能够装出来的。反正是不开心。如果有谁开心了,并且公开表达了自己的开心,那么我们通常都会认为那个人有病。那么,为什么会出现这样一种状况?

我倒不认为,这是因为文学失去了轰动效应的结果,我也不认为这是文学边缘化的结果。我更愿意相信,这样一种不开心,这样一种坏心情,来自于我们突然发现,我们所养成的用文学眼光看世界的方式,用文学的形式表达感受的方式,一下子好像不好使了。我们的知识结构好像不灵了。从八十年代以来,我们熟知了那么多的小说流派,背诵了那么多的知识,默记了那么多的概念,掌握了那么多的命题和研究方法,可现在好像都无法对我们的现实生活进行解释。现实越来越复杂,小说越来越精致;现实越来越混账,论文却越来越规范。全都对不上号了。而且,这样的现实,这样的小说,这样的论文,不全是我们“奋斗”的结果吗?而且小说不应该精致吗?论文不应该规范吗?当然应该。不然,你凭什么与别人对话,与世界对话?这么一来,好了,所有的理由都能够成立,所有的道理都是真理,可是最后的结果好像却只有一个了,那就是我们发现自己好像越来越没用了。

所以,我常常感到,就是文章写得再好,我们也都是失踪的人。别人不知道我们在哪里,是因为我们失踪了。问题是,我们分明知道自己在哪,可我们自己却有失踪的感觉。你分明在场,你分明还在发言,但你却失踪了。我们成了在场的失踪者。我们的心情就是这样变坏的吗?

八十年代当然值得怀念,因为那其实是怀念我们失踪以前的生活,那好像是我们的前生。但怀念八十年代,对当今的写作却起不到什么作用,惜春而已,闲坐说玄宗而已。

2008 年 9 月 15 日于博雅西园

阎连科的声母

A 艾 滋 病

从 2004 年开始，每过一段时间，阎连科就要去一趟艾滋病村。有时候，他和一名医生一起去，有时候他自己去。在那里，他帮艾滋病人找打井，发药，做心理疗法。后来他写了一部《丁庄梦》。《丁庄梦》出版以后，我以为他去的次数会少一些了，因为作品已经写完了嘛。不料，他还是经常去。年前，有一次我碰到他，发现他情绪很坏，原来他刚从艾滋病村回来。他每次回来，情绪都会坏上几天，因为他在村里结识的朋友又死了几个。他向我讲述村边已经连成了一片的坟。他这次去，是给村里的艾滋病孤儿发压岁钱的。有一段时间，他很认真地问朋友，要不要领养一个艾滋病孤儿？

B 毙 稿

我还不认识阎连科的时候，就听到过一个故事。说是杂志社的编辑，有必要和阎连科保持良好的关系，因为他可以帮你救场。

如果你已经编好的稿子，突然被枪毙了，一时间又没有别的稿子可用，你可以给阎连科打电话。你只管告诉他你需要的字数即可，他肯定在规定的时间内完成，而且质量可靠。后来我听他说过，有相当长一段时间，他每天都可以写上一万字。当然，他现在不行了，身体跟不上了，三天两头腰疼，头晕。现在，他就是腰不疼，头不晕，也没有哪个编辑敢指望他来救场了。为什么呢？因为他的稿子也经常会被毙掉。最近几年，他是被毙稿次数最多的中国作家。

C 吃　　饭

和阎连科在一起吃饭，是一件愉快的事。最重要的原因，是你不必担心自己埋单。我和他住得很近，在一起吃饭甚多，十有八九是他埋单。他总是抢着埋单。他点了一桌子的菜，但他自己吃得很少，因为他要减肥。如果是晚饭，通常他只喝一碗疙瘩汤，就是河南农民常喝的那种面糊糊，价格在一元到五元之间。也就是说，他点了一桌子的菜，基本上都是给你点的。如果你们没有吃完，他要打包带回去，给他的狗吃。他有京叭一只，大名哈里。阎连科每天都要遛狗，孤独的阎连科喜欢和狗说话。有一年的春节前，哈里因为恋爱问题失踪半年。阎连科说，完了完了，彻底完了，这个年过不成了，过不成了呀。

D 地　　道

在《坚硬如水》中，阎连科挖掘了一条地道，一条爱情、死亡和革命的地道。从事原型批评的人，或许能从民间故事中，找到这条地道的原型。诸如二郎救母的故事，宋徽宗与李师师的故事。但我想说的是，阎连科的小说，其实一直有一种“地道意识”，无论他是否铺设了一条地道：在那里，空间极度黑暗，死亡逐渐逼近，幸福充满着腐烂的气息，人们在瞬间摆脱了意识形态的控制，进入了狂野、撒欢的境地。别人的狂欢在广场上进行，而阎连科的狂欢在地道里进行。所以，他激昂的反抗只对自己有毁灭性，他只是在内心深处爆发革命，他坚硬如水。

E 儿　子

我还没有见过比阎连科更爱儿子的人。阎连科这辈子吃了太多的苦，他发誓，绝对、坚决、彻底不让儿子吃苦了，一点苦也不行。他早早地为儿子准备了房子、票子。儿子还在上大学，他就操心为儿子娶媳妇了。儿子去上海，他央求着儿子买机票。倒是儿子不愿意坐飞机，愿意坐火车。他要为儿子买软卧票，但儿子却想坐硬座。他对儿子的爱，连儿子都有点不好意思了。还有一次，阎连科悄悄对我说，他最喜欢混血儿，他很想有一个混血的孙子或者孙女。我的第一个感受是，这个时常自称农民的人，其实是个激进的全球化分子。

F 返本归源

在《日光流年》中，小说在结构上呈现了一种奇怪的倒叙方式。一般的倒叙，只是一个小小的插曲，只是为了交代某件事情的起因。但《日光流年》却在整体上呈现出一种倒叙方式，就像太阳从西边升起,从东边落下。故事从他的死亡开始,他一步步倒回到自己的青年,自己的童年,然后是母亲的子宫,然后他从子宫中探出头来,打量这个世界。小说的叙事历程是一个返本归源的历程。当然,在每一个段落的内部,小说的叙述方式是顺叙的,否则故事便无法讲述。这样一种整体上的倒叙和具体上的顺叙,使得小说具有一种对抗宿命的力量,一种与时间搏斗的勇气,它是对我们所生存的这个世界、对这个世界上业已形成的秩序的顽强的不认同。

G 故 乡

去年夏天,我曾陪同阎连科回过一次田湖镇,河南嵩县耙耧山区的田湖镇。那是著名的两程故里,也是阎连科的故乡。十多年来,经由阎连科浓墨重彩的描绘,耙耧山区已经成为中国文学地形图上最著名的景观。从《年月日》到《日光流年》,再到《受活》,阎连科的故事都发生在耙耧山区。在这个以原始农具命名的山区,惨烈的故事一次次上演,绝望和悲苦就是生活的原色,在那里做一只老鼠都不是一件容易的事。我们从洛阳出发,向西,走高速公路,再走国道,一个半小时候以后,田湖镇就遥遥在望了。一路上,我并没有看到崇山峻岭,我看到的只是逶迤的丘陵,辽阔的原野,高大的杨树,飘香的果园。在果园的旁边,偶尔闪现一个村子,那是三姓村还是受活庄?我不知道。田湖镇终于到了,那是著名的两程故里,也是阎连科的出生地。阎连科的呼吸变得急促起来,手有点哆嗦,脸上有一种兴奋,也有一种羞涩。我们还坐在车里张望,阎连科已经下了车。他要脚踏实地,在田湖镇的街头走一走。

但在我看来，它与别的中原小镇没有任何区别：镇子里照例有一条主干道，用柏油铺成，路基垫得很高，甚至高过别处的屋顶。它以夸张的方式告诉你，不久之前，这还是一条泥泞而狭窄的村路。现在，从外表看去，一切都鸟枪换炮了：高级轿车、农用拖拉机、毛驴车可以从街上并排驶过，喇叭声、驴叫声以及人们的叫卖声，此起彼伏。我到街边的烟店买烟，烟店里同时出售可口可乐、冰淇淋以及各种娱乐性杂志。烟店的旁边是一个服装市场，在那里可以买到各种名牌服装，其价格之低廉简直让人吃惊。染了一头金发、戴着耳环、涂着鲜红的指甲油的售货小姐告诉我，这里的名牌运动服最受欢迎。人们之所以爱穿运动服，是因为快"开会"了。她所说的"开会"，指的是"开奥运会"。她还向我说明，这里的运动服好得很，买一套就等于买两套：正面穿是耐克，反面穿则是阿迪达斯。站在这样的一个小镇的街头，我几乎感觉不到阎连科小说里所惯有的那种惨烈，那种悲苦，那种绝望。这就是阎连科笔下反复出现的那个耙耧山区吗？这就是先爷、尤四婆、司马蓝、茅枝婆们曾经生活过的村子吗？我相信，任何一个熟悉阎连科的作品并且到过耙耧山区的人，都会发出这样的疑问。开个玩笑吧，这里与其说是阎连科《日光流年》中的三姓村，不如说是拙著《石榴树上结樱桃》中的官庄村。当然，我知道，此时我只是一名游客，我对这里没有任何记忆。而阎连科，却是生活在记忆中的人。

H 汉 学 家

从前年开始，阎连科的小说开始受到海外汉学家的关注。就我所知，他的小说已经被翻译成几十种文字，其中有一些语种，他以前都没有听说过。他可能是中国顶级作家中出国次数最少的人，但他很可能是被翻译最多的中国作家。不过，被翻译最多的作品，往往不是他最满意的作品。在我看来，他最好的小说是《日光流年》，最重要的小说是《受活》，但外国的出版社好像对此并不太感兴趣。这种情形很多人都遇到过，我自己也遇到过。我自认为我迄今写得最好的是《花腔》，但被广泛翻译出去的却是《石榴树上结樱桃》。这件事给人的教训是，如果一个作家不能对自己的创作保持足够的清醒，那他确实很容易跟在汉学家的屁股后面走。

J 疾　病

阎连科的小说，总是一次次地写到疾病，写到残疾。在《日光流年》中，病的名字叫喉堵症，因为喉堵症，人们一律活不过四十岁；在《受活》中，病人们甚至被组织起来，形成了一个前无古人后无来者的"绝术团"；在《丁庄梦》中，那种病的名字叫艾滋病。阎连科的小说中最骇人听闻的情节、场景，都是围绕着身体的疾病而展开。在《耙耧天歌》中，母亲用自己的骨头汤给孩子治病；在《日光流年》中，司马虎卖掉腿皮之后，裤管里的蛆虫像豆子一样，一粒粒往下掉；在《年月日》中，先爷的身体化做了玉米的根系。用疾病，或者进一步说是用畸形，来对应他笔下人物所置身于其中的现代化进程，是阎连科写作中最值得玩味的一面。与此相应，在小说的第一页，阎连科是个经典的写实主义者，但到了书的第二页，阎连科的写实主义就变成了梦魇的写实主义，一种狂想式的现实主义。

K 狂　想

狂想现实主义，最早由李敬泽提出，用来说明他对《受活》的认识。这个词是否恰当，还可另外讨论，但“狂想”这个词，确实相当准确地击中了阎连科写作的重要特性。《年月日》和《黄金洞》之后，阎连科的小说无不带有狂想的特征，你在现实生活当中很难遇到类似的故事，类似的情节，变形、夸张、怪诞、极端，是他的小说最直接的美学风貌。在他和梁鸿女士的讨论中，他曾经提到，他很喜欢河南作家李佩甫的一篇小说《橘子》：当橘子扔到脸上的时候，橘子竟然在这个人的脸上生根发芽了，并且长出了一株橘子树。这段对话或许无意中透露了阎连科独特的口味。

L 泪

阎连科小说中人物的泪腺很发达。读阎连科的小说，你不时能够听到哭声。哭，是阎连科小说中的人物表达感情的方式，不管这个人是孩子还是成人，是男人还是女人。这使得阎连科的小说，具有一种煽情的效果。坦率地说，我不喜欢这样一种表达方式。我更喜欢眼中噙泪、但泪水并没有流下来的那种效果。但是，如果他的人物不哭出来，你就会觉得少了些什么。你会觉得“闷”，你会觉得那是一个密不透风的铁屋子。现在，人物的哭声从铁屋子里传了出来，你的第一个感觉是，他的人物还活着，暂时还没有死去。

M 蔓 绕

通常说来,阎连科的小说在整体叙事上骨架分明,线索清晰,他的中短篇小说甚至常常只有一根筋,只是为了阐明一个动机。但在具体的语言表述上,阎连科的小说却极为繁琐,黏稠,有众多的铺排,有众多的冲突,层次之间枝蔓缠绕,扯不断,理还乱。阎连科的小说,至少从语言表述的方式上看,是各种矛盾的综合。就我所知,有一部分人对阎连科的小说极为推崇,而另一部分人却对阎连科的小说难以认同。之所以会出现这种情况,我想大概就是因为那是一种独有的阎连科式的语言。阎连科本人就是一个极为矛盾的人,他复杂而又简单,暴戾而又温柔,慧黠而又忠厚。

N 呢

阎连科的小说,有很多语气词。呃,哦,呢,唉,咦,等等。在《受活》中,这种语气词的使用,达到了登峰造极的地步。它好像已经不是语气词,而是一种陈述方式,一种发声方式。有如婴儿的呢喃,小鸟的啁啾,鱼儿的戏水。王鸿生先生专门论述过阎连科小说中的这种语气词的使用,使人印象深刻。他认为这是一个有童心的人,一个无力对抗世界的人,在向世界使性子,发脾气,诉苦,撒娇。阎连科的这种使用方式,非常奇怪地使得小说具有一种"逸出沉重"的可能,使小说具备了另外一种视角,一种孩童般的观察世界的方式。这或许是阎连科对当代小说叙述方式的一种贡献。

O 偶然的命运

如果阎连科没有当兵,阎连科现在干什么呢?如果阎连科当初退伍回家,阎连科现在干什么呢?这样的"如果",可以无限排列下去,每排列一次,就会获得一种命运。也就是说,我们现在的命运,仿佛只是无限的命运中的一种。但是,我们必须承认,我们都只有一种命运,那就是现在的命运,而绝对不可能有别的命运。

P 嘭的一声

"嘭的一声,司马蓝要死了。司马蓝是村长,高寿到三十九岁,死亡哐当一下像瓦片一样落到他头上。他就知道死是如期而至了。"这就是著名的《日光流年》的开头。很多年前,我在郑州的三联书店买书,遇到孙苏先生。孙苏先生说,他要来买一本书,叫《日光流年》。他说,有人告诉他,《日光流年》中通感的运用,堪称登峰造极。以后几年,我经常看到有人谈到《日光流年》中的通感,谈到整部小说的第一个字:"嘭"。后来有一天,我看到了阎连科的自供。他说,在他的嵩县老家,说到王老五死了,人们就会说,嘭,王老五死了。我想了想,在我的老家济源,人们好像也是这么说的。昨天,我母亲对我说,谁谁谁生孩子容易得很,扑通一声,就生了。可是我以前,怎么没有注意到呢?

Q 奇迹

至少在我看来,现代小说就是对日常生活的奇迹性的发现。

但迄今为止,阎连科的重要小说,写的都是奇迹本身,奇峰一见惊魂魄。这使得阎连科的小说,与我们见到的大多数的现代小说,那种描述日常生活的小说,有着明显的区别。因为专注于写奇迹,所以阎连科的小说,无不带有强烈的虚构特征。他的小说,即便以写实面貌出现,也是更接近于寓言。我几乎可以认定,阎连科是当今唯一的一位真正地重写神话的人,当然,那是一种小神话,或者伪神话。这使得阎连科的刀锋异常犀利,直指生活的本质和核心。阎连科有一种奇怪的本领,虽是剑走偏锋,但能一剑封喉。

R 人　　称

有一次,坐在车上,我与阎连科谈起小说的叙述人问题。我的难题是,我只有找到小说的叙述人,才能把故事讲下去。我只能采用第一人称,或者有限制的第三人称。但阎连科对此却毫不在乎。他的小说,基本上都是全知全能的叙述。他的理由是,小说都是作家本人写的,你用第一人称也好,用第三人称也好,小说实际上都是第一人称的。他还挖苦我呢,说你们这些人啊,总是把简单的事弄得很复杂。我不得不承认,他说的有道理。

S 诗　　意

同样奇怪的是,阎连科的小说中,又常常有一种诗意。阎连科的诗意,是一种粗砺的、常常违反常规的诗意。当他充分地,甚至过于充分地描写生活的丑恶、罪恶、黑暗的时候,你简直想不到,他竟然会突然腾出手来,去描写一番生活中的诗意。这些诗意,很多时候跟大地有关,跟人物生存的背景有关,跟女人的眼神和身体有关。典型的阎连科式的诗意,可以从《丁庄梦》里的一个故事中看到。丁亮和自己的弟媳妇玲玲,都染了上了艾滋病,然后是各自离婚,结婚,准备一齐赴死。但就在这时候,玲玲的病竟然因为爱情而神奇消失。也就在这天夜里,丁亮又发病了,发烧,烫。接下来,阎连科式的诗意集出现了:为了救活丁亮,玲玲在冬夜里光身出门,把水浇在自己的身上,为的是"用冰凉的光身吸着他的烫"。玲玲随即被冻死,醒来的丁亮随后自杀殉情。这个段落,可能包含了阎连科式的诗意所具备的所有元素:身体,爱情,死亡,反常规,奇迹。用阎连科自己的表述,即是"用冰凉的光身吸着他的烫"。

T 突　围

据说,四川人三十岁要出川,河南人三十岁要突围。浏览关于河南作家,或者关于河南籍作家的有关评述,你可以发现,"突破"、"突围"一类的词语,出现的频率很高。很多年前,在河南新乡还召开过一次关于所谓的"文学豫军"的研讨会,会议的主题就是"文学豫军,中原突破"。顺便说一下,我就是在那个会议上认识阎连科的,同时我还认识了刘庆邦、邢军纪、朱秀海、周大新、柳建伟。他们都是豫籍作家。阎、刘、周、朱、邢的低调给我留下了深刻的印象,就像柳建伟的高调给我留下了深刻印象一样。突围、突破,这些人"突"的是什么呢?要"突"到哪里去呢?我至今仍然没有想明白。我宁愿相信,这是豫籍批评家们的一个说法。

W 为人民服务

这是阎连科最差的小说,这是阎连科影响最大的小说。无论是现在还是将来,无论在海内还是在海外,阎连科都将因此备受困扰。不说也罢。

X 先 爷

在阎连科最为出色的中篇小说《年月日》当中,先爷让自己的身体化作肥料,以滋养大地,最后他的身体和玉米的根系融为一体。在我看来,这是阎连科小说当中最富有想象力的篇章,是最能代表阎连科风格的篇章。在小说的结尾,阎连科写道:

> 先爷躺到墓里,有一只胳膊伸在那棵玉蜀黍的正下,其余身子,都挤靠在玉蜀黍这边,浑身的蛀洞,星罗棋布……那棵玉蜀黍的每一根根须,都如藤条一样,丝丝连连,呈出粉红的颜色,全都从蛀洞中长扎在先爷的胸膛上,大腿上,手腕上,先爷的每一节骨头,每一块腐肉,都被网一样的玉蜀黍根须串在一起,通连到那棵玉蜀黍秆上去了。

阎连科在此写的是先爷,还是他自己?还是我们所有人的命运?我们未必比先爷幸福,因为先爷还留下了一株玉蜀黍,而我们这些写作者,可能什么也没有留下。

Y 雅 与 俗

规范、正确谓之雅。荀子说:“夷俗邪音,不敢乱雅。”而所谓“夷俗邪音”,用今天的话说,或可以指地方的风俗和方言。阎连科的小说,就以我上面引用的那段话为例,雅与俗总是密不可分:方言和标准的书面语,总是密密麻麻纠缠在一起;土得掉渣的乡土生活与象征主义的表现手法纠缠在一起。这是当今汉语写作的一个奇观。顺便说一下,这种雅与俗一直延伸到读者那里,就我所知,虽然他写的是乡土生活,但他的读者却都是城市人,其中绝大部分人没有起码的乡土生活经历。

Z 最

评述阎连科其人其文,都用得上一个“最”字。

巴金的意义

巴金先生虽以百岁高龄辞世,但我还是感到了悲伤。我们已经习惯于他活着,习惯于他顶立于天地之间,使我们得以享受他的浓荫。如果说鲁迅是现当代文学之父,巴金则是现当代文学之母。我想,即便是不孝之子,也会感受到巴金给他带来的震动。

巴金是以作品影响人,以自己的人格影响人的伟大作家。他的小说虽然大都写于上个世纪三四十年代,但他的作品并没有过时。直到今天,在二十一世纪的激流中,高老太爷依然活在人间,瑞珏和鸣凤也依然活在我们当中。如果要拍电影,导演不需要找特型演员。我感到悲哀的是,觉新这种人物在生活中很少有了。时代确实有变化,但这变化你很难说是正面的还是负面的。梅表姐和瑞珏的痛苦在这个时代都显得非常高贵。我不能矫情地说,我是读巴金的作品长大的。因为对巴金的作品的理解,确实是近几年的事情。时代给巴金的小说赋予了新的修辞,这是巴金小说的伟大意义所在,也是巴金先生和他那代人的悲哀,而且是我们所有人的悲哀。所以,对巴金小说的阅读,在今天仍然具有重要价值。恐怕没有哪个还活着的人,比巴金先生承受的痛苦更多。但是读巴金先生晚年的著作,你可能感受到,他并没有恨。我还记得我阅读《怀念萧姗》时，曾经泪流不止。以后每次重读，也都会默默流泪。你流泪了，但你依然没有恨。

这是巴金先生晚年的著作带给人的感受。巴金先生首先让人反躬自省。自省曾经是我们民族精神中的重要元素，但后来我们都忘却了。现在，巴金先生提醒我们，在面对自己曾经身陷其中的苦难面前，我们首先要做的是反躬自省。而今，在一种新的文化语境中，巴金的提醒仍然是一种至关重要的道德要求。它不会过时，永远不会过时。对于上世纪八十年代以后的中国文学甚至中国文化，在相当长的时间内，如果没有巴金，其情形都很难想象。这不仅是指巴金给后来的中国文学提供了道德基石，也是指巴金以自己的伟大存在给中国文学提供了必不可少的发展空间。经历了这个时期的文学史家当然会注意到这一点，但未来的文学史家却未必会留意。

从个人写作来说，我深蒙巴金先生主编的《收获》的恩惠。我是享受这种恩惠的后辈作家中的一个。巴金先生慈祥的目光抚摸着每个人的脸庞，给人起码的血性，必要的良知。而今，即使巴金先生已经仙逝，我还是宁愿相信，因为文学的传承，因为他给文学打造的道德基石和发展空间，这种抚摸还会继续下去，并像血脉一样得以遗传。巴金先生以古迈之年辞世，他个人的痛苦得以解脱，我们应该感到欣慰。但从自私的角度说，很多人都希望他再长寿一些。对于伟大的人物，我们往往会有这种矛盾的想法。对于作家来说，辞世以后，如果能留下几本书，那是他的幸运。但巴金先生留下的，不仅是几本书。他留下了自己的形象，留下了自己的爱，也留下了他给这个民族的提醒。

向宗仁发们致敬

1986年的初夏，坐在华东师大文史楼前面的草坪上，仰望着天上的流云，我心中一片迷惘。那个时候，我已经开始了小说写作，但从未向编辑部投过稿子。我写作，只是因为我喜欢写作，喜欢用文字表达自己的迷惘。那种迷惘与古曲诗词中的伤春和悲秋，愁绪和牢骚，并不完全相同。在八十年代，也只有在八十年代，几乎所有人都是进化论者，都认为今天肯定比昨天好，明天肯定会比今天好，甚至明天的“恶”也要比今天的“恶”更好，更有意义，更有价值。但是在面对“美好的未来”的时候，人们却往往会有一种奇怪的迷惘之感，那是一种身不由己的迷惘，不知道自己会以何种形式进入到“美好的未来”当中，那种感觉就像一对童养媳夫妇，不知道如何度过自己的新婚之夜。

我记得格非从铁栅栏上跳了过来，跳进草坪，来到我的身边。他手中拿着一封信，信封上有《关东文学》的字样。格非把那封信再次掏了出来，让我分享他的幸福。那是宗仁发的一封信。宗仁发告诉他，他的中篇小说《没有人看见草生长》即将在《关东文学》上发表。在那个年代，发表一篇中篇小说是一个重大事件。当其时也，所有的刊物，无论是国家级刊物、省级刊物还是地级刊物，都将宝贵的篇幅留给了右派文学和知青文学,用来满足他们巨大的倾诉欲望,亲爱的读者也都竖起耳朵,以聆听他们的倾诉。在我的记忆中,当时只有《收获》和《关东文学》敏感地意识到一种有别于知青文学和寻根文学的新的文学潮流,正在默默形成,并且即将洪波涌起。格非那篇引自帕斯捷尔纳克《日瓦戈医生》的小说的题目,其实具有某种象征意义,即没有人知道历史是如何形成的,就像没有人看见草生长。但宗仁发却敏锐地看到了草尖正如何钻出雪被,他看到了雪被下广阔的草原。当时,他不仅编发了格非的中篇处女作,而且编发了后来被称为第三代诗人的众多代表作品。就我的记忆所及,人们后来耳熟能详的第三代诗人的代表作品,几乎都是在当时的《关东文学》上发表的。如果我的记忆没错,我最初阅读到的唐晓渡、刘晓波、李劼、吴亮、朱大可等人的文章,也大都是在这份刊物上面。正是阅读了唐晓渡的那篇文章,我知道了奥威尔的《动物庄园》。多年之后,当我看到这部小说的时候,我脑子里首先想到的竟然是《关东文学》的封面:"关东文学"四个字印得很大,是金黄色的,而背景的图案却像是蜡染后的粗布,或者薄暮中的树皮,在精巧的布局中又透露出一种粗犷之美。

格非的幸福极大地感染了我,大约半年以后,我在写作毕业论文的间隙,完成了自己的第一篇短篇小说,名字叫《福音》。我写的是一个接生婆的故事,写这个接生婆如何将我接到人世。我想都没想,就直接寄给了《关东文学》。我当然盼望着它能够发表,但我却知道这是一种奢望。没多久,我就毕业了,带着一腔的不情愿回到了河南。最初的忙乱过后,我又开始了写作。我把我的小说像鸽子一样放了出去,但它们飞走之后就再也没有消息。很多年之后,我看到叶兆言的一个说法,他说他最初投稿的时候,退稿信总是像鸽子一样准时地飞回来。我当时就想,叶兆言比我幸福,因为他还有机会再次看到那些鸽子。坦率地说,我当时对写作已经失去了信心。1987 年冬天,我在毕业半年之后,又回了一趟上海。在上海,我意外地看到了一封信,是宗仁发寄给我的信,里面还有一份《关东文学》,上面刊登着我的那篇小说。宗仁发关切地询问,我毕业分到了哪里,是否还在写作。我立即体会到了一种前所未有的幸福,看到了文学的大门向我启开了一道缝隙。我心中感慨,宗仁发的来信才是真正的福音。我还记得,我当时领了七十五块钱的稿酬。对我来说,那称得上一笔巨款,一时间我都不知道怎么花了。如果没有宗仁发,我当时是否会中止写作,我还真是说不清楚。但从那以后,我又与宗仁发失去了联系。几年之后,我才知道他去了《作家》。

因为宗仁发的缘故,至今我的大部分短篇小说都是在《作家》上发表的。如果不是别的刊物逼得太急,我每写一篇短篇小说,最想投寄的编辑就是宗仁发,最想投寄的刊物就是《作家》。在我的心目中,宗仁发就是《作家》。这当然不会是我一个人的想法,因为我发现,当年在《关东文学》上发表作品的人,后来也都频频在《作家》上露面。其中的许多人,不管我后来与他们是否有所交往,我都非常关注。这么说吧,我每次拿到《作家》,总是感到格外亲切,好像又同那些人相逢于故乡。

用通常的眼光看,文学编辑的最重要工作,就是审读稿件,然后迅速做出艺术上的判断,这篇稿子是否达到了发表水平。审读稿件是对编辑水平的根本性考量。一般来说,名家的稿子都会在水平线以上,编辑只须略加校对,就可以发稿。但如果一名编辑只编发名家的稿子，那么这位编辑很难说是一个成功的编辑，因为大多数名家业已形成的思维定势，往往使得他很难领风气之先。编辑工作最难也最有意义的地方在于，他从自然来稿中发现文学新人，发现并肯定文学新人的艺术特点，判断出他可能具备怎样的发展空间。毫无疑问，宗仁发就是这方面的高手，从先锋作家到新生代作家，再到出生于七十年代的作家，宗仁发推出了一批又一批作家，并且敢于用"作品小辑"的方式，发表这位文学新人的多篇作品，以此使他浮出水面。

就我所知，十年前的毕飞宇、东西、张生、李冯、韩东、朱文，以及后来的棉棉、戴来、魏微等人，都在《作家》杂志上享受过此等待遇。而格非、余华、苏童等人，直到今天，也仍然经常在《作家》上出没。只要对中国年轻作家的成长经历稍有了解，你就会发现，现在业已"功成名就"的年轻作家，大都与《作家》杂志有着某种亲缘关系。翻看《作家》历年的目录，你可以得到一种最直观的感受，那就是，从八十年代中后期到九十年代末期，在十五六年的时间里，文学刊物的编辑对中国文学的发展起到了极大的推动作用。人们尽可以对这十几年的文学状况表示不满，但你很难想象，如果没有宗仁发、程永新、李敬泽等人的努力，文学状况又会是一种什么样的情形。

大概从四五年前开始，吴俊、黄发有、施战军等人开始涉猎中国文学期刊发展史的研究。我个人认为，这是一个非常有意义的工作。我相信这些研究，不只是对刊物编辑所做出的成绩的追认，而且有可能进入中国当代文化传播史的核心地带，有可能从另一个角度揭示出文学发展与中国社会变革之间的复杂关联。就文学期刊而言，《作家》与《收获》、《人民文学》显然是最有意思的研究对象。它涉及一系列复杂的关系：文学与主流意识形态的关系，主流作家与文学新人的关系,地缘政治意义上主流与边缘的关系,期刊与出版,期刊与市场的关系,等等。所有这些关系,都在相当程度上困扰并影响着人们的办刊思路。它最终意味着,要在中国做一个编辑,必须对各种关系做出艰难的应对。最近十来年,一些文学刊物之所以纷纷关张,自然是被这些难以言明的艰难给压垮了。

如果说得稍微具体一点,比如说,没有人可以否认,文学的基本价值之一,就是对主流意识形态的质疑。但在中国特殊的语境中,做到这一点却并不容易。我个人觉得这倒不仅是胆量问题。你必须对中国的现实有较为丰富的体认,才有能力提出某种自己的质疑。具体落实到写作层面,你还必须找到与这种质疑相对应的艺术形式。但不管怎么说,对作家而言,这还仅仅是写作者个人的事情。而一旦稿子送到编辑手中,编辑所承受的压力就会比写作者本人大得多。这一点,写作者本人恐怕难以体验。再比如说,《人民文学》、《收获》、《钟山》、《花城》都编发具有先锋倾向的小说,但它们在编发某些稿子的时候所承受的压力又会有一些细微的差异。而这些细微的差异在一些特殊的时期又会突然被放大,好像转眼间从芒刺变为巨椽。之所以会有这些差异,重要的原因是刊物所处的地缘有所不同。又比如说,编辑既要靠编发名家的稿子,使读者产生起码的信赖感,但又必须编发一定的文学新人的稿子,以保证自己的作者队伍后继有人,那么你又该如何把握其中的分寸呢?

坦率地说,如果不是因为我后来也成了一名编辑,我确实很难参透这当中的微妙和种种苦处。而你每参透其中一分,你对宗仁发的尊重就增加一分。能将地处吉林的《作家》办到今天,还能一直保持着它的水准，还能源源不断地向中国文坛输送新人，并以此成为中国文学的一块重要绿地，这确实很不容易。

大约从九十年代中期开始，出版社的编辑不再像以前那样，通过阅读文学期刊来发现作家和作品，然后再与作家签订出版合同。很多时候，他们干脆绕过刊物，直接与作家建立起联系。出版社编辑与期刊编辑对稿件的取舍，其实有很多不同，最大的不同当然是：出版社编辑更多地考虑作品的销量，而期刊编辑更多地考虑作品本身的质量；出版社编辑对中短篇小说几乎视而不见，现在即便是名家的中短篇小说集，也没有多少出版机会，而文学期刊却始终将中短篇小说作为重点稿件推出；出版社面对的是大众读者，而文学期刊的主要读者却是文学界人士和阅读品位较高的读者群。明白了这样一种状况，我们就会知道，即便在办刊越来越困难，期刊的销售量日渐下滑的今天，期刊对中国文学的贡献仍然不可或缺，说得再干脆一点，我甚至认为期刊对文学的贡献要大于出版社。

当媒体记者或者出版社的朋友们宣称，现在是出版时代而不是期刊时代的时候，我当然必须承认他们说出了一个基本事实。但是，另一个事实也有必要提出，那就是文学期刊实际上一直在为文学提供标准，提供了一个文学纵深，提供了一个考量文学真实发展状况的评判尺度。与宗仁发等人同时介入编辑活动，后来又离开期刊而进入出版系统的编辑，对此大概难以轻易否定。

正因为如此，我想，所有关心汉语写作的人，都必须向宗仁发们致敬。

2007年3月31日

作为一个读者纪念史铁生

我不认识史铁生先生。很多年前,我曾经有机会见到史铁生先生,但我自己放弃了。我可以非常尊重一个人,但我很难成为某个人的粉丝。很多年之后,我在一个文学活动中远远地看见过史铁生先生,但我从未想过要去打扰他。我与史铁生先生的关系,就是一个读者和作者的关系。我读过他的很多作品,从他最早的作品到他晚近的长篇小说,从他被人反复传诵的作品,到他的一些很少有人提起的短篇小说。我在读到史铁生先生的作品的时候,已经开始写作了,所以我又绝对不能够矫情地说,我是读史铁生先生的作品长大的。我只是他的一个读者。在这里,我愿意以一个读者的身份,来怀念一个作家。

我想先讲一下,史铁生先生去世之后,我经历的一些与史铁生先生有关的事情。2010 年的最后一天,我在北京协和医院的电梯里接到了莫言先生的短信,只有一句话:“兄弟,我们尊敬的兄长史铁生于凌晨三点因脑溢血去世。”我当时“哦”了一声,对亲戚低声说了一下。我说史铁生去世了。电梯里有五六个人,我们彼此并不认识,可以想象每个人的知识背景并不相同。虽然史铁生并不是一个畅销作家,但这几位互不认识、知识背景并不相同的人,竟然全都知道史铁生,而且全都读过史铁生的作品。电梯安静地上升,上升,电梯的门开了,但却没有人下去。他们似乎想从我这里知道更多的情况。他们或许想到,我与史铁生先生是认识的。他们用探询的目光看着我,但终究没有再问。我后来经常回忆起医院那个狭小的电梯里的场景,每次都感慨不已。我想,我们可以把那个场景看成是与史铁生并不认识的人,在为史铁生举行着一个短暂的纪念仪式。我也由此经常想起史铁生在纪念他的朋友周郿英时写过的一段话。史铁生说,所有的朋友都不会忘记那个简陋而温暖的小屋,因其狭小我们的膝盖碰着膝盖,因其博大,那里又连通着整个世界,在世界各地的朋友,都因失去你,心存一块难以弥补的空缺,又因你的精神永在,而感激命运慷慨的馈赠。我想,虽然我并不认识史铁生先生,但是通过阅读他的文字,所有的读者在那一瞬间,仿佛都成了朋友。

我接着往下讲。我从电梯里出来,给一个记者朋友转发了这条短信。关于史铁生去世的消息,我只转发了两个人,一个是近年来对史铁生的作品进行了深入研究的批评家,同济大学中文系主任王鸿生先生,他后来又写了多篇关于史铁生先生的文章,这些文章是我看到的关于史铁生的最为精彩的论文,最近的《十月》杂志上还刊登了他的《阅读史铁生札记》。而且据我所知,他与史铁生没有接触过。另外一个就是这位记者朋友。我这里不说这位记者的名字了,我只能告诉朋友们,他是一个非常出色的记者,一个优秀的随笔作家。我没有收到这位记者朋友的回信。几天后,我参加了在清华大学举行的史铁生先生的追思会,在这个会上见到这位记者朋友。我此时才知道,因为他参与报道了一个著名的极有权势的文化人的丑行,而遭到了某种不公正的待遇,他和他的家人都受到了威胁。而且在我们谈话的时候,他的妻子还打来电话,提醒他应该去哪里躲避一夜。这位记者与史铁生先生倒是有过接触。他告诉我,接到短信的时候他在海边徘徊,正在想着自己的工作多么没有意义,人生是多么没有意义。但我转发的那条短信,使他及时地从那种坏情绪中跳了出来,开始重新思考人活在世上的意义。在随后的几天里,我看到他在媒体上组织了多篇关于史铁生的哀而不伤的文章。哦,请大家相信,我这里的讲述,没有一丝文学上的夸张。

我本人读过史铁生先生的很多作品。他的那些集腋成裘的随笔和小说,有一种感人至深的力量。命运将他限定在轮椅上,使他的外部生活受到极大的影响,这使他的文字发展出一种向内心行走,用思索行走的独特的文体。我最感兴趣的,是史铁生用自己非凡的创造,打开了汉语叙事的另外一个向度。正如我们已经知道的,汉语文学几乎很难去正面讲述灵魂内部发生的故事,这当然与我们的文化传统和文学传统有关,有人甚至认为与我们使用的汉字有关,尽管"吾日三省吾身"是我们祖传的哲学要义之一。按照王鸿生的说法,我们可以讲述人生的各种冒险故事,可以用小说的形式讲述时间之谜,可以讲述人在历史和现实中的命运,九十年代以后我们也学会了如何讲述正在进行中的日常生活,但我们却很少能够讲述当代中国人精神跋涉的艰辛,也就是我们真正的心灵史。

但史铁生的作品,尤其是他晚近的长篇小说《我的丁一之旅》,却在这方面进行了卓有成效的探索。这是一部讨论何为灵魂的自由的小说。一方面,自由的本性就是要突破各种限度,但另一方面,自由又必须与平等、爱统一起来,自由因为有其一定的限度而成其为自由。史铁生写下的才是真正的心灵史，是他所在的那一代人或许还包括更年轻的一代人进行精神跋涉的历史。由此，史铁生与绝大多数汉语作家区别开来了。如果说，现代作家，侧重于提供知识、趣味和想象力，那么史铁生则是向我们提供了求知方法和精神维度，以及在叙事上进行精神叙事的突破性实验。我个人认为，这是他对汉民族的最大贡献。

作为史铁生先生的一个读者，我个人认为，对史铁生先生和他的作品的研究，还有待于进一步展开。我期待着读到更多切实有效的论文，我把这看成是我们在二十一世纪的今天纪念史铁生的一个重要意义所在。

写于史铁生逝世一周年 2011 年 12 月 30 日

第六辑　演　讲　录

为什么写，写什么，怎么写

——在苏州大学的演讲

很荣幸来苏州大学参加这个论坛，感谢主持人林建法先生和王尧先生给我这个机会。大学里的气氛让人很迷恋，我甚至有点激动。主持人王尧先生刚才的介绍，又给我带来一些压力。激动，再加上压力，我就不知道能不能讲好了。

我看过很多作家在这个小说家论坛上的演讲，虽然谈的都是小说问题，但每个人看问题的角度、方法和看法，却各有不同。这很重要，因为它构成了对话关系。这是一个对话的时代，写作是一种对话，阅读是一种对话，演讲也是一种对话，演讲与演讲之间也是对话。它可能是真理与真理的对话，也可能是谬误与谬误的对话。不过，真理的对立面不一定是谬误，谬误的对立面也可能不是真理。它是一种全面的对话关系。实际上，人类的语言活动都是对话，文学活动自然也在此列。我想从我刚写的一篇书评谈起。我刚刚应朋友之邀，给张大春先生的《小说稗类》写过一个书评。我不认识张大春先生，迄今也没有任何联系。我只知道他是台湾辅仁大学的教授，也写小说，以前在杂志上看过他的《四喜忧国》和《将军碑》。他好像是台湾的先锋作家，与白先勇、陈映真他们不同，主要是叙述方式不同。《小说稗类》大概是他关于小说的讲稿，涉及小说创作的方方面面。在写那篇书评的时候，我能够感受到我们对小说本身的理解有很多相同的地方。当然他看得比我多，比我细，也比我有学问。我觉得他跟在场的中国大陆最有学问的作家格非先生有一拼。但我也非常明显地感受到，我与张大春先生有很多不同。同是用汉语写作，同是在二十世纪末二十一世纪初写作，为什么会有这么多不同呢？我想，主要是因为语境的差异。说得具体一点，就是他在台湾写作，而我们在大陆写作。对他来说，历史已经终结，马拉松长跑已经撞线，而我们的历史尚未终结。我们还可以感受到历史的活力，当然也可以感受到它的压力。我给那篇书评起的题目就叫《小说家的道德承诺》。写完以后，我感到问题没有那么简单。也就是说，不仅仅是写作者的语境问题。如，同是在中国内地写作，语境相同，感受着历史同样的活力和它的压力，很多人的写作不是同样有很大差异吗？我这种说法，很容易引起误解。我知道有人会说，你这句话毫无道理，写作当然应该有差异。不怕有差异，就怕没差异。要是所有人的写作都一样，那我们只看一个人的作品就行了，还要那么多作家干什么？杀了喂狗算了。所以，我得赶紧解释一下。我指的不是作品的风格，作品的主题，情节和人物。我说的是真正的作家他为什么会持续写作，他在成名以后仍然要写作，哪怕再也达不到他曾经达到的高度他仍然要写作；小说家与他所身处的现实应该构成怎样的关系，小说家在这个时代的历史语境，对写作应该有怎样的基本的承诺。每个作家首先要遇到的问题就是“为什么写作”。追名逐利的动机可能每个人都会有，这一点似乎毋庸讳言。本雅明的《经验与贫乏》中讲到过卡夫卡的例子。这是文学史上著名的公案。他谈到，卡夫卡的遗嘱问题最能揭示卡夫卡生存的关键问题。我们都知道,卡夫卡死前将遗作交给了朋友布洛德,让布洛德将之销毁。布洛德违背了这一遗嘱,而是将卡夫卡的作品整理出版了。按照一般的理解,我们会说布洛德这样做,是要让别人知道他与圣人的关系很不一般,我的朋友胡适之嘛,我是圣人卡夫卡最好的朋友。本雅明说,与圣人产生密友关系,在宗教史上有特殊的含义,即虔信主义。布洛德采用的炫耀亲密关系的虔信立场,也就是"最不虔信的立场"。接下来,本雅明的分析才是更要命的。本雅明说,卡夫卡之所以把遗嘱托付给布洛德,是因为他知道布洛德肯定不会履行他的遗愿。接下来,本雅明又写道,卡夫卡会认为,这对他本人以及布洛德都不会有坏处。这是一次非常精彩的行为艺术。我想,这个例子就很能说明问题,我们无法逃脱这样的世俗的动机,这也是一种"个人的真实性"。布洛德在他关于卡夫卡的传记里,极力把卡夫卡写成一个圣人,其实是不得要领的。用本雅明的说法,是"外行的浅陋之见"。当然问题还有另外一面,另外一种可能,就是卡夫卡要求销毁作品,其动机也是真实的,就是他担心自己的作品会对后世产生不良影响,他不愿意为这种不良影响承担责任,现在通过这个遗嘱,他把这个责任推给了布洛德。鸟之将死其鸣也哀,人之将死其言也善啊。这应该是卡夫卡心理状况的真实写照。我们以此可以看到,一个作家在面对自己作品时的复杂心理。卡夫卡的这种精神状况,可能使我们想起另外一个人,那就是耶稣:当我们把他看成尊贵的神的时候,他其实是一个失败的人,当我们把他看成失败的人的时候,他是一个尊贵的神。生命中不可承受之俗啊。撇开名利因素,我想,谈到"我为什么写作",好多人的回答都是"除了写作我什么都不会"。此类回答,我们听到的最多。俏皮倒是俏皮,但其实是敷衍之词。我不相信,你会写作,却不会干别的。前段时间重读捷克作家伊凡·克里玛与美国作家菲利普·罗思的对话,伊凡·克里玛对这个问题的问答真是深得我心。他说,在这个时代写作是一个人能够成为一个人的最重要的途径,正是因为这个原因,许多有才华的人将写作当成自己的终身职业。伊凡·克里玛其实道出了在极权专制以及随后到来的个人性普遍丧失的商业社会里,写作得以存在的理由。通过写作,通过这种语言活动,个人的价值得到体现,个人得以穿透社会和精神的封闭,成为一个真正的个人。伊凡·克里玛的这种说法,使我想起中国文学史上的一个名人。现在随着一系列肥皂剧的播映,他的名气越来越大。这个人就是铁齿铜牙纪晓岚。中国古代,将小说家说成是“稗官”,与“史官”相对。按鲁迅在《中国小说史略》中转述的《汉书艺文志》的说法,“小说家者,盖出于稗官,街谈巷语,道听途说者之所造也”。那么何为“稗官”呢?“然稗官者,职惟采集,而非创作,街谈巷语,自生民间”。所以,“稗官”可能相对于“史官”而成立,如果是“官”也不是什么正儿八经的官。实际上,它不可能是一个具体的官职,更应该看作一种文化身份。纪晓岚可能是中国最有名的一个具有“史官”与“稗官”双重身份的人。我们都知道,纪晓岚为一代重臣,大学士,加太子少保衔,兼理国子监事,官居一品,统筹《四库全书》的编撰事宜。这都让后人看重。但后人看重纪晓岚,比如中文系的师生看重纪晓岚,还有另一个原因,即他是《阅微草堂笔记》的作者。当他写作《阅微草堂笔记》的时候,他的身份就由“史官”变成了“稗官”。在《阅微草堂笔记原序》里,纪晓岚的门人写道:“文以载道,文之大者为《六经》,固道所寄矣。降而为列朝之史,降而诸子之书,降而为百氏之集,是又文中之一端，其为言皆足以明道。再降而稗官小说，似无与于道矣。”然后，这个门人又写道：“河间先生以学问文章负天下重望，而天性孤直，不喜以心性空谈，标榜门户；亦不喜才人放诞，诗坛酒社，夸名士风流。——乃采掇异闻，时作笔记，以寄所欲言。”这段话说明，纪晓岚真正的心性，想说的真话，只能通过《阅微草堂笔记》说出来。否则，他就不是纪晓岚。所以，我以为，成为一个真正的人，真实的人，是写作者最大的动机，否则高贵如纪晓岚者，为什么也会屈尊为一介“稗官”呢？说出真实的自己，表达自己真实的想法，使自己成为一个人，我以为这是写作的动机，是小说家对自己的道德要求。为什么写是个问题，写什么也是个问题。张大春先生在《小说稗类》里说，小说是一股“冒犯的力量”，小说“在冒犯了正确知识，正统知识，真实知识的同时以及之后，小说还可能冒犯道德，人伦，风俗，礼教，正义，政治，法律”，正因为这种冒犯，小说一直在探索尚未被人类意识到的“人类自己的界限”。也就是说，他认为小说的一个重要职能，就是探索人类自己的界线，为此它要冒犯正确知识，正统知识和真实的知识。我想，他所说的冒犯，大概类似于我们经常说的质疑，怀疑，并付诸写作。确实，到了二十世纪以后，无论是哲学还是文学，还是别的人文学科，对人类的已有的经验进行重新审视和反省，都是一项重要工作。分析哲学，解构主义思潮，新历史主义等等人文学派得以成立，也是因为这个原因。我们甚至可以说，任何一种新的人文学派的产生，都是怀疑之后的冒犯。我最近看了库切的一部小说《彼得堡的大师》。这部小说写得好坏是另外一回事，可以加以讨论。我比较感兴趣的是库切对少女马特廖莎的塑造。这样一个人物形象，令人想起陀思妥耶夫斯基笔下的阿辽沙，托尔斯泰笔下的娜塔莎，帕斯尔纳克笔下的拉里沙，以及福克纳笔下的黑人女佣。她们是大地上生长出来的未经污染的植物,有如泉边的花朵,在黑暗的王国熠熠闪光,照亮了幽暗的河流,她们无须再经审查。但是,且慢,就是这样一个少女,库切也没有将她放过。可以说,书中很重要的一章就是“毒药”这一章:这个少女的“被污辱”和“被损害”,不是因为别人,而是因为那些为“穷人”和“崇高的事业”而奔走的人,为人类美好的乌托邦而献身的人,她进而成为整个事件中的关键人物,在小说的情节链条上具有非常重要的意义,她本人即是“毒药”。从这里,我想或许可以看出文学的巨大变化。陀思妥耶夫斯基和托尔斯泰看到这一描述,是否会感到挨了一刀,是否会从梦中惊醒?我想,它表明了库切的基本立场:一切经验都要经受审视和辨析,包括陀思妥耶夫斯基和托尔斯泰的经验,包括一个未成年的娇若天仙的少女的经验——除非你认为他们不是人类的一部分。所以,我认为,小说家的一个重要工作,就是对已有的经验进行重新审视。对小说家来说,这不是不道德,而是一种道德,是要从黑暗中寻找新的可能性。我想起了波兰作家米沃什的一句话,他说对于二十世纪的历史,我们几乎还没有动过。怎么能说没有动过呢,有关的历史记述早已卷帙浩繁,汗牛充栋。但他说的意思其实是另外一个意思,我们需要不断地重新讲述这段历史,不断地重回历史现场,不断地重新审视已有的经验。顺便说一句,我至今仍然经常看到,有许多批评家,将当今的写作与陀思妥耶夫斯基和托尔斯泰相比,以此来批判当今的写作缺乏理想,缺乏博爱,缺乏宗教。当今的写作无疑有很多问题,很多不足,陀思妥耶夫斯基和托尔斯泰的写作无疑会给我们很多启示,但是,期望当今的文学出现类似的大师,期待人们向他们看齐,我想这是一种荒唐的想法,甚至是一种无知的想法。隔着两个世纪的漫漫长夜，千山万水，怎么可能出现那样的人物呢？我甚至想说，最不像托尔斯泰的那个人，可能就是这个时代的托尔斯泰。如果说，托尔斯泰用自己的文字为他的时代命名，那么，这个时代的作家，有一个重要的工作，就是为自己的时代命名。所以，我感到与重新审视已有的经验同样重要的工作，是审视并表达那些未经命名的经验，尤其是不同语言，不同文化背景相互作用下的现代性问题。前些年，我看到过一篇小说，我也与格非在电话中讨论过这篇小说，就是拉什迪的《金口玉言》。他写的是一个巴基斯坦少女到签证处签证，要到英国和未婚夫结婚的故事。这个少女是幼儿园的阿姨，有自己的事业，但媒妁之言，父母之命以及乡村的贫困，使她不得不嫁到英国去，但她又从未见过自己的未婚夫。有意思的是，主人公其实并不是那个美丽的少女，而是签证处对面的一个老人。故事是从一个饱经沧桑又行骗了一辈子的老人的视角来讲述的。在这个时刻，老人告诉少女，签证处的那些人都是些坏人，他们会问你很多问题，会百般刁难，比如你的未婚夫的家世，他的生理特征，甚至做爱的习惯等等。如果你答得不对，他们就会拒签。所以你应该相信我的话，让我替你签到证。我们都知道，中国各个城市验车的地方都有“车虫”，就是和验车的工作人员勾结，赚取司机钱的人。如果你不通过“车虫”验车，你的车就会通不过。这个老头大概就相当于这种角色。但是这个老头，此时被这个少女的美镇住了，他平生第一次说了真话。问题是，这个少女不相信他，而宁愿相信政府的工作人员。后来，这个少女果然被拒签了。小说的结尾写这个老人面对着女孩的背影，为自己第一次说真话而不被相信，感慨万端。这个故事初看上去好像很简单，其实它很复杂，可以有多种理解。比如我们也可能它把它理解为，那个女孩子其实是等着被拒签,因为她其实不愿意去英国,她更愿意和家乡的孩子待在一起,这样一种写法还能让人联想到马拉默德的《魔桶》的写法。但我更感兴趣的是,在这样一个故事里面,包含着这个时代的文化上的第三世界和第一世界之间的关系,包含着边缘与主流的关系,包含着一个信息化时代个人的真实性问题,很多问题对我们来讲都是困兽犹斗式的。我以为,我们的小说,需要对这样一种经验进行有意识的呈现,这种呈现的过程就是命名的过程。我本人前不久遇到一件有趣的事,或许哪一天我会把它写成小说。现在都市里的有钱人,喜欢买明清家具。客厅里摆上古旧的从农村收上来的明清家具,成为一种新的时髦。北京有个地方叫高碑店,从河南去北京,离北京最近的那个车站就是高碑店。那里有一条街,卖的都是这样的家具。我在那里看到很多老外,卖家具的人告诉我,老外都是成箱托运到国外的。我在那里看到一个东西,是农村喂马的马槽。店主告诉老外,这些马槽都是用来放鲜花的。老外买走自然就会用它来放花。我还看到电影《大红灯笼高高挂》里四姨太太颂莲用来敲脚的一套工具,好像有人指出过这是伪民俗。但现在店里的人告诉我,这是从什么时候的大户人家的后人那里收上来的,老外们很喜欢,中国人也很喜欢。店主说,很多明星,比如经常在电视剧里演皇帝的那个演员,演和绅的那个演员,都来这里买东西。我觉得,在那些临着农田,临着高速公路,临着北京这样一个大都市的店铺里,每时每刻都在讲述着这个时候才有的故事,里面包含着非常复杂的文化寓意。比如东西方的交往,传统与现代的关联,西方对于中国的想象,这样一种想象如何对中国构成了影响,并迫使我们自己改写自己的历史,以及大众传媒对生活的影响,等等。我不知道别人是怎么看的,我自己觉得这样一种复杂经验,在文学中并没有得到充分表现。类似的故事还有很多很多,不胜枚举。这是一个迅速变化的时代,一切都在发生改变。用迪伦马特的话来说,现在是祖国变成了国家,民族变成了群众,祖国之爱变成了对公司的忠诚。用索尔贝娄的话来说,以前的人死在亲人的怀里,现在的人死在高速公路上。这都是一些有待命名的新经验,当然我说的是用文学的方式命名,是用一定的叙述形式来适应不同的现实。叙述这一现实大大超过文学的范畴,是我们认识现实的基本依据之一。关于小说,我们的庄子曾创造过两个词,一个是"小说"这个词。庄子是中国第一个小说家,也是第一个说出"小说"这个词的人。在《庄子外物》里,庄子说:"饰小说以干县(悬)令,其于大达亦远矣。"它的意思是说,粉饰一些浅薄琐屑的知识以求取高名,那么距离通达的境遇还差得很远。显然这里的"小说",与我们后来提到的小说,有很大不同。它也不是专用名词,它指的是浅薄的知识,没有虚构,讲故事的意思。但是后世关于小说的一些看法,却多少沿用了庄子的说法,并使得它最终成为一个专用名词,成为一种叙述文体的称谓。另外一个词是"卮言","卮"是古代盛水的器皿。庄子的意思是,语言就是"酒杯中的水"。水因为酒杯的形状不同,也会有不同的形式,所谓随物赋形。我想,在这样一个文化背景下,小说作为一种酒杯里的水,应该能用自己的方式对这种复杂的文化现实做出命名,即做出文学的表达。当然,这样一种表达,有时候会让人感到不习惯,不舒服。我自己感觉,我刚刚出版的长篇小说《石榴树上结樱桃》,在这方面做了一些努力。当然它也让一些朋友觉得不舒服,不习惯。我写的是九十年代以后中国的乡村,这个乡村与《边城》、《白鹿原》、《山乡巨变》里的乡村已经大不相同,它成为现代化进程在乡土中国的一个投影,有各种各样的疑难问题,其中很多问题,都超出了我们的想象。我觉得我们很长时间以来并没有进入乡土,谈论的很多问题,都是水过鸭背,连毛都不湿的。这篇小说,我写得好坏是一回事,但一定要触及,我觉得我触及了。如果我写得不好,我当然应该羞愧,但我没有必要十分羞愧。在八十年代,有一段时间文学界讨论,说小说的写作已经由"写什么"转向"怎么写"了。现在看来,这个说法太简单了,甚至有点荒唐了。"写什么"和"怎么写"的重要性,应该说从来都是等量齐观的,而且它们密不可分。几千年前,庄子用一个词"卮言"就把问题表达清楚了。但为了谈论的方便,我想把这个问题拎出来再说一遍。又因为具体的写法可以是各种各样的,所以我只能从方法论上来谈。有一本书,我觉得很重要,就是耿占春先生的《叙事美学》。耿占春先生在我的心目中,是一个非常重要的批评家,有很多洞见,而且他的洞见都带有自己的体温。他在这本书中谈到一种新的小说形式,就是"百科全书式的小说"。我注意到张大春的《小说稗类》里也谈到这个问题。我想,这涉及我们这个时代对怎么写的一些思考。耿占春和张大春,他们都引用了卡尔维诺在《未来千年文学备忘录》的一段话:"现代小说是一种百科全书,一种求知方法,尤其是世界上各种事体,人物和事物之间的一种关系网。"张大春说,这种小说"毕集雄辩,低吟,谵语,谎言于一炉而冶之,如一部'开放式的百科全书'"。说这样一种小说形式是"新的",可能有人不同意,比有人会说《圣经》就是百科全书式的,司马迁的《史记》和纪晓岚的《阅微草堂笔记》也就是百科全书式的,你怎么能说百科全书式的小说是新的呢?对这样一种质疑,我只能张口结舌。我唯一可以辩驳的是,这说的是小说,而不是历史和经文,不然我们就不会说小说的一个非常高的境界就是“伪经”。对中国的读者和写作者来说,应该承认,我们文学传统是植根于一个说书传统。传统的说书,鼓词,在皎洁的月光下,在清扫一空的打麦场上,一阵击鼓打板之后,好戏开演了。它虽然讲的都是帝王将相的故事,英雄美人的故事,但它的一个基本的思路,是通过讲述一种“个人经验”,成功或者失败的个人经验,善与恶,忠与奸斗争的经验,来概括它对历史的认识,来实现它对人的教化。现在,这样一种百科全书式的小说,部分地偏离这个传统。我想它的目的,是为了激活并重建小说与现实和历史的联系。它出现的背景,当然首先是因为小说家对已有的历史范畴和观念产生了怀疑,对“说书传统”在当代复杂的语境中的作用产生了怀疑。我想,最重要的因素还可能是,它要表明小说家对单一话语的世界的不满和拒绝。小说家在寻求对话,寻求这个世界赖以存在的各个要素之间的对话。以前我们可能认为,真理就在我的手中,真理是唯一的,真理的对立面就是谬误。这种一元化的表述方式,显然是有问题的。现在的这种小说,应该是站在一切话语的交汇点上,与各种知识展开对话。我自己感觉,我在长篇小说《花腔》里做了这样的努力。类似的例子,其实还有,比如韩少功先生的《马桥词典》和《暗示》也是很好的例子。大概也正因为这个原因,我对韩少功的《马桥词典》有很高的评价。据我所知,我的同代作家绝大多数是不认同韩氏的努力的。但是,这并不表明我对说书传统的拒绝。我的想法是,应该有一种小说,能够重建小说与现实的联系,在小说的内部,应该充满各种对话关系,它是对个人经验的质疑,也是对个人经验的颂赞。它能够在个人的内在经验与复杂现实之间,建立起有效的联系。至于这样一种小说,是不是属于百科全书式的小说,其实并不重要,重要的是小说内部要有这样一种机制,对话和质疑的机制,哪怕它讲的是关于恐龙的故事。以上说的问题,有些我自己也没有想清楚,很可能永远想不清楚。更何况自以为想清楚的一些话,反倒可能是一些糊涂话。我说出的与其说是感想,是读书心得,不如说是在表达困惑,是在寻求对话,是一种求解。在来苏州的火车上,格非先生一路上在给我讲《红楼梦》,给我出了很多题,关于黛玉走路的姿势的,关于坐垫的新与旧的,非常有意思。

他思考的问题,有很多切中这个时代文学写作的肯綮,涉及小说叙述资源的问题。我还是把时间省出来,让格非来谈。再次感谢苏州大学,感谢林建法先生和王尧先生。

现实主义与中国文学

——在西班牙“中国—西班牙文学论坛”上的演讲

朋友们下午好。刚才我们差点迟到,因为我们在路上遇到了一个现实问题:交通拥堵。我们堵车了。我还以为西班牙不会出现交通拥堵呢。看来,这确实是个世界性的现代难题。如果我们骑着堂·吉诃德的毛驴过来,肯定不会迟到。我想起了美国作家索尔贝娄的一句话:以前的人死在亲人的怀里,现在的人死于高速公路。这就是当代现实。我把这个经过写成小说,我认为它可能就是属于这个时代的现实主义文学。这是题外话。现在按照会议的要求,我用十五分钟的时间,与西班牙的同行们讨论一下,现实主义与中国文学的关系问题。更多的话题,我们可以在会议结束之后继续讨论。

在中国,现实主义是一个古老的话题。从诞生一直延续到今天的中国的象形文字,就是一种最具有现实主义精神的文字,因为它是用象形的方式来直观地为世界上的万事万物命名。众所周知,中国的文化传统深受孔子的影响,所以中国往往被看成是“孔夫子的国度”。孔子美学思想的核心,就是探讨文学艺术在社会生活中的作用。他认为文学艺术和社会的政治风俗有着重要的内在联系，文学艺术具有一种改变社会、改变人心的力量。文学艺术可以使这个社会达到“仁”的境界。“仁”在孔子的思想体系中是一个最重要的概念，它的基本含义就是人与人的和谐相处，“仁”就是爱人，爱别的人。在中国的文字中，“仁”这个字，就是由两个“人”字构成的。孔子还认为，美就是善。文学艺术之所以是美的，是因为它传播的是善良的健康的思想和情趣。他曾经说过，听到一种美的音乐，三个月就品尝不到肉的味道。在孔子负责编辑的世界上最早的一部诗歌总集《诗经》当中，绝大多数作品都是现实主义作品。我们通过阅读那些作品，可以了解两千五百多年前的中国人的生活和思想。直到现在，孔子的思想在中国仍然具有相当大的影响力。孔子所创立的儒教，虽然不是西方意义上的宗教，在西方人看来只能算是半宗教，但它实际上就是中国影响最大的宗教。它是半宗教，半世俗。它的“半宗教、半世俗”，说明它是一种植根于现实主义的宗教形态。

如果说中国最重要的文学传统，就是现实主义的文学传统，那应该不是夸张。无论是汉赋还是唐诗，无论是宋词还是元曲，还是明清小说，现实主义的文学作品构成了中国文学的主流。我们都知道，“现实主义”这个概念最早是由德国作家席勒在十八世纪提出来的。作为一种基本的创作原则，现实主义文学是伴随着西欧资本主义制度的确立而发展起来的。在世界文学史上，十九世纪的批判现实主义文学，造就了一大批文学大师。而在中国，在十八世纪中期，中国最伟大的现实主义作品《红楼梦》已经诞生。当然在中国，尤其是在中国的长江以南，在历史上曾经出现过屈原这样的文学大师，它继承并发展了汉赋的传统，以瑰丽的想象见长，我们通常把屈原看成是浪漫主义的文学大师。但屈原的文学精神，在本质上又是现实主义的,或者说是批判现实主义的。正是基于这样的传统,使得中国作家具有一种天生的忧国忧民的情怀。中国作家总是习惯于去表达民间的社会生活和下层人民的情绪世界。即便是在描写贵族生活的《红楼梦》当中,我们也可以感受到作者对民间和下层人民的无限深情,以及对上层社会和官僚阶层的委婉的嘲讽。

我们都知道,孔子时代,也就是两千四百多年以前,那时候人们使用的语言,直到今天人们还在使用。孔子说过的话,直到今天人们还能听懂。这在世界各个国家,都是难以想象的。莎士比亚以前的英语,现在的英国人已经很难听懂了。这说明了中国的文化传统具有一种世所罕见的生命力。不过,中国当代作家在写作的时候所用的语言,与孔子时代的语言,已经有了很大的不同,字还是那些字,词语还是那些词语,但是语法变了,字与字,词语与词语的关系出现了变化。这是因为在 1917 年左右,中国有一个著名的新文化运动。在中国的历史上,这是少有的由知识分子发起的文化运动。这个运动的一个重要内容,就是号召人们使用白话文。在以前,中国人使用的语言被称为文言文,而之后使用的语言被称为白话文。但是有一个重要的事实不能不提,即中国的明清小说,基本上都是白话小说,跟现在的语言非常接近。我们可以认为,中国人现在使用的语言,包括书面语,在很大的程度上可以看成是从明清小说发展而来的。如果说,没有普希金,就没有现代俄语;没有《圣经》在德国的翻译出版,就没有现在的德语。那么我们可以说,没有中国的明清小说以及新文化运动之后的白话诗歌、白话小说的出现,就没有现在的中国语言。由此也可以看到,中国文学对中国现实产生过多么巨大的影响,它影响了我们的舌头,也影响了我们的思维。需要说明的是,明清时代的作家之所以要使用白话写作,就是为了使自己的作品能够被下层人民听懂。有人可能会说,这是作家为了提高自己作品的发行量。不,要知道在1949年以前,更不要说在1917年以前了,中国绝大多数下层人民是不认字的,是无法看懂小说的。作家之所以使用一种能够被大多数人听得懂的语言来写作,是要通过那些游街穿巷的说书人,来向底层人民讲述他的故事,讲述他对国家的忧虑,来告诉人们他所认识到的世界的真相。这是中国作家对现实主义文学精神的追求的体现。

在中国,任何一个作家,包括我,都首先生活在中国的文学传统之中。在二十世纪八十年代,西方的文学艺术开始大量地进入中国。它本来属于“他者”,但当它影响到中国作家的写作的时候,它就不再是“他者”,而成了八十年代以后中国文学传统的一部分。这次来到西班牙的几个中国作家,也大都是在八十年代完成自己的文学教育的。我本人是在八十年代完成大学教育的,我还记得自己当时如饥似渴地阅读西方小说和拉美小说的情景。我也是在那个时代熟读塞万提斯的《堂·吉诃德》,熟读马尔克斯的《百年孤独》,熟读塞拉的《蜂巢》以及今年刚刚获得诺贝尔奖的略萨的作品的。这些西班牙语的作品,毫无疑问,也深深影响到中国作家的写作,中国作家从中体会到了西班牙语作家处理现实的方法。在接受西方文学影响的过程中,因为现实主义的文学传统在中国具有强大的生命力,所以中国作家和中国读者,总是习惯于将更多的注意力投向那些具有批判现实主义精神的作品。尽管我们每个人的写作都有相当大的差异,但是现实主义的文学精神应该是我们的共同点。中国作家总是希望自己的作品,能够对于社会的进步,对于世风民俗,起到积极的作用。或者说,中国作家总是希望自己的作品,具有萨特所说的“介入文学”的特征。

我记得我非常喜欢的一位名叫洛尔迦的西班牙诗人曾经写道,“再小的手,也不能把水的门打开”。但是,一只握着鹅毛笔的手,一只握着钢笔的手,一只敲打键盘的手,虽然不能彻底地改变现实,却可以影响到现实,影响到水的流量,并且改变水流的方向。在这里,我也顺便提到了一个中国诗人的诗句。这句诗可以部分地解释中国作家在处理自己与现实关系的时候的感受:“就像与鳄鱼做爱,又美又疼。”激烈变化的现实有可能是一头凶猛的鳄鱼,但是作家却要勇敢地迎上去,与它发生关系。写作的快感,以及写作的意义,有可能从中诞生。至于我本人,我想,我本人的写作兴趣,在于书写中国现代和当代知识分子的生活,他们是从传统的深受儒教思想影响的知识分子向现代的深受西方思想影响的知识分子转变的一群人,或者是在受到西方思想影响之后又试图向传统的儒教思想回归的一群人。在他们身上,我们看到了多少失败,就看到了多少希望,当然更多的时候我们看到的是迷惘。我的另一个兴趣,是描写中国乡村的巨大变化。当全球化浪潮已经席卷中国的乡村的时候,我们才会真正意识到,现在的中国已经是一个发生了巨大变化的中国,是绝大多数西方读者完全没有了解的中国。我想,西班牙的读者,从中国作家充满现实主义精神的作品当中,可以了解到当代中国的现实。但如果真正要了解中国,最好还是到中国去看看。当你亲自接触到了中国的现实,你或许会更加深入地了解到中国作家的现实主义品格,了解到中国作家为了文学和现实,付出了多么艰辛的努力。

我没有超时吧?谢谢大家。

2010 年 10 月 24 日于西班牙马德里自治大学

小说与当下生活

——2010 年 1 月 20 日在“中法作家论坛”上的演讲

很高兴参加这次对话。“小说与当下生活”，这是我非常感兴趣的题目，也是我思考最多的题目，但同时它又是我最难谈论的题目。如果把这个题目，放在中国作家与西方作家的交流的背景下谈论，它就变得更加复杂了。

二十世纪九十年代以后，中国社会发生了一系列深刻的变革。这些变革远远超出了人们的文化想象和知识积累。有统计数字表明，现在全世界百分之七十的大型起重设备，百分之七十的水泥，都在中国境内。一个外国记者告诉我，他曾经以为中国的国鸟是仙鹤。当飞机飞临中国大地的时候，他看到机翼之下仙鹤成群。后来他才发现，那其实是用来拆房子和建房子的大吊车。我们都知道，“鹤”这个词的英文词“crane”，就包含有大吊车的意思。也有人把中国的英文名字 China，直译成汉语，译成“拆哪”。前年秋天，我到瑞士出席一个文学节，在房东家的院子里看到一株苹果树，我虽然品尝了树上的苹果，但仍然没有认出它是苹果树。因为它高耸入云，尤如中国古寺中的千年银杏。它的真实年龄是一百零四岁。我相信，如果不出意外，在中国九百六十万平方公里的土地上，找不到这样一株苹果树。百岁老人在中国比较常见，但百岁的苹果树，还真的没有。中国的苹果树的树龄一般不会超过十年，十年之内必定砍掉，栽上新的品种的苹果树。而中国现实变化之快，在我看来很可能已经超过了苹果树品种的更新速度。但是，这些变化，是从今天才开始的吗？现实是一夜之间变成这个样子的吗？

任何一个从二十世纪走出来的中国人，只要他是一个有历史感的人，他都拥有三种不同的经验：一种是社会主义的经验，一种是市场化的经验，还有一种是二十世纪九十年代以后深深卷入全球化之后所获得的全球化的经验。这三种经验分别对应于三种不同的时代，而一个时代既可以看成是对另一个时代的发展，又可以看成是对另一个时代的报应。对于一个有历史感的文学写作者来说，这三种经验其实是叠加在一起的。它们相互叠加、相互渗透、进而如地壳中的岩浆一般翻腾激荡。但是，当我们真正试图用小说的方式来描述这种复杂经验的时候，我们又觉得困难重重。因为两千多年的中国文学史，从诗词曲赋，到明清小说，到鲁迅，到西方人喜欢的沈从文，他们的作品都从来没有涉及这方面的经验；西方现代主义运动以来，从福楼拜到萨特，从普鲁斯特到罗勃—格里耶，都曾在某一个阶段影响到中国作家的创作，但所有这些作家，他们的作品也从来没有涉及这方面的经验。这使得现阶段的中国作家的写作，在很大的程度上成为一种独自的探索。前段时间，在马德里，在跟西班牙作家对话的时候，我说，中国作家面对如此复杂的经验，其写作时候的身影令人想起挑战风车的那个堂·吉诃德。但是，对于中国作家在处理这种复杂经验时所取得的成就，西方的作家、记者和出版机构又能理解多少呢？

我不止一次听到批评家们说，二十世纪九十年代以后，中国长篇小说数量的激增，是受到了市场化的影响。但批评家们，包括一些文学史家，却无法解释这样一种现象：虽然现代生活的节奏越来越快，人们本来应该去读短篇小说的，但是读者却奇怪地选择购买更加耗费时间的长篇小说。对长篇小说市场的这种空前繁荣——有些人称为畸形繁荣，人们自然可以做出各种各样的解释。但在我看来，有一个原因很可能是决定性的，也可以说更为内在的原因，即：长篇小说与别的文学样式相比，有可能容纳更多更复杂的经验；读者也希望自己的复杂经验，能够在长篇小说中得到验证。于是，我们看到，当代重要的作家，几乎都投身于长篇小说的创作，而且我们的小说越写越长，最近的一个例子是山东作家张炜先生的长篇小说竟然长达四百五十万字，我怀疑这是人类历史上至今为止最长的长篇小说了。另外一个例子是刚刚去世的作家史铁生先生，历史或许将证明，史铁生先生在文学史上地位足以与鲁迅先生比肩。但我这里要说的不是他的文学地位问题，而是这样一个行动不便、日常生活的半径相对而言比较狭窄的作家，在他生命的最后几年，他也致力于长篇小说的创作，而且篇幅浩繁。中国作家的这种创作实践，往往不能为外国的批评家所理解。我本人就不止一次亲耳听到外国批评家，批评中国作家的长篇小说越写越长。他们认为，这是中国作家懒惰的标志，说明了中国作家对读者的不负责任。事实上，只有充分理解中国经验的复杂性，才能够理解中国作家为什么会做出如此艰苦卓绝的努力，甚至不惜以自己的生命为代价。

让我再次回到我前面提到的在瑞士参加的那个文学节，提到那株苹果树。我记得在那个文学节的节目单上，印着公元八世纪的中国诗人杜甫的诗句:"谁肯艰难际,豁达露心肝。"这句古诗可以勉强译为:我们所身处的世界如此艰难,谁又愿意敞开胸怀说出自己的真情实感。在随后的讨论中,我认为与会的中国作家确实响应了杜甫的感召,在瑞士这样一个中立的国家,非常坦诚地说出了自己对文学,对中国现实的看法。但在私下的交谈中,我仍然非常明显地感受到,与会的翻译家、批评家和记者,大都倾向于认为,中国作家并没有说出自己真正想说的话。也就是说,他们认为,中国作家其实深深地将自己的心肝掩藏了起来。这个事实很可能说明,中国作家对当下生活的真实感受,并不符合西方作家对于中国的想象。在温暖的友情和温柔的笑容背后,我们对于中国现实的理解其实存在着相当大的差异。去年春天,我们终于有机会能够再次沟通,能够让对方看到自己的"心肝"。这是因为,瑞士文学节的一个主办者来到了中国,这一次我才知道她不仅是个诗人,是欧洲某文学基金会的负责人,而且是个摄影家,而且还是瑞士某地方议会的议员。我们之间又进行了非常坦诚的交流。比如,我知道她一个人在议会中占据了两个席位,因为她所在的党派只有她一个人,而这个党派在议会中有两个席位。她本人既是组织,又是个人,既是领袖,又是群众。我曾问她,何不把自己的丈夫和女儿发展成自己的党员?她说,她的丈夫和女儿压根儿就不知道她的党叫什么名字。当然,她也不知道自己的丈夫和女儿属于什么党派。所有这些情况,都让我大开眼界。有一天下午,我和北大德语系主任黄燎宇先生陪着她去了北京的郊外,在郊外看到了一片苹果树林。就像我当初的房东为我认不出那株树是苹果树而吃惊一样,这位瑞士朋友也认不出眼前正在盛开的苹果树是什么树。在接下来的几天里,我们终于有机会详细讨论中国的苹果树与瑞士的苹果树为什么会有如此大的差异。我们在许多方面都达成了共识。当然,我必须提到的是,我们之所以有机会进行详细的讨论,是因为冰岛的火山爆发所形成的火山灰,阻隔了她的行程。于是,接下来,我们又共同讨论起了欧洲的火山灰。我们意识到,在一个全球化的时代,虽然火山灰远在欧洲,虽然它只是灰尘而已,但是它的影响却波及到了遥远的中国,并使我与这位瑞士朋友能够结下深厚的友谊。

谢谢大家!

作家与传统

——在首届“中澳文学论坛”上的演讲

二十多年前，我还是一名大学生的时候，我曾非常喜欢T·S·艾略特，喜欢他的诗歌，也喜欢他的诗论。事隔多年，我依然能够背诵出他的很多诗句。他对二十世纪八十年代以后的中国诗歌和文学批评有着重要的影响。在他的那篇著名论文《传统与个人才能》中，他开篇即提到：在英文著述中，我们不常说起“传统”，只有在一种情况下，人们才会提到“传统”这个词，那就是用它来贬责某一部作品缺乏创造性。如果你用这个词来称赞某部作品，那么你其实是在说，那部作品只是一个有趣的古代作品的复制品。

谁愿意写出一个复制品呢？没有人。尤其在上个世纪的八十年代。

在上个世纪八十年代，中国刚刚打开国门，实行改革开放，整个中国万象更新，几乎每一个作家、诗人，都在寻求着创新。T·S·艾略特关于“传统”的这种解释，在中国作家、诗人听来，非常悦耳。他们甚至来不及去听完艾略特接下来要说的话。艾略特的那篇论文，其重点其实是要说明，作家无法割裂他与传统的关系。任何一个作家，都不能单独地存在，单独地具有他完全的意义，单独地具有他的原创性。你不能单独地评价一个作家、一部作品，你必须把他与前人进行比较。也就是说，当我们评价一个作家是不是一个重要的作家，他的作品是否具有意义的时候，我们其实是在考察他与文学传统的关系。T·S·艾略特说，这是一个批评的原理。

这个原理，到今天依然有效。

毫无疑问，作家与传统的关系，极为复杂。几乎每一个作家，都希望写出只有自己才能够写出的作品，它不同于传统的作品，也不同于同时代作家的作品。而同时，作家又希望自己能够成为文学传统的一部分，成为文学史上的一个链条。在这方面，艾略特本人的创作，与他的理论是一致的。你从他的诗歌中，可以感受到各种文学传统的影响，《圣经》和古希腊神话的典故，在他的诗歌中比比皆是。他的诗歌中还经常出现中国古典诗歌的片断。但同时，艾略特又是唯一的。他植根于传统，但他把诗歌的荒原变成了一个伟大的诗歌的花园，花园中的每一朵花，来自传统的滋养，又是个人才能的怒放。他最终成为诗歌传统中的一个醒目的标识。

在中国最有影响的英语诗人，比如T·S·艾略特和埃兹拉庞德，在他们的诗歌中都有中国文化的影子。而在中国作家中，最有影响的诗人和小说家，也毫无疑问受到了西方文化的影响。这次来到澳大利亚的几位中国作家，我相信他们都受到了西方文学的影响。就我本人而言，我必须承认，我阅读过大量的西方小说。对英国文学、美国文学、德国文学、拉美文学非常熟悉，对《圣经》和古希腊神话也非常熟悉。凡是经历过八十年代的中国作家，情况都大抵如此。但是到了上个世纪九十年代末期，我相信中国作家有一个转变，就是在遍览西方作品之后，中国作家再次对自己的文学传统发生了兴趣，开始重新看待自己两千多年来的文学传统。同时，中国读者的兴趣也在发生转变。中国读者也在重新阅读《诗经》、阅读《论语》，众所周知，那是中国文学和中国文化的源头。中国古典小说，比如《红楼梦》、《水浒传》也重新得到了重视。一个曾经被背叛的传统，现在再次得到了重视。最近十年，在中国得到普遍认可的小说作品，大都是吸取了中国文学传统精华的作品。那么，中国文学传统，又指的是什么传统呢？

中国文学传统大致可以用四个字来概括，那就是"儒雅风流"。

我不知道这个词怎么翻译成英文，我可以大致讲一下这四个字的意思。"儒雅"是指载道或言志，就是要抒发自己的感情，要能够从中国传统的"经"、"史"中吸取营养，将"经""史"熔于一炉。"风流"是指，作品要去赞美人间的那些超脱了世俗的情感，要去表现人间高贵的精神品质，要去表现人与世俗世界、人与权力的紧张关系，并且能够超越这个紧张关系。总体来说，"儒雅风流"要求作家既要能够深入生活中去，又能够穿越日常生活，去表达人的精神世界。中国的文学批评家，把这种观察、思考、写作的方法，称为"入乎其内，出乎其外"。

与八十年代和九十年代不同，我自己现在也在大量阅读中国古典小说，中国传统文化的书籍。我想，它也可能与我已经人到中年有关，到了中年之后我开始逐渐认同中国的传统文化。但我同时又强烈地感到，要想写出中国传统意义上的小说，已经完全不可能了。隔着二十世纪的漫漫长夜，谁也回不到一个古典意义上的中国了。某种意义上可以说，无论是你写出西方式的现代派小说和后现代派小说，还是中国的《红楼梦》式的小说，对于当下中国的写作而言，对于中国当下的现实而言，都是一种"非法"的小说。这是因为中国的现实已经发生了巨大的变化,中国的社会现实已经与1919年以前中国有了相当大的差异,同时它也与西方的社会现实有着相当大的差异。中国作家必须找到一种新的叙事方式,以对应目前中国复杂的社会状况。从这个意义上,中国作家现在正在创造着一种新的传统,一种既不同于中国传统文学,也不同于西方现代文学的传统。这种写作的意义,或许只有在若干年之后,才能在文学史显示出来。

2011年9月1日于悉尼

中国当代小说中的知识分子

——在“亚非作家会议”上的演讲

翻开中国现代文学史，我们会发现，小说最重要的主题就是启蒙主义。几乎每部小说，尤其是长篇小说，其中都有知识分子的形象。他们是社会变革的介入者，通常以启蒙者的身份介入，启蒙的对象自然是中国人的主体，也就是农民，而用来启蒙的工具，则是来自西方的理论和知识，启蒙的目的是要告诉人们，如果要变得富裕，如果我们这个民族国家要变得强大，那么必须走出一条与以往不同的道路，也就是社会主义道路。

然而，从1949年开始，中国的知识分子以及中国小说中的知识分子，突然变成了失败者的角色。这是知识分子始料未及的重大转折。知识分子一夜之间从启蒙者变成了被启蒙者，而原来的被启蒙者，比如农民，现在则变成了启蒙者。农民们对知识分子启蒙的主要内容，是要知识分子跟他们学会种地，不仅要在生活上而且要在思想上过集体生活，也就是放弃个人的所有感觉——当时的术语叫“资产阶级的个人主义”，也放弃所有批评性的观念——众所周知，这是知识分子的基本职能。换句话说，农民们要求他们放弃知识分子身份。

一直到“文革”结束,中国小说中的人物其实只有两类,他们形成了一个顽固的二元对立的格局:其中一元是农民和工人,他们可以被统称为大众,被认为是进步、无私、勤劳、朴实、欢乐的化身,充满着革命英雄主义和革命集体主义精神;而另一元就是知识分子,他们被认为是落后、自私、虚荣、懒惰的化身,沉浸于资产阶级个人主义和腐化的情欲之中。在相当长的时间内,中国作家的小说,在表现知识分子和大众的关系的时候,与其说是在向大众致敬,不如说是在自我贬低,是以向大众致敬的方式贬低自己。甚至可以说,在相当长的时间,中国作家实际上也放弃了作为一个知识分子的起码职能。我曾经在一批小说中表明,中国知识分子实际上“生活在自身以外”,他无法忠实地表达自身的经验,无法真实地表达自己的意愿。他们的写作,实际上是一种“自我阉割”。

熟悉中国当代文学史的人都知道,1985年是中国文学的一个重要转折点。从那一年开始,在中国小说中,知识分子与大众的关系得到了重新审视和调整。在莫言、王蒙、张贤亮、张承志、韩少功、刘震云等人笔下,大众的面孔不再千篇一律,而是形象各异。当大众身上的弱点被重新暴露的同时,中国知识分子的命运也开始被重新认识。但我们必须承认,直到今天,一个世纪以来中国知识分子的命运,他与中国历史的种种复杂纠葛,并没有在中国小说中得到真实和相对丰富的呈现。

在我的写作过程中,我最感兴趣的话题就是知识分子的命运。2002年,我发表了长篇小说《花腔》,希望这部小说对知识分子与革命、大众、历史的关系,做出某种探究。当开始写作的时候,我认识到,中国的现实状况和写作境况都已经有了很大变化:一方面,因为全球化时代的到来,世俗化浪潮已经席卷中国,西方发达国家的所有经济和文化产品已经涌入中国的大街小巷；而另一方面，中国的社会政治结构并没有发生根本变化，在意识形态领域，历史依然带着强大的惯性在向前滑行。与此相适应，一方面中国好像已经进入后现代时期，与国际社会充分接轨，而另一方面，中国社会的许多方面依然处于前现代时期。这是一种特殊的中国式的处境。

因为处于前现代时期，所以一种可以被称为传统的痛苦，比如贫困、专制、暴力、愚昧、压抑，依然让中国知识分子忍受着良知的折磨。有良知的中国作家，都能时刻感受到这种痛苦的“重”，一种难以承受的“重”。波兰作家米沃什，曾经把波兰比作“另一个欧洲”，意思是说，波兰虽然属于欧洲，但是波兰人却依然生活在欧洲的某一段早已过时的历史过程当中，经受着那种过时的痛苦。中国目前的境况与米沃什曾经描述过的境况有很大的相似性。所以，在某种意义上，中国也可以被描述成“另一个亚洲”，“另一个东方”。但是我想，无论是亚洲、非洲还是欧洲、美洲的作家，只要具有世界眼光，只要具有清醒的历史感，他都会认识到中国作家的那种“重”的痛苦，依然具有普遍意义。

除此之外，中国已经被深深地卷入了全球化和世俗化的浪潮之中，所以中国的知识分子还感受到另外一种痛苦，这种痛苦对中国人来说还比较新鲜。那就是在中国长达百年的乌托邦梦想破灭之后知识分子灵魂的空虚，由于现代技术对人的统治而带来的无力感，以及被压抑的欲望获得释放之后的困乏状态。这种新鲜的痛苦，如果借用米兰·昆德拉的说法，或许可以称为“无法承受之轻”。更多的时候，中国的知识分子，中国小说中的知识分子，就在这两种痛苦之间徘徊，并为此发出悲鸣。

我最后想说的是，对于“重”和“轻”的双重书写，对于“重”和“轻”的关系的繁复探究，有可能是中国小说的重要篇章。一个民族国家百年来的梦想和实践，中国知识分子百年来的成功和失败，也就在这“重”和“轻”的书写中得到呈现。

（2007 年 11 月，应“亚非作家会议”邀请，李洱赴韩国全州出席会议。此文为李洱在这次会议上的演讲）

传媒时代的小说

——2010 年 5 月 20 日在清华大学新人文讲座上的演讲

很高兴跟朋友们做一个交流。

这个话题我已经在别的地方讲过。之所以再次提到这个话题,倒不是为了图省事,而是因为它确实是一个困扰我的问题。我想,这也是困扰很多作家的问题。我跟在座的格非平时有很多交流,这种交流已经持续了二十多年。我最早的小说大都是格非推荐出去发表的。我们平时的交流很多,但是就这个问题,我们还没有做过很多交流。但我相信,这可能也是格非比较关心的问题。几年前,格非写过一部短篇小说《戒指花》,我想那部小说的基本主题就是大众传媒对人的命运影响。在我看来,那可能最近几年最重要的一部短篇小说。有些朋友可能知道,我在十年前写过一部长篇小说《花腔》,我主要探讨的是在革命年代里个人是如何消失的。一个人投身革命,是要把个人的存在价值与国家与民族命运联系在一起,他的价值是要通过革命表现出来,由此显示他的国家情怀,但吊诡的是,在这个过程当中,他本人的存在价值实际是被取消了。当然那部小说的主题很复杂,复杂到我也说不清楚,但是如果我的理解没有错的话,这应该是一个基本主题。跟小说所表现的那个时代不同的是,现在,个人的存在价值,个体的生命意义,受到了另一种威胁。这种威胁在我看来,大众传媒的影响应该算是非常突出的一种力量。这也是我最近在写的一部长篇小说中的一个主题。这部小说写得非常艰难,简直是如履薄冰。我记得阿赫马托娃有一句诗,步步都是秘密,左右都是深渊,脚下的荣誉,如同枯叶一片。如果套用阿赫马托娃的诗,我可以说,在小说的写作过程中,那真是步步都是陷阱,左右都是深渊,而写作的快感,真是如同枯叶一片啊。

我们都知道,现在报纸、电视、网络已经覆盖了我们的生活。前段时间,4 月 23 号,是世界读书日。北京出版集团不知道为什么找到我,希望我去谈谈对数字出版的感受。今年的世界读书日的主题是数字出版。当时去的还有你们清华大学的蒋方舟。蒋方舟的口才很好,我不及也。恕我孤陋寡闻,去的时候,我连数字出版的概念都还没有搞清楚。不过,我大致知道,数字出版跟大众传媒这两个概念之间应该有相当大的重合。也就在这个会议上,我听到了一个说法,是北京大学图书馆负责人王子洲先生的说法。他说,传统的写作即将消失,纸质出版也即将消失,以后是数字出版的时代,非常快捷有效。按照他的这种说法,像我这种作家,像格非老师这种作家,在二十年之内必将灭亡。我在回来的出租车上跟他开玩笑,说我们已经被判处死刑了,只是缓期二十年执行罢了。我当然不愿意接受他的这种说法。奇怪的是,他本人也不认同这种说法。我不认同,是因为这种预言如果能够成立,那么我作为一个小说家的意义已经不是大打折扣的问题了,而是很可能完全没有了。他本人不认同是因为如果这个预言可以成立,以后大学里就没有图书馆了,没有图书馆他去哪里当馆长啊?就在前几天,中国出版集团又开了一个会。在那个会上,谈的也是数字出版问题。跟数字出版有关的中国各大出版机构,包括出版社和公司的老总们给我留下了深刻的印象。我充分领教了他们的傲慢,那是一种由数字出版、大众传媒、资本运作和官方支持共同构成的傲慢。当然我在发言的时候,也坦率地指出他们的傲慢给人留下的深刻印象。通常人们认为作家是能说会道的,但跟那些人比起来,作家简直是小巫见大巫了。我对他们说,我听你们讲下来,就像在听单口相声比赛。跟单口相声不同的是,单口相声是充满自嘲的,他们却是满怀豪情地抒发自己的理想,那个理由,一言以蔽之,就是文化的传播就靠他们了,中国能不能从一个经济大国变成一个文化大国就靠他们了。具体到文学作品,他们有一个共同观点,即传统的文学作品已经变得微不足道,现在是网络文学的时代。一部作品是否成功,唯一的标志是它的点击率的大小。我当时对主持人说,我多么希望我没有参加你们这个会啊。

人们相信大众传媒的力量,不是从今天开始的。我看过一本书,是尼克松的自传。尼克松在访华之前,跟基辛格商量,给毛泽东送个什么礼物。尼克松最后选定的礼物是一台电视机。尼克松对基辛格说,只要毛泽东看了电视,就知道外面的世界是什么样的了。尼克松显然认为,电视具有一种改变时代的能力,具有一种改变社会形态的力量。我们现在无法知道,中国社会后来所发生的一系列深刻变革,跟尼克松送给毛泽东的那台电视机究竟有什么关系。但有一点是可以确定的,就是到今天为止,报纸、电视、网络等传媒确实在相当大的程度上影响了我们的生活,而且还将越来越深入地影响我们的生活。我们的价值观、幸福观,我们看待世界的方式,我们想象世界的方式,都会因为传媒的强势介入而发生变化。这种影响是全方位的,被影响的人是全体性的。我曾看到过一篇报道,说中央政治局平均四十天集中学习一次。本届领导人第一次集体学习,学习的内容就是关于网络的,叫“世界网络技术发展与我国网络文化建设与管理”。当然,这里面的关键词可能是“管理”。他们学习的内容很丰富,这一次是关于电脑网络的,下一次就是区域协调发展的,再下一次是关于食品安全的,而再下一次是关于南昌起义和井冈山革命根据地的。很有意思,一个非常具有中国式的现实主义精神的文本。前年,上海同济大学开了一个会,叫“原创·原典·原生态:全球化语境下的中国文艺”。我注意到著名批评家朱大可先生的发言是《文学的死亡与蝶化》,依照朱大可先生的研究,文学是个伟大的幽灵,它在到处在寻找寄主。第一次它选择了人的身体,用舌头语言展开,这说的如果不是洞穴里的原始人,那就是农耕时代月光下的说书人;第二次它选择了平面书写,催生了文字文学,这说的好像是我们还在写作的这些遗老遗少;如今老人家要第三次乔迁新居喽,也就是要选择新媒体,包括网络小说、手机短信喽。不管怎么说,这似乎都说明了一个事实,从高级领导人到先锋批评家,都认同这已经是个传媒时代。

有一个英国人,叫戴维·巴特勒。他的《媒介社会学》影响很大,据说也是高校研究传媒的人的必读书。关于大众传媒,戴维·巴特勒有很多名言。他说媒介信息就像皮下注射器一样,轻松注入人的皮肤,使个人无力抵抗。哦,他说的这不是吸毒吗?那么在面对媒体的时候,个人就会显得既孤立又脆弱。他们在顺从地接受影像的同时,也顺从地接受了摄像机背后的价值体系。他的另一句名言是,传媒提供了自由的假象,就像拴在皮带上的狗,掩盖了一个被约束的现实。好啊,我们看那条狗,它连撒尿都无法选择自己喜欢的树。主人让它往哪棵树上尿,它就往哪棵树上尿。确实,很多时候,面对着各种强大的电子媒介,强势的传媒系统,我们的大脑、身体,好像被植入了某种芯片,我们会不由自主地按照它发出的指令行动。连最具有独立精神和批判精神的知识分子,似乎也无法逃脱它的指令。电视说书人易中天不是有一句名言吗,说孔子如果生活在今天,肯定也会上电视的。不然,像他那样坐着牛车四处讲学,也太辛苦喽。我最近写的一部小说,涉及孔子讲学的事,我顺便做了个考证,孔子坐的车,车轮是用楢木做成的,就是电影楢山节考的那个“楢”字。确实很辛苦。易中天当然是坐着飞机,在恒温的电视演播室讲的。易中天的想说的是,学者们都不会放过大众传媒这样的平台,愿意在大众传媒上露个脸。当然我对易中天的说法持疑义,至少我不愿意到电视上露脸。凤凰卫视希望我去讲,我告诉他们我真是不喜欢在电视上露脸。这里可以开个玩笑,现在女孩子的脸蛋都比以前漂亮了。我曾经以为,这是一个中年男人的心理在作怪,后来发现不是,至少不完全是。因为有些女人也认为,现在的女孩子们确实比以前漂亮了。要知道,要让女人说出另一个女人漂亮,那可真不是一件容易的事。那么为什么会变漂亮呢?这与其说是化妆术、美容术起了作用,是食品结构的改变起了作用,不如说是一种共同的审美的标准潜移默化地影响了女孩子脸蛋上的骨骼的变化以及肌肉的生长态势,预先规定了她们的一颦一笑。

在这样的背景下谈文学虚构,真是吃力难讨好。因为职业的原因,我相信大家都会与我有相近的感受:受大众传媒影响最大的,应该是作家这种职业。许多人都认为,与其读小说,还不如看报纸,看电视新闻。有许多大教授大学者,都是报纸迷。我看过北大的一些教授对王瑶先生的回忆。王瑶教授每天都要看十几份报纸的，看完之后，还要评论一番的。以前，我经常听人说，外国人一上火车，就拿起一部长篇小说看。很多人很羡慕，尤其是作家们羡慕：看看人家，看看人家的读者。可是，我在国外看到的情况并非如此。国外的地铁上，人们拿的也都是报纸嘛。其实我们的地铁上面，也有很多人捧起书看的，当然那不是小说，可能是公务员考试的资料。人们之所以舍小说而读报纸，舍小说而看电视，最重要的一个理由，可能是人们觉得新闻报道是真实的，是非虚构的，而小说是虚构的。小说是通过虚构达到真实，需要通过一个转换，而新闻报道直接面对真实。与小说相比，报纸、电视似乎更有现实主义精神，上海的张三就是上海的张三，不可能是北京的李四、河南的王麻子一起勾兑出来的张三。当然，我们现在都知道了，连傻瓜都知道了，新闻并不都是真实的，通过剪辑、通过信息的重新编码，即便新闻的所有素材都是真的，它最后得出的结论也会是假的，新闻惯用的伎俩就是用一个真实去掩盖另一个真实，或者用局部的真实去掩盖更大的真实，从而得出一个虚假的结论，创作出一个新的谎言，差不多成了用非虚构的形式出现的虚构文学。所有从事过媒体工作的人都知道，在这方面，我们有许多非常丰富的经验。当然，这种情况不仅会出现在有新闻检查制度的国度。我们知道美国有一个非常有名的记者克朗凯特，他同时也是电视新闻主播。世界各地的新闻主播制度的兴起，就是源于这个克朗凯特。美国曾经有一个非常著名的新闻栏目，栏目的名字就叫《克朗凯特晚间新闻》。从克朗凯特开始，电视新闻主播开始全面介入整个新闻流程，从选材，到拍摄，到后期制作，再到配发广告，全面掌控整个生产流程。我们留意一下中国的电视新闻杂志就会发现，白岩松、水均益们也试图向这方面靠拢,当然他们比人家晚了三十年。当时克朗凯特的影响有多大呢?他可以影响美国社会,影响冷战格局,也就是说他可以同时影响东西方两个阵营。当年的约翰逊总统有一句话,说他可以不听国会的,但必须听克朗凯特的。不听国会失去的是选票,而不听克朗凯特将失去美国的民众。就是这个克朗凯特,被认为是"美国最值得信任人士"。那么这个人最担心什么呢?他最担心街上的老太太走过来对他说,老弟,你说什么我都相信。他当然知道,自己说的并不全都是真话。我也曾在一篇小说中开玩笑,说这个世界上谎话说得最多的,就是新闻联播的播音员,他们每天都字正腔圆地说着谎话,巧言令色啊。但是,尽管我们知道这种以非虚构面目出现的镜头、文字、图像有可能包含着更大的虚构,但是很多人,包括我,包括前面提到的王瑶教授,还是愿意把很多时间交给电视、报纸、网络。那么在这样一种情况下,虚构是否还有必要?在大众传媒横行霸道的时代,小说何为?

那么,好,我在此先说出自己的看法。我们越是生活在一个非虚构的世界,虚构就显得越是重要;我们越是生活在一个被图像包围的世界,文字书写就越是珍贵。为什么这么说呢,因为虚构本身就是一种自由精神的体现,是一种对体制的不认同,对日常生活的抗争。也就是说,非虚构世界的存在,有可能使得小说存在的理由显得更加坚实,更加充分。事实上,当这个世界过多地沉浸在非虚构的语境中的时候,在某种意义上,虚构就成为了"他者"。"他者"这个词,我套用的是西马的说法,马尔库塞的一个说法。按照他的这个说法,正是这种"他者",这种异于现实的美学,让我们得以与体制化的现实疏离开来。而正是这种疏离,这种暂时身在庐山之外,让我们不仅得以认清现实,而且有可能使我们的文字具有一种介入现实的力量，当然，它也让我们得以从另外一个角度确立自我的身份。

其实，这样一种与大众传媒的复杂关系，并不是从今天开始的，它只是在今天表现得更加突出而已。照钱穆老先生的说法，在现实中发现问题，可以到历史中寻找答案。答案不一定能找到，也不一定管用，但起码可以给我们一些启示。说到历史上文学与传媒的关系，那例子太多了。比如，我们现在公认的西方现代小说的鼻祖福娄拜的小说，就与大众传媒有着深刻的关联。包法利夫人的故事最早就是从报纸上来的嘛。我看过一部福楼拜的传记，叫《福楼拜的鹦鹉》，里面对福楼拜与传媒的关系也有很多描述，福楼拜作为一个作家真是生于斯死于斯，生于媒体死于媒体。比如，现在我们也很难想象，如果来自没有大众传媒的刺激，鲁迅的小说会是什么样子？先不说鲁迅的杂文都发表在当时的报纸上，杂文嘛，他要立竿见影，要一针见血，要痛打落水狗，所以选择报纸可以理解。但鲁迅的小说，他的《狂人日记》、《阿 Q 正传》也都是在报纸上连载的。而且因为报纸版面的变化，编辑工作的调动，鲁迅可以随时调整每个段落的字数。如果不是因为编辑催稿过急，阿 Q 先生还可能多活几天呢。他要是多活几天的话，谁知道阿 Q 身上还会发生什么故事，说不定鲁迅先生不让他死呢，让他成为一个死而不僵的人呢。果真如此，我们从阿 Q 身上发掘出来的对于所谓的国民性的认识，与今天会有很多不同。因为鲁迅和福楼拜的例子，我们是否可以稍微胆大一点，来下这样一个结论，那就是无论是中国现代小说还是西方现代小说，它的肇兴都与现代传媒有密切的关系。没有现代传媒的介入，就没有我们现在看到的现代小说，现代小说其实也是现代传媒发展的重要成就。

鲁迅这样的作家,受到大众传媒的影响,似乎还可以理解。那么另外一些作家,另外一些在我们看来是桃花源中人的作家,比如沈从文,他也会受到大众传媒的影响,而且他看世界的方式,他想象世界的方式,他表达世界的方式,他的小说文体都与大众传媒的影响密不可分。但非常奇怪,我们往往会忽略这一点。为什么会忽略?因为他的小说文体与大众传媒的关系非常隐蔽。沈从文只写了一部长篇,就是《长河》。《长河》最早也是报纸上发表的,是发表在香港的报纸《星岛日报》副刊上面,时间是1938年,从8月连载到11月。最近,因为我的那部写乡土生活的小说《石榴树上结樱桃》再版,有人问到我对乡土文学的看法。我不能乱说啊,就把沈从文、赵树理的小说看了一些。沈从文的小说我看的就是《长河》。《长河》出单行本的时候,沈从文又写了个题记,讲了写这部小说的缘起。他讲到民国二十三年的冬天,他因事从北平回湘西,由沅水坐船上行,转到家乡凤凰。这个时候他离开凤凰已经十八年了。所以他说,他一进入凤凰,发现什么都变了,最明显的变化就是乡村社会的那种正直朴素,那种人情美,几乎消失殆尽。然后,他提到了"现代"二字,他说"现代"二字到了湘西,显得非常具体。怎么具体呢?就是原来抽水烟的,现在改抽纸烟了,人们现在也开始吃罐头了。同时,政治生活中的公文八股,也进入了人们的交际,进入了人们的日常口语。然后,他荡开一笔,又提到了他最著名的《边城》。他讲到了他为什么写《边城》,说自己写《边城》,是为了将"过去"和"当前"进行对照,他要提出的是民族品德的消失和重造问题。我们可以注意到他前面提到"人情美"这个词。写人情,写情义,这是中国小说的最重要的主题,无论是诗歌还是小说。所以他这里说的是民族品德的消失和重造问题,起码可以简单地理解为他对人情美的吁求。他接着又说,他还要将写《边城》的路走下去,把最近二十年来当地农民怎么被时代大力压扁扭曲失去了原有的素朴的样子,加以解剖和描绘。

沈从文的题记写得很长,我们从中可以读到这样一个信息,如果他没有在京城生活的经历,如果他没有接触到现代媒体,他是不会写《长河》和《边城》的。有意思的是,在《边城》当中,沈从文实际上根本没有像他自己所说的那样,将"过去"和"当前"进行对照,他向我们展示的是湘西社会非常纯美的那一面,用他自己的话说,他是造了一个希腊小庙,所以那种纯美带有某种宗教情怀。而在《长河》当中,沈从文不断地提到现代媒体,其中提到最多的是《申报》。我在写《花腔》的时候,曾经查找过一些关于《申报》的资料,因为这是现代中国影响最大的报纸,十九世纪创刊,1949 年才停刊。它的影响有多大呢?大到成为报纸的代名词,成为现代中国传媒的代名词,有点像用鲁班来指称木匠,说到投降派那就是宋江。在提到《申报》的时候,沈从文还经常提到一个现代词,当时那真是个现代词,和现在的"新农村运动"一样很现代的,这个词就是"新生活运动"。我们都知道,那是蒋委员长亲自抓的,这个运动从 1934 年一直持续到 1949 年。十五年啊,这应该是中国持续时间最长的运动,比后来的"文革"还要长。我们在钱锺书的《围城》当中,也可以看到对新生活运动的有趣描述,反讽式的描述。小时候我看过一部书《金陵春梦》,也叫《侍卫官札记》,里面对蒋委员长的新生活运动也有许多有趣的描述。我们现在都知道,行人走路靠右走,这其实就是新生活运动的内容之一。当然这个运动,一方面是要跟世界文明接轨,开车走路要靠右,一方面是要提倡所谓的礼仪廉耻,复兴传统文化。既要搞接轨,又要搞复辟,两手都要硬。

这其实是现代以来中国历次运动的核心。怎么说呢，这么一来，《长河》这部小说就变得非常有趣，既充满着民间话语，又充满着一系列大众传媒话语，而那些大众传媒话语大都是用民间话语的方式表达出来的，呈现出一种新的现实。沈从文写《长河》的时候野心大得很，准备写四卷本的，准备写成托尔斯泰《战争与和平》那样的长篇巨著的。沈从文的野心还体现在，他准备用自己的小说对那个时代做出强有力的回应。沈从文这个人啊，貌似平和淡定，其实是很激越的。所以他在叙述方式上，也做了很多调整，现在重新翻阅《长河》，你仍然可以感受到，他与一般的长篇小说迥然不同，还真称得上是众声喧哗。在叙事上它也不像是一般的长篇小说，倒像是说明文，地方志，风物志，小品文，是一系列碎片的连缀。最近几年有一个词经常被人提起，就是“百科全书式的小说”。这本来是卡尔维诺提出的一个概念，但你可以发现，《长河》还真的有点像卡尔维诺提出的那种百科全书式的小说。我以为，也可能是误以为，这是沈从文这样一个作家，在他那个时代，对小说做出的一种必要调整。

如果联系到沈从文同一时期写下的《边城》，我们会发现他的调整实际上包括两个方向。一个是把大众传播当成一种新的文化现象，把大众传媒与现实的关系当成一种新的现实，然后正面去表述。套用余华先生的话来说，这或许就是正面强攻。我们知道有一个非常著名的社会学家，法国巴黎高师的，叫布尔迪厄，他提出一个概念，这个概念就是“电视知识分子”，他写过一本书叫《何为电视》，只有五万字，是个小册子，但影响很大，是为电视祛魅的。他的说法倒不是正面强攻，而是叫“参与性对象化”，简单地说，就是参与到对象之中，揭露、清算它的内部机制，类似于特洛伊木马，就是进入到对方，然后批判它。他还有句话，就是知识分子应该“将智性的悲观与行动的乐观相结合”。沈从文的另一个处理办法，似乎是完全逃离现场，背对现代文明，去描述一个未被现代社会所浸染的边城。我们看《边城》的时候，确实就像在读《桃花源记》啊，那完全是一个乌托邦，是一个非常自足的世界，一座塔一条河，一个老人一个少女，一条船一条狗。真实世界中的边城，毫无疑问不是沈从文描述的那个样子。如果真是那个样子的话，沈从文出来当兵干吗？干吗往北京跑啊？据说，沈从文写的翠翠有张兆和的影子，脸盘长得都很好，还都有点黑，俏黑女子。沈从文好像用到一个词，叫“黛”，林黛玉的“黛”。但我们不要忘了，张兆和是个洋学生，张兆和一家人都是洋学生。而翠翠却像是一个美好的小动物，她最大的玩伴不是书本，而是那只黄狗。这无意中透露了一个信息，就是沈从文是带着对城市生活的感受，带着对女洋学生的感受，来写《边城》的。

从表面来看，我们或许可以把沈从文的小说称为地方性叙事。但无论是在当时还是在现在，沈从文的这种地方性叙事，都不仅仅是要讲述一个乡村故事，也都不仅仅是要讲述一个传说。他的写作其实很复杂。如果我们把沈从文写作的热情，他的地方性叙事的意义，看成是外部世界刺激的结果，看成是以大众媒体为代表的现代文化符码介入的结果，我想这种说法大致上可以成立的。所以，我认为，这是沈从文这样一个乡土作家对现实的两种回应方式，他的写作也由此获得了长久的意义。事实上，直到今天，无论是在国内还是国外，无论是在官方还是民间或者是在知识分子阶层，中国在很大程度上还被认为是一个乡土社会。即便是我们的都市，也会被认为是乡土背景下的都市。但是，我们在书写乡土社会的时候,肯定是站在知识分子立场上书写的。在我看来,沈从文虽然自称乡下人,但他确实是一个知识分子,一个非常敏感的知识分子。想想看,他在那个年代就意识到了大众传媒的问题,并在文体上做了回应,真的很不简单。我想,他的写作能够给我们带来某种启示。其中最主要的启示,我想是他提供了想象世界的方法。在全球化的今天,在现代传媒如此发达的今天,沈从文想象世界的方法,以及作为一种地方性叙事的意义,都不但没有过时,反而越来越具有启示性。

当然,我们必须得承认,与沈从文那个时候相比,大众传媒对时代的影响现在要更为深刻,更为广泛。同时,传媒的性质也有了某种变化,如果说在《申报》的那个时候,现代传媒还是国家意志的象征,政府以及报人似乎也都相信,媒体在相当的程度上起到类似于"统一度量衡"的作用,而且它同时确实具备某种现代性,有着更多积极意义的话,那么现在,大众传媒确实发生了变化。就中国的媒体而言,这种变化当然更多是积极的,但是问题的另一面也同样突出,而且可能越来越突出。从2004年开始,波兹曼的一本书,很薄的一本书,叫《娱乐至死》,意外地成了一本畅销书。当时我的一部小说,就是前面提到的《石榴树上结樱桃》,和这本《娱乐至死》同时获得了一个奖,所以我就翻了翻这本书,没想到一下子看进去了。作者的另一本书叫《童年的消逝》,写得也很有趣,很娱乐,也很尖锐。在《娱乐至死》里,波兹曼对以电视为代表的当代大众传媒有一个说法,这个说法可能极端一点,但它确实能够点中穴位。我自己觉得,他的一些说法,对中国的媒体同样有效。

波兹曼说,当代大众传媒其实只有一个声音,那就是娱乐的声音,都在拼命搞笑啊。新闻的价值取决于它能带来多少笑声,一个播音员因为长得丑一点,不能带给人视觉的愉悦,收视率就会直线下降,那么这个播音员的下场就是卷起铺盖滚蛋。在这本书中,他还提到一个有趣的事,说的是尼克松的“水门事件”。如果联想到尼克松当年给毛泽东送了一台电视机,那么这件事就更加有意味喽。按波兹曼的调查研究,“水门事件”之所以会暴露,是因为尼克松在电视上的形象有问题,不像老实人,很像一个说谎者,从而引起了别人的怀疑。一阵穷追猛打之后,尼克松还真是露出了狐狸尾巴。我们发现,从此尼克松也给世界贡献了一个词组,叫“X 门事件”,比如克林顿的“拉链门事件”等等。波兹曼还提到,里根当年参加总统辩论的时候,之所以能够获胜,是因为他在辩论的时候讲了个笑话,所以报纸上第二天的标题就是里根用一个笑话,用一个段子,击败了对手。波兹曼在罗列这些有趣的事,哦,这种罗列方式好像也是在讲段子,讲笑话。之后,波兹曼提出了一个很严肃的问题,他说像美国这样一个当今世界最为发达的国家,正在不自觉地进入另外一种专制社会,这种专制不同于以前的专制,它采取的手段不再是监狱,不再是皮鞭,不再是老虎凳,不再是辣椒水,而是欢乐,用现在时髦的话来说就是欢乐和谐。你不能不承认波兹曼的目光非常刁钻。如果我们承认他说的是事实,那么这种媒体的专制,一种娱乐的专制,确实非常隐蔽,大象无形啊。那么在这样一种情形之下,我们不再体验到那种传统的痛苦,那种老式的痛苦,那种细致入微的痛苦。个人的痛苦在这个时候显得很没有意义,不值一提,没有说头,别人可以一笑而过。好像是对波兹曼这句话的验证,波兹曼虽然是个非常重要的学者,但是他在 2003 年死去的时候,他的死是无声无息的,没有激起半点涟漪。为什么呢?因为当时美国的新闻媒体正热衷于一件事,那就是以出演男性机器人著名的施瓦辛格正在竞选州长。施瓦辛格这个好莱坞明星的参选和当选,使得政治竞选制模式与好莱坞的娱乐模式完全同一了。我们知道,施瓦辛格演的都是关于未来世界的影片。机器人嘛,大卸八块仍能毫发无伤,还能给人带来快乐。这真是一个奇妙的寓言。

当然,我们不是说,在这样的一个由媒体控制的娱乐时代,我们就没有痛苦了。痛苦当然还是有的,但很多时候我们体验到的痛苦,是一种受大众传媒影响之后的痛苦,一种很新型的痛苦,听上去好像还有点别致的痛苦。我举个例子,比如说,如果说以前女人的痛苦,那可能是易卜生所写的娜拉式的痛苦,娜拉是走出去呢,还是继续待在家里?鲁迅后来不是也写过文章嘛,娜拉走后怎么办?走了之后是重新回来呢,还是继续待在外面?要是待在外面那会干什么呢?这是女人的痛苦。现在不了,鸟枪换炮了,现在女人的痛苦变成了一种化妆的痛苦。如果说她们从那种老式的痛苦中解放了出来,从棍棒、老虎凳、大男子主义的淫威下解放了出来,那么她们现在进入了一种新的痛苦,一种面对镜子时的痛苦:我为什么没有章子怡那么漂亮呢?我为什么没有张曼玉那样的身材呢?梁朝伟为什么盯着汤唯看,而不盯着我看呢?不行,章子怡用什么化妆品,本姑娘也得用什么化妆品,张曼玉在电视里穿什么旗袍,姑奶奶也要穿什么样的旗袍,汤唯用什么样的手袋,小姐我也要用什么手袋。而且电视,还有电影在描述女人的时候,女人的身体似乎是可以切割的。这个电视作品、电视广告重点在女人的乳房上做文章,所以无论是服装还是摄像还是灯光,都在造成爆炸效果。那部电影因为要展示旗袍,所以文章重点做在腰上。一种整体的女人形象,整体的人的形象,在此被瓦解了。那么这个时候,女人就从一种专制进入了另一种专制。当然这不仅是女人的问题了,男人遇到的问题同样严重,或许更为严重。而这种专制,是大众传媒提供给我们的,是大众传媒迫使我们就范的。那么这种情况下,个人的痛苦在哪里?在这样一种欢乐和谐的气氛中,个人存在的真实性又在哪里?

那么,在这种情况下,小说的虚构肯定要做出某种调整。我本人好歹也是个编辑,我在大量来稿中可以看到,对当代生活,尤其是城市生活,进入浮世绘式的描述。而且很多情况下,是一种沉迷其中的描述,是一种渴望着被同化。比较遗憾的是,我没有看到更多的反思性的书写,对这样一种新的专制进行反思式的书写,对个人存在的真实性所面临的威胁的反思性的书写。尽管如此,我仍然乐于承认,这确实也是一种调整,而且在市场上还非常有效。当然,我更乐意看到另外一种调整,我觉得它更有精神性的意义。只要稍微留心一下,就会发现,进入新世纪以来,一些重要的敏感的作家,经常在强调小说的叙事资源问题。莫言的小说《檀香刑》是个重要的例子,《檀香刑》实在是个神品妙构啊。格非的《人面桃花》也是个例子,毕飞宇的《玉米》也是个例子。这三部小说当然都是当代名篇,是屈指可数的杰作。莫言在《后记》里面提到的大踏步后退,很多批评家还加入了讨论,大致意思是说,莫言是在向传统小说致敬。格非的《人面桃花》,用他自己的说法,他受的是《红楼梦》和《金瓶梅》的影响。我记得很多年前,那时候毕飞宇刚发表《玉米》,如潮的好评还没有到来,我与毕飞宇私下有过一次长谈。他问我对《玉米》的看法,我的评价当然很高喽。别笑,那不是客套话,而是心里话。当时我谈的也是叙事资源的问题,我说我甚至读出传统小说的味道。毕飞宇当时一高兴,就向我透了个底,说他正在看《金瓶梅》和《水浒传》。据他说,《玉米》这个篇名来自臧天朔的一首歌。这也非常有意思,一边放着摇滚,一边翻着《金瓶梅》,一边写着《玉米》。我觉得毕飞宇随意说出的这样一个情形,倒可能说明了当代写作的重要处境,一种复杂的处境。而当他们提到叙事资源问题的时候,我以为他们其实也在强调地方性叙事的意义,一种在新的文化语境中地方性叙事有哪些新的空间,新的可能性。我还想说,这与沈从文当年的写作,其实应该说是一脉相承的。而我们之所以在今天如此强调叙事资源,要把《红楼梦》、《金瓶梅》、《水浒传》重新从书架上取下来,放到自己的案头,是因为到今天,越是全球化,地方性叙事的意义越是突出,我们自身的文学资源也就越是显得珍贵。当然,与沈从文的小说相比,他们还是做出了很多调整。比如,格非在《人面桃花》中对乌托邦的描写,就与沈从文的乌托邦描写完全相反,那是一种反乌托邦,里面吸收和消化了很多学科的比较新的研究成就,它最后呈现为作家对现代史的一种苦涩的解读。我觉得更重要的是,他们用这种文体,一种拟古式的文体,造成一种疏离感,以此来对大众传媒所代表语言、文化、意识形态,进行个人的抗争。他们顽强地拒绝被同化。

当然还有另外一种调整。在虚构的形式上,在文本结构的编排上,吸收大众传媒,尤其是电子传媒的一些重要元素。我本人曾经对这样一种尝试非常着迷。我最近在看南帆先生的一部著作,叫《理论的紧张》,看到他引用了一个多媒体作家的说法,非常有趣。这个作家叫保罗·罗伯茨,他写了一篇文章,叫《一个多媒体作家的自述》。文章中,他提到数字技术对文本的影响。他说,以前的小说,故事只能以一种方式讲述,故事既然有了开头,那就会有结尾,所以故事一开头就是大江东去,要奔向结尾,这是一种线性的讲述方式。那么还有另一种方式,就是非线性的,有许多可能性加进来,四处蔓延,形成一种新型的、更为复杂的文本结构。他举例说,如果我们在光盘上找到“莫扎特”,用鼠标点开,你就可以找到有关莫扎特的所有链接,你可以读到相关的十八世纪的音乐或者维也纳歌剧的文章。还不仅如此,你随之点出“唐璜”这个词,然后就得到了另一个文本。接下来,你可能还会听到歌剧的片段,啊啊啊什么的。那么接下来可能是帕瓦罗蒂的死,他的前任老婆后任老婆,一大堆女儿在争遗产什么的,刀光剑影,鼓角铮鸣。随之出现的可能是意大利这个国家的地理、政治、经济状况、足球,马特拉齐和齐达内,那个像靴子一样的国家的很多风物会突然闪现。我们会发现,你很快会从一个事物跳到另一个事物,从一个词进入另一个词,从一个片段进入另一个片段,用南帆先生引用的罗伯茨的话说,你是沿着不同的符号路线转入各个分支通道,并根据一个巨大的文本库创造出一个非线性的叙述文本。

因为百度和谷歌等搜索引擎的广泛使用,现在我们对这样一种描述已经见怪不怪了。我想起很多年前,是上个世纪九十年代末,我对一个朋友谈起,我曾经想写一部小说,就是用报纸的方式写一部小说,有无数的相关链接,但围绕着一个人的命运展开。我连名字都起好了,就叫《孙良晚报》。熟悉我的朋友都知道,我经常写一个叫孙良的人的故事。但后来我的兴趣转向了别的方面,所以这部小说只留下了部分片段,只是以中短篇小说的方式发了出来。现在我看到罗伯茨的描述,我感兴趣的是他对这样一种编排方式有着怎样的评价,怎样的感受。我吃惊地发现,他的感受跟我当初的担忧非常相似。什么感受,什么担忧呢?就是这种文本的零碎感让人感到不适。所有的文本虽然可以相互链接,但它们实际上是彼此隔绝的。那么这样一来,作品不可能有自己的风格。我们知道作家的修辞风格,是作家存在于世的重要证明。那么这么一来,作家何在?更重要的是,作家又如何亮出自己的观点?当你的写作变得和报纸一样的时候,你的写作和报纸的区别在哪里?你是不是被报纸同化了?我知道这种写作,很多时候被命名为狂欢化的写作,它也确实有某种狂欢性质,狂欢到自己的眼睛和手都不够用了,跟不上喽。这种情形下,你是否还有时间,哪怕一点点时间,在沉思和默想中,在文学的静穆中,表达自己的真实感受?那么你本人何在?你的意志何在?你似乎冲破了原有的文本的限制,但你却进入了另一种限制,所以你的自由写作说到底很可能是一种假象。我想,这种困境可能也是进行比较极端的文体实验的人,迟早都会遇到的问题。我想对此保持警惕或许是必要的。

或许更重要的,是我们在经历了很多事情之后终于认识到,我们确实还有许多苦痛,而自己的苦痛在好多时候是无法被娱乐化的,是无法被通约的,是需要你个人,或者你这个写作群体独自去面对的。也就是说,我们依然有个非常坚硬的内核,无法被化解。我们依然有着自己的黑暗背景,需要自己去面对。那些苦痛,那些属于中国作家自己的苦痛,仍然会不时地袭上心头。虽然因为全球化时代的到来,世俗化浪潮已经席卷中国,西方发达国家的所有经济和文化产品已经涌入中国的大街小巷,到处都洋溢着一种欢乐的气氛,但是中国的社会政治结构并没有发生根本变化,在意识形态领域,历史依然带着强大的惯性在向前滑行。那么,与此相适应,一方面中国好像已经进入后现代时期,与国际社会大面积接轨,而另一方面,中国社会的许多方面依然处于前现代时期。这是一种特殊的中国式的处境。因为处于前现代时期，所以，我们仍然有一种可以被称为传统的痛苦，比如贫困、暴力、愚昧、压抑，我不妨把这样一种痛苦称为“重”的痛苦，它是一种“重”，一种难以承受的“重”。我由此想到波兰作家米沃什的一个说法，米沃什说，事实上存在着“另一个欧洲”，而波兰就处在那“另一个欧洲”。什么意思呢？他是说波兰虽然处于欧洲，但是波兰人却依然生活在欧洲的某一个已经结束了的历史之中，生活在欧洲的过去时。所以，他那种痛苦，在别的欧洲人看来，是一种过时的痛苦。那么，这样一种境遇与我们现在的境遇，其实非常相似。对别人来说，历史可能已经终结，马拉松长跑已经撞线，香槟酒已经打开，甚至香槟酒的泡沫已经消散。但对我们来说，历史并没有终结，我们仍能感受到历史的巨大压力。所以，我说这是一种“重”。

那么除了这种可以称为“重”的痛苦之外，我们确实还有一种比较新鲜，听上去也比较别致的痛苦，同时也确实很真实的那种苦痛。那就是在中国长达百年的乌托邦梦想破灭之后知识分子灵魂的空虚，以及由于现代技术对人的统治而带来的无力感，以及被压抑的欲望获得释放之后的困乏状态。这种新鲜的痛苦，如果借用米兰·昆德拉的说法，这种痛苦或许也可以称为“无法承受之轻”。更多的时候，我们就在这两种痛苦之间徘徊，并为此发出悲鸣。

显然，这样一些经验，都是我们无法轻易消化的。但是这样一些经验，这样一些无法被大众媒体吸纳的经验，都有赖于我们去呈现，而且或许只有通过小说虚构去呈现。所以我最后想说，在这个传媒时代，不管你做出怎样的应对，怎样的调整，你最后要解决的，是如何用小说去面对这种“轻”和“重”的痛苦，面对它们的繁复关系,小说的虚构也由此可能获得它的意义和尊严。

让我回到刚开始的时候提到的布罗茨基的那句话,那个关于疑团的说法。我把我的疑团讲清楚了吗?没有,很可能没有,很可能那疑团越来越大了。

谢谢各位。

图书在版编目（CIP）数据

问答录/李洱著.-上海：上海文艺出版社.2017.11（2018.7重印）
(李洱作品系列)
ISBN 978-7-5321-6379-3
Ⅰ.①问… Ⅱ.①李… Ⅲ.①散文集－中国－当代②随笔－作品集－中国－当代
Ⅳ.①I267
中国版本图书馆CIP数据核字 (2017) 第258739号

发 行 人：陈　征
责任编辑：丁元昌
美术编辑：丁旭东

书　　名：问答录
作　　者：李　洱
出　　版：上海世纪出版集团　上海文艺出版社
地　　址：上海绍兴路7号　200020
发　　行：上海世纪出版股份有限公司发行中心发行
上海福建中路193号　200001　www.ewen.co
印　　刷：上海文艺大一印刷有限公司
开　　本：890×1240　1/32
印　　张：16.75
插　　页：2
字　　数：296,000
印　　次：2017年11月第1版　2018年7月第2次印刷
I S B N：978-7-5321-6379-3/I·5097
定　　价：55.00元